2018

滴江年选 ∩ 品质阅读 ∩ 恒久珍藏

2018中国年度短篇小说

中国作协《小说选刊》 选编

漓江出版社

图书在版编目（CIP）数据

2018中国年度短篇小说 / 中国作协《小说选刊》选编 .
—桂林：漓江出版社，2019.1
ISBN 978-7-5407-8564-2
Ⅰ. ① 2… Ⅱ. ①中… Ⅲ. ①短篇小说—小说集—中国—当代
Ⅳ. ① I247.7
中国版本图书馆CIP数据核字（2018）第262635号

2018 ZHONGGUO NIANDU DUANPIAN XIAOSHUO
2018中国年度短篇小说
选编者：中国作协《小说选刊》

出版人：刘迪才
出品人：张谦
责任编辑：张谦
助理编辑：刘红果
书籍设计：石绍康
责任监印：杨东

漓江出版社有限公司出版发行
广西桂林市南环路22号　邮政编码：541002
发行电话：010-85893190　0773-2583322
传真：010-85890870-814　0773-2582200
邮购热线：0773-2583322
电子信箱：ljcbs@163.com
网址：http://www.lijiangbook.com
香河县闻泰印刷包装有限公司印刷
［河北省廊坊市香河县安平镇二街　邮政编码：065402］
开本：690 mm × 1000 mm　1/16
印张：21.5　字数：298千字
2019年1月第1版　2019年1月第1次印刷
书号：ISBN 978-7-5407-8564-2
定价：48.00元

目 录

contents

001 / 金印汉子之歌 李 黎
011 / 天下太平 莫 言
035 / 暗 夜 蒋子龙
048 / 黑豆，或者反贼薛嵩 陈再见
060 / 山中行 马金莲
081 / 耳 光 赵宏兴
096 / 照夜白 蔡 东
114 / 道 长 阎连科
122 / 看哪，一艘船 胡 迁
133 / 双鱼钥 王啸峰
154 / 会有一条叫王新大的鱼 须一瓜
184 / 女 儿 双雪涛
198 / 赵日天终于逮到鸡了 陈应松
216 / 剑 笈 邱华栋
238 / 囚 徒 红 孩
246 / 爱 云 王妹英
267 / 十分十分可爱的 于一爽

289 / 海　怪　　米荆玉
311 / 特殊任务　　肖克凡

335 / 编后记
337 / 附　录

金印汉子之歌

李　黎*

四月里的一天，宋万和杜迁早早起身，往半山腰走去。

他们昨晚就约好，今天一起过来赏花。

半山腰原本是一处树林，野草遍地，树木茂盛且莫名其妙。宋万和杜迁很早就开始打理这一片地，让浓密的树林更浓密，混乱的小路更混乱，也让一些地方显得整齐。

宋万和杜迁，本事小，口才差，胆气弱，眼神暗，因此他们打理这一块田地，在别人看来是无害的。这块田地因为枝繁叶茂、花团锦簇，甚至具备了一些后花园的特质，充满了世俗生活的光泽。如果再有三五个妙龄少女在其中徜徉，击鼓吹箫，其他的兄弟大概都会赖着不走了。

好在这里只有宋万和杜迁，朱贵一直在酒店里把玩盆栽，只有需要接枝或者挖土时才来这儿一趟。

四月的清晨令人心神荡漾，宋万和杜迁像两位老农一样在花丛中树林间缓步走着。他们先是仔细看了看外围的一大圈老杏树和楸树，确实茂密，让清晨的阳光只剩下细碎的影子。再往里走，是他们亲手种下的槐树、流苏和青檀，高高矮矮的，彼此混杂，色泽丰富而养眼。

---

* 李黎，1980 年生，2001 年毕业于南京师范大学，出版社编辑。1998 年开始写作，曾获“第三届红岩文学奖”“2016 年《扬子江》诗刊年度青年诗人奖”等，著有中短篇小说集《拆迁人》《消失在夜晚的人们》。

“槐花开的时候，很好看。”宋万说。

杜迁附和说：“是啊，槐花很好看。”

两个人无话可说，看着原本就长得很高的几棵榆树、泡桐和栗树。这些树仿佛生来就这么高大，而后又随风飘零，扎根在此。反正，他们没有看到这些树是如何长大的，第一次见到这些树的时候它们已经挺拔而茂密了。栗子花倒是见过几次。

“今年秋天，可以打一些栗子给朱贵兄弟下酒。”宋万说。

“可惜这林子里没有野味，整个山上也不多了。”杜迁附和一句。

他们继续往树林里走，几棵柳树和成排的水杉在他们眼里出现又后退，像大街上的陌生人，像来了又走开的兄弟。树林中间有一片小小的池塘，水是活水，从山头流下来，在这里盘旋淤积，从看不见的缝隙里流向山下。沿着这个小水塘，宋万种下了很多的茶树，希望每年春天能喝上一杯苦茶。茶树难伺候，开花不积极，宋万随后又种了很多的萱草，还有海棠、蔷薇和玫瑰，在水边种了很多芙蓉，在水里种了几株莲花。为了这些花花草草，宋万原本纤细的身材更细更弱了，举手投足之间都带着笑容和花香。

杜迁不爱花，但也不反对，在花与花的间隙里种下了他最爱吃的大蒜、朝天椒和马齿苋，常常一边在水边垂钓一边默默注视着这些菜的长势，似乎，他的目光可以施肥。

一阵微风吹过，两个人都有些沉醉，不肯离去。

这里是他们的一处寄托，相当于酒肉，而且，比酒肉清香甘爽。

“我们上山已经六年了吧？”宋万问杜迁，也像是自问。

“第七年了。”杜迁纠正。

“真是够久了，久到像二三十年了。”

“有时候我觉得像刚刚上山，因为山上总是不断来新的兄弟。他们一来，让我也觉得自己是跟他们走啊走，刚上山不久的。”杜迁感慨地说。

“照你这么说，我们到底上山多久了？”

“这不重要。说一年也行，说二十年也行。”杜迁幽幽地说。

“那么，我们跟这些花花草草也没有什么区别，它们有的百年了，有的不过一年，在你我看来，它们确实都是一样的。”宋万叹了一口气说。

“原本就有的，和我们亲手栽种的，还是有些不一样。原本就有的，东倒西歪，枝蔓勾连，我们自己种的，最起码可以让它们整整齐齐，横竖一目了然，有些连花期也可以控制。”

宋万转身，看了看杜迁，杜迁也看着宋万。两个人熟悉至极，像并排栽种的两株花，现在因为风雨或者严寒，他们凑得更近了。

宋万说：“今天无事，军师下山去大名府了，要不我们钓鱼吧。如果能钓上来几条野生的鳜鱼，也好给宋江大哥等几位送过去。”

“今年开春之后就没有钓到一条鱼，我想大概是谁用渔网把水塘里的鱼一网打尽了。唉，我担心一条鱼都没有了……”

宋万看看左右，朗声说：“这也没什么，姜子牙钓鱼愿者上钩，我们比姜子牙还要高明，我们明知道没有鱼，但还是一直钓，看看能钓到什么。杜兄你觉得如何？”

杜迁大声苦笑，哈哈哈哈，答应下来。除了在这花团锦簇、老树成荫的地方钓鱼，也确实没有什么事情做了。

宋万和杜迁一连几天都在密林深处的水塘边钓鱼，偶尔说上几句话，无非就是上山很久了、上山不算多久、上山到底有多久了之类。这些话和他们钓鱼时孤独的背影（两个人各自有一个孤独的背影，加起来还是一个孤独的背影）都被朱贵听见看到。

朱贵有些伤心，兄弟们此刻正在如火如荼地杀人放火喝酒吃肉，宋万和杜迁两个人，空有元老的身份和过丈的身高，却只能矮下一大截，坐着钓鱼，令人伤心。

更让人伤心的是，一连几天都不见他们钓上来什么东西，不仅没有鱼，连泥鳅和虾子都没有。

朱贵带着伤心回山下的酒店，忘记自己为什么要上山。半路他有了一个主意，趁着半夜天黑，把酒店里几条供客人吃喝的大黑鱼用水桶挑着倒进了水塘里，但愿第二天宋万和杜迁能钓到，用这个惊喜来慰藉一下寡淡无奇的命运吧。

宋万跟杜迁说，这是最后一次钓鱼，如果再没有，就等到秋高气爽的时候再来吧，那个时候或许会又有一点鱼了。

杜迁同意，只是不知道如果不钓鱼，还能干什么。

“去学学唱戏，唱给宋老太公听，唱歌给秦明夫人也就是花荣的妹妹听，给他们解解闷也是好的。”杜迁一边下钩一边说。

宋万皱皱眉说：“但是山寨现在缺兵少将，我们与其学唱戏，不如拜秦明为师，好好学学武功呢。我觉得很多兄弟都是恶性循环，武功不济所以心情不好，心情不好就一直喝酒，一直喝酒就身体疲软，身体疲软就更加武功不济……”

宋万说着，杜迁“啊呀”一声叫唤，有鱼咬钩。这件事来得太突然，杜迁没有一点点防备，猛地一提鱼竿，空空如也的鱼钩带着轻微的呼啸直奔他的面门而来，杜迁一歪头，鱼钩在宋万的脸上划出了一道血印后弹了回去，荡了几下才直直地垂在那里。

杜迁捧着宋万的脸又是擦又是揉，还用嘴吹，希望能把刺痛吹走。

宋万一把抓住杜迁的手，眼神丰富地寻找着杜迁的眼神。

杜迁停止了一切动作，唯有呼吸不受控地粗重起来，胸膛也随之起伏不已。

“兄弟，我知道怎么办了！”宋万带着激动说。

“那你快说呀。”

宋万哈哈哈一笑说：“兄弟，你有没有发现，宋大哥总是把头发微微披散，以期遮住脸上的刺字。你有没有发现，山上这么多兄弟，脸上刺字的人其实不多，也就是林教头、武松和杨志几个。林教头倒是从不隐晦，其他人都学着宋大哥的模样，披散头发，遮着金字。”

杜迁频频点头，接不上话。

“所以我觉得，我们应该也在脸上刺字，一来可以和宋大哥等人步调一致，二来这刺字的内容也可以大做文章啊，让宋大哥看了满意开心，心花怒放，引为知音，你觉得如何？”

杜迁还是不知道说什么，不过他想的是，与其这么日复一日地栽树种花钓鱼，倒也不如在脸上刺几个字。栽树种花钓鱼不痛不痒，不会流血。如果刺得痛，血流满面，也不失为一种壮观，一次痛快。

既然决定了，宋万决定立刻行动起来。他们两个突然有了一种数年前刚刚上山时的激动，那时山寨人少，做什么都有种开疆拓土的激动。当时，宋万和杜迁负责山寨西部一片，简称西部大开发，和王伦负责的东部每天都在竞赛，两拨人热火朝天地干了三个月，让一座荒山变成了一个市镇模样的场所。回忆当年，宋万和杜迁有种惆怅，也有种柔情，还有些愤恨，更觉得恍惚。当年是怎么做到了的呢，现在是无论如何都做不到啦。

现在，为了在脸上刻字，他们又一次激动起来。

因为不知道刻什么字，他们两个人决定去找朱贵商量。

去之前他们说好，不是找朱贵商量是不是在脸上刻字，而是商量刻什么字。如果朱贵愿意，自然也可以在脸上刻字，如果他不愿意，也不勉强。但他一定要帮我们两个想想刻什么字，因为他接触的人多，看到的字多，光是写在酒店墙上的抒情诗就看了很多，应该有很好的建议。

朱贵首先反对在脸上刻字，因为这样太间接，不如认宋太公做爷爷。宋万反驳说：“我们这是在细微之处予以安慰和照顾，相信精明如宋大哥一定感同身受，甚至在灵魂深处有所触动。”

朱贵不反驳，但明确说自己不会刻字，因为自己要接待南来北往的兄弟，很多兄弟都是有身份的，相应的，自己也需要有身份才可以。

这番话让宋万和杜迁同时默默决定，一定要给朱贵脸上也刻上几个字。他们两个人对视一眼，心照不宣。

朱贵最后说："两位哥哥，如果你们一定要刻点什么在脸上，那就千万不要委婉，不要像谜语，而是要直接，越直接越好。我觉得宋万哥哥可以在脸上刻'宋万'两个字，杜迁哥哥可以在脸上刻'江岁'两个字，你们两个人站在一起，那就是'宋江万岁'。哥哥看了一定会非常高兴，甚至还由此有了夺取天下的豪情。"

宋万和杜迁对视一眼，朱贵的建议果然直接。想了想，宋万说："我不能在我脸上刻'宋万'两个字，这不就是把我自己的名字刻在脸上吗？我还是和杜迁兄弟对调一下比较好。"

"那我凭什么把你的名字刻在我的脸上呢？"杜迁质问。

"你刻的不是我的名字，是'宋江万岁'中的第一个字和第三个字，只是碰巧才和我的名字一样而已啊。"

杜迁还是觉得恶心。"那也不行啊，我们两个如果站在一起，大家才可以看到'宋江万岁'四个字，如果你不在我身边，别人看到的就是'宋万'两个字，那个时候人家不会认为这两个字是'宋江万岁'中的一三两个字，只会认为我对哥哥一往情深。"

朱贵把脸扭过去，目光投在白花花的水面上，隐约有一种想一头栽进去的残忍的冲动。

宋万说："那好吧，我就把我自己的名字刻在脸上，你就刻'江岁'两个字，如果我们没有并肩而立，别人看到我，以为我只是刻了自己的名字，看到你，会觉得不知所云。"

"觉得不知所云那就会上前问我，我正好可以解释啊。"

"彪悍的人生不需要解释，"朱贵突然说，"你们还是全都刻上'宋江万岁'四个字吧，这样就什么都不需要解释了。"

这不啻为一种彪悍，宋万和杜迁决定照办。

这个时候，张顺正在南下去请神医安道全。朱贵喝醉了评价这件事说："张顺哥哥真的很神奇，哈哈哈，晁盖大哥身受重伤的时候他根本不记得安道全，哈哈哈，现在倒是记得了，我觉得张顺也会跟晁盖大哥一样中箭身亡的，不信你们看着，哈哈哈，我喝多了，随便说说，你们不要当真，哈哈，我随便说的，看到了就随便说说。"

宋万看着朱贵酒后扭曲的大脸，心里一阵发毛，扭头对杜迁说："他是看到了就随便说说，他是看到了张顺去请神医，还是看到了张顺被箭射死？"

"当然是看到去请神医了，张顺被箭射死他怎么能看到，他又不是神仙。"

"但是他怎么能看到张顺去那么远的地方请人呢？他又没有一直跟着！"

杜迁带着酒后才有或者说特有的不伤和气的愤怒说："你傻 × 了啊，这里的'看到'两个字，相当于知道了，听说了，了解了，不是说他真的用眼睛给看到了！"

宋万还是有些疑惑，想了半天说："朱贵兄弟不简单啊，人称旱地忽律，这个名字不简单，相信他说的'看到'，也不是那么简单。"

"扯淡吧你，喝酒，喝醉了好刺脸。"

朱贵一觉醒来，觉得脸上刺痛，对着镜子看看，血淋淋的四个大字"宋江万岁"被刻在了脸上，他惨叫一声，但没有晕过去，而是更为清醒了。真的是报应，自己给宋万、杜迁出的馊主意在自己的脸上实现了，早知如此，还不如当初说好听一点的呢，如"忠义无双""精忠报国""岁月静好"……

让朱贵没有想到的是，朱富来找自己谈事情，一见了他脸上的刺字，也一定要照刻。朱贵劝阻无效，临下手时，他诚恳地问朱富："兄弟，真的要刻这几个字吗？要不要换几个，忠义无双啊精忠报国啊大宋无敌啊，都可以的，实在不行还可以刻'犯强汉者虽远必诛''不要辜负这个美好的时代'……"

"啰唆，我刻的宋江万岁，就是说我大宋江山千秋万岁，简称宋江万岁，动手吧哥哥。"

宋万那边，见顺利地在自己和朱贵的脸上刻上了“宋江万岁”几个字，顿时来了血性，一口气把杜兴、邹渊、邹润、蔡福、蔡庆、王定六、郁保四几个人脸上全都给刻上了字，均为“宋江万岁”。恰巧他们一起在乐和的带领下搞了一个乐队（见《为梁山写一首歌》），这支乐队就被叫作“万岁乐队”。

这群脸上刺金的汉子，白天吹拉弹唱，乱喊乱叫，晚上聚众喝酒，声泪俱下。第二天日上三竿才一个个翻身起来，用眼睛打量着周围的一切，直到看到了镜子里的自己和脸上的这几个字，才醒悟过来自己是谁，在哪里，要干什么，于是又开始吹拉弹唱，呼号吼叫。

越来越多的兄弟要加入他们——不是加入乐队，是加入刺字的行列，似乎唯有如此才算兄弟。

神机军师朱武有一次打量了好几位兄弟后，说了一句：“各位，你们的脸都很大，都是大脸啊，刻四个字太浪费了，应该刻八个字才对。”

他这句话提醒了还没有刻字的兄弟，他们升级了，纷纷在脸上刻上了八个字。

有的是“宋江万岁，忠义无双”——确实是一次升华。

有的是“三军护国，万世安民”——是升华中的升华。

还有的人刻的是“大哥大哥，大哥大哥”——语言的魅力。

还有人打算在脸上刻下“这盛世如你所愿”几个字，因为事先走漏了消息，正在刻的时候，武松、林冲和杨志闯了进来，把刻字的人和被刻的人狠狠打了一顿。

林冲怒吼着：“什么盛世！如果是盛世，我现在应该已经是都教头了！”

杨志也喊道：“你居然敢说现在是盛世，如果是盛世，我堂堂杨门之后，应该至少是统兵大将才对！”

武松一阵冷笑，打了那人几个巴掌说：“如果是盛世，我现在应该早就从都头做到提辖了。”

被打的两个人也一齐喊：“各位大哥别打了，不是就不是吧，如果是盛世，那应该刀枪入库马放南山，各位大哥也应该都是读书人才对。”

“读什么鸟书！”武松怒吼一声，转身走了。

每一个在脸上刻字的兄弟，都喜欢往宋江面前凑，希望能够被认可，被欣赏，被接纳为同类，被重用为亲信。只是，那个时候大家已经轻易见不到宋江了，每次聚众议事，宋江都坐在最高最深的地方，前面是黑压压的一群人，大伙能看到他的身形但看不到他的目光，能听到他的声音但看不到他的脸色，宋江在自己的声音中越来越远。

不议事的时候更加见不到宋江了，他开始深居简出，也不在忠义厅和大伙一道推杯换盏了，开始吃小灶。小灶位于忠义厅的后面，七拐八拐进去，美美的一桌饭菜排在桌子上，宋江横看竖看，有时候还把菜重新列阵，然后才坐下来吃——这些，都是少数心腹透露出来的细节。

既然见不着宋江大哥，这群脸上带着金印的好汉们就常常自动聚会，自娱自乐，倒也能如愿达到高潮。他们还互相打趣彼此脸上的字：

“你脸上这几个字太丑了，谁给你刻的，他是不是喝醉了？”

“你脸上的字才丑，给你刻字的人是不是用左手写的？”

“岂止左手，脚写的都比这个好看！”

“你这些字本来是打算刻成瘦金体吧，现在怎么肿了，成了肥羊体了。哈哈哈。”

这一切的彼此打趣挖苦都显得有气无力，因为一些心腹人士正在传播着这样一件事，那就是在神医安道全的调理下，宋江大哥脸上的刺字正在变暗，正在消失，宋大哥即将成为一个脸上不着一字、细皮嫩肉的美男子。每个知道这个消息的人都偷偷地抚摸着脸上的伤疤，不知所措。

人在不知所措的时候就会唱歌，乐和那段时间天天唱，粗通文墨的人从他口音深处记下了唱词，大意是：“怎么会从你的双眸中决定了我的难过，这次只有我们知道在彼此之间交换的承诺，没有说出感受，只有不经意的沉默，却不能肯定你真的会懂……”

作为刺字浪潮的始作俑者，宋万和杜迁内心恐惧，觉得害了自己，更是害了朱贵、朱富还有更多的人。他们相约来到小树林，两个人蹲在池塘边，背影像是在钓鱼，其实是觉得茫然。水面清澈，足以当作镜子，山风让池水轻轻荡漾，镜子里的脸和字都那么的不真切。

“我没有想到宋大哥会把脸上的字给去掉。连狄青将军在皇上面前都要留着黑疤，我们宋大哥怎么连狄青都不如呢？”

“不管宋大哥如何，我们都不如他。我们还是把脸上的字给去掉吧，不然显得和宋大哥格格不入。”

“唉，怎么去，怎么去呢？”

“我不知道怎么去，但是一直唉唉唉的，肯定也去不掉。”

“唉……”

两个人叹气，发呆，惆怅而且恐惧，但是并不愤怒，或许是眼前的树木花草和果蔬已经把他们的心肠变软了，树木轻柔，花草养眼，果蔬多汁。每次身在其中，宋万和杜迁都有一种已经解甲归田、人生圆满的感觉，现实里的没有解甲、不甚圆满，也可以被暂时放一放。

“我看，脸上的字就放一放吧，等我们死了之后，它就不存在了。”宋万说。

杜迁说：“那我们带着字，怎么有脸去见大哥呢？”

一个声音从后面传来：“你们两个蠢货，你能见到大哥吗？你不觉得是大哥没脸见你们吗？”

宋万、杜迁一跃而起，冲着林中大喊谁谁谁。但是没有人，只有风。

天下太平

莫　言*

1

小奥，大名马迎奥，但除了学校里的老师叫他的大名，村子里的人都叫他小奥。

星期天上午，因为下雨，没法放羊，爷爷让小奥在家学习。他趴在炕沿上，翻了几页课本，心中感到厌烦。又看了一遍那本看过很多遍的儿童绘本，更烦。他的目光盯着墙上一只壁虎看，看……突然，那壁虎向一只蚊子扑去。蚊子到嘴时，壁虎的尾巴一声微响，断裂了。另一只壁虎从黑暗中蹿出来，把那条在炕席上跳动着的小尾巴吞了下去。小奥大吃一惊，蹦了起来。他很想把奇迹告诉爷爷，却听到了爷爷响亮的鼾声。原本坐在灶旁用柳条编筐的爷爷手里攥着柳条睡着了。他悄悄地从爷爷身边绕过去，顺手从门后抓起一个破斗笠扣在头上，然后轻轻地穿过院子，蹿出大门。两只拴在柿子树下的山羊咩咩地叫着，他没理睬它们。

雨下得不大不小，头上的破斗笠发出噼噼啪啪的响声。新用水泥铺成的大街上汪着明晃晃的雨水。他一边跳踩着水汪，听着咕叽咕叽的水声，一边念叨

* 莫言，原名管谟业。山东高密人。中国作协副主席。著有《莫言文集》(12卷)。中篇小说《红高粱》获全国中篇小说奖。2011年8月，长篇小说《蛙》获第八届茅盾文学奖。2012年10月，获诺贝尔文学奖。

着同学们篡改过的诗句:“小鳖他老姐，最爱把气生。哭了一整夜，天明不住声。圈里母猪黑，窗上玻璃明。养猪发大财，全家进了城。”

大街上没有人，一条狗夹着尾巴，匆匆地跑过。一只麻雀叼着一只知了从很高的空中飞过。那知了尖厉地鸣叫，拼命地挣扎。小奥听出了知了的愤怒和不服气，这么大的知了被小麻雀儿擒住，它怎么能够服气？果然，那知了挣脱了麻雀的嘴，尖叫着钻到天上去了。小奥从来没有想到知了能飞得这样高。那只失去了猎物的麻雀，筋疲力尽地落在张二昆家的门楼上，半天才发出了一声叫，仿佛老人叹气。

张二昆家的大门是村子里最气派的大门。在张二昆家大门两侧白色的墙上，右边写着“改建新式厕所”，左边写着“享受文明生活”。张二昆是村子里最大的官。村里人都不乐意把改建厕所的宣传口号写到自家墙上，二昆说那就写到我家墙上。张二昆当官两年就把这个乱得出名的村子治理得服服帖帖。张二昆让村子里的人都坐上了马桶。张二昆说农民坐着拉屎是小康社会的重要标志。小奥想到刚开始爷爷蹲到马桶上骂二昆，过了几天爷爷坐到马桶上夸二昆。张二昆当官前是村子里最大的刺儿头。他曾经将他的前任拖到村西头那个大湾里。小奥记得那天的场面，真像过节一样。那个官不会游泳，在湾里挣扎，喝湾水把肚子都喝大了。那个官刚爬到湾沿上就被张二昆踢下去。爬上来又踢下去。爬上来又踢下去。后来那个官哭着说:“二昆，爷爷，我承认了还不行？”张二昆说:“你大点声说，让大家伙都听到，你承认了什么？”那个官说:“乡亲们，我承认，我将黑青铁路占咱们村的公留地的赔偿款挪用了一点点。”张二昆说:“大家伙儿都把手机拿出来录视频，你大点声，当着大家的面说清，说你贪污了多少，怎么贪污的。说不说？不说你今天就在湾里泡着吧……”小奥记得那是前年二月里的事儿，湾里的冰刚刚融化，水很凉，小北风一吹，站在湾边的人都忍不住打哆嗦。大家都开了手机录视频，那个官站在湾沿，浑身流着水，嘴唇发青，哆嗦着交代罪行。小奥爷爷不会用手机录像，急得跳脚。小奥把爷爷的手机夺过来，点了几下。爷爷说:“小东西，你跟谁学的？”张二昆说:“乡亲们，把证据保存好，千万别删了。我去投案了。”乡亲们说：“二昆，我们联名保你。”

小奥路过张二昆家大门口时，看到路边停着一辆黑色的奥迪，车后粘着一个银色大壁虎。他畏畏缩缩地靠近那壁虎，想用手指戳戳它。就在他刚刚伸出手指时，一扇大门嘎嘎响着打开了。张二昆跟随着一个五大三粗的黑汉子走出来。那黑汉子腆着肚子，腰带扎在肚脐下边。张二昆与那黑汉子握手，脸上挂着笑，嘴里连声说：“您尽管放心，袁武的工作我去做。”小奥不认识黑汉子，但他知道袁武是他的同学袁小鳖的爹。袁小鳖大名叫袁晓杰，小鳖是他的外号。黑汉子距离奥迪车还有七八步时，司机从车里猛然钻出来，把小奥吓了一跳。司机小快步绕到车右，拉开后边的车门。黑汉子对着张二昆双手抱拳晃了晃，弯腰钻进车里，车体猛地落下去一截，车轮也瘪了一些。司机不轻不重地推上车门，然后疾步回到驾驶座上。车轻快地往前跑去，排气管里冒出白色的雾气。张二昆对着车招手，目送着车沿着湾边的公路右拐北去。这时，他才像突然发现了似的，惊讶地问：“小奥，你在这里干什么？”小奥指一指门楼上的麻雀，悄悄地说：“知了飞了。”张二昆冷笑一声，道：“什么知了飞了，回家写作业去。”

小奥站得笔直，盯着张二昆看。他看到张二昆穿着一件壁虎牌T恤衫，胳膊上刺着一条青色的壁虎，与T恤衫上那条壁虎上下呼应。张二昆虎着脸说：“看什么？鳖羔子，回家让你爷爷给你爹娘打电话，让他们赶快滚回来，我们太平村要干大事，不用出去打工了。”张二昆转身进门，大门哐当一声关上。这时，小奥发现那只麻雀大概是死了，因为它蹲在瓦楞上一动不动。它一定是气死的，小奥想，麻雀气性真大。

2

溜达到村西大湾，他看到湾边有两个男人在打鱼。两个男人一高一矮，高的年轻，矮的年老。他听到那个高的叫了一声爹，才知道这是爷儿俩。现在的儿子都比爹高，他记得张二昆站在大街上说，儿子为什么都比爹高？是人种进化了吗？非也，非也，是生活水平提高了！他们身上都披着那种带连帽的红色塑料雨衣，手里都提着一张旋网。湾水灰白，疏密不定的雨点儿将水面敲打得千疮百孔，细密的乳白色雾气升起来。红色的打鱼人站在水边显得格外醒目。湾边有十几棵粗大的垂柳，树干因雨淋湿而发黑，柔软的绿色枝条，直探到水里。有几只燕子贴着水面飞翔。最北边那棵柳树下倒扣着一条锈得发红的铁皮船，这是前任村干部购置的。他异想天开，想吸引城里人到湾里来划船。小奥不记得有人坐过这条船，从他记事起这条船就这样倒扣在柳树下。那两个打鱼人赤着脚，挽着裤子，裸露着小腿。老打鱼人枯树干一样的小腿上，沾着褐色的泥。年轻打鱼人的小腿很白，丰满的腿肚子上沾着黑泥。他们的面目模糊不清，但口中不时龇出的白牙齿，让小奥感到他们是在按捺不住地窃笑。他们手中提着的旋网，底下拴着铅制的沉重的网脚，散开口比碾盘还大。他们在撒网前，总是先站稳脚跟，铆足了劲儿，掂掂量量，唰的一声，就撒出去了。网在空中短暂飞行，接触到水面的那一刹那，网脚已经散开，像一张圆形的大嘴，带着吞噬水中万物的霸气，把一片水域罩住。稍停片刻，打鱼的人开始往上拉网，缓缓地，试探着，小心翼翼。网的上端是细的，越往下越粗大。拖上来的部分，淅淅沥沥地滴着水，一环一环地挽在臂弯里。水底的淤泥被网脚拖动，湾里的水浑浊起来，漾起了怪臭的气味。到了最后，整个网脱离了水面，打鱼人将身体弯下去，用胳膊挽着网，猛地提起来。这时的网分明重了许多。可以看到网里纠缠着黑色的水草，还有活的东西在水草里挣扎。打鱼人把网提到湾边较为平坦的地方散开，将网中兜住的东西抖出来，有水草，有淤泥，有沤烂了的鸡毛掸子，有破塑料盆，有砖头瓦块，还有各种颜色的塑料袋子。但每一网总有几条鱼，大都是鲫鱼，明晃晃的，像犁铧一样。好大的鲫鱼啊。小奥兴奋地想着，看着。黑色的蛤蟆，在那些被网拖上来的淤泥和水草中，笨拙地爬动着。打鱼的人把蹦跳着的鲫鱼按住，抓起来，塞进腰间的蒲草包里。与那些大鲫鱼相比，蒲包的口儿似乎小了。有几网，除了鲫鱼，还有黄鳝，还有泥鳅。

最为奇特的一网，是儿子撒出的。儿子比老子高出半个头，胳膊也长出一截，力气也显然比老子大得多。小奥看到那儿子在水边站成一个马步，有条不紊地将网理好，挽在胳膊上，然后身体前探，猛地撒了出去，嘴巴里发出哎嗨一声，那网直飞到大湾深水处，无一折叠地打开，成一个优美大圆。这一网连小奥也觉得精彩，嘴巴里发出赞叹之声。老头子更是欣赏，眼睛里放射出光彩。网沉水中，稍候片刻，儿子便慢慢收网，一截一截地，挽到胳膊上。下边越来越粗，网眼越来越大，网眼上形成的水膜儿哔哔响着破裂。网猛烈地抖动了一下，湾水中泛起灰绿的浪花，似乎网住了大家伙。小奥看过很多次打鱼，知道网住大鱼一定不能急，如果拉急了，大鱼暴躁起来，一挺身子，那锋利的鳍尾，就把网给豁了。儿子的脸色顿时凝重起来，老头子也不再撒网，看儿子收网，低声提醒着："稳着点，稳住……"那网收到五分之四的样子，网里又有一次大动，儿子和老子的脸色都成了铁。老子将自己手中的渔网放下，低声说："不要拉了，稳住。"老子小心翼翼地下了水。儿子说："爹，你来拢着网，我下去。"老子不回答，慢慢往水中走。水淹到了他的肚子。他弯下腰，摸着网口的铅坠，慢慢往里拢。小奥虽然看不到，但他知道那网口已经在水下合拢。老子给儿子使了一个眼色，儿子手上又使了劲儿。老子在水里几乎把网揽在怀里，慢慢地往前推，终于靠近了水边。爷儿俩配合默契，将臭烘烘的网抬出水面，沿着倾斜而滑溜的湾涯，水淋淋地拖到了湾边的水泥路上。

他们竟然网上来一只鳖。一只浅黄色的大鳖，比芭蕉扇子还要大一圈儿。那鳖一出网就飞快地往湾里爬，儿子用双手按着鳖盖子，才制止了它的爬行。老打鱼人从腰里摸出一根白色的尼龙绳子，拴住大鳖的后腿。他看看儿子的腰间，又看看自己的身上。爷儿俩腰间的蒲包都塞得鼓鼓胀胀。小奥知道他是想把这只大鳖挂在儿子或是自己腰间，然后继续打鱼。但这只鳖实在是太大了，无法挂。这时，老打鱼人看了小奥一眼。

小奥忽然意识到，这个大湾子，是属于自己村的，湾里的鱼，应该是村子里的财产，这两个不知哪里来的打鱼人，打走了这么多鱼，还有一只价值不菲的大鳖，这是明目张胆的偷盗。他正犹豫着是不是应该去向张二昆报告时，听到那个年轻的打鱼人说：

“爹啊，这个大鳖足有十斤重，蒲包子也满了，我们该回去了吧？”

“急什么？”老打鱼人压低了嗓门说，“今日该咱们爷儿俩发利市了……”

“没地方盛鱼了啊！”年轻的打鱼人大声说。

“小点声音，怕村子里人不出来是不是？”

老打鱼人不满地责备着儿子，然后说：“把裤子脱下来。”

“干什么？”儿子疑问着，但还是摘下腰间的蒲包，将裤子脱了下来。

老打鱼人看了小奥一眼，将拴鳖的绳子递给儿子，自己也弯腰脱下裤子。老打鱼人的内裤破了一个窟窿，幸亏有塑料雨衣遮挡着。老打鱼人先将自己的裤子两条腿扎起来，撑开裤腰，让儿子用脚踩住拴鳖的绳子，腾出手，把蒲包里的鱼，扑棱扑棱地倒了进去。然后他又将儿子的裤子腿扎起来，将自己蒲包里的鱼倒进去。他从裤腰上抽出发黑的牛皮腰带，扎在红色塑料雨衣外，显得很是精干。儿子学着老子的样子，把棕色的人造皮腰带抽下来，扎在红色塑料雨衣外，显得很是利落。最后，老打鱼人折了几根柔软的柳条，将裤腰扎起来。老打鱼人黑色的裤子和他儿子的灰色的裤子，就像两条分岔的口袋，鼓鼓囊囊地躺在路上。雨点儿落到裤子上，鱼在裤子里扑棱着。小奥知道，如果是鲢鱼，离水片刻就死，但鲫鱼命大，离水许久，还能扑棱。

老打鱼人扯着拴鳖的绳子，看看小奥，笑着说：“小伙计你好啊！”

小奥点点头，没有搭腔。但老打鱼人脸上的微笑，消解了他心中的敌意。老打鱼人将那两裤子鱼放在那棵裸根如龙的大柳树下，又把那只大鳖拴在了柳树凸出地面的根上。他做好了这些，低声对小奥说：“小伙计，帮我们看着，别吭声，我们走时，会送给你两条鱼，两条最大的鱼。”

小奥看着那两裤子鱼和那只大鳖，依然没有吭气。

那只大鳖错以为得到了解放，急匆匆地往湾里爬，但拴住它后腿的细绳很快就拽住了它，它一挣扎，就被绳子拴住，一条后腿被长长地拉出来。再一用力，它翻了跟斗，肚皮朝天，四条腿蹬歪着，好不容易翻过身来，继续往前爬，随即又被拖翻，肚皮朝了天，再翻过来，再挣扎。折腾了几次，它不动了，似乎在生闷气，两只绿豆小眼里放射出阴森森的光芒。

小打鱼人蹲下身，脸上流露出孩子般的顽皮神情，伸出一根手指，去戳鳖甲。他得意地说："爹，其实咱有这只老鳖就够了，野生大鳖，贱卖也要给咱们两千……"

老打鱼人瞪了儿子一眼，低声呵斥："闭嘴吧你！"

小打鱼人继续用手指戳鳖甲，甚至去戳鳖头，脸上的喜色掩饰不住地洋溢出来。

"你找死啊？"老打鱼人训斥道，"被这样的野生老鳖咬住手指，它是死活不会松口的。"

"说得怪吓人的……"小打鱼人不屑地嘟哝着，但那根刚触到鳖头的食指，机敏地缩了回来。

"不被鳖咬你就不知道鳖的厉害！"老打鱼人说着，突然打了几个喷嚏，低声嘟哝几句什么后，对小奥说："小伙计，怎么样？今天算你好运气，既看了热闹，又白得两条大鱼。"

"我不要鱼，"小奥盯着老打鱼人眼睛，低声说，"我不要鱼。"

"你不要鱼？"老打鱼人皱了皱眉头，问，"你竟然不要鱼，那你想要什么？"

"我要这只鳖。"

"你要这只鳖？"老打鱼人冷笑一声，说，"你可真敢开牙！"

"我不要鱼，我就要这只鳖。"小奥坚定地说。

"你知道这只鳖值多少钱吗？"小打鱼人提高了嗓门，说，"这两裤子鱼，也卖不过这只鳖。"

"我不管，你们如果要让我看鱼，我就要这只鳖。"小奥说。

"我们凭什么要给你这只鳖？"小打鱼人顶了小奥一句，看着他的爹，不满地说，"我们为什么要他看？鱼装在裤子里，鳖拴在树根上，跑不了的。"

小奥傲慢地说："我根本就没要给你们看鱼，是你们让我给你们看鱼，是你们要给我两条大鱼。"

"那么，"小打鱼人说，"我们现在不要你给我们看鱼了，我们也不要送你鱼了。"

雨不大不小地下着，鱼在湾里翻着花儿，发出哗啦哗啦的声音，湾里散发着腥臭的气味。

老打鱼人看了一眼湾里的水，说："小伙计，你先帮我们看着，至于这只鳖，等我们要走的时候，再跟你商量，也许，我们高了兴，还真的把它送给你。但如果你捣蛋，惹我们不高兴了，那我们不但不会送你鳖，我们连一片鱼鳞也不会送给你。"

"你们去打鱼吧，反正我要这只鳖。"

"反正你要这只鳖？！"小打鱼人轻蔑地说，"反正个屁！我们什么也不会给你，你能怎么样？"

"我能怎么样？"小奥冷冷地说，"我能跑到村子里去，到张二昆家，告诉他，来了两个打鱼的，把湾子里的鱼快要打光了，还打了一只鳖，一只大鳖。他们已经打了满满两裤子鱼，他们还在打。"

"这鱼是野生的，鳖也是野生的，我们为什么不能打？"小打鱼人说。

"这个大湾子是我们村子里的，"小奥说，"这湾子里的鱼，自然也是我们村子里的。"

"屁，你们村子里的，你叫叫它们，它们答应吗？如果你叫它们，它们答应，那就算是你们的。"小打鱼人说。

"我叫它们，它们不会答应，"小奥毫不示弱地说，"但张二昆叫它们，它们就会答应。张二昆家里养着一条狼狗，像小牛一样高大，每次可以吃五斤肉。张二昆家还有一面大铜锣，他一敲锣，全村的人都会跑来，把你们围起来，没收你们的鱼，没收你们的鳖，没收你们的网。如果你们不老实，就把你们扔到湾子里去，哼！"

“吓唬谁啊？我们是吃着粮食长大的，不是被人吓唬着长大的。”小打鱼人说。

“你这个小伙计，年纪不大，口气不小啊！”老打鱼人看看湾子里被雨点儿打得麻麻皴皴的水面和大鱼不断翻起的浪花，抬手擦了一把脸上的水珠，说，“小伙计，你也不用吓唬我们，我和张二昆，早就认识，我们两家，还是瓜蔓子亲戚，论道起来，他该叫我表叔。你叫来他，他就会请我们去他家喝酒。我不愿意惊动他，是怕给他添麻烦呢。”

小奥冷笑着，不说话。

“其实，不就是一只鳖吗？”老打鱼人说，“等我们把这两个蒲包打满，我们就把这只鳖送给你。但你必须帮我们看着这些鱼。”

“好吧，我帮你们看着鱼。”小奥说。

“爹，你真是慷慨！”小打鱼人气哄哄地说，“我们凭什么给他？”

“行了，你就少说两句吧。赶快，趁着雨天鱼儿往上翻腾，多打几网。”老打鱼人对儿子使了一个眼色，转回头对小奥说，“小伙计，你可千万别戳弄它，被它咬住就麻烦了。”

两个打鱼人急匆匆地沿着斜坡下到水边，他们不时地回头看树下，显然是对小奥不放心。他们对着湾中大鱼翻花的地方将网撒下去，丰盛的收获，使他们暂时忘记了往这边张望。

小奥看看空无一人的街道和寂静的村子，心中又感到无聊。他看到有几户人家的烟筒里冒出了白色的炊烟，知道做午饭的时候到了。他有点记挂爷爷了，但既然答应了给人看鱼，而且那个老打鱼人已经答应了会将这只大鳖给自己，他不能离开。他想，这只老鳖到手后，是拎到集市上卖了呢，还是炖汤给爷爷补身体？自从去年奶奶去世后，他发现爷爷的身体越来越不好了。爷爷过去编筐时从不困觉，现在爷爷编筐时经常打呼噜。爷爷是编筐的高手，张二昆说要帮爷爷把筐卖给外国人。

裤子里的鱼渐渐地安静下来，那只大鳖也认了命似的一动不动。小奥仔细地观察着这只鳖，只见它背甲绿里泛黄，甲壳上布满花纹。甲边的肉裙又肥又厚。脖子周围，臃着黑色的疙瘩皮，头是黑的，但鼻子是白的。小奥知道这是只上了岁数的老鳖，心中生出几丝敬畏。小奥看到鳖头上那两只晶亮的绿豆眼放射着仇恨的光芒，忽然感到身上发冷，很多从爷爷和奶奶嘴里听过的鳖精故事涌上心头。小奥觉得眼前这只被拴住后腿的鳖，就是一只鳖精，只要它一施展法术，就会水势滔天，决堤毁岸。只要它摇身一变，就会变成一个白胡子老头，站在自己面前，讲述前朝旧事。那老鳖似乎看出了他的胆怯，猜到了他的心思，两只小眼的光芒愈发地明亮凶狠起来。

一时间小奥不敢与鳖眼对视，他用求助的目光去寻找打鱼人，却发现他们已经转到大湾的对面去了。他们的面目已经模糊不清，身上的红色雨衣在雨中漶化成两大团颜色，他们的旋网像一道道明亮的闪电，不时地在水面上颤抖着展开。他想喊叫他们，但突然感到他们行迹诡异，也许他们也是鳖洞里的老鳖，幻化成人形，来考验他的意志和忠诚。于是就努力地回忆他们的模样，越想越觉得他们的容貌怪异，仿佛戴着假面的妖精。他抬头往远处看，正好看到那条从大湾南面斜着穿过的黑青铁路上，有一列绿色的只有四节车厢的火车无声地滑过。车上似乎也没有乘客，一闪而过的车窗上似乎都挂着洁白的窗帘。他记起村里人关于这条铁路和这列神秘列车的议论。人们实在想不明白为什么要占数万亩的良田，花数十亿的资金修这样一条斜劣霸道的铁路，每天只有这样一列似乎什么也没拉的火车从这里滑过去，列车时刻表上查不到这列火车的任何信息。他于是感到这条铁路、这列火车都与这个大湾里的老鳖有关系。鳖洞是不是像那些绘本上所画的那样，连通着另外一个世界？而另外那个世界里的人，长得是否跟老鳖一样？

越想越怕，低头看老鳖，似乎觉醒了似的，又开始了挣扎，重复着向前爬行、绳扽后腿、四肢朝天、困难翻转、再爬再翻的游戏。小奥下定决心，要放了这个老鳖。他想，既然两个打鱼人也是老鳖变的，那放了同类不正是它们期待的吗？也许这就是应对它们考验的最好的举动。放了老鳖，让鳖精知道我的善良，然后它们就会保佑我的爹娘多挣钱，保佑我的爷爷身体好，保佑我考试得高分……于是小奥解开了树根上的绳子，低声说："你走吧。"但那老鳖竟然一动不动了，刚才还疯狂挣扎呢。小奥看着老鳖，老鳖也瞪着两只小眼看小奥。老鳖尖尖的嘴巴，晶亮阴森的小眼，让小奥感到似曾相识，似乎是在什么地方见过的一个男人的脸。小奥又重复了一声，说："你走吧。"但老鳖依然不动。小奥终于明白，老鳖是不愿意拖着一根尼龙绳子下湾的，那将给它带来诸多的不便，也会让水族们嗤笑。小奥说："老鳖，老鳖，我明白你的意思了。我帮你把绳子解开就是。"小奥弯下腰，试图去解拴在鳖后腿上的绳子时，那老鳖，却以闪电般的速度，咬住了他的右手食指。

3

小奥惨叫一声。与其说是因痛苦而喊叫，不如说是因恐惧而喊叫。他猛地站起来，但不得不随即蹲了下去。因为老鳖咬住了他二分之一的食指，他的站起，只是把老鳖的脖子拽出了腔壳，它的四个爪子牢牢地扒着地面，身体没有动弹。深刻到骨头里的疼痛让小奥不得不乖乖地蹲在了老鳖面前。他感到老鳖的咬劲很大，似乎尖利的牙齿已经刺进了自己的指骨，只要挣扎，半截食指就会断在老鳖的嘴巴里。小奥一屁股坐在地上，大声哭喊起来。

小奥喊叫那两个打鱼人，但他们已经转到了大湾的南边，那两团红色的漶影更加模糊，而那一道道闪电般的网影也更加明亮而梦幻。小奥又往外挣了几下手指，但似乎每挣一下，老鳖嘴巴上的力道就更足了一分。他哭着诉说："老鳖啊老鳖，我是想放你的生啊，我是善良的孩子，我奶奶信佛，不杀生。我刚才想把你杀了给我爷爷炖汤喝是我错了，我一时糊涂了，我只记得行孝，忘了我奶奶对我的教导。老鳖，老鳖，你饶了我吧……"

"小奥，小奥！"绝望中他听到了爷爷的喊声，同时也看到了爷爷的身影。他不敢大声回应，生怕因此惹老鳖生气而加大咬劲儿。他低声哭泣着说："爷爷……爷爷……快来救我……"

爷爷终于看到了小奥，并尽着一个老人的最大的力量，跌跌撞撞地来到大柳树下。气喘吁吁地看清楚了孙子和老鳖的关系后，爷爷抬起拐棍就在鳖壳上捣了一下子。小奥随即发出一声哀号，仿佛那拐棍不是捣在鳖壳上，而是捣在了他的背上。爷爷不明就里，抬起拐棍又要捣，小奥哭着哀求："爷爷，别捣了，您越捣，它咬得越紧……"

爷爷焦急地转着圈子，叨叨着："这是咋整的，我还以为你在学习呢，你怎么跑到这里来了？这是咋回事，谁的鳖，怎么能咬着你呢？真是的，这是咋回事呢……"爷爷前言不搭后语地念叨着，围着老鳖和小奥转着圈，似乎时刻想抬起脚踢那老鳖。小奥哀求着："爷爷，爷爷，您千万别踢它，您踢它，它就把我的指头咬断了……"

"这怎么办？"爷爷望着湾对面那两个打鱼人，吼道，"这是你们的鳖吗？你们的鳖把我孙子的手指咬了，你们要负责……"

两个打鱼人没听到爷爷的喊叫，只顾一网接一网地打鱼。不断有银光闪闪的大鱼被他们从网中抓起，塞到腰间悬挂的蒲包里。

"爷爷，您快去叫我星云姑姑吧，她一定会有办法救我。"

星云是小奥姑奶奶家的女儿，是村子里的医生。小奥相信，星云姑姑一定有办法让这老鳖松口。

爷爷拄着拐棍一瘸一颠地走后，那两个打鱼人过来了。他们腰间悬挂的蒲包已经塞满了，几条大鱼的半截身子露在蒲包外摆动着，随时都可能蹦出来。他们拖着沉重的、散发着臭气、滴沥着污水的旋网，虽然看上去步履踉跄、筋疲力尽，但脸上洋溢着喜气。小奥哭着喊："救救我……"

老打鱼人是大为吃惊的样子，小打鱼人却是满不在乎甚至幸灾乐祸的表情。

"你这小伙计，我不是跟你说了，不要戳弄它吗？"老打鱼人懊恼地抱怨着，放下渔网，摘下蒲包，蹲下观察情况。

"小子，"小打鱼人轻佻地问，"被鳖咬着什么滋味？"

老打鱼人白了儿子一眼，道："赶快，想办法让老鳖松开口。"

“那还不简单吗，我一只脚踏在它的背上，还怕它不松口吗？”小打鱼人说着，就要将泥泞的大脚踏到鳖背上。

小奥用哀号制止了他。

老打鱼人也说：“不行，鳖这东西邪性，你越踩它，它越用劲，那这小伙计的指头就要断在鳖嘴里了。”

小打鱼人说：“断了就断了呗，不就是根指头嘛！”

老打鱼人看看从村街上匆匆跑过来的几个人，低声道：“他的指头断了，我们还走得了吗？”

“怎么就走不了了？”小打鱼人嘟哝着，“又不是我把他的指头咬了下来。”

老打鱼人压低了嗓门说：“你就闭嘴吧。”

小奥看到了爷爷和背着药箱子的星云姑姑，还有一个大个子，是星云姑姑的丈夫，县畜牧兽医局的侯科长。他激动得鼻子发酸，眼泪溢出了眼眶。

“怎么回事？”星云姑姑弯下腰，观察着情况。

侯科长严肃地质问打鱼人：“这是你们的鳖吗？”

老打鱼人抢着回答：“这鳖确实是我们从湾里打上来的，但我们已经把它送给了这个小伙计。”

侯科长摇摇头，说：“这么贵的东西，你们怎么会送给他？”

“是这样，领导，”老打鱼人看出了戴着眼镜、镶着烤瓷牙的侯科长的官员身份，谦恭地说，“我们让这个小伙计帮着看鱼，我们把这只大鳖送给他了。”

“刚开始我们只是要送给他两条鱼，但他一定要这只鳖！”小打鱼人说，“我没有答应，但我爹答应了。我们打到的鱼加起来，也不值这只老鳖的钱。”

“君子一言，驷马难追！”老打鱼人说，“从我答应了那一霎起，这只大鳖就是这个小伙计的了。”

“是这样的吗？”侯科长问小奥。

小奥点点头。

侯科长道：“你们真够大方的。”

星云姑姑打开药箱，拿出一把镊子，戳了戳鳖头。那鳖的头猛地往后搐了一下，小奥发出一声哀号。

侯科长急忙道："你不要乱动！鳖这东西，是有性格的。"

"什么性格？"星云道，"不就是一只鳖吗？低级动物。"

"别这么说，别这么说，"爷爷目光哀怨地看看众人，然后低头对老鳖祈告，"大帅，大帅，原谅他小孩子无知，您松口吧……"

小奥不明白爷爷为什么将老鳖称为大帅，他知道这名称后定有好听的故事，但他现在顾不上了。

星云姑姑试试小奥的额头，又摸摸他的脉搏，抬头问侯科长："要不要给他输点液？"

"不用吧？"侯科长想了一下又说，"不过输点也没有坏处，加点抗生素，防止伤口感染。"

星云姑姑说："那我回去取药。"

侯科长道："你顺便喊一下二昆。"

老打鱼人跟儿子使了一个眼色，说："领导，那我们走了。"

他弯腰抓着一裤子鱼，将裤裆叉在脖子上，两条盛满鱼的裤腿顺到胸前，腥臭的污水也顺着裤脚流下来。侯科长一把抓住他的胳膊，说："您别急着走，这个村的书记马上就到了，等他来了，说清楚了你们再走也不晚。"

"凭什么不让我们走？"小打鱼人怒气冲冲地说，"这只老鳖值好几千块呢，我们不要了还不让走？你们限制我们的人身自由，是犯法的。"

"年轻人，火气别这么大。"侯科长笑着说，"看，我们的村干部来了。"

二昆叼着烟卷，打着饱嗝，懒洋洋地走过来。

"怎么回事，爷们？"他低头看了一下，扑哧一声笑了，"太好玩了，爷们儿，你真是会玩，我活了大半辈子，还是第一次看到鳖咬人。什么感觉？"

小奥咧咧嘴，哭着说："大叔，救救我吧……"

"哭什么？"二昆道，"这还不好办？看我的。"他将烟头放在嘴边吹了吹，将火头猛地按在鳖头上。

小奥又是一声哀鸣。一股暗褐色的腥臭液体从鳖尾巴下窜出来。

“不能这样！”侯科长道，“你这家伙，实在鲁莽！”

“奶奶的，这问题还真有点严重了。”二昆摸出手机，拨打了110，他安慰小奥，“爷们儿，不要急，110马上就到，他们有办法。”

侯科长道：“你这家伙，亏你想得出。”

上下打量着两个打鱼人，二昆指指老鳖，问：“这个鳖玩意儿，是你们弄上来的？”

老打鱼人从腰里摸出一个塑料纸包，揭开，现出一盒皱巴巴的香烟，用湿漉漉的手笨拙地抽出一支，递给二昆，道：“书记，请抽烟。”

二昆道：“老爷子，少来这一套，我不抽你的烟。”

老打鱼人尴尬地笑笑，说：“您是嫌咱的烟不好呢，穷打鱼的，能抽上这个就不错了。”

“别说这些没用的，我问你话呢。”二昆道。

“要说这鳖，确实是我们打上来的，不过，这小伙计要，我们就送给他了。”老打鱼人道。

“这么慷慨？”二昆道，“这鳖玩意儿最少也有十斤！我这辈子没见过这么大的鳖，大叔。”

他转脸问小奥的爷爷：“大叔您经多见广，您见过这么大的鳖吗？”

小奥的爷爷摇摇头。

“您呢，畜牧局的专家，”二昆问侯科长，“您见过这么大个的鳖吗？”

“前几年龟鳖协会在市里搞过一次评比，鱼滩养鳖场参展的一只鳖跟这只个头差不多。”侯科长说，“不过，那是人工养殖的，用配方饲料和激素催起来的。”

“我们这大湾也被袁武这个狗日的给污染了，满湾激素。”二昆恨恨地说，“所以，这也是一只激素鳖、变态鳖！”

“这次市里下了大决心整顿不合格畜禽养殖场，”侯科长说，“袁武这个场间题很多，必须关闭。”

“你们这次可要狠起来，不能虎头蛇尾！”二昆道，“你老婆一家也是受害者呢。”

“壮士断腕，毫不留情！”侯科长斩钉截铁地说。

星云姑姑拿着盐水瓶子和挂吊瓶的器械来了。村子里很多人也跟着来了。

不知何时，雨停了，东南天上出现了一道彩虹。小奥看到彩虹，马上想到去年奶奶死时，天上也出现过彩虹。想到奶奶他悲从中来，便抽抽搭搭地哭起来。

“哭什么啊爷们儿？”二昆大大咧咧地说，“男子汉大丈夫，挺起来，就算把这根指头喂了老鳖，那又怎么样？闭嘴，不许哭！”他摸出手机看看时间，道，“110这些家伙，怎么还不到呢？”

星云姑姑将吊瓶支架竖起来，柔声说：“小奥，没事啊，姑姑给你输上液，咱们跟老鳖较上劲儿，看看谁能熬过谁。”

星云在小奥的左手背上扎上了针头，可能是被鳖咬处的疼痛分散了注意力，往常打针都会吱哇乱叫的小奥，竟然一点都没感到针头扎进血管的痛楚。

老打鱼人对小打鱼人使了一个眼色，说：“二昆书记，还有各位乡邻，这只价值三千元的大鳖，自然是这个小伙计的。除了鳖之外，我们再奉献出一裤子鱼，给各位尝尝新鲜。”老打鱼人将自己裤子里的鱼倒在柳树下，说，“如果没有事，我们就走了。”

那些生命力顽强的鲫鱼，在柳树下蹦跳着，一片银光闪烁。二昆飞起一脚，将一只蹦到他脚边的肥大鲫鱼踢到大湾里。小奥似乎听到那鲫鱼落到水面时发出了一声惨叫，很像小孩子的哭声。他听到二昆冷笑着说：“怎么会没有事呢？事多着呢。等110来了后，如果他们让你们走——这些家伙，怎么还不来呢？”

“来了！”一个清脆的童音喊叫，“我听到警车的声音了。”

喊叫者是小奥的同学袁晓杰，这个外号“小鳖”的男孩，浓眉大眼，唇红齿白，十分英俊。

“这才是真正的小鲜肉呢。”二昆看了一眼星云，仿佛要让星云同意自己的说法，但星云低着头观察小奥被鳖咬住的手指，没理他。他又说：“小鳖——小鳖，谁给咱这俊孩子起了这么一个外号——小鳖，去，把你爹叫来，就说我找他。”

“我叫晓杰，袁晓杰！”“小鳖”怒冲冲地说，“你的外号我也知道的。”

二昆笑道：“晓杰晓杰，袁晓杰，去把你父亲袁武叫来，就说我张二棍子或者是张二混子有要事找他。”

一辆警车鸣着警笛，呼啸而至。车盖子上泥浆斑驳，仿佛从一万里外赶来。车门打开，走下两个警察。一个是瘦高个，面孔黑黢黢的，鹰钩鼻，目光犀利。另一个体态壮硕，红脸膛，蒜头鼻，眼睛发红。还有一位白净面皮的，手把着方向盘，稳坐在驾驶座上。壮硕的警察掏出一张纸巾沾沾流泪的眼睛，问：“什么事儿？”瘦警察则麻利地分拨开众人，站在小奥与老鳖的旁边，弯下腰，仔细地观察着。壮硕警察也走近前来，看了一眼，浑身立刻松弛了，打了一个哈欠，问：“谁报的警？”

“我。”二昆道。

“你是什么人？”

“中华人民共和国公民啊。”

“我问你的职务！”

“报警还要有职务？”

“我不是这个意思。”

“那你是什么意思？”

“故意的是不是？”壮硕警察烦躁地说，“大事大事，我还以为多大的事！驴踢着鳖咬着都报警，接下来是不是连老母鸡不下蛋、圈里的猪不吃食者都要报警？把我们当成什么了？”他清清嗓子，吐了一口痰，低声嘟哝着：“奶奶的……”

“你骂谁？”二昆冷冷地问。

“咦，”壮硕警察道，“我骂人了？你听到我骂人了？”

“我不但听到了，而且还录了下来。”二昆晃晃手机，说。

“我是骂你吗？我怎么敢骂你！”壮硕警察道，“我是骂我自己，骂我的嗓子，骂我不争气的身体，昨天夜里也不过出了三次警，就咳嗽、发烧、流泪……”

“少来这一套，”二昆道，“驴踢着鳖咬着不能报警吗？人民警察为人民，人民被鳖咬着，鳖不松口，医生无计可施，你说，不找警察找谁？”

瘦警察来到二昆身边，道：“老乡老乡，消消气，人民警察为人民，别说被鳖咬着，就是被蚊子咬着，也可以找我们。”

“这话说得，有水平！您一定是队长！”二昆道，“本来，我是想给你们个出头露面的机会。”二昆晃晃手机，说：“我们村子里的人，在我的培训下，都有强烈的新闻意识，都能熟练地使用手机的录像功能，上到百岁老人，下到五岁儿童。”二昆指指举着手机的村民，继续说：“你们想，人民警察，顶风冒雨，前来解救一个被鳖咬住手指的留守儿童。这样的视频，在网上发布后，你们马上就是网红。你们成了正能量满满的网红，你们领导也会高兴，你们领导一高兴，等待你们的，不是立功就是提升！可是，你们竟然发牢骚，骂人，这个视频要是在网上一发布，那是什么后果，你们自己想想吧！”

瘦警察掏出烟，递给二昆。二昆不接，瘦警察再送。二昆接了烟，瘦警察给他点上火。瘦警察自己也点上烟，低声说：“我是副队长，您一定是这个村子的书记，一把手。”二昆点点头。瘦警察说：“我们这个同志，带病坚持工作，心情不好，请多多谅解。”二昆道：“您这样说，咱们自然理解。警察也是人嘛。”“谢谢谢谢，”瘦警察道，“那段录像……千万……他也不容易，老婆刚跟他离了，自己带着个三岁的孩子……”“兄弟，人民群众是通情达理的，”二昆高声道，“大家伙儿注意，今儿个的视频，谁都不许发，都给我删了，待会儿我发一个正能量满满的版本，你们死劲儿给我转。”

瘦警察抓住二昆的手，使劲儿握了握。

壮硕警察大声地吆喝着：“让开点，让开点！大家保持安静，请相信我们，我们一定能尽快地把这个孩子的手指从老鳖的嘴巴里解放出来！”

4

瘦警察抽着烟，皱着眉头思索着。壮硕警察像一头大熊，转来转去。他拍拍枪套，说：“陈队，干脆，我对准这王八盖子上放一枪，然后让医生慢慢收拾。”

小奥带着哭音喊叫：“不要开枪……不要打死它……”

“那就用电棍搞它一家伙！”壮硕警察提着警棍比画着说。

“不要……”小奥哭着说。

“你是医生？”瘦警察问星云。

星云点点头。

“能将老鳖麻醉吗？”瘦警察说，“让它丧失意识，肌肉完全松弛。”

星云摇摇头。

“要叫救护车吗，陈队？”壮硕警察问。

瘦警察摇摇头，又蹲下身，先看小奥，再看老鳖。看小奥时他面带微笑，看老鳖时他满面严肃。小奥感到老鳖也斜着眼睛盯着警察，眼神里充满了仇视与不屑。小奥甚至猜到了老鳖的心思：我就是不松口，看你有什么办法。警察的表情突然转换了：看小奥时严肃，看老鳖时微笑。仿佛成竹在胸似的，他站起来问二昆：“能找到猪鬃吗？”

“猪鬃？太能找到了，”二昆道，“你看，我们的作恶多端的太平养猪场的场长来了。”

袁武在儿子的引领下，来到众人面前。他是个大个子，背有点驼，瘦长脸，大眼，头发花白，胡茬子很硬，下巴上有道血口子，看样子是刮胡子刮破的。他看到了警车和警察，眼神里似乎有几分不安。他问：“书记，您找我？”

“你赶快回去，弄几根猪鬃来。”二昆道。

“猪都杀光了，哪里还有猪鬃？”袁武道。

“你少给我装蒜，”二昆道，“不是还有两头老母猪一头大公猪吗？”

“老百姓总还是要吃肉的嘛。”袁武嘟哝着。

“袁晓杰，你腿快，你去拔，”二昆又对村子里的文书说，“孙奎，你跟晓杰去，拔那大公猪的，小心别让猪咬着。”

“找我就这点事？”袁武问。

“找你的事多着呢。”二昆道，“袁武，你还记得咱们小时候，这个大湾里的水，是什么样子的吗？”

袁武低声嘟哝着，听不清他说了什么。

“那时候，水清见底，湾里生长着芦苇和蒲草，我们在这湾里游泳洗澡，那时候，湾边有口水井，咱全村人都吃这口井里的水。可自打你建了这个太平养猪场，大湾渐渐地成了一个污水坑，井里的水，也散发着刺鼻的臭气，不能吃了。”二昆说，“你自己倒是发了财，听说在青岛、威海都买了房子，随时都准备迁走。你说说，你缺德不缺德？”

袁武道：“二昆，话不能这样说，我办养猪场，是得到了当时的领导支持的，县里和镇上奖给我的牌子都在家里挂着呢。再说，村子里修路、建庙，我是捐款最多的。村里人遇到难处，我也是慷慨相助的。何况，十几年来，我为人民群众提供了大量的优质猪肉，这也是有功劳的。”

“呸，你还好意思说你的猪肉！你的猪，是用十几种药物催起来的。过去，我们养头猪，一年半才能长到一百五十斤，可你的猪，四个月长四百斤。你生产的猪肉，是百分百的毒药。”

“大家都是这样养，这是科学的进步。”袁武辩解着，看一眼侯科长，说，“我们用的配方饲料、添加剂，都是从畜牧局下属的公司购买的。侯科长，您是专家，您给评评理。”

侯科长不置可否地摇摇头，说：“对任何事物的认识，都是需要一个过程的。”

“我想不明白，不久前还给我披红戴花，一转眼就成了罪人。”袁武道。

“你还挺委屈？我问你，你的养猪场里，是不是有一条暗道通到这个大湾里？你污染了一湾清水，还污染了我们村的地下水源。”二昆道，“省环保巡视组的人已经到了县里，你看着办吧。”

“你们看着办吧，”袁武说，“大不了我把公猪和母猪也杀了，养猪场彻底关门。如果还不行，你们就把我抓进去呗。”

“嗨，你还挺硬气的。”二昆道，“公猪和母猪，你可以卖给符合环保条件的大养猪场。你这种往大湾里排污的养猪场关门，那是必须的。但抓你是不行的。即便公安局来抓你，我们也要把你留住，等你把这个大湾的污水变成清水，把井里的臭水变成甜水，才能放你走。”

“二棍子，”袁武怒冲冲地说，“你不用跟我玩花样了，不就是有人看上了养猪场这块地儿吗？要在这里建什么养老别墅吧？我让出来还不行吗？”

“你可以不让，你就在这里挺着。但你害得全村人买水吃，害得村里三十多人得了怪病，害得全村的年轻人都不敢回乡，这事你得负责。”二昆道。

“什么都怪我？年轻人不回乡也怪我？欺人太甚了吧？”袁武说，“湾里有鱼有鳖，就说明水质很好。”

“不怪你？你看看这些鱼，看看这只鳖。”二昆指指柳树下那些还在蹦跶的大鲫鱼，说，“你看看，这是鱼吗？身上都是瘤子，你看看。”二昆用脚踢着鱼，说：“连腿都长出来了，你见过长腿的鱼吗？”二昆指指那只大鳖：“还有这只鳖，你看看它的头，看看它的脖子，看看它的眼神，对着它的眼睛看，你不感到害怕吗？世界上哪里有这样的鳖？咬着人死不松口，小奥，咬着你有两个小时了吧？这都是你的养猪场污水喂养出来的怪物。”二昆看看两个打鱼人，道：“你们以为我们是想扣留你们的鱼？白给我们也不要。当然我们也不允许你们把这样的鱼拿到集市上去卖。”

老打鱼人点头哈腰地说：“这些鱼，我们全部扔回湾里去，然后我们就可以走了吧？”

“那不行，这些鱼多半死了，扔到湾里去不是让湾水更臭吗？你们要将这些鱼做无害化处理，焚烧掩埋。”

“你这书记，总要讲理吧？”小打鱼人气哄哄地说，“鱼本来就在你们湾里，我们扔回湾里，这叫物归原主。”

“那你问问警察同志，他们让你们走，你们就走。”

“不行，”壮硕警察严肃地说，“这个小孩被鳖咬的事还没处理完呢。”

老打鱼人垂头丧气地说：“他娘的，今日真是被鳖咬着了。”

5

在众人闹哄哄的说话声中，小奥似乎睡了一小觉。他睡着的证明是梦见了爹和娘。爹在一家小饭店里当厨师，娘给他打下手。他梦到爹在厨房里剁下了一条眼镜蛇的脑袋，而那个落在地上的蛇头又突然飞了起来，咬住了爹的手指……他惨叫一声，浑身是汗，星云捏着他的耳朵，说：“小奥，小奥，不要睡，马上就有办法了，警察同志想出好办法了。”

小奥睁开眼，看到周围人脸上的表情都怪怪的，一股股浓重的腥味令人作呕。他看到自己的同学袁晓杰右手举着一撮闪闪发光的猪鬃跑过来，后边跟着跑的是村子里的文书孙奎。而最让他感兴趣的是袁晓杰低垂的左手里提着的一个贴着红色商标的塑料瓶子，他知道那是可口可乐。

当袁晓杰将可乐瓶口送到小奥嘴边时，小奥的眼睛里流出了热泪。他暗自发誓今后不再叫袁晓杰的外号，也不再传唱编排袁家是非的歌谣，同学情谊高于一切。他咕嘟咕嘟地喝了半瓶可乐，感到身上有了力气，精神也不恍惚了。他甚至试探着从老鳖的嘴巴里往外拽了拽食指，但钻心的疼痛让他立即停止了动作。他不得不面对着严酷的现实：老鳖咬人，是下定了与被咬者同归于尽的决心的。小奥甚至考虑到，请星云姑姑索性将自己的手指割断，就算自己送给老鳖一份礼物。他同时还在祈求，祈求梦中所见的情景，永远不会变成现实。他也似乎明白了，自己被鳖咬，并不是无缘无故的，因为他的父母打工的那家餐馆，是家野味餐馆，父亲除了每天杀蛇外，还要杀死很多鳖。

瘦警察跪在地上，将猪鬃的尖儿，小心翼翼地捅到老鳖的鼻孔里。小奥发现这个鳖的鼻孔特别大，特别圆，小小的鼻尖亮晶晶的，像钻石一样放射着光芒。瘦警察又将一根猪鬃插进老鳖的另一个鼻孔里。众人都屏住呼吸，目不转睛地盯着瘦警察的手指。十几个手机，盯着鳖头拍摄。那个开车的白脸警察也下了车，举着一个小型录像机录像。他很专业的样子，既录全景，也录局部。瘦警察那几根被香烟熏黄了的手指，灵巧地捻动着猪鬃。老鳖的眼睛似乎眨巴了一下，众人的心都提了起来。老鳖突然闭紧眼睛，尖尖的鼻子里打出了一个响亮的喷嚏，与此同时，瘦警察抓住小奥的手腕，猛地往后一扯，在鳖口里受苦多时的小奥的食指，终于获得了解放。

众人齐声叫好。

袁晓杰跳跃着欢呼。

爷爷泪流满面。

星云姑姑匆匆地用碘酊给小奥受伤的食指消毒。

“发视频，发视频！”二昆兴奋地说，“满满的正能量！大家都发朋友圈！”

“陈队，真有你的！”壮硕警察大声说，“没有我们人民警察解决不了的问题。”

瘦警察看看小奥的手，问星云：“需要去医院吗？”

“不需要吧？”星云问小奥，“你感到有什么不舒服吗？”

小奥摇摇头。

星云给小奥的手裹上纱布，顺便拔掉了他手背上的针头。

此时，那只老鳖正悄悄地向湾边爬行。小奥看到了老鳖的行动，但他不想吭声。他期望着老鳖回到湾里去，回到那个深不可测的鳖的宫殿。就在老鳖猛然加速时，县畜牧局的侯科长一脚踩住了鳖后腿上拖着的绳子。老鳖往前挣扎着，嘴巴里发出了愤怒而绝望的叫声。听到鳖的叫声，人们的脸都变了颜色。这是一种尖厉的声音，就像铁皮哨子发出的声音。世界上听过蛤蟆叫的人比比皆是，但听过鳖叫的人寥寥无几。

小奥祈求地望着侯科长，低声道：“放了它吧。”

侯科长看看众人，众人的眼神都很暧昧。

“二昆，”侯科长神秘地说，“你仔细看一下，鳖盖上有什么？”

二昆低头看了一下，抬头说：“没有什么呀？”

“鳖盖上有字。”侯科长指点着说。

“有字吗？我怎么没看出来呢？”二昆道。

“你看，”侯科长比画着说，“这是天，这是下，这是太，这是平。天下太平。”

“太棒了！”二昆道，“咱们村叫太平村，这个湾叫太平湾，抓了个鳖叫太平鳖。”

十几个手机近距离拍摄着鳖的背壳。

小奥眼含着泪水，望着二昆，低声说：“放了它吧。”

“这个老鳖是小奥的，小奥要放了，那就放了。”二昆盯着老打鱼人说，“但是，不能让‘天下太平’拖着一条尼龙绳子下湾吧？是不是啊，小奥？”

小奥点点头。

“解绳还需系绳人。”二昆盯着老打鱼人，说，“二位，请吧。”

老打鱼人抓住绳子，猛地将老鳖提起来。小打鱼人趁势抓住了老鳖的那条没拴绳子的后腿。老打鱼人将绳子解了下来。小打鱼人将老鳖放在湾边。

老鳖静静地卧着，仿佛死了一样。众人的手机盯着鳖拍。二昆跺着脚喊：“走吧走吧，‘天下太平’，放你的生了。你看，我们村子里的人多么善良！”

老鳖将脖子从鳖盖里慢慢伸出来，脑袋转动着，似乎在探测周围的环境。突然，它的身体立起来，像一个锅盖，沿着斜坡，向大湾滚去。众人还没反应过来，大鳖已经消逝在湾水中。

二昆鼓掌，众人和之。

“天下太平！”二昆大声喊。

众人跟着喊：

“天下太平！”

暗　夜

蒋子龙[*]

天空漆黑，硝烟搅动着乌云，海上波涛峥嵘。舰艇在洋面上劈开一道道深沟，炮火连天，烟雾弥漫……

急促的电话铃响第一声，他就猝然出梦，尽管感觉像刚睡着，却抬身而起，同时把电话抄在手里。这是长期跟海洋打交道逼出来的警觉。

电话里传来公司值班员方见惊恐的呼叫："余总，天觉号出事了！"

"嘭"的一声，脑袋又像许多年前被绷断的钢缆抽上一样，瞬间感到碎裂般的疼痛。"说！"

"船长已弃船。"

"天觉号翻了没有？"即使在这种紧急情况下，他都回避从自己嘴里说出那个"沉"字。

"还没有，只说倾斜。"

"我这就到，立刻通知调度、律师、保险公司、货主……"他瞄了一眼时间，凌晨两点二十五分。

以比当年在部队紧急集合更快的速度穿衣出门，却火焰欻然又回首扫一眼

---

*　蒋子龙，著名作家，著有《蛇神》《农民帝国》《锅碗瓢盆交响曲》《三个起重工》《蒋子龙文集》(8卷)等。短篇小说《乔厂长上任记》《一个工厂秘书的日记》及《拜年》分获1979、1980、1982年全国优秀短篇小说奖。中篇小说《开拓者》《赤橙黄绿青蓝紫》及《燕赵悲歌》分获1980、1982、1984年全国优秀中篇小说奖。

自己刚睡过的古旧大床。这是一张确认在上面曾死过三代人的硬木老床，很费了些周折才买到手。他在海军担任鱼雷快艇艇长时，曾险些葬身海底，与许多老水手一样信奉死在床上是最大的福报。能死在床上就是死在家里。转业后一定要买一张在上面死过人的床，睡在上面心神才安稳。

他悄无声息地走进院子，深冬的夜风迎面扑来，身上一激灵，以训练有素的身手钻进汽车。夜半更深，路旷车稀，他却不能将车开得过快，越是这个时候，一出事就是大事。要警惕“祸不单行”的老令儿。他的脑子里飞速揣度着自己钟爱的天觉号眼下正面临的种种可能……这是去年花七千六百万美元买的新船，从利伯维尔装了散货回国，船上总价值少说也有一亿三千万美元。真若打了水漂如何得了！

周天远洋公司值班室在经纬大厦的九楼，透窗可俯瞰天津港全景，灯若连珠，色彩斑斓，一座座巨型吊车垂臂而立，显得温暖而宁静。公司的另一艘四万吨集装箱货船，正停在三号码头装货，明天就要出发去圣地亚哥。余乾宁进屋直奔侧墙上的巨幅海图，同时对方见下令：“打开录音机和录像设备，从现在起，这个房子里的每一个动作，每一个声音都要记录在案。”

方见短发方脸，透着一股忠诚干练的精气神，此刻神色高度紧张，利落地打开各个现代音像设备，眼光也一直跟踪着自己的上司。灾难突然降临，驱使他们异常昂扬，老板的心思深不可测，里面似正在酝酿着一场风暴。“天觉号的位置？”

“南印度洋，东经六十五度，南纬三十四点五度。”

“水深？”

“四千九百五十米。”

“有照片或视频传过来吗？”

“没有。”

“想办法叫通船长电话……”

此刻公司总调度易阳春、法律顾问鲁贤，前后脚奔进值班室，却谁都没有说话，一左一右地站在余乾宁两侧。

船长的卫星电话接通了，方见按下能录音的扩音键。余乾宁坐到电话机前。“刘洋船长，我是余乾宁，你和船员们怎么样？”

“我们都上了救生艇。”

“是全部吗？有没有丢下的、受伤的？”

“没有。”

“天觉号发生了什么事？”

“我们可能遇上了涌流，一开始船剧烈地颠簸，然后倾斜，我一看不好，赶紧发出求救信号，为保护船员生命只好弃船。”

“倾斜多少度？”

“看不清。”

余乾宁声调提高了：“看不清？风浪大吗？”

“不大，三四级左右。”

“天上有月亮、有星星吗？”

“有星星。”

“将救生艇划到天觉号船头，拍照片或视频发过来。”余乾宁转头看看鲁贤，律师似乎已心领神会，在旁边一张写字台前坐下来，打开自己的手提电脑忙乎起来。

此时一个精悍逼人的中年汉子带着一阵冷风闯进来，是保险公司海险部主任王冠时。看上去他比周天公司的人更着急，天觉号投了全险，真出了意外保险公司要赔偿全部损失，那可不是小数目。他进门后气还没喘匀就问：“船怎么样？”

易阳春迎上去，轻声向他介绍情况……

船长把照片传了过来，值班员把它投放到正墙的大屏幕上，黑夜沉沉，海天辽阔，四顾渺溟的海面上，映出巨轮模模糊糊栽歪着肩膀的轮廓……余乾宁勃然大怒，对着电话吼道：“这才倾斜了十六七度，你就敢弃船啊！从现在起，每隔十分钟给我传一张现场照片过来。刘洋，你是什么时候弃船的？”

“大约一个多小时前。”

“一个小时前船的倾斜度还小，完全可以挽救！”

“问题是我们不知道为什么大船会突然倾斜，不知如何挽救。”

“你还不知道船体倾斜的原因，不知道危险来自哪里就弃船！问一下二副和负责货舱的水手，很可能是装船时马虎，货物固定不牢靠，遇洋流一晃货箱滑动，造成船体倾斜。如果你不急着逃跑，组织船员加固货柜，特别是那几百吨原木，船体完全可以矫正过来。”

对方半天不吭声，值班室的气氛令人窒息。

余乾宁对着话筒继续呼叫：“刘洋，听到了没有？怎么不说话？”

刘洋声调喑哑，不像刚才那么理直气壮了：“您也只是猜测，现在说什么都晚了，即便是那个原因也没有办法了。”

“为什么没有办法？”余乾宁又喊了起来，“别说倾斜十几度，就是倾斜二三十度，如果是货物滚动造成的都可以挽救，不会有危险。”

“余总，你坐在办公室下令容易，我这里可是南印度洋，是世界上最凶恶的水域，谁在这儿出事都会吓破胆！”

“你吓破胆了？我问你，弃船时带了航海日志没有？”

“哎……忘记拿了。”刚才那种不逞之徒的自尊心已荡然无存。

“什么？你竟然忘了一个船长最基本的职责，无论任何时候弃船都要带上航海日志……”余乾宁越说越气，却又无可奈何，愤愤然跌坐回椅子上。

他的脸憋得像一块石头，坚硬而锐利，一双熟悉的柔软又有些粗糙的手从后面掐住了他棱角嶙峋的额头，轻轻在揉搓。他的火气随即压了下去，没有回头，声调却降了八度：“姑，黑更半夜的天这么冷，您来做什么？”

“出了这么大的事我能不来吗？我不放心你的头，既然一着急上火老伤就疼，还隔着那么远跟船长发脾气，有用吗？”

余乾宁母亲早逝，自小由姑姑带大。姑妈也是妈，有些姑妈甚至胜过亲妈，姑姑对他就比对自己亲生的孩子还疼。老太太一脸富态，神情劲健，通身上下收拾得干净利索。余乾宁对姑姑没有办法，却可以指挥老婆：“黄兰，快送姑姑回家，要不就先到我的办公室歇着。”随后才对老人说：“天觉号还在南印度洋上命悬一线，十万火急，您在这儿会让大家分神。”

王冠时则趁机到门外跟自己的上司通电话。老人似乎也觉得自己在这儿有点搅局，便顺从地被侄媳妇搀着向外走，仍然保留着在自家公司里说一不二的神气：“你不发火，我就不搅和你，但我不回家，就在公司里守着你。”

余乾宁一连声地答应着，同时对老婆耳语：“抓空回家把闺女的醒脑器给我拿来，先放到我办公室。”黄兰性情端静，很奇怪地看看丈夫，没有吭声。

王冠时打完电话回到值班室，脸色相当难看，可见保险公司的领导给了他很大的压力。他问易阳春：“天觉号的船长是你们自己的员工吗？”

易阳春摇头：“我们不养船员，船长和船员都是从新加坡船务公司雇的。”

王冠时提起精神对余乾宁说：“如果这次事故跟船长失职有关，不仅可以拒付船员劳务费，还可以向他的公司索赔。”其弦外音暗示，事后索赔很可能是一桩罗圈官司。

余乾宁眼睛里有一束透视般的光射过来，但眼下他不想讨论这个话题，嘴里应付道：“那是以后的事，眼下还是救船要紧。”说着转问易阳春：“南印度洋附近还有咱们的船吗？”他要将国际上遇到这种情况所能采取的所有办法都想到了，将来让保险公司、货主、船长以及他的劳务公司在法庭上无话可说。

易阳春摇头：“天健号刚到墨尔本，算是离那儿最近的了。”

“注意天觉号附近过往商船的信息，刘洋既然发出了求救信号，按国际惯例所有经过那片海域的船都会施以援手。”

随即问王冠时：“保险公司在附近的水域有能救急的船吗？”

好！把球再踢给保险公司，将他们能溜掉的借口全部堵死。鲁贤和易阳春不经意间交换一个眼色，一齐把目光转向王冠时，见他走到海图前指着天觉号现在的位置，口气犹豫：“我一直在跟总部联系，离出事地点最近的一条船在开普敦，就怕赶不及……”

这位经验老到的船舶保险员，竟掩饰不住内心的焦急。他第一时间赶来的目的，就是抓周天公司处理事故的错误，抓住一个失误就可以减少一部分赔偿金。而到目前为止，余乾宁处理这场事故的举措还没有不当之处……余乾宁示意易阳春：“计算一下，从开普敦到天觉号要多长时间。”

易阳春小声向王冠时询问救援船的型号和最大航速，然后到旁边的电脑前去计算。而余乾宁则指着天觉号最新的倾斜照片对王冠时说：“如果像我估计的那样，你的船在十五个小时之内赶到现场都来得及。”

易阳春报告计算结果：“救援船全速可用十七个小时到达现场。”

嘿，这可就难了！值班室里的所有人都在嘀咕同一个问题，如果天公作美，出事的海面没有变化，天觉号或许还能扛十七个小时，但这只是他们一厢情愿的估计。南印度洋被所有远洋船队视为“地球上的外太空”“最荒凉的海域”，洋底有十万大山，洋流神秘莫测，瞬息万变，倘若救援船花大成本赶去了，天觉号已无影无踪，那损失又该谁出？谁又敢下这个令？

王冠时又出去跟总部通电话。

此时值班室电话的扬声器响了：“余总，我们得救了，上了一艘希腊货船，是他们收到求救信号后主动靠过来的。”

“好，祝福你们！请你转告希腊船长，我们周天公司一定会重谢他，请你跟他商量，我能不能跟船长通话？”余乾宁站起来把话筒让给易阳春，自己站到旁边。他们两人是战友，易阳春刚入伍时曾在余乾宁的快艇上实习半年，后来到舰队参谋部当翻译。

扩音器传来希腊船长的声音，易阳春代表余乾宁和周天公司再次表达了对希腊船长的谢意，并请教了船的名字和船长的姓名，然后转述余乾宁的请求：“根据天觉号倾斜的速度，我几乎可以断定是因为货箱移动，能不能请维特船长派船员登上天觉号，协助我们的船员将货箱归位，挽救天觉号。我们一定会重谢！”

希腊船长答应试试。

天已大亮，余乾宁的妻子为大家买来早饭，烧饼、茶叶蛋、油条、豆浆，放在值班室靠门口的桌子上。救船正急，大家似乎都没有心思吃东西。南印度洋上仍无任何消息，没有希腊船长的电话，刘洋也未发照片过来，大家各自猜测天觉号可能发生的种种情况，却又不愿意说出口。

清晨上班来的周天公司职工，一见这阵势都吓一跳。公司总共只有七艘远洋货船，其中四艘是租来的，属于自己的只有包括天觉号在内的三艘，若救不回来，公司真是塌了一角！有人进而会多想，公司会不会减薪，乃至裁人？当下民营企业像传播流行性感冒一样，说黄就黄……每个人心里都惊涛拍岸，盘算着天觉号这场大难，会对公司有什么影响，会不会影响自己的生活。特别是那些平时业绩平平甚或挨过老板批评的人，惴惴不安地坐在自己的工作台前，静下心倾听着值班室的动静。

只有公司财务主管葛英秀，是余乾宁姑姑的女儿，上班来便直奔值班室，把方见拉到一边打听事故的来龙去脉……

仿佛过了一年那么长，扩音器骤然暴响，并伴以刺耳的噪音，值班台上的电脑竟出现了画面。希腊货船上有完备的现代通信设备，借助卫星什么信息都可以发过来。随后就是维特船长的声音，易阳春急速地讲解：他派了自己的大副，并劝解刘洋船长也一起回天觉号，但气象条件变得恶劣了，涌急浪高，倾斜着的天觉号晃动剧烈，救生艇无法靠近。

不用他说，大家从屏幕上已经看到了，南印度洋上也是白天，但乌云密布，骇浪滔天，救生艇如浪尖上的一只瓢……余乾宁赶忙说，谢谢维特船长，保护船员的安全第一！

维特船长反而安慰余乾宁：我们还有机会，等涌浪小一些了再试。

值班室门口堵满周天公司的员工，也立刻散去各回自己的工作台。余乾宁示意鲁贤，律师会意，要做最坏的打算了，端起自己电脑，叫上葛英秀，陪同王冠时走出值班室。许多年来，周天的船投保都是经王冠时的手，王冠时能当上保险公司海险部主任，而且在天津高档小区有套大房子，都不能不感谢余乾宁……于私于公，鲁贤都对这次能得到个理想的赔偿额度有信心。

刚才大家在最紧张的时候谁也没注意，值班室里多了一位陌生的年轻人，衣着合体，姿容俊爽，难得的是没有现代精英人物身上那种盛气，不轻不慢，神情端正。站在他身后的周天公司业务员寻机向余乾宁介绍："这位是家安集团的陈总。"

大家转头注视，他向余乾宁伸出手："余总您好，我是陈厚良。"

余乾宁由衷地赞叹："陈总这么年轻啊！"

陈厚良廉静自持，谦谦可近。"我什么都不懂，给父亲当助手。"

易阳春补充道："陈总是留英归来的博士。"

余乾宁最想有个儿子，妻子却只给他生了个女儿，对眼前的小伙子越发好奇。"读的什么专业？"

"本科及硕士读的是数学，博士改学经济。"

"你父亲真是好福气，家安集团做得那么成功，接班人又如此优秀！"余乾宁从心里钦羡陈氏家族，"你放心，即使天觉号出意外，家安集团的损失我们会补偿的。"

陈厚良轻叹一声，面色沉郁。"余总，这真不是钱的事，我只是心里特别惋惜船上的那些木头，有几百吨奥堪美木，最叫人心疼的是那二百多吨乌木、一百五十吨花梨木，原木的直径大都在一米以上，即便在加蓬那么好的自然条件下，也得要百年以上才能长那么粗大！"

其实他还有些话没说出来，那些木头即使沉到海底也不会腐烂，将来打捞出来同样是宝贝。但南印度洋水太深，海底是另一个世界，打捞几乎是不可能的……他总是心有不甘，甚至有一种罪孽感，却又说不清是谁的罪，抑或大家都没有罪？

余乾宁岔开话题："是不是因为海南黄花梨、紫檀的资源几近枯竭，才跑到非洲去买红木？”

陈厚良抬起眼睛，极轻微地晃了一下头，似乎是想把满腹沉重暂时抖掉。“是的，加蓬的森林占到国土面积的近百分之九十，跟我们的绿化面积不是一个概念，那里是原始森林，在利伯维尔一下飞机你就会感到喘气都不一样了，特别轻松、舒畅。我们在那里买了一千一百公顷原始森林，雇了三百名加蓬工人照看森林和负责伐木。这些原木就是从我们自己的森林里砍伐的。”

“砍了老树是不是还要立刻栽上小树，以防有一天森林被砍光？”

“不会的，我们规定只许砍伐直径八十公分以上的大树。那儿的树木生长极为茂盛，砍掉一棵大树，周围的树立即争抢空间，成长很快。”

“为什么不在加蓬开个工厂？省得不远万里往回运木头。”

“那儿的人文条件、技术环境都达不到办厂的要求。我们在美国有工厂，是面向北美市场的，在意大利有工厂，负责供应欧洲客户。”

两个人的一问一答，让所有在场的人都从心里发出惊叹，家安集团最早只是一家乡镇木器厂，如今竟做成了能立足于世界的大企业。趁这个空当方见走到余乾宁身边附耳悄声说：“老太太叫您去吃药。”

哟！老太太还没走？他急抽身想离开，又回头对陈厚良说：“陈博士别着急，你有什么要求、什么想法都可以跟我们提出来。”还嘱咐易阳春照顾好客人，随后才离开值班室走进处于经纬大厦“金角”的办公室。见写字台上放着一个裹得严严实实的大饭盒，那显然是老婆刚从家里带来的。他的办公室里间有一张床，还有一个敞亮的卫生间，姑姑却并没有到里屋躺着，而是坐在他写字台对面的硬木凳子上，腰板挺得很直。

他问：“您坐这儿干什么？怎不到里屋睡一会儿？”

老人从他一进门，眼睛就没离开过他的脸。“出了这么大的事，我睡得着吗？”

余乾宁见老婆打开饭盒，两个煎鸡蛋，一大碗牛肉汤面，一小碟芹菜拌果仁。他顾不得说话，甚至也顾不得咀嚼就先把两个煎蛋吞进去了，然后像往脖子里倒一样，刹那间一大碗汤面也进了肚子，然后才问妻子：“醒脑器找到了吗？”

黄兰从包里拿出一个两指宽的钢圈，外面墨绿，里圈焊着六个突起的圆钮，据说混合了远红外线的材料，戴在头上能解除大脑疲劳，提高记忆力。这是好几年前女儿升高中时，在车里听广播被忽悠，花六百多元买的，女儿只戴了一会儿，嫌卡得脑袋不舒服就再没有戴过。他到卫生间对着镜子戴好醒脑器，钢圈上的六个圆钮紧紧扣住前额、后脑以及两个太阳穴，确实觉得不舒服，恂然间似乎理解了孙悟空戴上紧箍儿的感觉，嘴角抹过一丝神秘的笑意。随后却紧锁着眉头、苦着脸走出卫生间。

姑姑吓得一愣。“这是什么玩意儿，吓人呼啦的，又像当年脑袋被打烂了一样！”

他没有理会姑姑，从办公桌的抽屉里找出一瓶止疼药，嘱咐老婆：“船目前还在洋面上漂着，是好是坏还不知要多长时间才能见分晓，你赶紧把姑姑送回去，在家里等消息。别再往公司跑了，这儿已经够乱的了。”

忽然听到值班室有动静，他急转身跑出去。

值班室大电视的画面却咔嚓一声又断了。人们回头，见他脑袋上的钢圈同样吃一惊，神色也令人难以捉摸……这种时候谁也不便多问，都以为是他头上的旧伤发作，打上一道钢箍，以防脑袋剧痛时爆裂开来。

易阳春告诉他，刚才希腊船长传来信息，现场海况越来越糟，风雨大作，雷电交加，船员们都上了希腊货船，救生艇也收起来了，免得被风浪打走。

天觉号倾斜加剧。

“这是必然的。”余乾宁左手用力掐着自己的头，“船体摇晃，船舱里的货柜必然向低的一侧滑动，货柜滑动又加剧船体倾斜……”后面还有一句他没有说出来，不发生奇迹天觉号恐怕是没救啦！

希腊船长当然也意识到了这一点，既没有画面传过来，也没有电话打过来，值班室的气氛像冻住了一样，冰冷而僵硬。

刚才值班室的动静，引得其他房间的员工都跑出来探头探脑，鲁贤和王冠时也回来了，余乾宁见王冠时的脸色极其灰暗，贴过身子轻轻安慰保险员：“放宽心，不论发生什么问题，我周天公司都给你兜着！其实越是遇到大的灾难，越能赢得口碑，国际上的大保险公司，都是在这种时候赔付及时而大度，体现了大公司的实力和信誉。”

王冠时点头：“余总到底是经历过大世面的，对这次事故的处理让我无话可说。”

在紧张中不知不觉竟熬了一天多，外面的天都黑透了。仿佛为了印证余乾宁的话，电视又有了画面，时断时续，并传来维特船长的声音，海上信号很差，他不能继续发送视频信息。刚才大家在那个模模糊糊的画面上也见到了，天觉号已经不是倾斜，而是倾倒，洋面上只剩下半边船体在浮动。

它的大限已到，值班室里外静得连喘息的声音都听得到。似乎过了很长时间，余乾宁发声打破了屋里的死寂：“阳春和我留下，为天觉号送行。其他人都回家，明天上班来听消息。方见负责送王冠时主任，鲁律师和英秀送送陈博士。”

一阵骚动之后，值班室乃至整个大楼里又安静下来，两个人坐在值班台前，守着像死机一样的电视，长时间默然无语。为了找点事做，余乾宁让易阳春跟周天公司其他的六条船联系一下，问问他们的情况，以防“祸不单行”。沉一条好船是大事故，但更可怕的是厄运开始……他不愿把这话说出来，却能感觉得到心脏凌乱的悸动。

为等待南印度洋的情况，不敢动用视频，易阳春打了一圈电话，确定各船都一切顺利，他又坐回老战友的对面。见余乾宁依然面色凝重，便打破沉默：“你没事吧？”

“有没有事要看这场事故的处理结果，船可以沉，仗不能打败，仗一打败就要被厄运追赶……如果是那样的话，倒不如痛下狠手，断然抽身。”

易阳春心头一惊，他一直以为余乾宁是能“干大事”的，真的会被天觉号这场事故打趴下吗？他紧盯着老战友的眼睛，对方的眼光中似乎还有着太多的秘密，他试着点破：“你是担心天觉号事故给公司带来坏运气，并形成连锁反应？”见余乾宁不应声，便激励道：“这种时候你可不能泄气，你又不是没经历过沉船！别忘了你曾经跟我说过的话，当不了舰队司令也要有一支自己的船队！”

“舰队是国家养着，而船队可是自己养。”值班室里静谧而冷冽，余乾宁解下头上的钢圈，揉搓着被箍出一个个紫印的额头，仿佛心血耗尽，精力枯竭。好一会儿他重新戴好醒脑器。“等忙过这几天，你将这些年认识的好船长，出色的大副、二副及水手拉个名单，看来我们还得要有自己的船长。”

易阳春惊诧，刚才还想撒手不干了，现在又想起了哪一出？“你不是一直主张不养船员吗？这次多亏了这一点。如果是我们自己的船长那还不得赔死！”

“如果你是船长，或者我在船上，天觉号还会出这么大的事吗？”余乾宁心绪沮丧，“其实刘洋也是个老船长，没想到他成了老油条，没有一点责任心。现在这个社会能依靠的只能是自己，自己的人，自己培养的人。”

“你可是死过一回的人，不能被这次事故打蒙，世界进入多事之秋，在现代丛林里立足，就要学会利用事故，吃掉灾难。刚才我跟鲁贤商量过，只要官司打得好，这次海难的损失不会对我们伤筋动骨的……”

易阳春话未说完，值班电视突然出现画面，南印度洋上雨过云散，风平浪缓。正值黄昏，夕阳浴波，洋面被涂抹得发紫。于万顷波光中，天觉号只剩下一条白线……

两个人悚然起身，眼看着那条白线渐渐消失于海波之下。身后“哐”一声，余乾宁猛回头，见刚才答应回家的周天员工，又都悄悄地回来，站在值班室门外。黄兰扶姑姑来送饭，见这场面一惊，饭盒掉在了地上……

余乾宁盯了易阳春一眼，见对方极轻微地点了一下头，便一言不发地扔下一群发傻发愣的公司员工，径直下楼驱车回家。到家后嘱咐紧随其后赶到家的老婆，不许任何人打搅他，随后就躺到床上，呼呼大睡。

就这样，他不吃不喝，睡了一天一夜还不醒……

姑姑在这一天一夜里却如热油煎心，一会儿推开侄子的门缝瞅一眼，一会儿又逼问侄媳妇黄兰：你确定他没有大把大把地吃了安眠药？黄兰说一开始我也有些担心，但吃了大把的安眠药会吐得稀里哗啦，被折腾得非常难受，绝不像一般人想象的那样能安安静静睡过去，哪像乾宁这样睡得跟死猪似的。

姑姑却还是不放心，船还没沉的时候他着急上火，船真的沉了他怎么倒没事了？眼睁睁看着一亿多美元沉入海底，银行贷款怎么还？公司还能不能办下去？这是倾家荡产的塌天大祸，他本该睡不着才对，怎么还会睡不醒？如果不是吞药想死，就是脑子急出了毛病，吓傻了？睡茶了？

……

黑豆，或者反贼薛嵩

陈再见*

老弭当时还是书记。书记在那时候得有一辆单车，不管新旧，有那么两个轮子，就已经很“行头”了。老弭的单车很高，双筒的那种——这是我后来根据他的身高猜测的。老弭后来是个老头了，他一天至少有一半的时间在我家门楼喝茶，是个老头的他看起来还是很高大，两条长腿搁在地上膝盖比长椅板还要高出一拃。老弭喜欢讲以前的事，他的开场白通常是这样的：“那时，我还是书记……”

338省道还尘土飞扬，铺沥青是后来的事——我也就五六岁的光景，曾去扒了沥青回家烤呱鸡。老弭的单车就走在338省道上，他的布鞋已经被红色的尘土覆盖，使之看起来不像穿着鞋子，倒像是赤着脚的。老弭说他那时一天要往返两趟，去袁厝寮，早上去汇报工作，晚上去喝茶。来回也就半个小时。那时省道上几乎不见一辆汽车，连单车都是少见的，毕竟一个村也就一个书记。走路的人多，从早到晚，络绎不绝，都挑着担，下南塘上甲子，半道有粥铺，舍得的人会吃一瓯粥，歇一会儿，抽根烟，再赶路；不舍得的，埋头继续走。老弭说过一事，一人，我忘了名字了，正帮东家挑货，一头是豆油一头是面粉，

---

* 陈再见，1982年生于广东陆丰。中国作协会员。作品发表于《人民文学》《十月》《当代》《钟山》等刊，多次被《小说选刊》《小说月报》《新华文摘》《中篇小说选刊》选载；入选2015和2016年《小说选刊》年度排行榜、2016年《收获》文学排行榜等；出版长篇小说《六歌》，小说集《你不知道路往哪边拐》《青面鱼》等；荣获《小说选刊》年度新人奖、广东省短篇小说奖等。现居深圳。

挑到半路，肚子饿，他便一手抓了面粉，舀进去一勺豆油揉了吃，那个香，吃了一块忍不住又吃一块……结果怎么着？那人一路都忙着往屁眼上塞草纸，因为豆油正源源不断从他屁眼上渗出来。

老弭拿它当笑话讲，听起来像是杜撰的，实际听的都知道，他讲的是真事。我已经不是小孩了，我在湖村小学代课，我还抽烟，我得扔根烟给他。我说：“说点别的呗。”

“那就说说黑豆的事吧。”

所以说，关于黑豆的故事，我是听老弭讲的。当时放暑假，我们那儿冬天不冷，夏天就出奇的热，如果是大中午，站在巷口往山上望，会看见灯芯山上萦绕着一团烟雾，像是神仙脚下的云，但更像是烤炉上散发出来的热气……这时候，老弭肯定在我家门楼，说是纳凉，喝的却是热的茶水。我有大把的时间陪他，和学生不一样，我感觉暑假是相当难熬的两个月。

——那时好像也是夏天。老弭不太记得了。

黑豆出嫁四天就被人送回来了。第一个把消息告诉老弭的是后巷的天来，天来和黑豆谈过恋爱，后来不知因为什么事吹了。天来有些幸灾乐祸。

四天前，黑豆出嫁，她的父亲米贵来请老弭，这事他得出面，顺便喝个酒，桌上有书记坐着，肯定不一样。喝了酒，吃了饭，趁着老弭精神亢奋，米贵鬼鬼祟祟蹭了过来。“弭书记，商量个事。”老弭随口道：“说。”米贵也挺不好意思的，说黑豆嫁人，虽说没收到多少聘金，但也没多少嫁妆可以随过去的，所以想向书记借个单车，让新郎载黑豆走。老弭有点喝大了，头脑却还清醒，他质疑：“这是新郎的事啊，你操什么心。”“不是穷嘛。总不能走路过去吧，那么远的路，要过马跃池，翻灯芯山呢。”老弭吃人嘴软，一下子狠不了心，这才意识到，米贵这人下棋前已经想好了几步。

不就是借个单车嘛。不是的，放在现在，借的就是一辆小汽车，不是奔驰宝马，至少也是本田大众。

肯定是出事了，否则得等到第七天，七天才需要回娘家做客。老弭四天前似乎就有预感，那婚姻做得哪儿不对劲，又说不上来。来娶的是山那边的人家，不认识，连老弭都不认识，听说是媒人说的，好，别怀疑。媒人的话在什么时候都不能信。“现在还有媒人吗？”他问我，我说有，我妈正准备托猴母花给我说个老婆呢。老弭哈哈大笑，说：“你担心啥，你是文人，将来要中状元。”我说我高中都辍学了，考不了。老弭扁着嘴说：“那可惜了。”好吧。我催老弭继续。

老弭决定去黑豆家看看。老弭还未进门，就听到声响了。倒不是吵架，就是说话声音大了点。老弭站着一听，是米贵的声音。老弭把单车靠边放好，边上刚好有一棵龙眼树，怯怯小小的，估计不会结果子的。老弭就进去了。他得背着手，步子踩得方方正正的。这是我猜的。我承认我得添点油加点醋，否则这故事讲不精彩——我希望它是精彩的。“你没想到的在后头。”老弭出去撒泡尿。我得等着他。所以，我也得说：“你没想到的还在后头。”

“弭书记来了。”人群中谁喊了一句。

“嗯，来了。”好像老弭是米贵上门去请来的，书记总不能不请自到。

“怎么啦？”

回答老弭的却是一大会儿的沉默。

倒是米贵先开的口，他低低地说了一句：“黑豆是嫁不了了。”这时黑豆她娘哭了起来，声音呜呜的，像极了夜晚后山榕树丛里的猫头鹰。看样子，这哭声已经强忍了很久，一直没敢发出来，而老弭的到来，像是给了鼓励，像是受委屈的小孩突然遇到疼爱自己的人。可这一哭，气氛也都变了，不明就里的人，还以为米贵家出了什么丧事。老弭皱起了眉头，他伸出右手，向下压了几下，哭声便如一床棉被被塞进了方柜里，呜呜咽咽，如隔着一层水。

对方家里来了好几个，都是男的，他们坐在一边，都沉着脸，看样子他们集体在表达一种意思：他们被米贵给骗了。这些老弭再清楚不过，过乡过村的，这种事，总是说不清楚的，万一谈不拢，打起来，他们也别想从别人的村庄逃出去吧。好吧，老弭作为书记，又是在自己的地盘，他明显感觉到优势，觉得这事是不能那么容易被处理的，至少得有充分的理由，否则嫁出去的女儿怎么可能说被送回来就送回来呢，这又不是去圩市买一斤鱼崽虾。

“这事我有听说，却不知道真假。”我的意思是关于黑豆之所以没嫁出去，村里传着好几个版本。在我们这些年轻人看来，黑豆作为一个招神婆，尽管有各种传闻，由于年代久远，也没有多少后生仔感兴趣了。然而黑豆对各路神明招之即来挥之即去的本领却是有目共睹的，我们这些湖村的后生仔只知现状，不知来历。

老弭当然是知道的。

老弭说，事情是有点难为情，尤其是在当时，社会还没这么开放。老弭指的应该是现在每到过年，村庄总能迎来一批袒胸露腿的女孩，她们在巷口安营扎寨，连续能演一个礼拜的脱衣舞，观众都把台面挤垮了。在那时，好多事情都是不可想象的。而一个女孩嫁过去四天却被人家还回来，更是难以启齿的事情。不论什么原因，肯定都是有辱家风的。

黑豆不愿意同房。这当然是致命的，谁家都不会娶一个不愿意生孩子的女人回家。

至于为什么——黑豆说，她身上有神明，神明就骑在她的肩上，她走路，神明就跟着走，她躺着，神明也跟着躺下。黑豆紧张的神情看起来不像是在撒谎。一屋子的人听得毛骨悚然，如果这事是真的，那黑豆到底是人是神抑或是鬼，无从知道。总之，从那一刻起，黑豆就不仅仅是一个简单的内向的女孩了，她成了一道让人敬畏同时又捉摸不定的光，类似于神明显灵时在眼前闪过的那一道迷惑人的世间与神界交集时的桥梁。嗨，见这女孩最好躲着点儿！

男方家人可不信这一套。什么神明上身，分明就是神经病。也就是说，他们被米贵骗了。他们想要回聘金，这让米贵为难，女儿回来没问题，银子拿出去，似乎就是要他命。事情的最后，当然还是得老弭出面，做了公亲，两家各退一步，虽说米贵理亏在先，但一个二十来岁的大姑娘去了人家屋里过了四夜，说是没动她一根毫毛，说出去，也没几个人相信了，想再嫁也是不太可能的了。协商的结果：米贵退回一半聘礼，事情到此，各不追究，以后万一能见个面，也可以留个印象打招呼，毕竟也曾亲家一场。

老弭一直觉得，他把那次风波处理得比较妥当，是他当书记期间比较成功的调解案例。后来他去袁厝寮镇政府汇报工作，还时不时要把它当作政绩提一提。让老弭没想到的是，黑豆当真被神明骑上了肩头，没学过一天潮剧的她站在巷口能一人唱一整出《秦香莲》，似乎又能未卜先知，洞悉天机，渐渐有人来上香，请神明示，丢了东西问路的，生了病问药的，没有老婆问姻缘的……黑豆便不再是黑豆，人们开始称她为招神婆。一年又一年，她不谈恋爱更没打算嫁人，父母都拿她没法子，兄弟姐妹也都如大树分了杈成了另外的人家，剩下她，守着一间旧厝，吃斋念佛，把自己活得道骨仙风。

“谁看见了？”我的意思是谁看见招神婆的肩上骑着神明了。

“废话，神明还能让你看见，能让你看见的就不是神明了，是鬼。就是鬼，也不是你想见就见的。”

照老弭的意思，神明当然不会随便就骑上了谁的肩头，得是神明想骑的人，值得骑的人。显然，黑豆应该是多少年来神明寻找的那个难得的真身。在人们看来，黑豆其实已经等同于神明了，至于她肩上有没有骑着神明，早就不重要了。但到了某些时间，它又开始变得重要了。什么时候呢？“文化大革命”。老弭说：“其实嘛，‘文化大革命’，革什么，怎么个革法，都可以，怎么能死人呢？”“死人了吗？”我问。“死人倒没有，神明就遭殃了。”老弭说。这时候，黑豆就不再是黑豆了，她代表了神明，她得出来接受批判。

问题就出在这里。

让老弭没想到的是，后巷的天来一马当先，他成了革委会的小头目，扫荡神明的事，他竟然也乐意带头。事实上，刚开始，人们还是有忌讳的，不敢，庙宇不敢砸，神像不敢搬，神明不敢辱……怎么办呢？总得有人敢的。天来就自告奋勇。天来也不是傻子，他有他的办法，他手里拿着一本《毛主席语录》，到了哪个神庙，就站在门口背诵几句，然后一声大吼，锄头就往门楣上砸去了。短短一年的时间，几乎所有的神庙都被砸毁，烧的烧，砸的砸，石碑则搬回村里，在巷口处起了一座两层楼，用的石料几乎都是从神庙拆下来的。多年以后，老楼传言闹鬼，据说便和墙上的石碑有关。大环境如此，作为神明骑在肩头的黑豆，又能怎么样呢？她的房屋，她作法的神坛，自然是保不了的，第一时间就被天来铲了。实际上，她也有一个可以被放过的机会，即当着大伙的面，当着《毛主席语录》，承认自己是人，一个普普通通的女人，承认从来就没被神明骑在肩头过，如此一来，也得承认多年以前她悔了婚，她骗了大家，其实另有缘由。这其实也是简单不过的事情，严酷时期，谁都得学会自保。她的母亲几乎是跪在她的面前劝求的。她父亲早几年已经去世了，得的是肺结核。可是，黑豆始终不妥协，在祠堂里跪玻璃碴儿，吊起来三天三夜，一直到被人绑上大车上沿着 338 省道游行，她还是破口大骂，声称神明就骑在她的肩头看着呢，看着她的遭难，看着他们的罪行，神明什么都看得见，神明的眼睛是雪亮的。这不是找死吗？这都还不算严重，人们除了给她剃了阴阳头，偶尔推推搡搡，还不敢对她动手。问题在于，她啐了天来一口痰，骂了大半天了，那口痰又干又臭，就那样准确地贴在天来的额头上，继而顺着他的眉心，流下他的鼻头和嘴巴。所有人都笑了，批斗的，被批斗的，包括看热闹的，都在那一刻被一口痰逗笑了。仿佛大家不是在批斗，而是小孩过家家在闹着玩。天来嘛，仗着是个小领导，有了点脾气，便顺势就给了黑豆一脚。那一脚估计也是没踢准，他本来可能是要踢黑豆的大腿，谁料黑豆的两腿一偏，这一偏，留出一个空位，不偏不倚的，就被踢到了下体上。“噗”的一声，黑豆蹲了下去，随之大家更是一阵哄笑。这一阵比前面还厉害，足足笑了有五六分钟。当大家恍过神来看黑豆时，才吓了一跳，黑豆倒在地上，裤裆处已经是一片血红。人们这才醒悟，无论黑豆承不承认，她都是一个人，一个会流血会死掉的女人。

黑豆当然没死。她现在还活着。天来后来孤鳏终身，人们深信那是神明对他的惩罚。村里的大小神庙又全部重修一新，神像也是新造的，香火还和以前那样旺盛，不，比以前更旺盛。而黑豆肩头上骑着的神明也回来了，或者说，神明一直就没离开过。黑豆作为神明和人类交流的媒介，又得到了村人的膜拜和敬重。好吧，讲到这里，故事似乎就要结束了。但是，还没有。

老弭“文革”后便没再当什么书记了。当年黑豆被天来踢了一脚，这事老弭看不下去，老弭骂天来是混蛋，当然也付出了代价。老弭也成了批判对象，沿着338省道游街示众。

有一段时间，老弭在省道边上开了一个粥铺。那时政府已经允许做生意了，不像以前，老有人开个车二话不说就把瓯碗筷碟都搬了去。但是，生意也没以前好了，原因是越来越多的人有了单车，路上挑担的人少了。作为一个营生，老弭还是可以坚持下去。渐渐的，好多人都忘了老弭曾经当过书记，年轻人更不知道了，比如我，如果不是老弭经常来我家，如果不是他喜欢讲那些过去的事，我也是不知道他还有过那些风光时候的。老年的老弭，像是一个没有了听众的说书人，他乐意跟人家讲村庄的过去，讲村人的过去，却没人愿意听了，甚至也没人情愿被说起了，比如天来，他自然不愿意让人知道曾经的罪过；比如黑豆的家人，黑豆的家人后来十分忌讳黑豆被羞辱的过去。似乎只有我愿意听。我之所以愿意听，大多时候也是觉得无聊，这个村，这个村的学校，还有那些越来越难以管教的孩子们，都让我觉得无奈。然而我又能怎么样呢？我做不了一个拍案而起的人。

有一天，我突然心血来潮，动手写一个故事，写在一本教案本子上，利用的当然是无聊的课间时间，或者学生做作业、考试的时候。我写得很缓慢，也很艰苦。我承认我并非精于此道，如果不是无聊，如果不是老弭讲的故事很精彩，我才懒得干这样的事。

当然，这个故事跟前面的故事无关，尽管它们看似有关，也纯属雷同。再说，这个故事发生在古代，也不知道是哪个年代，总之是古时候，老弭是这么讲的——古时候，我们这里出了一个真命天子，名字叫薛嵩。

薛嵩从小孤僻，一个朋友都没有，村里人都觉得他是一个蛮怪的人，连他的父母也这么觉得，尤其是他的母亲，很早的时候就想把薛嵩送给人家了。按这里的风俗，孩子送人前，为了确保没送错，得去给孩子算个八字。刚好这天村里来了一个瞎子，瞎子会算命，声称没有他算不准的命没有他看不到的未来。于是薛嵩的母亲就把薛嵩的生辰八字报给了瞎子。瞎子琢磨了一刻钟，面色为难，像是一个人便秘时的表情。最后瞎子问："大娘，你这孩子，怕是留也不是，送也不是吧。"薛嵩的母亲忙称奇，嘿，他怎么知道她要把孩子送人呢？

"怎么说呢，大师？"

"真命天子。这可是玉皇大帝遗落人间的宝贝。然而，既然是遗落的，这命说是真命，其实也是假命。如果落在皇室，天子无疑，如今落在这荒山僻野，怕是要当个反贼，揭竿而起，篡夺皇位啊。最后会落个什么下场，就要看他的造化了，不过纵观历史，十有八九，也是有始无终哩……"

薛嵩的母亲听得云里雾里，待她回过神来继续要问个清楚时，发现瞎子已经不见了。她问了周围人，见着瞎子没？他们都表示，从来不见什么瞎子，只是奇怪，她怎么一人站在巷口自言自语，像是被神明骑上了肩头。

事情就这样，薛嵩的母亲遇到了怪事，薛嵩也就没被送出去，留了下来。之后，薛嵩也和村里的孩子一样，慢慢长大，当然他也上过私塾，但《三字经》背了三个月还没背出前面五句。他只好回家放牛，一直到长大，娶了郭氏，他还在放牛。和别人放牛不一样，他喜欢坐在牛背上，像是坐上了战马，然后策马扬鞭，挥着一根木麻黄条，一放就把牛放到了灯芯山下。

灯芯山下有一湖泊，当地人习惯叫马跃池。何谓马跃池？一可能是指湖小，马也能一跃而过；二也有另外的传说，传更古的时候，有一败兵将领带着一队人马到达灯芯山下荒池边，人乏马困，将领下马歇息，顺便喝口水，可就在一瞬间，湖水大涨，将人马都淹没池底，最终唯有一匹马，跃出水面，活了下来。

薛嵩第一眼看见灯芯山，看见马跃池，便觉得眼熟，似乎在梦中见过。于是他喜欢上了这个地方，每天来这里放牛，在湖边开荒。他种了十几亩的黑豆，黑豆长势茂盛，三年才结出了果实，五年后那些圆如弹珠的黑豆才纷纷掉落在了地上，如给园地铺了一层黑色的布幔。薛嵩骑在牛背上，目视一园黑豆，在阳光下闪烁着亮光，各个精神饱满，如待战的部队。薛嵩高扬手中的树条，左右一挥，所有的黑豆都列成队伍，整装待发。薛嵩又一声高吆，胯下的牛奔跑了起来，绝尘而去。

薛嵩事先交代郭氏，灯芯山下马跃池边有园地，黑豆已成熟，满地都是。郭氏唯一要做的就是将黑豆都扔入马跃池中，不能吝啬，一颗接着一颗一把接着一把，全部都扔进池里去。切记。切记。

郭氏记住了。郭氏来到了灯芯山下马跃池边，她吓了一跳，她从未看过如此丰收的黑豆，黑压压一片，几乎望不到边。要把这么多黑豆扔进池中，怪可惜的。但她不敢违背男人的意愿。那时候的女人都得听男人的话，即使那男人天天放牛挺没出息的。

说实话，我能力有限，很难用准确生动的文字描绘接下来的场景。

总之，薛嵩一路骑着战牛，率领着他的大军——妻子每往马跃池扔下一颗黑豆，薛嵩就多一员将士，妻子刚开始是一颗一颗扔，后来又一把一把地往池里撒——所向披靡，直捣皇宫，御林军溃不成军，谁也抵挡不了这不知道从哪来的天兵天将。

郭氏在马跃池边扔黑豆的事被薛嵩的母亲知道了。薛嵩的母亲出了名的小气，她一辈子也没见过那么多的黑豆，而儿媳竟然将黑豆白白扔进了池中，这不是疯了吗？于是母亲带着布袋赶到了灯芯山下马跃池边，她试图阻止儿媳的愚蠢行为。郭氏那一刻挺为难的，她不知道是听丈夫的好，还是听家婆的好。最后，她还是决定听丈夫的话，继续往池里扔黑豆。薛嵩的母亲实在是太生气了，她觉得生了一个傻儿子，而娶进来的还是一个傻媳妇。她火冒三丈，一把就将儿媳给推下了马跃池。薛嵩可怜的妻子在池水中挣扎了几下，便如一颗黑豆，缓缓沉入了水中。

薛嵩的母亲足足从灯芯山下马跃池边收回了几百麻袋的黑豆，一颗颗乌黑饱满，村里人说至少能卖一小块金子。薛嵩的母亲高兴坏了，她等着儿子回来，她要好好表扬一下儿子的勤劳，还要给他再找一个好妻子。

故事的结局当然是悲惨的。诸位应该也能猜到了。这其实只是一个老套的民间故事，我之所以要把它写下来，一是为可怜无辜的郭氏；二是为什么偏偏是黑豆，而不是黄豆赤豆荷兰豆……我想，黑豆，既然已经写进了文学作品，就一定要有它的隐喻吧。是的，我倒不知天高地厚，我想把它起名为《黑豆》，或者叫《反贼薛嵩》。

坏就坏在皇帝身边总有个聪明的国师。这国师的形象大概也没什么出乎意料的，无非是身着长袍，蓄起羊须，或手执羽扇，或捏一粒玉石，总之他表情深沉，偶尔看天，偶尔掐指，然后他进言道："皇上，臣倒有一计，可以试试来者是真命天子，或是草寇反贼。"皇上唉声叹气，问："那又如何？"国师说："如果真是天子，那么天命难为，皇上就认命吧，将玉玺献出，自甘为臣；如果是草寇反贼，事情就好办得多，邪不压正，皇上乃真龙，便败不了。"皇上一听，在理，便让国师着手去办。

只见国师献出东西三样，让城下薛嵩抉择，薛嵩一看，桌上摆着一盘黄金一盘黑土一盘红粉。薛嵩虽然目不识丁，却也知道三样东西分别代表着什么。薛嵩最终选择了黄金。之所以不选择黑土和红粉，是他相信，只要他大手一挥，大兵压阵，这"黑土"和"红粉"不就都是他薛嵩的了嘛。倒不是要薛嵩选择什么，而是城墙上的皇帝该做出个选择才对。

国师站在城墙之上，他眼看薛嵩选择了黄金，便暗自一笑，回头对皇上说："陛下，开门一战吧，万里国土仍属于您。"皇上大喜，亲自披袍上马，开门迎战。经过三天三夜大战，薛嵩损兵折将，节节败退，他怎么也想不到，天兵天将竟无一增援。他恨妻子怎么没按他的意思办事。战至第四天，只剩下薛嵩一人，忽见一刀下来，薛嵩的人头便滚落在了牛蹄边上。然而薛嵩还没死，他丢盔卸甲，往家乡方向逃亡，来时骑一头黄牛，回时，还是那头黄牛。国师见状，高喊：“穷寇莫追。”于是，薛嵩一路奔走，回到了家乡，他骑着老牛走在进村的路上。有一牧童，见牛上骑着一个无头人，惊呼：“嘿，那人没头怎么还不死？”牧童话音未落，薛嵩顷刻滚了下来，死去了。

老弭说，村口东侧那一矮小坟头，便是薛嵩之墓。

前面我讲到老弭在338省道开了一家粥铺。

是的，有一天，粥铺来了一个客人，那客人见老弭眼熟，说十年前吧，弭书记您送了一个女人到我们卫生院，那时我还是卫生院的实习医生。老弭蛮惊讶的，说是啊是有这事。实际上他惊讶的是还有人记得他曾经当过书记。老弭说，那女人不是别人，就是“文革”时被天来踢了下体的黑豆。老弭当时慌乱，倒没注意卫生院的医生长什么样了。十多年过去了，竟然能相逢，想想还是蛮有缘分的啊。

“当年多亏了你们，救了她。”老弭说。

“有个事，我印象深刻，当时没敢说。不知道那女的嫁人了没有？”那医生笑着。

“什么事啊？”

“那女的其实是个石女，说起来她还得感谢踢她的人。我们还给她做了人工阴道成形手术。”

这倒是老弭没想到的事，他一下子想起好多年前，那时他还是书记，黑豆才嫁出去四天就回来了，黑豆说她肩上骑着神明，不能和男人同房……

后面的事情就不用老弭讲了。我已经记事，八十年代，我们还是小孩，那时只知道黑豆是个招神婆，神通广大，上可请神仙，下可约鬼怪。小孩们感冒发烧很少去找医生的，就找黑豆，请个符，烧成灰，抹一指头到嘴里，就好了。后来，媒人猴母花找过黑豆，想撮合一对，男人不是别人，正是后巷的天来，他一直未娶，似乎就等着黑豆。黑豆没说话，指着门楼让媒人离开。几年后，天来得癌症死了，他的亲人来请黑豆招魂，看能不能说两句，黑豆在神龛前坐了半天，终于叹了口气，说，招个屁。从此，黑豆烧了神龛器物，不再招神惹鬼，过了一般人的生活。近年，黑豆到莲峰寺领养了一个小女孩，弃婴，兔唇，养到五岁还不会说话，是个哑巴，黑豆慢慢也不再说话，她和女儿自创了一套哑语，只有她们之间可以交流。

山中行

马金莲*

1

那时候山里还没有通公路，电话机和摩托车也没普及到花儿岔这种地方。山里的亲戚之间来往，基本都靠一双脚步行，也有人会推上自行车，要是在陡峭的山路之间遇上一段平坦路途的话，就可以适时地骑行，让自己舒坦一会儿。冬天亮得迟黑得早，天光总是很短，牛子骑着自行车把媳妇秀女驮到附近的集市上，已经是临近集散的时候了，两口子买了点吃的提在手里，四只眼睛匆匆忙忙在人群里寻找花儿岔前来赶集的人。

街道是个三岔子地形，等他们把三个岔道走完一遍，再回到第一个岔口上，人已经散得没剩下多少。刚来时还熙熙攘攘的那一团热闹气象，好像在这短短的时间里被一阵看不见的风悄然而迅速地吹散了。乡村集市上常见的那些颜色驳杂艳俗、质地粗糙、价格便宜、包装零散的货物也都被抢劫了一样消失不见了，大小铺子里的老板和老板娘不是忙乱乱地往里面搬货物，就是懒洋洋地靠着墙根数票子。流浪的野狗野猫出动了，风也猖狂起来，风卷着地面上的破纸

* 马金莲，女，回族，出版有小说集《父亲的雪》《碎媳妇》《长河》《1987 年的浆水和酸菜》《绣鸳鸯》等。曾获《民族文学》年度奖、《小说选刊》年度奖、首届《朔方》文学奖、郁达夫小说奖、中宣部“五个一”工程奖、首届茅盾文学新人奖、第十一届骏马奖。

片、塑料袋子、旧布片子，在空荡荡的街面上跑来跑去，猫儿狗儿跟着那些旋风裹着的尘埃，也追来逐去。街道上有名的傻老汉王美人头上裹着一片大红的三角巾，笑哈哈撵着一团风跑，跑得投入而热烈，好像他正在指挥一场浩大的战争，大冷天他累得脏兮兮的脑门上却顶着一层油亮亮的汗珠。

小媳妇秀女也开始冒汗了，她眨巴着一对毛茸茸的杏核眼，有些委屈地瞪着牛子，她满肚子都是抱怨牛子的话。昨夜说得好好的，一大早就送自己的，谁知牛子临时耍赖皮，跑出去跟人耍赌，后半夜才回来，第二天死活睡不醒，她早起把牛羊喂了，早饭做熟，催了一遍又一遍，他就是不醒。这不，耽搁到九点钟才从家里出发，紧赶慢赶，还是没有赶上趟儿。按她的打算，早早地来，在集市上肯定能遇上花儿岔前来赶集的人，然后她和他们结伴一起去花儿岔。大姨娘的女儿，早在半个月前就捎来了话，请她去呢。大姨娘的女子茹儿和秀女从小认识，两个人每年都要在外奶奶的家里见上几面，可以说是最投脾气的姑舅姊妹，如今她嫁人，这么大的事儿，秀女无论如何都要去吃宴席的。秀女早就给她备好了赠送的心意，一对绣了鸳鸯戏水图案的洋枕头，就装在手中的挎包里。

想到此刻大姨娘家里一定聚满了来自四面八方的亲戚，其中就有秀女的几个姨娘，舅舅舅母，还有外奶奶，母亲肯定也来了。秀女心里真是恨不能马上就飞到现场去。牛子左右打量空下来的街面，刚才憋着一口气前后奔跑，加上他昨夜没睡好，一脸倦容，样子有些沮丧。他试探地看着媳妇，说，要不，这宴席你就不去吃了，这隔山岔岭的太远了，再说天也不早了。

秀女觉得有个手在自己心里狠狠揪了一把，扯得她心里颤颤地疼了一下。委屈像水波一样漫上来，眼泪跟着就来了，很快两个毛茸茸的大眼睛变得泪蒙蒙的。她没吭声，眼睛往着四下里看，不甘心就这样跟着牛子返回婆家，就这样错过了茹儿的喜宴，就这样错过和娘家所有亲戚见面的机会。说实话，作为一个女子，自从出嫁到婆家做了人家的一口子，就很少有自己的自由了，不像女儿时经常能见到娘家的亲戚，现在就是想见，也只能趁着娘家办事的机会大家见一见。这趟出门，是公婆点头了的，也给了钱让她拿人情。现在已经到街上了，等于把一小半路程都走过了，难道你牛子说不让去就不去了，茹儿肯定在眼巴巴地等着自己去相送呢。

牛子好像浑然不知媳妇的情绪正在起伏，他有些无所谓地摇着头，说算了，看来你这个宴席是吃不上了，花儿岔那地方太远了，尽是盘盘弯弯的山路，难走不说，还一路不见个人烟，你说你一个人去，肯定不行，荒山野岭的——他话没说完，秀女打断了他，秀女指着街口左边的一根电线杆子，喊，我看到了，花儿岔的人，茹儿的蒜头巴巴。

牛子顺着秀女的指头看，也看到了，街口那里有好几根电线杆，靠里是一排矮矮的小房子，全是磨坊，磨面、榨油、碾米，各样机器都有。人多的时候，电线杆上拴满了毛驴和骡子，四面八方的山里人驮着粮食来磨面碾米。电线杆再往前几步，是卖农具的，犁铧、锄头、背篼、笼子、簸箕、筛子、绳疙瘩，农村人生活当中用到的家具在这里都能买到。

秀女有点兴奋，一路小跑，牛子推着自行车大步撵。秀女边跑边喊，他就是花儿岔的，就在岔口上住着，离我姨娘家近得很，我和茹儿担水的时节见过他，算起来他还是茹儿的堂巴巴呢。

小两口一前一后像赛跑一样冲向电线杆，地面上到处是乱石子，自行车的车轮滚滚碾过，碎石子儿在辐条之间飞溅，敲在包链盒上，发出叮叮当当的乱响。这动静早就引起了电线杆子下一个人的注意，他正在拾掇摊子，要结束一天的营生回家去了。听到声音抬起头诧异地看着一对男女狼撵着一样冲自己跑来。

姑舅巴，你还没收摊啊，这就好，我正好去花儿岔哩，正愁找不着一个做伴儿的人哩——秀女身子靠住一根电线杆，喘着气，一口气说出一长串，刚才的狂奔累得她嗓子里冒烟，但声音里洋溢着喜悦。

蒜头是别人送给这个人的绰号，不过确实准确，一根细长的脖子上顶着一颗又尖又瘦的秃头，造型下面大，往头顶上慢慢地缩小，猛看上去还真像一颗剥了皮的独头蒜孤零零地蹲在脖子上。

蒜头把手边最后一摞子背篼往一起套，大背篼装着小背篼，小背篼肚子里又塞一个更小的背篼，里面再套一个最小的抓粪子，七八个背篼套成两套，他又用一串绳子把几个拧条笼子串起来，背起背篼，手里提一串笼子，摇摇晃晃地站起来，这才认真看一眼秀女，眯着眼睛笑了。

是你啊，茹儿家的亲戚女儿，好好好，等我把货物寄下咱就走。

秀女从挎包里掏一个大苹果，带着一点讨好，塞进牛子手里，指着蒜头的背影说看到了吗？茹儿的本家巴巴，有名的蒜头老汉，卖背篼和笼子的，他自家编的，到处收了用过的旧扫帚老竹子，拿回家裁成竹篾编背篼和笼子，那些大笼子的拧条也是他自个儿家到山里割的。秀女说得很快，叭叭叭一口气说出一大堆，好像蒜头就是她娘家的一个亲人，他的方方面面她都掌握，她急于把他介绍给牛子。

牛子对蒜头没兴趣，看到媳妇既高兴又亲热，他草草扫一眼这个浑身脏烂的干巴老头儿，抬头看看天，打个哈欠，说有人做伴儿我就放心了，快去吧，我也要折回去呢，还要给妈买些酱油，我先走了。

蒜头的货物就寄存在碾坊的老杨跟前。老杨忙完了一天的生意，这会儿出来透气，他脱了外衣在手里抖，厚厚的米糠把一件旧毛蓝罩衫污染得看不见本来的颜色了。老杨哗哗地抖着，眼睛看到蒜头身边直溜溜站着一个年轻的小媳妇，老杨的眼睛扫来扫去看了一圈儿，咧嘴笑了，说蒜头啊，哪只脚踏上狗屎了，咋运气不错啊？

蒜头把一个黄皮褡裢架在肩膀头上，把黄胶鞋的带子往紧绑绑，起身拍拍屁股上的土，说走啊，天气不早，得紧着点上路！又说，把皮嘴夹紧，漏风不要紧，只是不要把谷糠漏了。

前一句是给秀女说的，甩出后面那句的时候他望着老杨的方向。但是他和老杨都不生气，两张爬满皱纹的脸都笑嘻嘻的。秀女在边上看着好奇，就也跟着笑了笑，不过她有点不明白这两个人究竟是啥关系，还有为什么会有那种奇怪的表情。

老杨最后抖一下罩衫，扬声说蒜头你下个集来得请我吃炒面，苏白脸的炒面片子，你不请你是个锤子。

蒜头装作没听见，大步经过磨坊门，然后就走向街道外的河，过了河，那就是通往花儿岔的山路了。

2

山路之所以称作山路，是因为它们具备着山路独有的特征，就像现在展现在秀女和蒜头眼前的道路，狭窄、弯曲、七拐八弯，简直就像是一副盘绕在一起的肠子，弯弯扭扭，没有一截是舒展的，也就没有一截能让人甩开了步子舒舒服服地走上几步。只要踏上南边的这条路，眼前全部都是山，一座山连着一座山。这里的人赶集一般不骑自行车，因为一路上几乎没有骑的时间，上上下下都得推着走，要遇上雨雪天气，路滑难走，弄不好就得人把自行车扛在肩膀上走了。最稳妥的办法就是用一对脚板走，需要负载重物的话，牵上骡子或者毛驴。毛驴最好，轻巧、灵活，能帮人不少忙。

秀女清楚去花儿岔是啥路况，离家出发前作难了一阵，想穿自己手做的布底鞋，布鞋看着不够洋气，但是上了长路就能知道它们的实惠。穿上脚后，她对着穿衣镜左看右看，再看看红艳艳的新棉衣，褶子直翘翘的青裤子，头上刚换的崭新粉红头巾，全身上下一簇新看着挺好，可是目光往下，看到脚上的布鞋，真叫人觉得越看越难看，一点都不搭配。啥衣要啥鞋配呢，布鞋穿着舒适，就是样子不够洋气，甚至肿头肿脑的说不出的难看。她犹豫再三，牛子在门口催得急，干脆一咬牙换上了洋气的干板平绒鞋。

她穿着平绒鞋到了集市上，然后又跟着蒜头走山路，眼前是一段漫长的上坡路，而且是个紧坡。两个人都不说话，一口气走出一大截，走到最高处，秀女感到脚有点疼。鞋夹脚，新鞋就是这样，刚上脚感觉合适，走走麻烦就出来了，需要好好地磨合磨合。身上也好热，脊背隐隐透出一层汗，她舒一口气，抬头看前面，同时伸右手解开一颗纽扣，凉风马上顺着豁口往里钻，她舒畅地深吸一口气，前面蒜头正好也停下来，在等秀女，一面把肩头的褡裢从右肩挪到了左肩，他定定地瞅着秀女，说我没记错的话，你应该是叫个秀女子，娘家是柳树梁的，你前年腊月里来过花儿岔，你比茹儿大着一两岁。

秀女回头望远处的西边方位，那是他们刚刚走出来的集市，现在那里空荡荡的，几乎看不到人了，她的目光又往北边更远的方向看，这会儿丈夫已经骑着车子远离集市了吧，不会又跑到哪里耍赌去吧。她心不在焉地点了点头，说对着哩，姑舅巴巴你好记性，我是茹儿的姑舅姐。

远处的太阳似乎距离西山近了一点，秀女加大了步子，说姑舅巴巴，我们走快点，不加紧的话恐怕就要带夜了。

蒜头的目光在她领口上滑过，望一眼前路，说对啊对啊，得赶紧走，带夜了我不要紧，你一个年轻轻的媳妇子，可就苦辛得很。

秀女没在意，跟着笑笑，说姑舅巴巴你隔三天一个集就得来集市上做生意，这来来去去的，你才苦辛哩。

她注意到蒜头脚上的鞋破了，黄胶鞋从后面帮口上破开，眼看就要彻底倒塌，他每往前走一步，一个粗糙的脚后跟就往后鼓，鞋跟扑塌扑塌扫着地面，黑布裤子的裤脚有点长，也扫着脚后跟，裤边子刷得起了一层毛。黑布吸土，这一段土路走出头，两个裤腿上都吸着饱饱一层黄土。

是个可怜人。秀女在心里叹了一口气，一种微微的怜悯在心里浮动。她紧赶几步，跟上他，心里想，这老汉女人殁了十几年了，一个人拉扯着一堆娃娃，真是一把屎一把尿，当了男人又当女人。外头的地得种，回到家里吃不上一口热饭，还得挽起袖子亲自做饭，一个大男人家，粗活儿难不倒，那些锅灶上面的活儿，缝缝补补的针线活儿，才叫犯难呢。好像是五个娃吧，女人走的时节连一个都没拉扯成人，最小的一个好像才一岁多，他硬是拿面汤汤给喂活了。这些都是茹儿告诉她的。

茹儿带着秀女去过他家，她们是念苏热后端了烩菜去送，当时蒜头不在，一座破破烂烂的黄土院子里，两间房藏在一道低崖下，屋子里又脏又黑，连视线都有些浑浊，当时秀女都不愿意踏进门槛，她站在门口看着茹儿把一盆子烩菜倒进一口黑乎乎的铁锅里，她们就离开了，正是那次回家的路上茹儿跟秀女说了蒜头一家人的情况。秀女记住了挨墙根站着的几个娃娃，一个个又脏又破，一个据说是九岁的女子，头发乱得像一窝刺，茹儿说她已经学会做饭洗锅了，七岁上就踩着板凳开始学的。秀女好惊讶，倒不是惊奇女子学习锅灶的年纪小，而是她太脏了，袖口和前襟上磨出的烂线吊成串儿，挂着污垢疙瘩，那个样子做饭，做的饭咋能吃得下去。

咋不再寻一个女人，屋里没个女人肯定不行。秀女呆了一会儿，忽然问茹儿。

茹儿抽着鼻子，说拿啥寻，家里穷得腥气，哪个寡妇愿意跟他，除非人家眼瞎了。

蒜头没能力续弦，只能一直打光棍，一个人拉扯着一堆娃娃过活。

秀女偷偷打量这个背影，发现从背后看，他的背影其实不怎么老，远远没有面孔那么沧桑。一对短短的腿，有点粗，微微叉开，向外撇，一步一步慢慢走，踏出的脚印显得有点奇怪，黄胶鞋印出的一个椭圆从中间断开，前后两个圆坨，中间细细的，好像一个细腰的女人立在路面上的尘土里，在叉着腰看人。一对膝盖弯里，裤子打出一串褶，褶子好像是谁用心专门叠出来的，左边是五道，右边也是五道。这些褶子纹路清晰、粗糙，一直延续到屁股蛋子那里。裤子宽绰，几乎看不到裤子里包裹的屁股形状。上身的棉袄没有套罩衫，后领和袖口脏兮兮的，不知道蹭了多少垢，胳膊甩动，擦着衣襟，秀女从侧面看到他的衣襟上闪着亮晃晃的光，那也是油垢。

秀女想笑，嘴角扯了扯，却把一声叹息咽进了肚子。没女人的男人真是可怜，仅仅是看一眼这穿着就能知道家里的日子有多恓惶。吃喝上受罪，穿戴上没人洗刷，儿女上头一个人操着两个人的心，就算这些都撇过不说，单单是一个人，长年累月地孤单单熬着，白天艰难不说，夜里的日子只怕也不好过吧。她不由得想起牛子夜夜缠着自己的样子，他们是新婚，牛子也年轻，不知道到了蒜头这个年纪的男人是啥情况，还会不会像年轻人一样贪婪。就算精力跟不上，没那么热火，时间长了，总还是会熬煎的吧。他离开女人这些年，难道就一直心里静得像水，夜里就不孤单？

哎呀，你胡想啥呀？秀女赶紧在心里悄悄骂自己，脸也烧起来，伸手摸了摸，这脸蛋水嫩嫩的，出了微汗，摸着像一颗饱满的桃子，她干脆悄悄掐了一把，自然没舍得掐破，却有点疼。就应该疼，胡思乱想啥呢！她发现自己刚出门就开始想念牛子了，尤其想念他在热被窝里的身子。

呸呸呸，越来越没脸了，想那没良心的做啥！

脸更烫了，怕蒜头看到，她装作看风景，扭头把脸朝后看，发现夕阳又低了一些，眼看着就要驮到山肩上了。心里说还是加快赶路要紧，总不能走夜路吧。这时候她才发现蒜头的脚步没有开始那么紧凑了，他扑塌扑塌走着，一步一步慢下来，本来一直走在前头，现在，慢慢要和她并肩而行了。离得近，秀女能闻到他身上的味道，一股气味不太好闻，有点呛人，尤其这会儿又是迎面风，风从他身上扫过，飘进秀女鼻子里的是一股干燥的土腥味，还透着汗腥，还有点尿骚的味道。好像是很多味道混合了，又被他捂在衣服深处，经过一段时间的发酵，最后才制造出这样复杂的气味。有点臭，不好闻。他应该是很久都不换水吧，秀女悄悄在心里猜度，据她在花儿岔做客留下的印象，蒜头在花儿岔的男人里算不上有教门的人，这样的人，身上是不是经常带着水就难说了。说实话，换水也是一件麻烦事。牛子就不爱换水，每次和她温存之后，她都要爬起来洗一壶，牛子只有去寺里之前才洗。她骂过他。他厚着脸皮嘻嘻笑，说还年轻嘛，等上了岁数再讲究教门。听听，这都是啥话啊。想到这里她忍不住咧嘴笑了。说良心话，论起来也不能完全怪牛子，小两口儿正是热火的年纪，夜里在一个被窝里钻着，谁都忍不住啊。

一扭头，她撞上了一对眼睛。

秀女咧着笑的嘴愣住了，对方也正在望着自己笑，笑得有点傻，厚厚的嘴唇翻开，露出几颗又大又黄的门牙。

她不由得也跟着笑。

他笑得更欢了，嘿嘿响。笑的同时身子一点一点往近挨了过来。她第一次发现他脸上的皮肉那么松弛，腮帮子软软地垂着，很容易就把嘴咧到了最大限度，牙花床子露出来了，那些肉红丝丝的，肉当中镶嵌着牙，他的牙很凌乱，挨挨挤挤歪歪斜斜的，每一颗牙面上都明晃晃泛着黄。

小两口儿亲热的时候会亲嘴，你吸吮我湿津津的嘴唇，我软软的舌尖探索着舔舐你的牙齿，恨不能把对方吃进自己的肚子里来。

牛子亲起来就没完没了，简直让她喘不过气来。

这男人的嘴也亲过女人？

让这样的嘴唇亲着，似乎有点恶心。

这张嘴离自己越来越近，都已经凑在眼前了。

这是要干啥啊？

秀女忽然就醒悟过来，跳着脚往右躲，右边就是地埂子，她没地方躲，干脆跳着脚冲出几步，回头狠狠瞪了一眼。

蒜头似乎还沉浸在一种奇怪的气氛里，他笑嘻嘻瞅着秀女，左手往后一凑，把右肩上就要滑落的皮褡裢往上托托，咧开嘴嘿嘿笑，说，大妹子，你、我、我……

脚上一阵痛，现在她有点后悔，低头看着自己的脚，为啥没有穿布鞋呢，虽然旧了点，也没有买的鞋体面，但是恬活脚呀，走多远的路脚都不受罪。现在这双鞋好看是好看，可这才走了多长一点路，就这样了，剩下的路途咋办？心里发愁，两个脚好像被唤醒了，疼痛顿时明显起来，火烧一样发烫，每走一步，感觉都像踩在一簇火星子上。

秀女装作没听懂蒜头的话，低头抖了抖脚，鞋紧紧箍在脚上，鲜艳的平绒鞋面落了尘土，已经没有出门时候那么鲜亮了。

秀女不知道他你你我我了半天究竟要说什么，不过她好像能猜到这个人要说啥了，她不回嘴，闷头走着。

蒜头好像受到了一种看不见的鼓舞，他又往右边凑了凑，说大妹子，晓得有你今儿陪着哥走这一程路，哥在苏家杂碎摊上割二斤牛头肉，我两个说说笑笑走路，香香地扯着吃，唉唉，怪哥不是个早知道啊——

秀女右边下去是大片的土地，地埂子窄窄的，秀女感觉自己再退，就要一脚踏空栽下去了。

左边的气味在逼近，汗臭、土腥和男人身上才有的那种味道之外，还有蒜臭味。他肯定吃蒜了。花儿岔离集市远，要来集市上摆摊做生意，他一大早就得离开家上路，家里没女人伺候他吃喝，所以他肯定没有在家里吃。到了集市上，就忙着摆摊招揽生意，不会有时间去饭馆里吃一碗热乎乎的面，再说像他这种小本生意人，也是吃不起一碗饭的，一碗炒面都涨到五块钱了，他编一个背篼才卖八块，家里一堆娃娃张着嘴等吃喝呢，他哪里舍得给自己买饭吃。只能是自己带了干粮和大蒜，一边做生意，一边抽空儿掏出馍馍啃。馍馍干，吃不下去，就着大蒜好歹能多吃几口。农活儿忙得昏天黑地的时候，庄稼汉总是这样吃干粮。

要是被这样的嘴巴按在地上亲几口那是什么滋味，再要是被扯破了衣裳……恶心的感觉顿时漫上心头。她感觉右边的人又挨近半步。那身子热烘烘的，臭烘烘的，还在说着话，试探着往前靠近。再有半步她就会栽下去，下去就是干硬的土地，冬天的山野里很少有人，天色晚了，现在这山路上连半个人影都没有。只有两个人，她和他。一个被一双新鞋夹得脚疼的年轻小媳妇，一个四五十岁的老光棍。这光棍除了四季在地里扛农活儿，一有空闲就往集市上跑，用旧竹篾编制背篼、笼子换几个小钱。他的肩膀是扛过步犁的，扛过粮食袋子的，他的胳膊能撑得住架子车，他的手捞得起锄头和铁锨，别看他瘦巴巴的，其实山里的庄稼汉，随便哪一个，一般女人都不是他们的对手。

只要他一把捏住她的胳膊往下按，自己能打过他吗？只要按下这地埂子，压在下面，就是咋哭咋闹肯定都没用，这旷野里哪会有人正好路过相救呢。

心忽然就跳荡起来，跳得很激烈，一下一下撞击着胸腔。嗓子眼里有一股火，她感觉只要自己稍微松开嘴皮，那股火就会蹿出来。

我真是个蠢货，笨死了，咋就给自己找了这么个伴儿，这不是绵羊和狼搭伴吗？

她恨恨地暗骂。

右边的人更近了，似乎有个大手晃悠悠伸了出来，直接向她胳膊上抓来。

一声尖叫没有喷出嗓门，她猛然加大步子，冲向前方。几步跨到路中央，不停，快快地走，接着跑了起来。

她超过他了，把他甩到后面了。

脚疼得钻心，她想不行的话我得把鞋脱了光着脚跑，这时候还顾啥呢，冷点也没有啥，跑脱才最重要。但是脱下这带扣襻的鞋需要花费时间，一弯腰，一停留，万一被抓住了咋办？不能停，跑，脚疼就疼吧，农村妇女的脚，耍啥娇气呢。她扭着脚跌跌撞撞地跑着。两边的田地在眼前闪动，风擦着耳畔消失，发出呜呜的叫声。

跑着跑着，秀女感觉身后有些空荡，没有人在追赶自己。

没有大跨步追赶的脚步，没有喘着粗气堵截的身影，连那股子汗腥味蒜臭味都没有了，只有风在烈烈地叫着擦过耳畔，风好像在大声地笑。

胸口一股甜丝丝的血腥味在翻涌，好像这一番奔跑把沉睡的五脏六腑打翻了，错位了，搅和成了一团，在热烘烘地拥挤着颠倒着，血腥味伴着呼吸从嗓子门里往上冒。她深咽几口气，把那种感觉压下去，慢慢地回头看。

他果然没有追来。

地面很冷，冰凉透骨，他没有紧追而来，在远远地慢悠悠走着，同时右手举起来扬动，有些艰难地晃着，像落进水里的人在水面上举着一面旗帜，在苦苦地求救——大妹子大妹子，你跑啥呢嘛，哥岁数大了，哪里赶得上你年轻人——我们两个消消停停走么，急啥哩！

她扭过身看，他终于一点点赶上来，她发现他显得很正经，那张脸还是在大街上摆摊的样子，爱笑，一笑一双眼睛就深深陷在一圈松弛的眼睑里，罗圈腿快步走起来很不利索，一撇一撇的，看着就要撵上秀女了，却不超过，收住脚步，仰起头来，望着秀女嘿嘿地笑，样子竟然有点腼腆，气喘吁吁说大妹子，你真是个急性子——可能这几步赶得实在急，黑红的脸憋得通红，鼻孔里喷着粗气。天气还早得很嘛，你说你急个啥，哥这气管炎容易犯——

笑容傻乎乎的，显得憨厚，亲昵，像一个犯了错误的娃娃在变着法儿跟大人撒娇。不，不全是，这里面分明带着一种长辈对小辈儿才有的嗔怪。

秀女忽然有点不好意思。

她不敢看蒜头的脸，心里的那种担忧已经烟消云散了，奇怪的是，她心里感觉不到轻松，倒好像有那么一点点的失落，好像她本来在隐隐地期待的一个什么结果被人悄然扭转了。是什么结果呢，她不知道，这念头模模糊糊的，很不明晰。不，不，肯定不是那样的，而是另外的样子。另外的样子又是什么样子呢，她迷糊了。就像有人给她一颗糖，她不接，不吃。人家不给了，她竟然又有点想那颗糖。哎呀这都啥心思啊，太乱了，多没羞耻呢，她赶紧狠狠摇头，同时转身，干脆站到风头上，让凉风吹脑门。风掠过，汗水顿时就僵在脑门上，心头的迷雾慢慢散开。她觉得是自己的感觉出了问题，人家比自己大了十多岁快二十岁呢，胡子都有了，又一口一个大妹子，喊得跟亲兄妹一样，人家难道会有啥不好的想法。都是自己多心，想多了，把好人想到歪路上去了。

她有点歉疚，赶紧赔笑，姑舅巴巴，这天实在是不早了——

要不你头里先走——蒜头还是笑眯眯的，一笑牙花床子全部龇了出来。

秀女这一回没觉得那牙床子有多脏。

想不到他会这么干脆。

秀女心里的内疚在悄然滋长，她暗骂自己心里的弯弯绕真是太多了，硬是把一个好好的亲戚老哥给想岔路上去了。

也许，人家那会儿凑近自己只是想靠近点说说话儿，也许人家根本就没有举起手拉自己，只是想抠抠头，也许，人家压根就没有抬手，只是自己的感觉出了问题。

秀女越想脸越烧。

还没看清楚就急惶惶乱跑，还差点大喊了起来，这要是在人烟稠密的地方被人撞见，可不活活地冤枉了一个好人。

他把姑舅巴巴改成了哥，把她喊大妹子，称呼上的变化她注意到了，但是一开始的那种不舒服感竟然消失了，爱咋喊就咋喊吧，又不会少了自己身上一疙瘩肉。

她感觉心头一阵轻松。有一种豁然想通了的舒畅。

他一屁股坐在了地上，仰着脖子换气。他果然有气管炎，这一阵追撵，像一串火烧着了他的嗓道。

她有点可怜他，伸手在包袱里一阵摸索，摸出自己的一块新头巾递了过去。他也不推辞，接了头巾就往脸上擦，沿着额头往下，一直到下巴，擦了一圈儿，又把脖子擦了，头上也擦了。瘦巴巴的胳膊举着手在干瘦的头上蹭。那种奇异的感觉又浮上心头来了，好像挨着他的头和脸摩擦的不是头巾，而是自己的手心。她赶紧开解自己，既然给了他擦汗，就由着他擦吧，反正到了姨娘家要洗洗的，洗了连夜搭在火炉筒子上，赶明儿天亮肯定就干了，不耽误自己搭着新头巾送茹儿嫁人。她看着他擦汗，他的手劲叫人看着有点别扭，好像他捏着的不是一块头巾，而是一个什么柔软的东西，他十分珍爱，带着小心举起来，小心翼翼地有些舍不得一样地慢慢地擦着，这柔软的动作给人很温柔的感觉。

温柔？秀女差点笑出来，赶紧捂住了自己的嘴。这是啥奇怪的感觉啊？一个浑身泥巴的老光棍，竟然会温柔，他又不是一个女人。

蒜头擦完了头，把头巾慢慢折好，递了过来，大妹子啊，老哥这腿脚越来越不行了，你看，走这点路就疼得不行。唉，都是穷日子害的啊——他不说了，忽然被大风刮过的谷子一样，使劲地摇头，好像要把无数的感慨摇进了肚子里。看样子要站起来，试了几次，却没能起来，好像那邋遢的身子很沉重，他提不起这副身子骨。

秀女也不知道自己怎么就把一只手伸了过去。

秀女是去年冬天结的婚，在娘家算得上是娇养的女儿，这一年在婆家做新媳妇，那些粗重的苦活儿她基本上没沾手，每天洗洗刷刷做饭扫地，一双手不算粗，甚至有些白嫩。她把自己一只白生生的手伸在蒜头面前。

蒜头自己也没有想到。他忽然有些慌乱地伸出手，秀女的手还没抓住，他又缩了回去，在裤脚上蹭了蹭，这才再次伸过来。

秀女忽然心里一阵烦躁，刚才喧腾在心头的那点怜悯没有了，她闻到了他身上的臭味。手还是被捏住了，捏得很轻，好像怕捏疼了她，却很紧，像一片干硬但是带着黏性的胶粘住了她。秀女狠狠地抽，她忽然觉得自己有些荒唐，这荒山野外的，天气都要黑了，自己竟然对一个男人心生可怜，这叫啥事呀，对方还是个没有女人的老光棍。他要是一把抓住了不放手可咋办，要是趁势把自己拽进怀里可咋办。她气恼地抽手，用上了劲，刚才的温柔劲儿顿时消失得干干净净。她有点恨。

意外的是他的手竟然有点软，不像他的人那样又干又硬又冷，这手软塌塌的，手心里潮乎乎的，秀女想到了刚从开水里捞出的酸菜叶子，被开水煮过头了，也正是这种软乎乎湿答答没筋骨的样子。这样的手咋就把那些粗糙的竹篾给摆弄出了那么精巧细致的器具呢，背篼、笼子、筛子，一样一样做出来，有模有样的，天长日久地侍弄竹器，这手心应该是粗硬得像耙子才对呀。

就在秀女愣怔的时候，蒜头好像有些害羞一样松开了秀女的手，他不让秀女拉，自己扶住墙根爬了起来，拍了拍屁股上的土，咳嗽着回头看身后，一轮夕阳完全落在了山头上。落下来的夕阳明显比挂在半空里大，好像一个刚滑出鸡屁股的白蛋，软软地落下来晾在那里还散发着淡淡的余温。

3

山路之所以叫山路，不仅仅在于它的弯曲陡峭，走起来艰难辛苦，还在于它明明看着很短，走起来却曲里拐弯地漫长，越走越长，越走越乏力。

秀女也是山里长大的姑娘，对山路是不怕的，可是嫁到婆家这一年几乎没走山路，把娇贵的毛病给养出来了。加上一双鞋不称脚，等翻最后一道坡的时候已经迈不开步子了，她只能五个脚指头紧紧地挤成一把，忍住疼痛拧着脚跟走。

她的包袱早就被蒜头接了过去，和他自己的褡裢一起扛着走，秀女不知道他褡裢里装了啥，反正看着不轻，秀女的包袱里是一些水果，街市上买的时候她觉得买多了好，掏出来摆在姨夫家的桌子上，面上好看。现在她真是后悔买多了，兜里还装着人情钱呢，何苦又额外买这一包累赘呢，真是越走越重啊。蒜头把它们加在自己肩头，秀女感觉蒜头的腰身明显弯曲了下去。

还有一个手提包，秀女坚持自己背着，那里面是给茹儿准备的礼物，还有一些杂七杂八的东西，包括秀女这几天在姨娘家擦脸的油和粉。别看是小东西没分量，上了长路也是一份拖累呢。她脚疼得恨不能丢了手里的东西，只抱着脚歇缓，一步路也不走了。本来他们出发得迟，这一来赶路的速度更慢了，平时两个钟头能走完的路，他们走了四个小时还没有到家。

秀女一步一步落在了后面，她望着薄薄暮色里的身影，那个影子干瘦、单薄，一对扁瘦的肩膀扛着一颗扁长的脑袋，右肩膀要比左肩膀高一些，两个肩膀不平，腿也不好，随着迈步，胯子那里一趔一趔的。要不是自己那一包水果压在身上，他不会这么艰难吧。秀女心里有点难受。这一路太平地走下来，他再也没有说什么，也没有什么动作，一直都是那个喜欢傻笑的姑舅巴巴。自己竟然差点把他想到歪路上去了。

不过这个人是真的可怜。

秀女说不上自己今儿不知咋了，就是禁不住地要乱想。光棍十几年甚至几十年的老男人她不是没有听说过，她从来就没有想过他们的日子是不是好过。今天她真是吃错药了，一路走，一路都在思谋这个问题。

等翻过这座山坡就是花儿岔了。

秀女再次回头瞧身后，夜幕悄无声息地压下来，像一匹没有边际的巨大薄纱，把天地都笼罩了，他们走过的路也在身后模糊了。

这一路要没有蒜头做伴，自己一个女人家走，还不知道会吓成啥样儿。

她悄悄地舒了一口气。

咯噔一声，脚脖子偏了一下。

疼得她喊了一声妈。

蒜头转过头来，咋啦，你咋啦？

他的声音显得很焦灼。

走了这几个钟头的路，鞋不合适，秀女的两个脚早就像夹在门缝里来来去去研磨一样，越走心里越委屈。不知道为什么委屈，有点恼恨，有些抱怨，心里说牛子你真是绝情，就不能陪我走一趟啊，就算山路不能骑车子，你可以推着车子走啊，有你在脚疼我还可以喊一喊，甚至可以靠住你的肩头歇一歇，再过分点还可以赖在你身上，让你搀着走。死货牛子，就知道耍赌，真忍心叫媳妇一个人走这么远的路啊。

越想心里越委屈。如果说刚开始的委屈是朦胧的，不确定的，现在忽然就明朗清晰了，具体真实了，完全地落到牛子一个人身上了。臭男人，怪不得电视剧里的女人都喜欢骂男人是臭男人，谁说不是呢，夜里需要的时候把你疼得恨不能吸了骨髓，白天呢，屁股一拍就上赌场了，这么年轻的媳妇也舍得让她一个人走这么远的路。

秀女爬起来，心里憋着一股气，故意跨出大大的步子，心里说脚脖子能疼断就疼断吧，最好废了算了，省得以后给婆家跑前跑后地苦。疼痛钻心，整只脚都疼，酸麻，僵直，好像脚面和脚心那里连接的骨头断了，一走一错位，一动一抽搐，骨碴在蠕动，疼得她感觉整条腿也不利索了。

你要是吃力，我们走慢点。蒜头说。

秀女没吭声，她在努力地憋着不哭出声。

但速度确确实实更慢了，她像娃娃学步一样歪歪扭扭地走着。每一步都疼痛钻心，每一步都能感觉到硬硬的部位磨着娇嫩的皮肉，肯定早就磨破了，血也没少淌，袜子黏糊糊粘着。照这么走下去，肯定得走到半夜去。

她又坐下了，脱掉了鞋，只穿着袜子走吧，好歹要比套着这铁箍一样的鞋要舒服一点。

蒜头回头看了看，忽然把肩头的挎包卸下来放到路上。秀女惊坐起来，心里说这个人要干啥，是不是要趁我这个样子做啥坏事呢。她知道来不及跑，后面是黑沉沉的路，前面的路也模模糊糊的，能跑哪里去呢？她抬手抓住了路边的一牙子黄泥块。这种含着岩浆一样的土块有些坚硬，紧要关头好歹可以拿来当作利器防身的。秀女已经想好了，就对着蒜头的眼睛拍出去，只要他眼睛看不见，自己就可以逃跑了。

蒜头却没有急着来为难她，他一屁股坐在路边，抓起自己的脚就扒拉。他穿的是胶鞋，系着鞋带，看样子他系得很紧，汗湿透了鞋底子，脚心粘住了，一时拔不下来。

他要做啥？秀女抓紧了土块。他扒拉臭鞋做啥？

一股臭味顿时弥散开来。

蒜头把鞋子递了过来。

秀女才明白他这是要自己穿。

秀女捂住了鼻子，太臭了。

暮色里透出一抹淡蓝，离得太近，秀女看到蒜头的瘦脸上显出一丝羞愧，他忽然一把掀起了自己的衣襟。秀女觉得自己的心都要飞出来了。这人忍了一路，现在终于装不住了，露出真面目来了，开始脱衣裳了。她两个手同时握紧了两块土疙瘩。只要他的脸凑上来，她就毫不客气地拍出去。

嘶啦啦的撕扯声在暮色里分外清脆。秀女看到蒜头又脏又旧的棉衣下的线衣同样很脏，都脏得看不出原来的颜色了。他把自己的线衣撕破了，线衣很脆弱，好像已经被风吹化了，他的手一扯就裂，他扯下两大块。

要做啥？

秀女蓄积着力量，她觉得无论如何这一击拍出去都得既准又狠，如果失去了这个机会，接下来肯定就不会有自己的好果子吃了。

老牲口，只要你敢动瞎心，我就下得去手。

这一刻她觉得自己就是奶奶讲的古经里的王宝钏，真正的贞洁烈女。

蒜头没有扑上来压倒秀女，而是一把捏住了她的脚。

秀女举起了右手里的土疙瘩。

她没有拍出，因为蒜头的动作没有她想象的那么急，那么剧烈，那么来势凶猛。

他竟然有几分轻柔地慢慢抬高了这只脚，褪下了袜子。

秀女穿的是一双新尼龙袜子，走了这一程路早就被汗湿透，空气里顿时有了一股奇怪的臭味。秀女慌乱地去护脚，但是蒜头已经掐住袜子往下褪。她的脚其实很娇小，袜子也大，但是汗水和血水把袜子粘连在脚心上，随着撕扯，细细的疼痛毛毛虫一样满脚心爬动。

秀女不知道自己为什么没有拍出土疙瘩。

其实该是拍出的时候了。在古代，女子的脚是最珍贵的部位，奶奶说过，姑娘家很小就缠脚，除非出嫁见了自己的丈夫，一双三寸金莲一般男人是绝对见不到的。在回民的讲究中，女人的脚也是不能随便外露的，要是叫阳光照到就等于失了伊玛尼。

现在的女人不用缠脚了，但是一个女人的脚，丈夫之外的男人能见到的机会也不多，像这样捏在手心里的机会，好像她还没有遇上过。

你这娃娃，咋不早说？

蒜头抱怨。抬手从路边抓一把细土，撒在脚上，然后慢慢地搓。

他是抱怨吗？秀女两眼发紧，忽然想哭。蒜头的音调哪里像一个并不熟悉的男人，而是一个疼爱她的男人，父亲，或者爷爷。反正不会是牛子。牛子就没有这样捏过她的脚，牛子直接扑倒她的身子，享受该享受的，牛子才没有兴致花费温情这样对着一只臭脚温存。

她忽然有点遗憾，牛子，似乎应该给她更多，可他就是没有给予更多。而这一点她从前是没有发现的。现在忽然就醒悟了。这醒悟让她心跳，脸烧，心忽然就跳得止不住，好像心已经勾搭了牛子之外的男人，心干了不好的事情，身子却没有干，身子撞破了心的秘密，心为忽然暴露的秘密而羞愧得不行。

我咋能这么想？我是不是学坏了？

一个声音在质问。

她感觉手心里出汗了，那块土疙瘩的一角被她捏出了热烘烘的温度。

看把脚磨成啥了？

他说。

他的声音在颤抖。

秀女的心也在颤抖。

她再一次抓紧了土疙瘩。

现在他离她很近，近到她都能闻到他呼吸里的气味了。她忽然发现，他的气味里除了汗臭、腥味，还有竹篾器具的味道，竹子泡在水里湿透的味道，小刀划过竹子劈出一条条竹篾，随着碎屑飞扬，溅落出细细碎碎的味道，阳光晒干竹器，逸散出来的淡淡的植物才有的味道。

蒜头忽然就叹息了一声。

一声叹息把两个人从遥远的地方同时拉回到现实。

秀女立即往回抽脚，同时举起了土疙瘩。

只要他稍微流露出不轨，她就可以反击。

但是蒜头没有进一步的过分行为，他用线衣的布缠裹起来。现在秀女明白他为啥要扯出又细又长的布条了，他像缠脚一样从脚跟开始，一圈一圈裹，把整只脚密密地裹在了里面，然后他把自己的胶鞋套在上面。胶鞋又大又破，她穿不住，他掀起衣襟又撕线衣，扯下线条来绕着她的脚绑了一圈儿。右脚结束，他用一样的方式缠完了左脚。

你起来试一下。

他说。

秀女颤抖着站了起来。

像吃奶的娃娃学步一样迈步，稳稳地走出几步，然后试着大步走，不疼，除了脚踝骨可能拧肿了有些酸胀，脚掌、脚心和脚指头都不疼了。

蒜头已经把他的皮褡裢扛在肩头，又把秀女的一包水果丢在上面，手里提着秀女换下的平绒鞋，甩开步子就走，他不回头，声音硬朗朗扔到后面来，大妹子，还疼吗？疼也要忍着，下了这道坡就到了。

他光着脚，和她拉开了三步远的距离。

秀女想说你的鞋给了我穿，你咋办，天气这么冷，光脚要冻坏的。

她没有喊出来，她发现不知道该把这个男人喊啥，跟着茹儿的辈分喊姑舅巴巴，还是像他自称的那样，喊成哥？她张大的嘴巴慢慢合上，啥都不想说了，说啥都给人感觉是多余的。

秀女踮着脚尖碎步追赶，她忽然感觉自己的脚说不出的娇气，是不能大踏步甩开走的，是不能放开跑的，最合适的方式就是这样小碎步轻轻走。每走一下，脚心里一股软软的稳稳的感觉在扩散，像什么呢，像踩在水面上，像踏在绵软的黄土当中，像有一双手在轻轻地摩挲脚心。她有些喜欢这种感觉，有些沉醉，甚至有点享受。夜幕已经落下来，风更冷了，她感觉冷风吹过，两个脚凉凉的，真是说不出的舒服。

剩下的路程很短，他们几乎没有再说话，在沉默中走完了。

花儿岔到了。

首先经过的是秀女的姨娘家，大门开着，屋里透出灯光来，可能因为明儿办喜事，大家正忙着明天的宴席，屋外的廊檐下也挂了一盏灯，高灯照远，半个院子里都亮晃晃的。

秀女在麦场边收住脚步，脱下鞋，蒜头把那双干板鞋递上，秀女轻轻穿了，蒜头早就把一包水果卸在地上。秀女刚要说你进屋喝口水缓缓再走，蒜头已经接过他自己的鞋掉头就走了。

他竟然没有吭一声就这么走了。

秀女怕大声喊惊动了院里的人，心里却又不甘心，好像还有什么牵扯，来不及穿鞋，干脆光着脚赶，追到麦场尽头撵上了蒜头，她想说姑舅巴巴多谢你了，可嗓子干得厉害，嘴唇也是干的，什么都没喊出来。她看到蒜头在麦垛的阴影里站住了，用背影对着她，举起了手里的什么，放在鼻子下面闻。秀女断定那正是她刚脱下的鞋，好像那鞋子经过她的脚穿，留下了诱人的香味。

秀女慢慢地傻了，呆呆站着，草垛在麦场边，离得远，院里的灯光照不到这里来，一轮月亮从云缝里钻出了头，月光毛茸茸的。月亮像跟大人捉迷藏的孩子，小脸蛋上透着红红的兴奋，瞅着地面上的秀女傻笑。

秀女愣愣地看着月亮。月亮冲她挤眼睛，她也给它挤眼睛，月亮给她努嘴巴，她也跟着努努嘴。最后那小脸盘儿重新钻进云层躲起来，看不见了，她再看远处，蒜头早就走出视线看不见了。她揉了揉眼睛，浅浅地叹了一口气，她感觉那个人像一缕很轻的风，悄悄消失在淡淡的月光里，就像从来都没有出现过。

耳　光

赵宏兴*

1

星期天的早晨，父亲站在门口刷牙，一进屋，迎面遇见小妹扛着锄头下地去，她手里还拿着家里的半导体收音机。小妹锄地喜欢把收音机放在几米远的地方，一边锄地，一边听里面一男一女讲授英语。小妹是个中学生，虽然营养不良，但掩饰不了她青春身体的生长。小妹是个懂事的孩子，每个星期回来，都泡在田地里，尽可能地多帮家里做点事儿。小妹是村里唯一在上中学的女孩子，许多人不屑，认为在女孩子身上花钱是白搭。可母亲不这样想，母亲虽然是个不识字的农民，但她晓得识字的好处，她拼了命也要让家里的每个孩子都能上学读书。

母亲在屋内做早饭，一边烧着锅，一边想着小妹的学费和生活费问题。她心里像塞着一团乱稻草，想掏出来放在灶膛里，一把火烧了，但烧不了，更加地乱。

做好早饭，母亲站起身拍拍身上的草屑。看到父亲坐在桌子前，往粗瓷大碗里打了一个鸡蛋，用筷子搅拌，再用开水冲了喝。

---

* 赵宏兴，《清明》杂志社副主编、《中国当代散文诗》主编、中国作家协会会员。作品发表于《人民文学》《大家》《山花》《钟山》《长江文艺》《北京文学》等刊，《小说选刊》《小说月报》《作品与争鸣》等选载。出版长篇小说《父亲和他的兄弟》《隐秘的岁月》，中短篇小说集《被捆绑的人》等。获冰心散文奖、《芳草》文学奖、梁斌小说奖和安徽省政府文学奖等奖项。

母亲走过来，手在围裙上擦擦，对父亲说：“小妹上学要钱，可家里一分钱也拿不出来。”我们家里不管大小都把小妹直呼小妹，不喊她的大名。

这事母亲不说父亲也知道的，父亲停下手中的筷子，问：“怎么办？”

母亲说：“我想了，只有去借钱。”

父亲端着碗的手停在了半空，叹息一声说：“那就借吧。”

母亲说：“你去借。”

父亲喝了一口鸡蛋汤，把碗放在桌子上，说：“我不去借，我上哪儿去借钱？”

父亲最怕借钱，借钱是拿自己的热脸蹭人家的冷屁股，不好受，父亲身上又有大男子主义的作风，他受不了这口气。

母亲说：“昨天，你弟弟打工回来了，身上肯定有钱，你去借他还能不给你这个当哥的面子？”

父亲一听，气咻咻地大声说：“我的天，你真促狭，怎么给我出这个馊主意，你不知道我和他尿不到一壶？”

母亲停了一会儿，说：“你必须要去，我都码算过了，这是一笔不小的钱，村里只有他有。”

父亲扭过脸去，斩钉截铁地说：“我不去低这个头，去年为了地里放水，他打了我，这口气我还没咽下，现在让我去上门找他借钱，这不是在打我脸吗？我不去！”

父亲一生气，说话就不顺畅，脸也憋得通红。父亲与小叔虽然是亲兄弟，但积怨很深，同住在一个村子里，两家基本上不往来。去年，小叔为抢田里的秧水，将父亲一把推跌在烂泥田里，要打父亲，父亲至今想起心里还是生气。

“我怎么不知道？知道。但人到屋檐下，不得不低头，你借钱是为孩子上学，也不是赌博抽大烟，有啥难看的。”母亲知道父亲的心思，耐心劝解说，“我们家这些小老虎快要睁眼了。”母亲常说我们兄弟几个是没睁开眼的小老虎。

父亲没有作声，只是使劲地挠着头，本来就乱的头发，现在更乱了。父亲挠了一会儿，又叹息一声，把粗瓷大碗往桌子上一蹾，说：“甭说了，我舍下这老脸去求一下吧。”

父亲刚出门，母亲又喊了他一下。父亲站住，疑惑地看着她，母亲交代说：“他要说难听话，就忍忍，不要两句话一说脾气就上来，吵起来了啊。”

父亲觉得母亲真是噜苏，没有吱声就走了。

父亲低着头走，一段短短的路，父亲走得那么难，觉得如上高山。

走到村里，喧闹声涌起来。小叔家的那几间砖瓦房后面有几棵高大的杨树，刚萌出的叶子远远望去还不茂盛，枝头光秃秃的，但在父亲眼里却散发着高大逼人的气势。

父亲忽然转身往队长家走去。他想去队长家想想办法，或许也能借到钱。

队长和父亲关系不错，过去父亲是生产队里的会计，他俩的合作常被队里人说是毛主席和周总理的关系。现在生产队虽然解散了，但他俩的关系还一如往常，队长的威信还在，村里人还习惯喊他队长。

父亲到队长家时，队长正扛着锹准备下地。看见父亲，他热情地招呼着，父亲绷了一路的脸这才松弛下来。父亲进屋坐下来，队长坐在对面的凳子上，点着烟抽了起来。队长有抽烟的习惯，喜欢用牙把烟屁股咬着抽。

队长吸了一口烟吐出来，笑问：“有事吗？”

父亲吞吞吐吐了半天，才说出想借钱的事。

队长的眉头顿时皱成了一小把，队长说：“我家里哪有钱？我家小五也回来要学费了，我正愁死了。”说完吐了一口烟，又补了一句：“如果有钱还不是一句话。”

父亲开了口，队长没有钱觉得十分不好意思，一边说一边用手不停地抹嘴巴。父亲相信队长的话是真的，他怎么就没想到队长家日子过得也紧巴巴的？队长焦急地替父亲想办法，说着说着队长把烟屁股吐了，一拍大腿说小叔昨天打工刚从城里回来，应该有钱。“你兄弟有钱，你去借。”

父亲苦笑着摇摇头，说：“我也码算到了，我走到他家屋后又不想去了，你知道，我们兄弟俩尿不到一壶。”

队长说：“你俩是亲兄弟，打断骨头连着筋，他会帮你的。”

父亲说："我们亲兄弟，还不如我俩这个隔姓兄弟哩。"

队长说："我带你去借，你不要说，我去说，他要不借，我骂他，不用你骂。"

队长说着，起身往门外走，父亲不情愿地跟在后面，想，这个不争气的弟弟啊，要是关系好，这点事哪用得着别人来参与哩，倒觉得他和队长是亲兄弟了。父亲越想越生气，他停下脚步。队长走在前面，不时大声地咳着，听不见后面父亲的脚步声，回头一看，见父亲站住了，跺着脚说："呀，走呀！"

父亲低着头又跟上来。

2

小叔这次回来，是为我堂弟不愿读书的事。

小叔家的几个儿子，天生与读书无缘，早早就跟小叔进城打工了，堂弟在家上学，从小学到初中，学习还算过得去，一直是小叔的一个安慰，可这学期上到一半，堂弟也不愿上学了，小婶只好让小叔回来解决这事。

小叔为这事头痛着。

早晨，小叔坐在桌子前喝茶。小叔原是一个农民，风里来雨里去，挺辛苦的，自从去城里打工后，养成了许多跟乡下人不一样的生活习惯，比如喝茶。乡下人早晨起来，一般都忙忙碌碌的，但小叔却悠闲地坐在桌前喝茶。小叔不喝隔夜的开水，要一早烧开的，倒在透明的玻璃杯里，看茶叶在水里翻滚，然后静下来。小叔就开始喝茶，水烫得嘴唇一缩，但小叔就喜欢这样。

小婶看不习惯，黑着脸说："小儿不上学了，也不知中了什么邪，跟我犯戗。你把他带去打工吧，我看到他就够了。"

小叔慢慢地啜了一口，又轻轻地把茶叶吐到杯里，抬起头说："让他读书好像为老子读的一样，不上学让他吃苦去！"

小婶嘴快，讥讽道："龙生龙，凤生凤，老鼠养儿会打洞，你养的儿子只会打工。"

小叔放下茶杯，脸一红，拍着桌子说："瞧你 × 嘴扯的，打工咋啦，不吃饭啦。我一个人在城里打工挣的钱，比他们一家人在地里抠的钱都多！"

小婶懒得再和他理论，走到门外，把簸箕里的瘪稻和杂物朝地上一撒，一群鸡埋头啄了起来。

小婶抬头看见队长和父亲朝她家走过来，跟小叔说："队长和你哥来了，他们来干啥？"

小叔也纳闷，父亲已好几年没有来过他家了，这次和队长一道来，确实稀罕。小叔是个聪明的人，眼珠子一转就明白了。无事不登三宝殿，他们肯定是来借钱。

为了躲避他们，小叔起身打开后门往外走。

队长先走到小叔家门前，大声喊小叔，但没人应，小婶正忙着唤鸡。父亲站在不远处看着这一切。

队长问："你男人呢？"

小婶打掩护说："他一早下地干活去了。"

"干活去了？"队长说，"真是太阳从西边出来了。"

小婶问队长有啥事，队长说："也没啥事，你哥家的小妹要上学了，没学费，带他来借点钱。"

小婶一拍手说："我家哪儿有钱，打工的两个钱，都在他身上，我一分也没见到。"

队长说："那我们等他回来吧。"

小婶说："我也说不准他啥时候回来。"

队长说着进了门，看父亲没有跟上来，又回头喊父亲过来。父亲挠着头走过来，队长端了板凳，俩人坐着。

俩人不走了，小婶很烦躁，一生气就开始撵大公鸡。大公鸡拍着紫红色的翅膀，边跑边咯咯叫。大公鸡跑进屋里，连飞带跑，扬起灰尘，搅得队长心里挺不爽，拉长了脸。这哪儿是在追鸡，分明是在赶人嘛。

父亲看见桌子上的茶杯，明白小叔没走远，是在躲他们，他提提队长的衣服，小声说："走吧。"

队长说："不走，还没见到他人哩。"

正说着，大公鸡从队长的面前跑过，队长一弯腰，伸手把大公鸡抓住，大公鸡在他的手里拍了几下翅膀老实下来。队长把大公鸡递给小婶，小婶接过，用手打着鸡头，骂道："让你跑，我打死你。"大公鸡在她手里咯咯叫着挣扎。

折腾了一会儿，小婶才停下来。

队长这时小便急了，起身拉开小叔家的后门要去上茅坑，刚走了两步就看见小叔的身影。小叔原想在茅坑里躲一下，等他们找不到就走。没想到队长坐下来不走了，小叔在茅坑里蹲了多时，正蹲得腿酸，看到队长也就势站起了身。

队长抱怨道："我们在你家坐了一大会儿了，你在茅坑里蹲着。"

小叔提着裤子说："唉，肚子不好，真是的。"

队长和小叔一前一后回了家。父亲见到小叔，站起身，不停地挠头。按照规矩，父亲来到他家，也是低头了，小叔应当喊父亲一声哥，表示对父亲的尊敬。但小叔没有喊，而是径直走到桌前坐下来，右手的手指在桌面上有节奏地敲打起来，如马蹄的奔跑。父亲站着有点儿尴尬，队长拽了一下父亲的衣服，俩人坐了下来。

队长说："你哥不好意思说，我来说，你哥家小妹回来要学费了，你哥没钱，来你这儿借点儿，小妹也是你亲侄女，这个关头你孬好要帮一下子。对你来说也不是难事。"

队长的话果不出小叔所料。想到堂弟不愿上学的事，小叔的心被刺了一下，脸瞬间阴沉了下来。

队长和父亲不知道这些。父亲的双手放在腿间紧搓着，心里忐忑不安，既然队长把话说得这么明了，他也不好再说什么，盼望着眼前的兄弟答应了，帮自己一把。

过了好一会儿，小叔说："我回来也没带多少钱，都给老婆了。"

这时，刚才追鸡追得满天飞的小婶已不知去哪里了。

队长说：“你老婆刚说钱在你身上的，怎么又在她身上了？”

队长说话直，一步到台口，不留情面。小叔的脸一下子通红起来。谎话被识破，他感到难堪极了。

队长说：“你找找，她可能放在家里哩。”

队长这是在给小叔台阶下，小叔起身去了屋里。父亲想，这个兄弟鬼主意多，又不知道生啥点子。父亲打量着小叔的家，房子上面几根桁条黑黝黝的，垒着一只白色的燕窝；侧室是一圈高高的粮囤，杂乱地堆放着大人小孩的衣物，底下散放着一些破鞋子，鞋面粘着干泥巴；中堂墙上挂着一幅年画，三位伟人穿着大衣站在苍松前面，很有气势。父亲再看看脚下，地面上有几泡干巴的鸡屎。

过了一会儿，小叔从房子里出来，手里拿着几张红色的钞票，往队长面前一递，说：“就这些了，家底都在这了。”

队长说：“你给你哥，是他借钱。”

小叔把身子转向父亲，父亲望着小叔手里的钞票，身上一阵热，紧绷的面庞变得有生气了。他接过钞票，说：“兄弟，难为你了。”

小叔说：“拿去吧，谁家都有难处。”

队长和父亲愉快地从小叔家出来，两个人在半路上分了手。

父亲一个人走在回家的路上，心里感到十分惭愧，他觉得对不起小叔，这几年没和小叔交过心，小叔变了，并不像自己想象的那样坏，是自己误解他了，自己与他毕竟是一母所生，血脉是怎么也割不断的。

父亲大步从村子里穿过，阳光下的村子里，树木行行，炊烟袅袅。遇见一个熟人，父亲大声地打着招呼，心头荡漾着久违的亲情。

3

父亲出去后，母亲做完家务，开始烧菜给小妹带学校去吃。

小妹平时住在学校里，每个星期回来一次，讨点菜去吃。家里也实在没什么菜了，母亲就去村里的豆腐店讨点豆腐渣回来炒熟，让她带到学校吃。豆腐渣也很紧俏，老板家养了两头肥猪，全靠豆腐渣喂。母亲每次去，豆腐店老板脸都拉得很长，随手舀了点儿，倒在母亲的盆子里，母亲千恩万谢地回家去。

母亲把豆腐渣炒熟后，放到一个黑黝黝的瓷罐子里。这时父亲进门了，母亲看父亲神情很好，知道是借到钱了。父亲走到母亲跟前，从口袋里拿出钱，递给母亲。

母亲接了，心里也高兴，说："他会借给你的，我没说错吧。"

父亲说："和队长一起去的。"

"你还挺有心的。"母亲想了一下说。

父亲一听就不高兴了，生气地冲母亲说："你别狗眼看人低。"

母亲说："家和万事兴，你们兄弟好了，在村里也有面子。"

父亲没有作声，下地去看秧水。

春天的田野里，到处都是欣欣然的样子，塘边的柳树在轻风中摇摆着，野菜的叶子平展地铺在地面上，尽情地生长。几块关着水的田，在阳光下像一块块镜子闪着光，这是春天农民准备下秧苗用的水田。

父亲路过小叔家的秧母田，看见田埂上有一处在漏水，低处的旱地里漏出了长长的水带。父亲想小叔太懒了，也不下地看看，春天的水贵如油，漏了下秧苗怎么办？父亲弯腰瞅了一下，没有找到漏水的地方，便脱了鞋子下水。父亲的一条腿伸到水里，冰凉的水就像针扎一样透进父亲的身体，父亲嘴里吁了一下，又把另一条腿伸进水里。父亲在水里踩了一会儿，找到漏出浑水的地方，双手挖泥把漏洞堵上，看到不漏水了，才松了一口气，洗洗脚穿上鞋走开。

下午，小妹在房里收拾东西准备上学去，墙上贴着一排小妹的奖状。母亲走到她身旁，把钱递给她。小妹知道家里没钱，望着母亲粗糙的手里捏着的几张钞票，愣了一下，问："借的吧？"

母亲说："借的。"

小妹心里沉甸甸地难过，说："下星期哥哥们回来可能也要学费了。"

"拿着吧。"母亲说，"一个一个来，车到山前必有路。"

小妹接过钱，把裤腰挣了一下，把钱装进内里的口袋里。

母亲叮嘱说："装好。"

小妹用手按按说："装好了。"

母亲说："到学校要好好上学，不要贪玩。"

这话虽然是老生常谈，但小妹还是认真地回答："上次期中考试在班里前几名哩。"

母亲心里就欢喜起来。

收拾完，小妹就背着书包上路了。母亲提着豆腐渣的罐子跟在后面，送到村头，小妹不让母亲送了，接过母亲手中的罐子。母亲看小妹疾步走着，黄书包斜挎在肩膀上，手里的罐子晃了几下，闪着铜钱大的光亮。小妹走了几条田埂远，回过头来，看母亲还站在村头，便挥了挥手让她回去。

4

三天后，队长来找父亲给我大哥讲媳妇。

队长坐在桌子上抽着烟，脚下扔了一地咬了牙印的烟屁股。父亲坐在对面，咧着嘴笑。父亲脱掉的衣服搭在板凳上，衣服的颜色就像脏兮兮的沙子，白衬衫腋窝处，露出两大块汗渍。

队长介绍的女孩是隔壁村的，她父亲是一个老木匠，女孩长得还秀气，但小时候患过病，走路腿一颠一颠的。

父亲说："家里这么穷，拿什么讲媳妇啊？"

队长说："有儿穷不久，无儿久久穷。木匠和我是姨老表，要不然我还讲不了。不瞒你，这女孩就是走路有点毛病，但下地干活没问题，只要你家不嫌弃就行。"

“我家这么穷，哪还有资格去嫌弃人家，只要人家不嫌弃我们就行了。”母亲一边做饭，一边开心地说。

父亲也心知肚明，要不是女孩有毛病，木匠那个精明人不会同意和他这个穷家开亲的，但眼下，一家有女百家求，队长来讲亲事，也是给了很大的面子。

说了一会儿话，队长要回家吃饭，父亲拉着不让他走，在乡下，人家来讲亲是天大的面子，哪儿有不吃个饭的。家里也没什么菜，一只老母鸡刚下完蛋，正咯咯叫着从稻草的鸡窝里跳下来，母亲眼睛一亮，从鸡窝里摸出热乎乎的鸡蛋，打开，放锅里蒸了一盘，又炒了两个青菜，端上桌让他们吃起来。

父亲刚和队长端起杯子，小叔过来了，父亲没看见，队长对父亲努了一下嘴，父亲看小叔走到门口，站起身来，笑着招呼小叔进屋和队长喝两杯。自从前天父亲从小叔那借到钱后，父亲对小叔的印象也改了，心里多年的块垒也消融了。

小叔嘟着嘴，既没理睬父亲，也没进屋，而是站在门前，黑着脸。

父亲仍笑着，上前拉了小叔一下，招呼他进屋，小叔狠劲儿地甩了一下胳膊，父亲惊讶了一下，不知道小叔为何这样。

小叔梗着脖子，大声地说：“我是来要钱的，你把借我的钱还我！”

父亲借钱走了后，小叔很受刺激。小叔家几个孩子都不上学了，打工的打工，种地的种地，现在堂弟也不愿上学了，小叔觉得挺窝心的。而父亲即使借钱也要让孩子上学，小叔明白，以后父亲的日子肯定会超过他，他不想看到这样。小叔与父亲的矛盾像一头巨大的鳄鱼深深地潜在水底，不时浮上来，露出凶恶的面目。他越想越窝心，决定要钱去。

小叔来要钱，让父亲吃了一惊，刚借的钱就来要了，天下哪有这样的道理。

父亲说：“兄弟，我现在手头一分钱也没有呀，你给我缓个劲儿，我会一分不少地还你的。”

小叔蛮横地说：“不行，今天你要把钱还我。”

“昨天我下地瞧秧水，还把你田里的一个漏子堵了，你可知道？”父亲打岔，笑着说，春天明媚的阳光照在他脸上，皱纹里满是敦厚和慈祥。

小叔没吭声，顿了一下，又说："秧水漏完了，我会花钱买的，你把钱还我。"小叔双手插在裤兜里，矮胖的身子在春天的阳光下，面孔紫黑，一副不讲理的样子。

这世上有钱什么都能买到，但手足之情也能买到吗？父亲没想到小叔说话这么冲，翻脸比翻书快，看到他眼睛露出的凶光，父亲心里抖了一下。父亲吃过他的亏，心有余悸。这几天来荡漾在心头的兄弟之情，慢慢地退去。

队长听到父亲与小叔的对话，也站起身来，走到门外，不高兴地对小叔说："你进屋来喝两杯，有话好好说，发这么大脾气干啥！"

小叔不听队长这套，把手从裤兜里拿出来，抱在胸前，说："我是来要钱的，我不稀罕这饭！"

队长站在那里，下不了台。父亲上前乞求地说："队长在给我讲儿媳妇，你这样做不是在拆台吗？"

"我是来要钱的，我不管这些。"小叔强调。

父亲哭丧着脸说："兄弟，你这不是帮我哟，你这是在拿刀子杀我哩。"

父亲、队长和小叔的对话，母亲在屋子里听着，眼前一遍遍地发黑，用手撑着头。母亲是一个刚气的人，还没被人上家门来这样欺负过！

母亲走出来，冷静地对小叔说："我明天就还你钱，兄弟你回去。"

父亲望着母亲发愣，不知道她是不是在发烧说胡话。

小叔不走，母亲说："这个家你哥当不起，我是当家的，我说明天还你，就明天还你。"母亲的脸在阳光下平静，目光里透着坚决。

小叔不信，仍站在原地。

母亲讽刺道："你哥不是人，是个畜生，但我说话还是兑现的，你放心回去吧。"

小叔被噎着，悻悻地走了，走了几步，又回过头来，说："明天要是不还钱，别怪我来掼屎罐子啊。"掼屎罐子，在乡下是最羞辱人的事了。

小叔走了，父亲和队长又坐回桌子上，但都没了吃饭的心情。父亲的面孔一阵黑一阵白恨得牙齿痛，挠着头叹息了一声，声音仿佛撕破的锦帛，长长的，清脆的，在寂静的空间使人的心头一皱。

队长说：“这钱也有我一份哩。”

母亲劝道：“甭提这事儿了，再喝两杯吧。”

队长说：“吃饭。”

母亲盛上饭，三个人埋头吃了起来。

5

下午，父亲问母亲：“你说明天让他来拿钱，你从哪儿搞钱去，你是不是头脑发热了？”

母亲说：“我头脑没发热，我想好了。”

父亲说：“你想好了？你说我听听。”

母亲说：“你明天一早去学校把小妹叫回来。”

“叫她回来干啥？”

“叫她回来，她的学费还没交。”

“你想不让她上学了？”父亲大吃一惊。

母亲的鼻子一酸，眼睛红了，用手擤了一把鼻涕，颤抖着说：“我也没办法了，长大了她怪我也没办法了。”

父亲生气地说：“她正一身劲儿念书，我叫不回来她。”

顿了一下，母亲撩起衣襟擦了一下眼睛，说：“你就对她说，妈想她了，她就会回来了。我养的孩子我知道。”

父亲在屋里踱来踱去，不想去撒这个谎。

母亲生气地说：“你像个狗转圈一样，转个啥！这事只能这样了，没法子。”

第二天一早，父亲去几十里外的区中学找小妹。

父亲走在黄土的大路上，脚上的布鞋歪扭着，两只粗大的脚趾露在外面，不断有土屑灌进来，父亲早已适应了。

半晌时，父亲来到学校，校园里静悄悄的，只听到几位老师洪亮的讲课声音。父亲坐在花坛边上休息，透过墙壁上硕大的玻璃窗，可以看到里面学生们黑压压的头发。

小妹考进区里的中学读书已一个学期了，父亲还是第一次来学校。区里的学校与乡下泥房子泥台子的学校就是不同，洋气，有文化。父亲想小妹在这里上学多有福气，多有奔头，自己再苦再累也值得。父亲已忘了来劝小妹退学的，直到下课铃声骤然响起，一群学生轰轰地从教室里走出。教室前顿时成了一只巨大的蜂箱。

父亲站起身来，看着眼前黑压压一片的学生，他想找到小妹的身影，但找不到。他走上前去问了一个女生，女生睁着黑亮的眼睛打量他。父亲介绍了自己，女生带着父亲来到教室门前，朝里喊小妹的名字。小妹正和两个同学说话，听到喊声，扭过头来，看见站在门口的父亲，她有些惊诧，然后高兴地跑过来问父亲什么时候到的，有啥事。

父亲把小妹叫到旁边，望着面前单纯活泼的小妹，喉咙滚动了几下，嗫嚅着说："你妈想你，让你回家一下。"

小妹望着父亲，两只眼睛扑闪着，说："刚从家里来，又想我？"

父亲没敢看小妹，将头扭向旁边，望着一棵树，说："你妈就这样的，儿女心太重。"

小妹理解母亲，说："放学了，我就跟你回去。"

说完，上课的铃声又响了，小妹和学生们都走进了教室。

6

放了学，小妹和父亲回家了。

小妹走在前面，长长的书包随着她的腰肢走动左右晃荡。父亲跟在后面，觉得小妹像一棵树苗，忽然就长大了，长得秀气了。这条路，小妹每个星期都在上面奔波，这里的每片草地，天空中的每块云朵，都映照过小妹风尘仆仆的身影，但这次回去后，她就再也走不回来了。父亲心情沉重，觉得对不起她，不断地叹息。小妹就回过头来问："你一路上总是叹个没完，心里有啥事？"

父亲说："能有啥事？走路累了。"

走到一处高坡，父亲说："坐下来歇一会儿吧。"

拣一块草皮，父亲先坐下来。小妹没坐，看到前面有一棵开得艳丽的花，跑去摘了来，插在书包里。花枝从书包的布盖子里伸出来，看着十分爽目。

农村吃午饭晚，俩人到家时，农村刚吃过中饭。母亲看到小妹回来，老远迎上前去，把她的书包接过来。看到她的脸上挂着几滴汗珠，母亲用手轻轻拭去。小妹站着，一动没动。

进到屋里，母亲端了一个板凳，让小妹坐下。

小妹说："我刚走两天，你怎么就想我了。"

母亲垂着手，站在她的面前，眼望着脚尖，说："我是想你了，孩子，学费你可交了？"

小妹说："没交，我就准备这两天交上去的。"

母亲回过脸去，说："不要交了，妈想过了，你也不要上学了，只有你能救这个家了。"

小妹睁大了眼睛，对这个突然发生的事情，她还听不明白。

母亲就把事情的经过说了一遍，小妹听明白了，双手紧拧着衣角，跑到屋里，头埋在床上哭了起来。她青春的身子，随着抽动一起一伏着。过了一会儿，小妹眼睛红红地走出房子，把折叠的钞票递给了母亲。

母亲接过钱，泪水哗地流了下来，哽咽着说："孩子，我对不起你，我也是走投无路了。有一分钱的路子，我也不会这样做。"母亲的内心里，带着深深的忏悔。

"妈，我不上学了。"小妹又过来安慰母亲，平静地说，"村子里的女孩子不是都在家嘛。”

母亲把钱交给父亲，说：“你去还他钱吧。”

父亲接过钱，几张纸票在他的手里像被大风刮着，不停地抖动。

母亲转身进屋喊小妹下地去。母亲知道她难过，不能让小妹待在家里，去地里干干活，说说话，心里就会好过些。小妹拿着收音机跟在母亲的后面走了，收音机里，一男一女正在进行英语对话。

父亲去给小叔还钱。半路上，父亲看见队长在门口收拾农具，就拐过去喊他一道。

队长望着父亲说：“你真的搞到钱了？从哪儿搞到的？”

父亲说：“她妈不让她念书了。”

哦！队长瞪大了眼，张大着嘴，嘴唇上的胡须根根直立如刺猬的毛。队长把手中的农具朝地上一扔，发出哗啦的声音，抹了一下嘴巴说：“走！”

两个人来到小叔家，小叔正坐在桌前喝茶，茶叶在玻璃杯里浮着，小叔放在桌上轻轻地蹴着。看到门口两个黑黑的身影，抬起头来，一看是队长和父亲，又回头去蹴玻璃杯。

队长说：“你哥还你钱来了。”

小叔停了下来。

父亲从口袋里掏出那几张钞票，放在桌上，说：“还是你那几张，原样的。”

小叔伸手接了，父亲又说：“你数一下可对，不要我们走了你说少了。”

小叔用两根手指头随便地搓捏了一下，说：“正好。”然后装进口袋里。

队长剜了他一眼，指着他说：“你侄女失学了，你知道吧！”

小叔不屑地说：“这，这和我有啥关系！”

还了钱，父亲大步地往家走，走到村头，看见远处自家地里一大一小两个劳作的身影，大的身影是母亲，小的身影是小妹。作为一个男人，父亲觉得对不起她们，狠狠地打了自己一个耳光，响亮的声音只有父亲自己听到了。

照夜白

蔡　东*

有些气味，只有下雨的时候闻得到。跟阳光晒出来的气味不同，晒出来的气味蓬松温热，就像夏日傍晚时分的树林，弥漫着的是暖烘烘的木香。雨天里的气味不那么热烈，却更悠长一些，从一道道细缝中婉转地泄露出来，若有若无地浮动在空气里，久久不散。

一间小教室，白墙，黑板，日光灯，十几排桌椅。窗外，雨一遍遍洗着植物，叶子内部浓绿的汁液似要挣破薄薄的表皮，随着雨水四下流淌。

同事们按顺序走上讲台，打开自己的课件，微笑，演示，讲解，做手势。谢梦锦抬头望着讲台，笔拿在手里，本子摊开着，都是做做样子。她正秘密跟踪那股气味，玄远飘忽的气味，像禅机和隐喻。她先是听见，听见衬衣的布料在呼吸，一呼一吸间，气味被带了出来。接着她辨认出，气味并无内核与主干，是麝香、柑橘、茉莉和檀香木的混合香气，香气从她上衣的纹理中迂缓地散发出来，停一停，往更远的地方飘散。这味道属于白色衣物洗衣液，洗衣液还剩小半瓶，在搁架的最右边。同样的瓶子，搁架上放了一长排，细看起来标签并不一样，牛仔布洗衣液，羊绒洗涤剂，深色衣物洗涤剂，丝织品洗衣液，运动衣物洗涤剂……

散会的时候，赵燕朵走到教室后排跟她打招呼，看见最亲近的同事走过来，

* 蔡东，女，生于山东，现居深圳，在《十月》《收获》《人民文学》《当代》《花城》等刊发表中短篇小说若干。

她一时忘了燕朵的名字。燕朵，发出声音的一刹那，惊觉不妙，“朵”这个音在卷起的舌头上愣了一下，勉强趔趄到嘴边，本该沿着噘起的舌尖滑行而出的音节，僵直了，破碎了，碎片落满一地。汗一下子冒出来，凉意顺着脊背往下走。她低头收拾桌上的笔、本子和水杯，使劲儿往包里塞。

应该没人听见吧。一个完全走了样的舌尖音、合口呼，像随身听电池快耗尽时发出的声音，扁扁的，扭拧，怪异。

多喝水，少说话。燕朵说。

她点点头，指着喉咙，皱着眉，跟燕朵示意，表示自己无法发出声音。

燕朵挽起她的胳膊下楼。外头雨还没停，树下薄薄一层落叶，刚被风雨吹落下来，颜色还翠绿翠绿的。撑起一把伞，两人沿着青色花砖铺就的人行道往车棚走。这条路不知走过多少遍了，两株桃树、三棵缅栀子，接着一排石榴，就到了路的尽头。

才是中午，雨云在半空中一层叠着一层，天色昏暗得像是暮晚。走过桃树和缅栀子，眼前忽地明亮了起来。石榴花开了，刚开的第一茬，本来就热闹的大红色，经了雨水，更加明艳。她俩停住，立在伞下，静静地看着跟前这株石榴。

石榴花上落满雨珠，雨珠像被花瓣吸住一样，一动不动。

她们听见了彼此的呼吸声。

这一排都是花石榴，不结果实的，就算偶尔结几个果也没法吃。燕朵说。她手指拂过石榴花，雨珠簌簌掉下来。

我知道，在我老家不叫花石榴，叫“看石榴”。不结果也没什么，结果子不是很重要的事，反而，只有看石榴才能把花开得这样动人。

按照今天的设置，她不能发出声音，这番话只是在心里默默说了一遍。她想起家里的柜子抽屉里，放满了杯壶碗碟，几年也用不上一回的，就是为了看看，看着喜欢。她从小喜欢的，好像都是些中看不中用的东西。

她打开车门坐到驾驶位上，燕朵的车先开出来了，燕朵摇下车窗对她说，小谢，我倒宁愿嗓子发炎的人是我，就不用上那个台了。

话语涌上来，真正想说的话一拨一拨地上涌，在喉头凝结了，哽住了。她多想跟燕朵说说话。很快她听见燕朵又一次嘱咐她多喝水，她赶紧点点头，隔着玻璃怕燕朵看不见，干脆开了车门，一只脚着地，侧着身子伸出头去，让燕朵看见她点头的样子。燕朵挥挥手，开车走了。

燕朵，六年了，头一回我没上去讲，那些话，我是一句也不想说了。她坐在车里自言自语，把想跟燕朵说的话说了一遍。提眉毛，放松下巴，口腔打开，头腔也打开，她像在播报重要信息，每个字的声母和韵母都交代得很清楚，没有一个含混不清被吞下去的音，平上去入，也都到位了。回家的路上，这些完满的音节还停驻在车厢里，叮叮当当，或站或坐，陪了她一路。

每次把一批东西清出去，她就感觉生活堵住的地方又畅通了。定期理一理，算是个好习惯吧。隔一阵子，把衣橱、书柜、冰箱、储物架整理一遍，就算没扔东西，细细梳理一番，排放收拾好，心里便清爽多了。

搁架上放着一排洗衣液，她当然知道一个人不需要也用不完这么多洗涤用品。她只是没法抗拒“认真”二字。第一次走进这家洗护用品店，她见到了创始人在洗衣服这件小事上的痴心，世上就是有这样认真的人，把每根纤维都当回事儿，努力不让白衣服变黄，不让羊毛的天然油脂随污渍一起被洗掉。看多了糊弄和粗制滥造，没法不珍惜眼前所见，也知道眼前一切绝非必然。她心想，既然遇到了，还不买简直就是犯罪，便把能买的都买回家了。一共九瓶，在搁架上排好的一刻，正在过的日子莫名地有了尊严。

那天晚上，她整理书柜，同系列的书找齐了放在一起，又按年代和作者规整完十几个书格。收拾的时候，发现几本书里夹着往年的课表，取出课表放在一边，书排好了，便把课表揉揉扔进了纸篓。

扔掉课表，忽然想到，工作也可以理一理。她打开电脑，把这些年的教学任务书找出来理了一遍。一共上过四门课，两门校必修，一门院系必修，一门选修，课时的准确数字也在任务书上。她一学期一学期地加，加到最后，计算器显示屏上出现一个数字。

她又加了一遍，还是那个数字。

第二天有个会，期末的例会，每个人上去谈谈教学体会，几分钟时间，对当老师的人来说比较轻松，也不用专门准备，就是头天晚上心里肯定是有桩事的，总归是一桩事。也没什么好抱怨的，都习惯了，所谓日常，不就是由许多个不轻不重、可以忍受的小折磨组合而成的吗？

一大早，她来找季焕中，主管教学的副院长。她左手捂着喉咙，勉力发出声音，一个字，一颗沙砾，一个字，一颗沙砾，越往后面她的表情越痛苦，声带似已无法振动，发不出真声，基本是气声了。

季焕中在电脑上改着什么东西。办公室里到处堆满书，有的摞太高已经从中间倒了。墙上没有“惠风和畅”的字画，柜子里也没有树脂工艺品，唯一的装饰是几只猫头鹰，陶瓷的，草编的，铸铁的，或挂墙面，或摆桌角。有人问起来，他总是会说，我这个鸮如何如何。他的用词，他认真的样子，都透出几分孩子气来。

好，知道知道。别说话了，听着就难受。他说，生病发短信就行，还跑一趟干吗？

再用气声回答吗？绷着的劲儿泄了，勇气也消散了，她不想再把自己调动到演出的状态。瞥见桌上的便笺纸，撕一张，写下一句话，递给季焕中。

没别的，也不发烧，就是喉咙疼。

季焕中看一眼，嗯一声，继续看电脑。她又加上一行字，谢谢季院长。

她起身离开，正赶上小木屋形状的钟表整点报时，木屋尖顶下面的一扇窗子弹开，什么东西从里面飞出来，她这才发现，原来里面还藏着一只鸮。

一边往外走，一边目送着鸮推窗飞出，又合上翅膀缓缓隐身于小木屋里。

好像是工作以来第一次吧，在应该张嘴说话时，她没说话。她坐在教室最后一排，听到衣服的面料在呼吸，闻到经过漂洗和日晒后依然活着的一缕香气，看到窗外雨洗的树叶，雨水里平而薄的叶子看起来不一样了，叶子表面的翠色有了形状，简直是一块块凸起来了，看上去，这绿色真沉呀，往下坠人的眼睛。

昨晚她没有准备发言，她练习了一晚上怎样让自己听起来喉咙不适。声带紧张起来，声音尽量往下走，含住一个音节，嘴里多闷一会儿，再蜿蜒着往外挤。

隔着十几排桌椅，她看见燕朵走上讲台，手是微微发抖的，空气中像有一道铜线将这电击般的颤抖向她传导，她拿着笔的手也跟着颤动起来。燕朵工作十几年了，看上去很老练，脸上没有丝毫的畏怯，说话时语调平稳而有变化，既不显得毛躁，也不会让人感觉沉闷。可她就是看到了，燕朵的手抖了一小会儿。

接下来的两周很容易度过，课程已结束，再完成一些例行工作，从开学之初就秘密支撑着每个人的假期便真要来了。对谢梦锦来说，这两周跟往年有些不同。咽喉炎加重，间歇式失声，她坚持不说话，询问和关心渐渐稀落了。

她真不用说话了。

六年的时间，上了四千一百二十八节课。这个数字出现时，她的第一反应是算错了。

现在，她秘密享受着失声带来的快乐。学期末多有聚餐，电话里，她用气声说，不行，还是不行，去不了。她已经掌握了怎样把气声发得缥缈一些，再缥缈一些。她逃过了发言，躲过了数场社交活动，不用满心后悔地赴约，不用再受废话和讪笑之苦，每天都因游离在外而暗自窃喜。

办公室在七楼，步入电梯，她算了算，只剩四天了，最后这几天下学期的课会排出来。

她走进办公室，见燕朵也在，正对着电脑登学生成绩呢。学期的尾声，办公室不像以往那样人来人往了，她想走过去跟燕朵说几句话。走几步，见后面卡座内有人，心里一踌躇，脚步已拐到自己座位上。

拉开抽屉，拿出纸笔，她把想说的话写在一张信纸上。

燕朵，上课的时候，一定要用麦克风，麦克风坏了就让现场办马上换。即使有麦克风，还是要多用假嗓子。我知道你是认真用心的人，但也不要把自己累坏了。比如说，提问后多等一会儿，歇一歇，这没什么的。

她默读两遍，又加上称呼、署名和日期，看起来真像一封信了。

一直记得，两年前九月的一个下午，她的 U 盘落在教室，回教学楼取回 U 盘，经过走廊时，一间教室里传出熟悉的声音，她踮起脚来透过玻璃往里看，果然是燕朵。那天下午，她站在走廊中央听燕朵讲课。燕朵平时说话柔声细语的，一讲课却全身发力，特别投入。听了一会儿，她感觉到，讲话的这个人，气明显不足了，发出的声音周身布满毛刺儿，轻轻刮擦着空气和她的耳道。快下课时，教室有些乱，燕朵升高音调，试图控制些什么，隔着墙，她还是能听出来，这声音在多么吃力地爬坡，她听得心一抖一抖的，听着听着，就想掉泪了。

燕朵不知道她在外面，她从没跟燕朵提起过此事。

趁燕朵出去，她把信纸反扣过来，放在燕朵的办公桌上。

清理完这学期的杂物，她准备回家，抬起头来，正迎上燕朵的目光，她站在隔断的旁边。燕朵说，走，去三楼的甜品店喝杯果汁。

跟着燕朵走出办公室，燕朵在前面走，她跟着，来到走道尽头一个僻静的角落，四下无人。燕朵转过身来，说，想个办法。

她点点头。千言万语，好像都不用再说出口了。

晚上，燕朵来电话的时候，她正站在阳台上感叹，今晚的月亮真低，就停在不远处的山脊之上。

很久没看到信纸了。燕朵说。

把话写出来，是另外一种感觉。她说。

她很自然地跟燕朵对话，不用解释说明，更无须疾风骤雨地诉说。她俩都羞于以太过浓烈的方式跟人相处。

一到夜里，小山就躺下了，月亮安静地挨着山脊，是一小半月亮，敷着一层新融掉的淡金。纱窗筛落月色，地上，影子搂紧了影子。此刻，不像在用手机通话，燕朵似乎就在她身边，在很近很近的地方，燕朵的气息也尾随着夜色逶迤而来。燕朵是两个孩子的母亲，小儿子只有两岁，长期贫血让她脸色发黄，但并非干枯晦暗的颜色，当光线柔和时，她的脸会泛起玉的光泽，像一块温润的黄色玉石。

想个办法。燕朵不探问什么，也不规劝什么，一句多余的话都没有。

别不好意思，拿着病历去找季焕中。燕朵接着说。

好，我去。

病历，病历有了吗？可以找老陆。燕朵说。老陆是她丈夫，在市二院财务科工作。

不用，有办法的。她说，放心吧，燕朵。

下午，她来到校园，先在湖边的长椅上坐着，快到整点时才往办公楼里走。

木窗打开，鸮飞出，一只漂亮的鸮，羽毛闪耀着金属的光亮，圆眼睛，神情是落拓中混杂着几分狂傲，好像随时准备仰天大笑。她不想再用气声说话，把病历放在桌角，随后递给季焕中一张便笺纸，上面写的是用嗓过度声带小结可致失声云云。

慢性职业病，身上，心上，都是难免的。季焕中说。他面庞有些浮肿，头发像个鸟窝，也许又躲在办公室看了一夜的书。

假期好好休养，不然还能怎样呢，我们吃这碗饭的。他说话的时候没有抬头看她。

她既然决定这么做了，就不会在乎别人怎么看待她。她面对窗户坐在椅子上，她心里有底，支撑她的，是多年来的储存。她暗自盘点着这些储存：温和，隐忍，合群，识趣，不哭不闹，看淡荣誉和利益，等等。这些年的表现证明，她不是一个麻烦难缠的人，不是一个寻衅滋事的人。她既不精明，也不愚蠢，进退合度，叫人放心。

他连说几句打发她的话，她跟没听见一样，坚定地、毫无愧色地坐在椅子上，作为失声人士，她的沉默是正当的，并不携带情绪和敌意。过了一会儿，她偷觑到，他迅速观察了她一眼。

压力在他那边，她适时地把便笺纸往他跟前推一推。窗外，鸟振翅掠过，在天空中一闪而逝。

除非你愿意上社会类课程，一般排在晚上或周末，没人愿意上，好在课时量不多，内容也有自由度，空间比较大。

适合你。他加了一句。

阳光不那么强烈了，她来到湖边，在树荫里坐下，望着办公楼，望见方才她跟季焕中对坐的一幕，心里充满感激。那一幕蕴藏着美妙的含混性。从进去到离开，病历始终没有被翻开，从头到尾，他没有动用“规定”这个词，她能感觉到他对这个词的排斥，作为一个有能力尤其是具备情感能力的领导，显然他不愿意使用过于冷硬的词汇。

湖面上落满阳光，湖对岸是她和燕朵走过的人行路，隔着宽阔的湖面，石榴花开得正盛，涌动的红色，红得让人看着看着，心里竟有些隐隐作痛。她想，石榴花肯定是热爱说话的，老远的，就能听到它们在交谈，声音高亢响亮。

站在讲台上，她最先看到的是坐在后排的那个人。他穿一件蓝衬衣，一点儿也不犹豫的蓝色，单纯而准确的蓝色。他小臂放在桌面，能看见袖口一排纽扣，每粒都待在扣眼里。过了很久，一次课后闲聊的时候她才知道，那叫克莱因蓝，绝对之蓝。

第一次课只来了二十几个人，她知道接下来会更少，这样想着，心情一下子轻松了。她的风格本来就适合上小课。小班上课有特别的感觉，声音响起，却不会冲散静谧，站在讲台上，仿若通灵般的独白，却广有共鸣，交流的深入往往超越语言所能，在一个更奥妙的层面上进行。小课堂上，她拿出来的是私房，小课堂上，她也更容易将多年萃取之物送达给听众，也送达给不在场的更多的人。夜晚的小课堂还会产生某些神秘的东西，难以复制，但每来必让人心醉神迷。她会猛然发现，一直哽在心底说不出的那句话，不经意间自己出来了，浑圆完整，本来如此，看不到丝毫人力的痕迹。

几周后，固定下来的学员总共是七个。有一次课间的时候，他走上来询问一幅图画，两人交谈起来，她这才知道，蓝衣男士是陈乐。他一开口，她就听出来他音质独特，等到报完名字，她马上意识到他是谁了，对，就是陈乐，陈乐呀。听汽车广播的人都熟悉这个名字，交通台早晨七点半的节目，一个充满活力的声音回荡在行进的车中，陪伴着上班路上的人们。他的声音浸透着阳光，友善，轻快，这声音让人觉得世界总有希望。

她问，电台主持也来上这种课？他的回答让她一下子愣在原地，她没有立刻做出回应，她一直在避免戏剧性，即使是浑然天成的戏剧性，但从那以后，她心里没再把他当成学员。

他说，我不想说话了，我只想听听别人说话。

他真年轻，人跟声音一样年轻。他皮肤的颜色很深，是长年坚持户外运动才能拥有的健康肤色。一道长而挺的鼻梁从人中延伸到眉心，眉心那里能看到明显的突起。

她上课用的包是一个挺括的布包，很能装东西，布面上印着一幅古画。陈乐问起这幅画，她告诉他，这幅画叫《照夜白》，照夜白是一匹马的名字，一匹白色的唐朝骏马，它的主人是玄宗李隆基。她说，照夜白被拴在木桩上，你看，画面里它是想飞起来的样子呢。

要给它画上一对翅膀，或者，陈乐做出舞剑的动作，说，用一把剑把木桩砍断。

他接着说，照夜白，三个字连在一起，骤然一亮，有一种光明感。她明白他的意思。她想起早晨拉开窗帘，白昼毫无保留扑进来的一瞬。

很长一段时间了，她不参与任何聚会，也婉拒了所有的外出授课邀约。她说，扁桃体发炎；她说，肠胃不舒服。这些可爱的小恙庇护了她，再后来，她不再求助它们，而是坦然回复，不去了。很简单，不去了。一个伴随她多年的伙伴，正渐渐从意念中抽离，那个伙伴，叫挣扎。电话里，母亲仍问长问短，警示她不要不知足，刺探她有没有多跟人联系交往，她让母亲多注意血压。有时在学校餐厅遇见燕朵，燕朵笑她，又不是让你上沙场。她说，我还真有临阵脱逃的感觉。回想起那一个个夜晚，在灯带的照耀下谈论不感兴趣的话题，看着关系普通的两个人却非要表现得比实际情况亲密些，回到车里再回到家里，扭头一看，看到一大片滞重的空白站在已逝的几个钟头里傻笑。复又端详镜中的自己，好像变丑了，两团潮红徒劳又懊丧地浮在脸颊。不过是一个个毫无自由意志的公共的夜晚，不是我的，也不是你的。

幸运的时候，课堂会是自己的。这节课讲小津安二郎的电影。她说，适合假期，适合在家里看，能看到世界和人本来的样子，寻寻常常中，原来有惊人的美。屏幕里出现云的时候，我就按暂停，看一会儿云，做点别的事情，有时忘了，云就停在屋里，一停就是一下午。

说到这个场景，她眼神失焦了，短暂的出神，置身于无名的幽境，什么也不想，什么也看不见，再走出来时，从里到外都是湿漉漉的清凉。

学期过半，电影的部分还没讲完，课堂上有些不对劲儿了。这方面她是足够敏锐的，她感知到，一股不安的气息在加速挥发，越来越浓重。

坐在第二排的女学员余家欣，一脸不耐烦，身体动来动去，一副完全坐不住的样子，这对授课是重大打击。杂念全涌上来了，她不停地搜拣之前哪句话说错了，而之后要说的每句话都变得寡淡无味，讲述的热情一沉到底，相似的糟糕经验争相浮现，这一切让人厌倦和灰心。

她的声音遍布皱纹、长满白发，一瞬间老了。

提着心，机械地发声，时不时用眼神安抚余家欣，像安抚一个焦躁的儿童。她生怕余家欣按捺不住从座位上站起，头也不回地离开课堂。

她站在一座高高的纸桥上，纸糊的桥下面是拉长的时间之河。她被放入一个热瓦煲内，小火熬煮，辗转反侧。总算熬到下课，她走出教室，推开走廊尽头的窗户，长呼出一口气。接着，回到讲台，眼神找到余家欣，鼓励地看着余家欣，发出交流的讯号。她需要掌握情况，需要知道发生了什么。

过了几分钟，她等到了她。余家欣走过来，手肘支在台面上，双手握在一起，说，谢老师，跟你聊几句啊。我记得这门课叫《你的口才价值百万》，是应用类的课程。

竟然叫这种名字，谁起的？她拧着眉头。

我报名上课是觉得这门课实用性强，速成班，立竿见影的那一种。

她理解余家欣的心情。余家欣在家居商城卖家具，说生意一般，就靠节假日冲量，平时没顾客也要从早到晚守着，想到这姑娘每天在店里吸毒气，她就觉得太不容易了。她还记得，余家欣说打算去万象城一家名品店应征导购，卖精美的皮具珠宝，说的时候一脸神往，她也盼着余家欣能尽快换份自己喜欢的工作。

我们是人文通识课，口才和表达不仅是技巧层面的东西，跟基本的艺术修养、审美都是联系在一起的。声音低低的，她觉得自己的话并无说服力。

可是太空洞了，一点儿也不吸引人，也没什么操作性。

后面会有专门的讲解和练习。她只好说。她黯然跟小津安二郎作别，还有没来得及出现的巴尔蒂斯、贾科梅蒂和《后赤壁赋》。跟前作相比，她始终觉得《后赤壁赋》因孤寂而更接近神灵，读一遍，宛若转世一回。

接下来的一次课，她走进教室，放下包，看看下面，还是那几个学员，余家欣坐在老位置上。她有些心神不宁，惴惴地等着铃响。她害怕所有这一切，进门，上台，开腔，当众说话，哪怕是重复了上万次，她还是害怕，她知道一走进去，自己就跟还没想清楚的、并未完全认同的一些东西合为一体了。

口才是成功最重要的因素。成功这个词总是自带重读强调效果。这节课我们一起探究说话的艺术。说话术。人是群体性动物，每个人都想在群体中受到大家的欢迎。大家是谁？每个人也都要掌握沟通和交际的技巧。诱导操纵。

说起来，这些玩意儿是最好讲的，以石井裕之和雷克·科斯纳为底本，列举大量案例，掺和着读心、微表情等时髦秘术，再让学员演练演练，教室里洋溢着学到真东西的满足欢快的气氛，一节课很快过去了。但昨天晚上，讲稿找出来，她一眼也不想看，磨蹭到很晚还是没看，躺在床上，她想，明天早到教室二十分钟，课前熟悉熟悉吧。不到最后的时刻，她一眼也不想看。

铃响后，她做出一副急匆匆的样子来，快速把东西收拾好，几步走到门口，忍不住回一下头，看到陈乐站起来又坐下，她转头离开，离开前犹豫了半秒。

一路上她车开得很快，急切地想把刚才的夜晚甩到身后。再转一个弯就到小区了，每次先看到的都是裙楼的鲜花店，她把车速降下来。店里的灯还亮着，她停下车，看着店员把摆放在门口的花盆一一搬进店内，透过落地玻璃，能看到不大的空间里布满鲜花。当初花店刚开的时候，她担心花店生意清淡，万一哪天关门就可惜了，她是第一批办储值卡的人。毕竟，楼下开间花店，住户的日常里就有了点高于生活的东西。

店员关掉靠窗的一排射灯，她下车走进花店。店员说这么晚还买花呀，她点点头，指着角落里的一束花，说，要这束铃兰。

花大都仰着往上开，残败了不好看了，花朵才无奈地耷拉下来。只有铃兰在盛年的时候向下绽放，是主动和自愿，我要低头俯瞰，我要把花开向地面。

她听见自己的心跳声，如果是做噩梦就好了，闭上眼睛再睁开，不是噩梦，程督导现身了。他端坐在教室前排，每个表情似乎都是有含义的，需要解读的，他无须礼节性地问好，你也知道他来了。他攥紧手中的笔，随时准备记录的样子，白色表格平铺在桌面上，非常显眼。

她脑子里飞快转了几个念头。课前几分钟，每个经验丰富的教师都能根据白色表格上的评价标准，结合督导的喜好，调整讲授次序，讲最恰当的内容，揣摩、判断、选择，一切都是电光火石间的快速反应。同时，抖擞精神，笑容满面，站立在台上，像某一类陈旧又浮夸的修辞。

她当然也有预案。

然而，演完了呢，那是最沮丧的时刻。先觉得丢脸，接着，就是难过了。

一个人在台上一惊一乍，卖力地表现，身不由己地迎合，窘迫感渐渐在空气里弥漫，谁都知道发生了什么事情，连坐在最后排的学生也会抬起头来看她两眼，她提醒自己不要敏感，在难以遏制的惯性中继续沉沦。

演够了。

全程没有紧张地观其颜色，也没有顾盼着舒羽开屏，平平常常地讲完一堂课，她拿起杯子，去走廊上接热水。

一转身，看见跟出来的程督导。面对面站着，她发现程督导的脸上没有愤怒也没有茫然，他巧妙使用的，是怜悯的表情。

他说话的时候一直晃着头，似笑非笑。

你年纪也不大，怎么就落伍了呢？你这个讲法，跟不上时代了。

我没想跟。她说。

程督导用力看她一眼，目光像凿子，凿一下，又旋了一圈。他说，太平淡了，不带劲儿，不勾人。顿了顿，他解释道，我的意思是不抓人。应该重视互动，风趣一些，讲讲笑话，班上就不这么死气沉沉了。

我再也不想讲笑话了。她说。她以前也热衷讲笑话的，没人笑就自己笑。她也会花式上课，珠翠绫罗，花哨极了。

有空去听听管院老师的公开课，那师德，那人格魅力，其乐融融，打成一片。

开始用大词儿了。她不觉惶恐，反而想笑。提到管院的课，更是难忘的体验。她慕名去学习过，台上的人激情澎湃，两片薄唇上下翻飞后总用一个夸张的圆圆的O来结束。听了一半，她多想提醒一句，小声一点，可以小声一点。接近尾声时，讲演者频繁换气，一口气撑不住两句话，再看未免残忍，她低下头不看了，脸上发烧，只盼赶紧结束，耳朵里已经太满了。

督导没注意到她的表情，继续大度地指导，先打成一片，有了感情学生就愿意接受你，配合你，打成一片就好说了。

说出这个词的人，她都避而远之，而督导在几分钟内连说三遍，是他的宝贝吗？得有多喜爱这个词呀。她忽然想起季焕中，季焕中的语言洁癖此刻显得格外可贵。

她在心里估算了一下，通识课是合班上课，粗略算算，这些年要跟几千人打成一片，她笑出声来。没什么好说的了，只能发笑。

见多识广的程督导怔怔地看着她。她听见自己的笑声，心里并不好受。这老人家整日坐在教室，扮作权威，使用正大但失去活力的语言做指导，走不得不走的过场，也真是难为他了。

程督导黑着脸回教室收拾好表格，一边下楼一边说，你这个态度，神经病，神经病。

她对着他的背影说，程老师你听我好几次课了，就这次最正常。

最低等级是 D，还是 F？

刚说完，听见陈乐的声音从身后传过来。陈乐接着问，头一回吧？

常规的做法是一下课就赶紧走过去，主动聆听教诲，不管说什么都点头，都表态改进。她说。

怎么不点头了？

想清楚了，想清楚了就不会再点头。

会有什么后果，不考虑代价什么的？

点头的代价更大。

校园依山而建，两人沿着行山路往上走。半山腰有一片栎树林，枝叶扶疏，路灯晕黄的光漏到林中的石椅上，石头闪现出了铜的光泽。

她说，坐一会儿吧。此刻，她感觉很平静，平静像夜色一般充盈在树林的每个角落，从头到脚把她裹进去了。

两人一起待着，话上很俭省，都没有强烈的表达愿望，可说可不说的，一般就不说了。也从不专门找话题，到哪里算哪里。今晚也是如此。

凉凉的石椅坐暖和了。在听到陈乐的话音儿前，她先听到长长的叹息声。

人总有不想说话的时候，到点儿必须说，要是带个按钮就好了。人哪，都带按钮就好了，不是说话，也有别的。

她转头看着他，他的声音变得很陌生，缓慢，低沉，不像广播里那么青春明快了，这声音更适合夜间节目。

她说，我一直有个愿望，或者说幻想。有一天我到了教室，坐下来，不说话，学生也不说话，大家就这样一起沉默，一分钟，两分钟，四十分钟，四十五分钟，铃响了，所有的人一言不发，寂然散去。

没等他接话，她马上说，想想罢了，怎么可能，一大群人呢。说不说话，从来不是自己能决定的事。

她想象这个情景，坐在讲台上，一句话也不说，人们先是奇怪，等不了一会儿便开始鼓噪，场面失控，嘈嘈杂杂，大家盯着她看，用各种方法迫使她讲话，她往外跑，跑着跑着扭头一看，没跑全，还剩一套发音器官悬浮在空气里，一荡一荡的。她打了个冷战，连声说不可能不可能。

他说，想想就挺疯狂的。

是呀，疯狂。但每天都在想，走进教室前的一秒钟还在想。

应该想，哪能连想想都不行呢？不过，你擅长说话，你的课上得很老到，游刃有余。

她想起自己游刃有余的样子，那好像是另外一个人了，那个人或者说任何游刃有余之人的模样里，似乎都带着点无耻的意味。她点点头，又摇摇头，不知该回答些什么。看着山下校园星星点点的灯光，眼皮发沉，一阵困倦，疲惫感袭来，窸窸窣窣地在全身蔓延。

回到家里，她躺倒在床上，想起陈乐的评价，只有苦笑。

当然，我擅长说话。一接近教学楼，该说的话就围拢过来，都往跟前挤，我伸出手来驱赶，让它们走远，它们不走，跟着进电梯出电梯，铃声一响，它们就兴奋地蹦蹦跳跳，把嘴顶开，翻滚而出。怎样活跃气氛，怎样拉近距离，哪里自嘲一下，哪里抛出符合年轻人趣味的笑点，以及如何应付出言不逊之人，如何化解突发情况，我太擅长了。我能调整出不同的面貌，在向学的班级上是个容易接近的形象，明朗可亲，授业解惑，到了某些班级，一脸漠然，习惯失望，不带感情仅止于完成任务地讲述，语流中时有问题抛出，然后是自问自答根本无须回应的态度，这态度预先避免了冷场的尴尬和挫败，是习得的自保。冬季的下午，座位上趴倒一片，因自尊而发怒全无必要，到了节点就提醒一句，旋即沉默数秒，既是威慑，亦是等待，甚至哪堂课需要发一次脾气、说几句狠话，以期恢复对课堂的掌控，都有着精妙的把控。我深谙此道。

那快乐的部分呢？是从什么时候开始变了味？

说着说着，她还是会动情，动情的一刹那，忽然觉出来，太熟悉了。她怕自己再也感受不到动情的真正滋味了。她的陶醉和愉悦，都透着一股油滑。

程督导最后离开时脸上肌肉抽搐了一下。那抽搐像一道定格的闪电，明晃晃地照过来。一个非职业化的表情，多么真实和动人。什么东西裂开了，他分离了出来。

也许，她可以叫上陈乐，跟余家欣一起坐下来聊聊，她可以跟余家欣诚恳地说，课堂上讲的，是我能知道的、能理解的、能确定的最好的东西。

至少可以试一试。

下小雨，一道道纤细的水流沿着车窗玻璃淌下来。岭南的十一月份，天气并不冷，雨下得细密轻柔，倒有个秋雨的样子。这雨让她想起燕朵来。燕朵跟人说话，会看着对方的眼睛。燕朵对人的好，是一滴一滴地落在人身上，先濡湿一层皮儿，再缓缓地、绵绵不尽地往下渗润。

这周是傍晚的课，到了学校，时间还早。她先在校园里走了走，走到湖中心的亭子，坐下来，看着雨静静地落在湖面，看了一会儿，觉得很安心。

手机闹钟响了，看看表，快到点了。她这才想起，课前很少有这样的闲情逸致，总是急匆匆的，定不住神。她起身往教学楼方向走，远远地，看见陈乐在楼门口站着，他又穿那件蓝衬衣了。黄昏细雨，衣服的颜色看上去不像白天那么鲜明，她有些恍惚，早间节目里他妙语连珠，让人听着听着嘴角就浮现出笑意，课堂上，他是最沉默的蓝。

他迎上来，这节课，这节课你不用说话。

什么意思，谁来讲呢？

你不是有个愿望吗？

她停住脚步，说，不可能实现的那个？

谁说不可能，就这么几位同学。他眼睛亮闪闪的，他说，我一个一个找他们谈的。

怎么谈的？

他笑了，没使用技巧，你教的说话技巧，一点儿也没使用。我就照实说。

她愣住了，不可能。

怎么不可能？你给我们上十几周课了，要有信心啊，一堂课一堂课讲下来，多少能领悟一点儿的。

她心里一热，她从没想过改变谁，她只是希望，照耀过她的光也能照到别人身上。

他看着她，继续说，当然，有两位同学说不通，我答应补听课费。

余家欣呢？她问。

余家欣不让我补钱，就是嘟囔了几句，说沉什么默，在家沉默不行吗？来这里沉默。

快到教室时，他忽然想起什么，说，很惊险，教室里有个新面孔，可能觉得快结课了要来听一次，把我急坏了。

那怎么办啊？

我告诉他，谢老师生病，课暂停一次。我不放心，看着他走的。

一时间，她不知道该怎样步入教室了，不敢进去，怯怯地站在门口。他说，我提醒过，不要过分关注你，就像做游戏嘛，成年人最该有自己的游戏了，我们一起完成一个游戏。

起先，她有点不自在，往下瞄了两眼，大家都低着头，忙自己的事情，没有人注视她。看看窗外，夜色混着秋雨，迷迷蒙蒙，再看看室内，灯光下一片缄默，跟自习室的安静不一样，这安静源自众人会意的专门的仪式。她手臂垂落，放慢呼吸，凝视着这个既奇幻又真切无比的场景，看见场景里的自己手臂垂落，放慢了呼吸。

寂静一点点加深，一点点伸展开去，深得看不见底，宽广得看不见边沿。紧绷的身体渐渐舒张，弦一根一根地松了，身体里冻僵的地方，袅袅升起热气，心底经年枯槁之处，正潺潺流过溪水，坚硬和瘀滞，软和了，散开了。她渐渐失去形迹，化进了深广无边的寂静里。

她想起有一年，在花店里遇到两枝雪柳，褐色的枝条上开着稀疏清丽的小白花。店主说只有这几天才有，她犹犹豫豫，不知怎的，没有买。第二天再去，插雪柳的瓶子空了。后来，她再没见过雪柳。此刻坐在讲台上，她真心诚意地想念两枝雪柳。

耳朵里空了，彻底空了。稍后，乐声从辽远的地方响起来。一首再熟悉不过的乐曲，她听了一遍，又听了一遍，怎么有风的声音？她细细地听，原来乐曲的末尾，有风吹过，一直都有风吹过。

两个劣质盆涎皮赖脸地现身，是买烟机时赠送的，不知不觉地，稀里糊涂地，用了好多年了。她想，每天用的东西呀，怎么就将就下去了呢。她决定明天就去买新的，质地厚实一些的，面目朴素一些的，别锃亮锃亮的跟镜子一样。

她看见寒冬天气砂锅里炖着玉竹、莲子和山药，她坐在灶台边看书，就像在煤球炉子边坐着一样。书上写什么不记得了，只记得火跟砂锅低声说了一下午心事。

无边无际的静默中，传来马的嘶叫声。照夜白的鬃毛根根直立，雪白的马身子从泛黄的纸页上隆起，肌肉在毛皮下一弹一弹的，接着马头一仰，前腿探出画纸，凌空一挣，四蹄腾空，朝着远处飞驰而去。再看看纸上，什么都没有了。

道 长

阎连科*

多大的天都能装进瓶子里。

道长有媳妇。她带着孩子和女人的意暖来看他。

刚临冬，雪就先一步地到来了。满山的白，像人的虚空样。紫云观卧在雪林间，道长和他的徒弟寒在观房里，让人想到套盒，套盒最里窝着一户山人家。溪平岭的这地方，一年里的春夏秋，是游脚旺至的圣地儿，空气好，林木密，鸟虫的叫声比树叶还稠实。可时入冬季后，风狂了，人就息歇了，路闲得寂出叽叽声。加之到了走雪天，世界上连菩萨老子都不现身了，庙观就闲得比路还要闲，连往日隔三错五来找道长扎银针的边邻村人也不到至了。使得坐在上堂的道神吕洞宾，十天半月一炷香火都没有，落得个一身尘灰死在清寂里。缘于此，神座下的功德箱，也饿得前胸贴后背，箱腰上裂开的木板缝，像从饥饿里逃跳出的肋骨般。

功德箱上的锁，锈成红黄色，等钥匙如望夫山上等着男人归来的怨妇样。

道长睡在堂前西侧的观厢里，山柴好，炕火热到前夜睡不着，来日上午又不醒。临午醒转过来后，媳妇、孩子已经至观大半天，将观院的积雪扫掉了，

---

* 阎连科，1979年开始写作，主要作品有长篇小说《日光流年》《坚硬如水》《受活》等十余部；中短篇小说集《年月日》《黄金洞》等15部。曾先后获第一、第二届鲁迅文学奖，第三届老舍文学奖；三次入围英国布克奖，其中两次入围布克奖短名单；2012年入围法国费米娜文学奖短名单。现供职于中国人民大学文学院。

把神身的浮灰扫掉了。还把道长不算太脏的袍子在洗衣机里转洗着。是洗衣机的叫声把道长唤醒的。推开门，揉着眼，道长看见媳妇像看见了耳光样，她火等冰地立在院央里，正和徒弟玄明在院里烤野火。孩子骑在观堂吕洞宾的脖子上，高高扬扬唤：

"驾——驾！"

和媳妇望一眼，道长问："你怎么来了？"

媳妇说："想来就来了。"

把孩子从神的头上呵斥下，让玄明去烧中午饭，并托嘱他把挂在观檐的腊肉炒一炒，一家三口就往西厢观屋走来了。屋不大，倒干净，地上除了道长的布鞋、拖鞋和睡落在地上的枕巾外，也就是几枝劈柴、草纸和卷着书角的《道德经》。媳妇来了，道长和神一样很快就让地上索利了。将被褥收在墙柜里，又到外面给炕灶喂了火，炕就渐次暖起来，如神抚摸了信徒的灵心和身子。道长媳妇年龄三十几，住在山下的街镇上，脸上的濡亮很像这个时候的光，尖红色，扎人眼，头发也黑到刺人目，加之穿了艳黄色的羽绒袄，整个人，就像不会画画的人画的水彩画，倒在没有章法中愈发跳脱夺目了。道长已过四十岁，穿了道人在冬季最常穿的黑棉袄、土棉裤、灰棉靴，显得有些脏，像被无神论的人羞辱了一番样。可因为他是神，必须原谅羞辱他的人，于是脸上就僵着一层笑，使那笑如遮住一室污杂的窗帘布。

孩子在炕上剥吃敬过神的花生和瓜子。他们俩，一个坐在炕沿上，一个坐在凳椅上，中间设了小桌子。桌上有紫砂壶和没有水的紫砂杯。就那么对对相坐着，此彼相望着，让从窗玻璃透过来的光，落在屋里披在他们身子上。

屋里暖起来，谁都不说话。

身子暖起来，谁都不说话。

媳妇忽然把道长的手给拉过来，握在自己手里边，眼里放着烧红铁的光。道长任她握。手在她的手里还用指甲把她的手心刮了刮。媳妇掉泪了，脸上烧铁的红色成了寡黄色，额上竟还有一层薄汗濡润着。道长望着门口那方向，目光有一半分在媳妇的脸上和身上。过了一会儿，他忽然笑一下，把手从媳妇手里抽出来，让目光去往窗台那边了。

窗台上有一个新摆上去的镜框儿。镜框儿里面是奖状。道长盯着那奖状看一会儿，媳妇也扭头盯着看，还很喜惊地“哦”一下。“哦”完了，脸上粲然出发现怀孕时的喜黄色。道长在那喜黄里，去那镜后摸出一把钥匙塞到媳妇手里边。

媳妇看看那钥匙，出去一会儿重又走回来。

“锁该换了，半天打不开。”

把钥匙放在桌角上，将一大把的碎钱丢在桌央里，像牡丹花开样，五十的，二十的，还有十元、五元和一元、二元、毛角的纸币和硬币；也还有三张大额的百元钞票夹在那中间，如花冠中最大的几瓣花片儿。就开始坐下清整那些钱。所有的钱都是褶皱着，还有的被揉成污团儿。冬雪的冷潮结在纸币上，经了屋里的暖，结潮化软了，绵下来，开始有浅灰的霉味从那钱上散开来，宛若春天来时一山野的木腐香。

阳光好，金成璀璨黄，隔着窗玻璃望过去，像火光注在眼睛上。媳妇在光里砌整着钱。把百元的展平砌成一沓儿，将五十元的展平砌在百元上，然后再去钱堆里挑拣二十元的票，让人想到秋后的乡媳在席上、筐里捡粮食。孩子五岁半，能识许多字，也从炕上跳下为钱作劳着，把一元的叠在一块儿，把二元的摆在一块儿，还在嘴里数着“一、二、三”，童音的节奏很像咏唱圣诗里的歌。

道长从屋里出来了。

媳妇不来时，香火旺季间，道长也常和徒弟在夕阳里闭上观门和媳妇那样摆整功德箱里的钱。可后来，他成紫云观的正式道长了，整清钱的事儿就都由徒弟去做了。不是懒，是警觉——醒自是道长就应该圣一些，关于钱的事，应该让徒弟从他身上嗅出一股淡远味。现在媳妇和孩子在清整那些功德钱，他就更应该出来距那远一些。距那远，自然也就离神近了些。为了离神近一些，他立在观院央中里，望着六层石台上的观堂门，和门里的道神像，看那门漆旧落了，木刻的道言对联“一生二二生三三生万物，有为无无为有有无无有”也该上漆了；还有吕洞宾的像，不知为何他总是续续念念想，有一天化缘或者求政府赐恩一笔钱，把吕洞宾的泥像请出去，塑一尊老子的镀金木像或大理石雕刻敬在那。这样想，又觉得愧对吕洞宾，毕竟也是八仙里的要人呢。像吃了人家还要毁了人家的负恩罪贼样，想着道长把头勾下来，将目光从升上的观堂转降到观门外的岭道上。

道那边，停着道长的棕色小轿车。车这边，正有一个老婆儿走过去，她是寒瘸膝，在雪地上一瘸一拐走，每一步都要倒下去，每一步也都没有倒下去。入冬的大雪结在不足丈量的路道上，上坡倒还好，下坡时，脚一滑，人就滚到路边沟里了。滚下也就没命了，至多在世上留下一处尖叫声。从观院朝着观外看，因着要下七八级的阶台才到那路上，由此道长在观院望那婆婆时，像菩萨在云里看那为她上香的人，像老子端立在绝顶看那在山脚找寻他的人。心里恻隐了，知道她是去观那边更小的只有一间房的庙里为菩萨上香去，道长还是从观院走出来，下到最后一级阶台上，追着她的寒影唤：

“三婶——你过来，我给你的病腿扎扎针。”

老婆儿立下了，回身望了道长一会儿，用脆干卑视的声音道：

“我信的是菩萨，不是吕洞宾！”

又走了，一瘸接一拐，像用力跳在雪路上的冬蚱蜢。

就在那阶台沿上木立着，有炒腊肉的烟香飘过来。山下满沟壑的白雪上，刺蓬着一片片黑枯的树枝和青冰条。立一会儿，道长又蹬着阶台回观了。面前的腊肉香，一丝丝在午阳里呈着暗红色，柔丝绒线般。他跟着腊肉香，到观东灶房兼为徒舍的道房看了看，又朝自已住的观西道房走去了。

媳妇和儿子已经把那碎钱整好了，五十元和一百元的结成一户垒在一起。其余二十、十元、五元和更卑微的按身价结为一户垒在一块儿。码价大的在下面，码价小的在上面；最顶上的是角票和硬币。道长进来望着那两户钱，像望着一高一矮、一塌一立的两柱道塔样。

媳妇正拿着一张百元票，给孩子讲教历史和故事，见道长的影子倒在钱桌上，扭过头像说天气好样道：

“一共六百多。”

道长说：

“接济一点给三婶吧，她到隔壁菩萨那里了。”

媳妇盯着道长看了一会儿：

“给多少？”

道长想了想：

“零的都给她。堆儿大，好看些。”

这时候，道士玄明在东观房里唤叫了，问炒腊肉是希望盐放多一点，还是盐放少一些；问蒸上的米饭应该熟了吧；要不要给小侄儿单独炒个菜。玄明将近二十岁，脸上有几粒春刺豆，像泡涨的种子埋在肥地里，黑棉的道帽把那豆种衬成青紫色，宛若那种子随时都会炸开生出芽萌来。他立在门口上，人在日影里，再往前边一步就能站在太阳下，可他就是不往前，只把自己镶在门框内，如那门框牵着他的手脚不让他出去样。头扬着，手在嘴上喇叭着，扯着嗓子唤，把他奋红的嗓音弄落一院子。可他还没唤完时，道长就从对面屋里出来了。媳妇也跟在道长后边出来了。两个人，一前一后竖在院央里，道长脸上显出很不快的责怒来。

“我还没死哪，想要作法啊！”

玄明不生气，从门框里迈出身子后，笑着立在他面前，一直盯着他的衣服看，见师父衣服齐整，连一粒散扣都没有，又挪移目光盯着师娘的衣服看，看完了嬉皮嬉皮问：

“没啥事儿啊？”

道长朝徒弟身上踹一脚，三个人就都去东观屋里了。一块儿炒菜，蒸饭，揭锅，洗盘子，盛米饭。转眼就是四样菜，又大碗小碗装了米饭，拿了酒杯，朝西观屋里走。西观屋里光阳好，炕又暖，他们总是在东边屋里做炒端到西观屋里吃。可这次，端到西观屋里时，景况不再一样了。出了一点节外的事。原来小桌上放的两沓钱少了一沓儿，桌上像塌了半壁江山样，靠门口这边的半面桌，空得如一丝薄云都没积存下的天一样。丢的那一沓，是矮矮塌塌的五十和百元票。留着的，是那一柱高的、多的，二十元、十元、五元和二元、一元及角票、硬币塔，且道长的儿子还把那十几个硬币由大到小，积木一样垒在那沓纸币正央里，齐高高地竖起来，使那沓由大到小的纸币为座基，座基上竖着翻倍缩小的银光硬币塔。他为能把这币塔竖起而高兴，见父母和道叔端着饭菜进来了，还一脸笑地指着币塔说：

“看看，看看——我摆的！”

母亲问：“那钱哪？”

“给了三奶啦。”儿子兴奋着，“刚儿我出去，看见三奶从门口过，我就回来拿去给了三奶啦。”然后母亲就当当哐哐把端的菜碗搁在桌子上，起身一耳光打在儿子后脑上。“谁让你给！谁让你给！”呵斥着，又一连声地抱怨道：“给也给这少的啊，谁让你把那五百给人家，把这一百多块留下来！”孩子就哭了。“哇”的一声如天顶炸了洞，一屋子泄满五岁的委屈和枉冤。“不是给的少的吗？”他哭着辩申着，“那一摞钱那么低，这一摞钱这么高，我不是把那低的、少的给了吗？”

道长媳妇无语了，立在桌边上，盯着儿子说的留下的一摞多的、高的碎票儿。纸币上的银塔倒下了，满地滚的都是一分二分的钱，在透窗的日色里，如夜穹空顶闪的光。孩子的哭，也如星夜生的风，一野都是呜呜声。在那呜声里，有人觉到凉爽有人觉到冷。还有的，觉到了在这呜风里，墙像挡了风那样余多着。

道士就那么余多不解地墙样竖在那儿，手里端着两碗白米饭。

道长忽然就笑了，从道士身边绕过去，先摸抚摸抚孩子的头，看着桌上的一桌碎钱笑得如开在冬阳里的菊花般。“你做得对，做得好！”不知是为了哄孩子，还是真的那样想，他大声笑着说，还用目光去试着瞟媳妇，像有了可以明证什么的目光要示给媳妇看。

媳妇就怒了，闭着嘴在地上跺了一下脚。

“他不是把张数少的送了出去吗？”道长说。

媳妇不说话，突然过去把孩子从道长怀里夺过来，然后冷着目光冰道长。

道长不笑了。

道长也用半冷的目光回冰媳妇一会儿，从鼻里哼一下，忽然转身将炕边柜的抽屉拉开来，拿出一沓百元票的人民币，数出十张后，又将手里剩下的几张重新放回抽屉内，将拉开的抽屉合关上，再转身，前走一小步，将那十张百元的钞票塞到媳妇怀里去，用风清韵寒的声音问：

“这是一千，够了吧？”

媳妇没有答，只是用耳光样的目光掴在道长的举止上。孩子也不再哭闹了，亦惊讶讶地看着父亲和母亲。徒弟好像明白了什么事，轻轻把手里的米饭放在桌子上。“别吵……别吵。大冬天，大老远，好不容易见一面。”说完就退到西屋外面了，像真的发现自己在那多余样。屋里只还有道长一家人，静得能听到炕里因为柴尽的退暖声。有个在冬天必死的蛐蛐活在炕缝里，这时它出来爬到炕沿望了望，又事无相关地爬回炕缝了。太阳光，依旧尽力慷慨地照着桌子和砖炕。有一只苍蝇飞来落到炒腊肉的盘子上，饕餮得餐出细亮亮的响。孩子好像明白钱的大小多少了，把母亲怀里的十张百元票子拿起来，笑着朝母亲脸上伸，像他送出去了五百收回了一千样。

母亲把那一千接夺了。

她捏着那钱将目光从道长脸上收回来，绕着饭桌朝前走几步，主人样，过去把道长拉开过的抽屉重又拉开来，朝着抽屉里面死盯一会儿，又猛地把那抽屉推合上，朝后退两步，和道长面对面，逼着问了一句话：

“你今夜回家吗？”

道长说：“不。”

媳妇问：“为啥？”

道长说：“神不让。”

媳妇又盯着道长冰寒一会儿，将舌头在嘴里裹一下，突然把一口痰吐在道长脸上就走了。如一股风样从西观屋里吹出去，又从观院吹到观外边。道长一直站在那儿没有动，也没有去脸上擦那挂着垂流的一口痰，只是在那痰要从眼角流到嘴角时，他用手坝着痰，对着门外唤：

"玄明啊——开车下山把你师娘和侄儿送回去。"

又过了吃顿饭的工夫里，玄明回来了。他把车还停在观前的那块平地上，踏着阳夕爬上阶台入进观院里，看见师父不在西观屋，而在观堂的殿里端着半盆水，手里拿着一块毛巾布，正扒着吕洞宾的肩膀在给泥塑擦头，抹脸，洗身子，把吕洞宾身上的尘灰洗得一点都不剩，让他着金饰银的身子在西照过来的落日里，闪着刺眼的情彩和光芒。玄明就立在那神像和师父的身子下，仰头自语似的对着师父说：

"师娘真奇怪，路过那异教三婶家里时，她拐进去把那一千块钱也送给三婶了。"

师父就把那抹布僵在半空间，捂在吕洞宾的胸口上，想说什么话，又没说出来。玄明就还那么仰头望着师父的脸。

"师父，我家里人又给我介绍对象了，你说我回去见不见？"

"你见呀。"师父大声道。

"听你的，"玄明笑着搓着脸上的"种子"说，"你让我见了我就见；你让我结婚我就结婚。你不让我结了，我就打光棍，一辈子就和神们结婚过日子。"

然后接过师父递下的半盆污脏水，换水去给道神净洗了。至观院正中央，玄明看见天上有云在头顶，闪着碎瓶玻璃似的光，亮白得如这一冬天的雪，又暖得和道房屋里的火炕样。

看哪，一艘船

胡 迁*

他把领带扎好，又扯了下来，他看着镜子里的自己，一个四十岁的中年男人，一个普通的四十岁的中年男人，数不清的毛孔浮在鼻子上，不知道里面塞着什么东西。他有一个妻子，每个人都有一个妻子。现在她躺在床上，棉被的一角折叠了起来，露出腹部长条形的脂肪。但他责怪不了这件事，他的腹部也有，不止一条，三条萝卜粗的脂肪摆放在那儿，永远不会动，也永远不会小，至少这辈子不会。他还有一个七岁的儿子，肥胖掌控着他们全家。当他说你去跑会儿步吧，他的儿子会说你为什么不跑。他说跑步会对你非常好，他的儿子会说，那也对你很好但你为什么不去跑！他曾经买了一整套跑步用的东西，速干短裤、背心、跑鞋，还有套在胳膊上的包，他穿戴齐全后走到马路上，准备着开始，怎么跨出第一步。所有的路灯都开着，远处的楼房看起来距离有几公里，但所有的事物都那么遥远。他走回家，把那些东西都扔进衣柜里；等着第二天，他的妻子骂骂咧咧：你又搞乱了我的衣柜，你又搞乱了我的鞋柜，你的所有东西都放在不该放的位置，你的儿子已经胖得走不动了，他又打了一个同学……他会坐在办公室里，桌子上摆放着成摞的广告提案，年轻人自信满满地把他们的想法打印出来，堆到他的桌子前。他还会走到会议室，那些被捏得变

* 胡迁，本名胡波，毕业于北京电影学院导演系，出版中短篇小说集《大裂》以及长篇小说《牛蛙》。《牛蛙》曾获台湾第六届华文世界电影小说奖首奖。根据《大象席地而坐》改编的电影获得第68届柏林电影节费比西国际影评人奖。

形了的矿泉水瓶，那些沾着手汗的笔，幕布上投放着PPT，一个人的头发被投影照出几块清晰的颜色。他的儿子在学校的操场上站着，所有的运动鞋都贴在塑胶跑道上，几个人在教学楼下打着篮球，他的儿子同他一样不知道怎么跨出第一步。他们不会行走了。即便去旅行的时候，他们一家人来到了柬埔寨，一片历史悠久的废墟，只允许穿长裤。他找到一块大石头的阴影下坐了下来，但还是满头大汗。还有机舱，飞机上提供的食物没有味道是因为气压，但坐在这里，所忍受的一切，也许都是因为气压。只有气压精确到小数点后两位并维持不变时，人类才会没有问题，眼前才没有任何障碍，但只要气压不是这个数字，就随时随地都可以感觉到肚子上的那些脂肪在生长。

他没有去公司，而是去了理发店。

你想怎么剪？

短三公分。

短三公分不会好看。

那为什么还要问我？

想剪成什么样呢？

短三公分。

好，好。

接着他听到梳子和剪刀碰撞的声音，梳子每抓起他一缕头发，他都更困倦一些。所有细碎的模糊的声音都让他更为放松，他无法忍受清晰的声音，鼠标点击声公司里穿梭来去的高跟鞋声音办公室开关门声他妻子说话的声音他儿子大笑的声音他总是要笑，他只在得不到想要的东西的时候才哭。

突然，他大叫起来。

对不起！对不起！

怎么回事？

对不起，我不是故意的。啊，真的，我真的不是故意的，这里的头发挡着了。

他从地上捡起自己的一截耳朵，弯腰的时候，血顺着颧骨流到鼻子上，每个毛孔都在吸收这条红色。等他直起身体来，血又流到嘴里，他吐了一口。

真的对不起。我真的没看到，它挡着了。我去叫经理。

经理会缝耳朵吗？

那怎么办？叫救护车？

救护车是给行动不便的人。

那我们去医院，我去给你拿纸。先包上，毛巾可能会有细菌。

他捧着自己的耳朵，他不知道最初是不是有温度，但现在已经凉了。在此之前，他从来没有捧过除了指甲和头发外身体的某一部分。现在他手心里有血，上面摆放着一小截耳朵，是耳朵最上面的那部分，软骨的切面非常白，整个形状像船。

实习理发师找来了很多纸，慌张地去擦拭他的脸。他焦躁地抓过那些纸，捂在耳朵上，虽然疼痛，但他不想脖子那里继续积聚东西，衣领继续变得红艳。

这样我会算什么？会算故意伤害吗？

你他妈快去找点冰块儿。

店里没有。对了，我在冰箱里放了饮料。

实习理发师取来了一罐可乐。他把这小块儿耳朵贴在铝罐上，用卫生纸整个包起来。他站起来，推开理发店的门。实习理发师跟在他身后。

跟着我干吗？

我跟您去医院。

我自己去。

我跟着吧。

我自己可以去，你跟着有什么用？

我现在什么都做不了了。让我跟着您吧。

你不要跟着我，你什么都做不了，但我快死了。

是我的失误，对不起，对不起。

他看到这个年轻人急得快要哭出来，五官挤到了一起。他加快了步伐，但理发师仍跟在后面，焦急地搓着手。他用举着可乐的手拦了一辆出租车，并把理发师拦在车外面，把门迅速关上了。

去最近的医院。他说。

司机从后视镜里看到他，他用端着可乐外的另一只手捂着耳朵，卫生纸已经透出红色。

耳朵怎么了?

被剪掉了。

他看到司机转过脸去，盯着前方。

你是不是在笑?把后视镜扳过去，不要让我看见。

我没有笑。很疼。

是啊，很疼，拔一根头发也很疼。

耳朵很脆弱，冬天一碰就很疼。

对，所以快一点。

他看向车窗外，回忆从报纸上看的，大概手指只要在几个小时内接上就没事儿，会损失一些灵活度，但耳朵不需要动。现在只要做好保温，这罐可乐不知道可以坚持多久。

把空调开到最大。

好。

冷气声盖过了发动机声。冷气也会有点作用。随着冷气，他的汗水开始变黏，他去理发因为这些头发覆盖在后脑勺，像一层毛毯，即便只在阳光下走几步，都像裹在毛毯里。

这他妈可太好了。他说。他看着前面已经排了一长串的车，根本看不到红绿灯。司机回过头，关怀地看了他一眼。

又是一辆车擦了另一辆车，然后这两个人要为了他们的几毛钱在这里耗一年。

他气急败坏，只想骂什么。他不能骂他的妻子，那个女人更要命，他也不能骂他的儿子，他的妻子守护着他的胖儿子，他们俩站在一起时，像买了一个篮球又赠送了一个小皮球。他的妻子站在洗漱台前洗脸，弯腰时两块臀部挤压出一条沟，这条沟每天都把他的生活劈成两半儿。

车里虽然开着冷气，不过冷气吹不到的位置也统统像在蒸锅里。

要等多久？

不知道，我挑了条平时不太会堵的路。

这就是不太会堵吗？

我可预测不到。

对，两个垃圾把车停路中间，他们都损失了几毛钱。

我也想把你快点拉到医院去。

他此时坐在这里的每一秒，都令他更愤怒，他的耳朵每一秒都在奔向腐烂。那些微生物，那些不知道从哪来的微生物正一起扑向他的耳朵，它们乘上这艘船并侵蚀着。

后面有人狂摁着喇叭，他再也听不下去了，推开了门。

你还没有付钱。

你欠我的更多。他吼着朝前走去。

从手机地图里，他找寻离得最近的那家医院，有两公里。现在阳光已经彻底铺散开。他沿着这三长串汽车，汽车并列在一起如同烤炉里的金属导管，炙烤着一切。他急匆匆地向前走着。他想起自己的车停在理发店门口，幸好没有开车，幸好他得用一只手捂着耳朵不然卫生纸会掉下来，所以不能开车，是啊这是多么的幸好啊。

卫生纸盖住了他太阳穴和半张脸，暖烘烘的。汗水把脖子上已经干涸的血又冲刷开，他扯开了衣领，把外套脱下来扔了。他的妻子会责问他这昂贵的衣服去了哪儿。去了那条把他的生活分成两半的沟里了，就去了那儿，快去找吧，好好找找。

在他路过那个十字路口时，他还想看看究竟是哪两个人站在马路上吆喝，但没有看到，来自十字路口的车只是堆到了一起，没有剐蹭，仅仅是堆在一起，没有任何理由，也看不到维修的道路标示，看不到叫嚣的人，只是所有车都行驶不动了。看看吧，太好了，没有缘由的好。

他到了医院，奔向门诊。

我的耳朵在这里，我想把它接回去。

慢慢说。

我想把我的耳朵接回去，我带来了。

你耳朵怎么了？

被剪掉了。

但是我们这里好像做不了这样的手术。

这里不是医院吗？

这里是附属医院，我们的外科部做不了再植手术。

太好了。

什么？

那哪儿能做？

最近的综合医院在东边儿。

我家就在东边儿。

那是最近的综合医院。

他走出了医院，那些汽车一动不动，他不知道该怎么走去东边儿那家医院，他也不知道自己为什么要去理发，因为头发盖在脑袋上很热吗？他给自己的妻子打了一个电话，除了这还能做什么呢？

我现在在医院。

你怎么了？

我的耳朵被剪掉了。

被什么剪掉了？

被理发的。我去理发，他不小心剪掉了我的耳朵。

你不该在公司吗？

但我临时决定去理发，太他妈热了，太热了。

那现在怎么办？你不去上班却去理发。

我真想把你和你的儿子还有整个家都一把火烧了。

他挂掉了电话。继续面对着长长的拥堵道路。他看到有人骑着自行车，他去路边打开了一辆共享单车。衣服已经扔了，没有口袋放他的耳朵。他只能把可乐罐放到车篓里，但车篓的空隙有点大，好在还漏不下去。他骑上车，朝着东边驶去。他刚刚通知了自己的妻子，一会儿会到那家医院。

沿着车之间的缝隙，他根本骑不快，他不停地用手按着车铃。他已经有十年没有骑过自行车，现在为了耳朵，他必须尽快穿过车流，但车流一动不动，其他的小路也被行驶缓慢的电瓶车和自行车拥堵着。到处都塞满了东西，每个地方都塞满了东西，就是这个地方。

过了一刻钟，他终于驶出了这条路，可以用正常速度骑车，他在等机动车道状况好点，以便再拦一辆出租车。他终于放松了，不再焦虑地按着车铃。

但他舒服没几分钟，可乐罐从车篓里滚出来，在自行车前轮上蹦跶了一下，朝向马路中间滚去。

他看到，卫生纸展开，卫生纸裹得很厚，所以没有贴在湿漉漉的可乐罐上，它们均匀地铺展开。他的耳朵，以及一小片儿血，就这么被一辆摩托车给轧了过去，他甚至都没反应过来，那辆摩托车倏尔不见。他从自行车上下来，去捡自己的耳朵。

等他拿起来的时候，前后也许有人看他在做什么，他的耳朵已经磨损掉一半皮肤，同时变形了。他不知道为什么软骨也会变形，但这个耳朵就是这样了，沥青马路面擦掉了皮肤，抹掉了一层肉。这让他重新回到了被剪刀铰动的疼痛中。

他回头，看着漫长的车队，有人在瞄着他。他找不到那辆摩托车，也不能咒骂谁，后面的电瓶车不停地摁着电铃跑过去。

过了一会儿，他的妻子开始打电话，他一个也没接。妻子大概已经到了医院。

他在路边，从一个小门里进去，走到公园的一个广场上，坐在那儿。他把耳朵放在裤子口袋里，包着卫生纸。现在他已经不去管头上那个伤口了，大概也不再流血了。

根本不知道过了多久，不过气温持续升高，周围在日光下像成片的马赛克，恍惚而燥热。他坐在树荫下，路过的人会看到他的样子，还以为他刚跟人打了架，纷纷绕开。

也就是在他低着头，并且不知道自己在看什么的时候，他也许看到自己的耳朵上做了一个假体，反正看不出来真假，因为平时也不会用到那块儿耳朵。这时，一个不到十岁的小女孩走了过来。

她穿着淡黄色的裙子，上面印有卡通的图形，是一张熊脸。她歪着脑袋看着他。

你打架了吗？

他抬起头，看着面前的女孩儿。

没有。

那为什么流血了呢？

我也不知道。

你不知道自己受伤了？

我知道，我的耳朵被剪掉了。

在哪儿？

他看着小女孩。

在我身上。

小女孩靠近了一点儿，盯着脑袋上他残缺的耳朵，不过她并不害怕，又朝前走了一步，想看得更清楚点。

她掀开自己的头发，露出耳朵。

你看我的耳朵。女孩说。

他看着女孩黑色头发下露出的小巧耳朵。

跟你的不一样。她说。

是啊，我的被剪掉了。

我的是完整的。

对，你的是完整的。

完整的更好看。

说得太好了。

那你的耳朵在哪儿呢？

你会害怕的。

耳朵没什么可怕的。

他从裤子口袋里摸出耳朵，伸出手掌。女孩儿凑过来，盯着他的手心，皱着眉。

像一艘帆船。她说。

是吗？

我画过一艘帆船，跟它很像。

他看着女孩皱着眉毛的样子，有一瞬间他感到一丝失落，甚至忘掉了对那辆摩托车的愤恨。女孩坐在了地上。他挪了挪位置。

不要坐在地上。他对女孩说。

为什么？

地上很脏，也很凉。

一点儿也不凉，很烫。

女孩站起来，坐在了他旁边。他把耳朵收起来，放进口袋里，他不知道现在留着这块已经毁坏的肉有什么用。做个标本挂起来？泡进福尔马林里？太恶心了。

我喜欢帆船。女孩说，但我只坐过公园里的船，它们长得像鸭子，不是帆船。

以后你会坐上帆船的。

所有人都这么说，但你坐过帆船吗？

没有，我只坐过轮船，没有坐过帆船。

对啊，你也没有坐过帆船，但你比我爸爸还要老。

从背后的树丛间吹过来一阵凉风，如同一只冰雪的手抚摸着他的脊背。

你快走吧，你爸爸要找你了。

他才不会找我。

反正会有人找你。

不会的，他们在吵架。

在哪儿呢？

在家里，他们在家里吵架，我就会跑出来。他们不会找我，我会自己回家。

以后他们吵架你也要待在家里。

为什么？

你会被带走，装进麻袋里。

那是骗人的，你被装进麻袋里过吗？

没有。但不代表这是骗人的，很多人被装进麻袋过。

我爸爸妈妈也没有，你也没有，我也没有。

那只是我们比较幸运。

但你没有了耳朵。

只是没有了一部分。

他开始想一个人清静会儿。

他们吵架，有时候会打架，会摔碎很多东西。女孩说。

他回忆自己的童年，但已经忘记了，他的父亲在几年前去世了，他已经忘记那苍老的身体在他的童年与谁争吵，又或者对他说过什么。

小女孩伸出手掌，没有小指和半截无名指的手掌。他看着这小巧而白皙的手。

虽然我没有手指，但你没有了耳朵。她说。

他突然感觉到一阵酸楚。当他再看着小女孩，她正睁大了眼睛望着他，时不时瞟一眼他的耳朵，又迅速把眼神收回来。这太令人难过了。他不知道是因为自己的耳朵还是因为别的什么。

不过你的耳朵像一艘船，你可以带着它去坐帆船。

我从来没有坐过帆船。

我也没有，但我长大了会去。

女孩把手收回来，放在椅子上，双手撑着，看着前面。他们坐在这里，很快，他开始平静下来，但他知道，烦躁会在很短暂的时间之后就重新席卷而来，所以此刻尤其珍贵，珍贵得像没有被车轮轧过的耳朵。

我要走了，如果他们吵完了发现我没在房间里，就会来找我。

他们会怎么样?

会接着吵。

那好吧，你走吧。

女孩站起来，冲着他笑笑。

再见了，没有耳朵的叔叔。

再见。

女孩走后，他失落地又坐了一会儿。

当他开始口渴的时候，就站起来，离开了公园。外面的车流已经不再拥堵，他拦住一辆出租车，让司机带他去医院。他到达医院时，他的妻子低着头坐在大厅里。他想起自己肥胖的儿子，当他同妻子吵架时，儿子会笑着看着他们。他一直觉得这件事令人厌恶透顶，现在也是。

当妻子走向他的时候，会看到他脸上一半全是血，但她并没有高亢地说什么，他也没有，好像他们说话的欲望也随着这截耳朵而失去了。他们一起走向挂号室，他预料到这半截耳朵已经不可能再接回去了，也预料到此刻，在某个港口，一艘帆船起航，上面会坐着对事情充满期待的人，这其中也许会有一个孩子。

双鱼钥

王啸峰 *

门响双鱼钥，车喧百子铃。冕旒当翠殿，幢戟满彤庭。

——唐·司空曙《和耿拾遗元日观早朝》

张勇军双脚不自觉地抖动。手上的塑料袋随之发出窸窸窣窣的响声。他听到声音，下意识地挺直脚杆。马路上行人已经稀少。对面黑弄堂里还是没有任何动静。他又掏出手机看一眼，约定时间过了五分钟。他把手机铃声调到最大，又加了个振动，这才放进裤兜。

一辆红色跑车怪叫掠过，喷起一片水雾。他瞥到里面一对年轻男女，恨恨地朝车屁股骂了句脏话。脑子里一根棒把他双眼又敲回对街黑弄堂。

时间缓缓而坚决地朝午夜行走。气温降得很快，蓝色薄工作服变成冰冷铁块。车在他背后两三百米街边蛰伏。但他不想去车上取大衣。手开始僵硬。再最后坚持五分钟！

二十三点十分到一刻之间，他不再直勾勾地盯一个地方，而是前后左右张望。这回，除了风吹落叶声，什么都没有。

---

* 王啸峰，1969年12月出生，苏州市人，中国作协会员。在《人民文学》《收获》《十月》《花城》等文学刊物上发表散文、小说百万字。出版散文集《苏州烟雨》《吴门梦忆》《异乡故乡》，小说集《隐秘花园》。作品入选多种年选，获得紫金山文学奖、叶圣陶文学奖。

他按下遥控器，车子夸张地应答两声“嘎嘎”。

他右脚已经插进方向盘与座位之间，正想把手里的塑料袋放到副驾驶座上。

身后传来一个女声：“喂！东西呢？”

他连忙回头，那女人身后一根路灯杆，从身体剪影上看，女人长发披肩，穿了件长黑风衣，腰带束起。灯光从她腰际与插口袋的手臂间隙凉凉投射过来。

“呃？”

“东西带了吗？”

他顺势把塑料袋悄悄塞进副驾驶座右侧被掏空的暗格里，转手夸张地把自己的挎包往座位上重重一扔。但是，他还没来得及把右脚重新踏回地面，后脑勺就被重重一击。他身子软下去，趴倒在方向盘上。

张勇军似乎做了好多梦。几乎没有一个不是惊心动魄的。每个梦结束，都留给他创伤。他带着创伤开始下一个梦。梦里套着梦，把他推向痛苦深渊。

他记得在街上闲逛，看见车子被几个小孩胡乱用小刀刮着。他奔过去大声叫嚷阻止。突然从车后转出一群人，每人手里都拿砍刀，哇呀呀向他冲过来。他转身就逃。尽管拼足力气，却还是很慢，背后似乎有东西在牵扯他。喊杀声越来越近，他已经把手都用上了，奔跑变成爬行。“你是我的小呀小苹果，怎么爱你都不嫌多！”满街聒噪，持续不停。

然后他像是被吵醒了。手机无节制地播放着《小苹果》。手碰到手机，在音乐和振动当中，把屏幕拿到眼前，陌生来电。他直起身子，引来哗啦啦一片响。一座碎玻璃堆成的小山。他被放置在最顶上。《小苹果》又响起，振动不紧不慢催促着他。他往下张望，寻找下去的路。只看一眼就绝望了。

“喂。”

“你好！张勇军先生吗？”

这个女声似乎让他想起点什么来。

“呃！我是。你是？”

“东西带了吗？”

借着星光和玻璃的反射微光，他瞥见有个塑料袋半埋在离他两个身子远的玻璃屑里。他不能确定是不是送货的那个。

女声又开了口：“你在哪里？我们在弄堂口已经站了半小时了。”

“我？”他不敢摸头，只能抓抓鼻子。对了！时间。他把手机拿开点，时间显示十一点五十。时间明朗。记忆如同潮水般涌出来。

他决定“下山”。之前，他曾试图把塑料袋拉过来，结果除了把一根带子拉断，什么也没得到。

稍稍一滑动，碎玻璃就像刀一样无情地割着裤子、袜子和肉。

其实在一步一步缓慢移动下山的时候，他就望见那个人影了。可注意力必须完全集中到脚底心，全身往下沉，他才走下玻璃山。回头一看，似乎并没有从顶上感觉的那么高、那么危险。

人影没了。他开启手机定位，打开地图。好长时间，无法识别他的位置。他四下寻找标志性建筑，却只有一座接一座玻璃山。

突然，模糊人影出现在两座山之间。他连忙跑过去，人影不见了。过一会儿，又出现在稍远的玻璃山旁。

吊胃口的是，他越追越近，可就是追不上。那个人影像小女孩，特别是两条辫子清晰可辨。“喂！孩子，慢点啊！”他高声喊叫，却没有一点声息。

“嘭”的一声，张勇军惊出一身冷汗。他睡着了！正午十二点，在阳光灿烂的大街上，车像滑翔机般巡航。他记得失去知觉前，自己想起了少年时代自制的滑板车，滑轮声音既嘈杂又单调，“哗啦啦哗啦啦”，朝街尾扫过去。

他猛地踩住刹车，深深吐纳。打开车门的手是抖的，脚落在地上是抖的。但是他看到一只粉红色书包时，突然就不抖了。他迅速捡起书包。没人没车。翻建道路监控没有探头。

离车头三四米的人行道边，一个穿绿色校服的小姑娘合扑躺着。他围着她转了三圈，她没有动静，地上没有血迹。如果不是她的两条辫子微微动了一下，他就瘫坐地上了。

他轻轻地把她翻过身。一张年轻的圆脸，让他模模糊糊记起女儿的模样。喊了几声，她醒过来。在他的鼓励下，几分钟后，她站了起来。一辆黑色奥迪驶过，他一眼认出是公家车，黑膜贴满全部车窗。

一阵悲凉。在阳光下，他打了几个冷战。小姑娘一双特别大的眼睛空洞地望着前方，周边隐约可见擦伤痕迹。他问话，拐着弯。

“姑娘，你没事吧？”

“嗯，嗯，没事。”她声音小，几乎在对自己说。

“不用上医院检查吧？”

“不，不用了吧。”

“要不我送你回家？坐我的车。”

“我自己走。”

他从反光镜里看到她的身影和那只书包，缓缓移动。他长长舒了一口气。身上一阵凉意，都被汗湿了。

那么多年，他都是江湖里的一条小渔舟，虽然破旧肮脏，却从未沉没。

他加了一脚油门，再次看了一眼后视镜。女孩不见了。他刹住车，又回了头。撑住椅背用职业司机的眼光搜索街面。

她趴在地面，像一片薄薄树叶。

他脑子不知转过了几个弯，却只在刹那间。

他回转身。咬咬牙，一脚油门，车惊恐地往前蹿出去。

张勇军不敢再盯女孩身影了，他绕过一座座玻璃山，自找出路。说也奇怪，从山上下来，并没有割破皮肉，走在平地上，却接连被跳起的玻璃屑划得一道又一道，鲜血淋淋。

《小苹果》的声音在静夜里让他手足无措。

“张先生，你到底在哪里？生意不要做了？”

“对不起，对不起！我，我好像迷路了。”

“我们再等十分钟。”

他对断线电话一通怒骂。猛一抬头，小姑娘不远不近地站着他正前方。

“请……请带我出去，行吗？”

“你没事吧？”

“我？当然没事啊。”

“不用上医院吧？”

“不……”不字刚出口，他感觉全身被绳子一下子绑紧，呼吸急促，快要窒息。

小姑娘笑了，清脆声音在玻璃上滑动，尖锐地刺破他的肌肤，血喷涌出来。他用手去堵的时候，才发现没有一点痛感，恐惧钻进他的神经深处。

“来吧，跟我走。”

他注意到两条辫子晃动的幅度不太一致。跟紧点，才发现小姑娘前面还有一个小姑娘，前面的孩子瘦小点，被后面的孩子罩住了。他意识开始模糊，到底是他眼花，还是孩子走得摇晃，他感觉地平线在左右摆动。眼泪憋不住地往下掉。

他使了个心眼，往前一扑，倒地就喊。

小姑娘们回身。他伸出手。她俩手牵手冷冷看他。虽然面目还是看不真切，但是他内心已经绝望。

也不知她们抄的哪条近路，转过两个弯，穿过两三条不长却逼仄的弄堂，就来到他车边。驾驶室门敞开着。他紧走几步，眼看就要搭住车门，一阵风来，门又往前开直了。几次三番，他竟然都摸不着自己的车。

全黑的车子突然起了变化，颜色泛红，接着竟然在他眼前渐渐融化。

空中回荡起小姑娘们的笑声，像一片片玻璃扎到他心上。

“叭……”汽车喇叭声彻底把张勇军唤醒。他把沉重的头从方向盘喇叭上挪开。头痛欲裂。摸摸后脑勺，触电般弹回。他从驾驶室慢慢钻出来。点了一根烟。

除了头部被袭击，他努力回忆了一下可以认为实际发生的事情：一是车厢里被翻得乱七八糟，挎包被撕碎，却几乎没有财物损失。二是暗格里的塑料袋完好无缺，他再往深处一探手，一个小包仍静静躺在原处。三是手机显示，确有过来电，并且呈接听状态。于是他判断，自己应该站到一小时前的位置上，继续等待。

他拎着塑料袋，再次站到马路边，眼睛盯着对过的黑弄堂。手机显示时间快到午夜。风打着圈扫落叶。他脑子高速运转，对抗着一波又一波不知从何而来的敌人。

十二小时前，他刚想关手机，眯一会儿，一条要车信息跳出来。人在附近，要去机场，还给了加急费。

他吐掉最后一块糖醋排骨，扔掉快餐饭盒。虽然害怕在这个时段睡过去，但他还是咬咬牙，按下接单，飞快地朝客人所在宾馆驶去。

机场高速，他曾为领导服务无数次，每个路段限速额、拥堵时间、应急小道、贵宾通道等，他都牢牢保存在脑子里。开专车后，他不用导航就能及时迅速到目的地。客人都叹服这个与众不同的专车司机。

他手心有点出汗，车开得晕晕乎乎，这是很难得的。越是不敢看后视镜，越是利用一切机会偷窥。

女子即使闭目养神，浑身也散发出不可抗拒的力量。身上若有若无的香水味在推波助澜。

终于，他和她眼神在镜子里对个正着。车子晃了晃。

女子说了几条语音，接了几条语音。显得有事没来得及处理。

“师傅！”

“哎！”

“快到了吧？”

“是的。高速下来正往二号航站楼。”

“哟！”

他望见她嘴嘟了起来。

“您有事尽管吩咐。”

“您不用停止计费，请把这个带到海豚宾馆总台。就说302黎小姐来取。可以吗？”

他听出“可以吗”三个字浓郁的海外华人腔。就故意哼哼唧唧起来。直到背后带着香味的玉手递上来几张百元票子。

回去的路上，他不止一次把票子拿起，嗅吸香味。或许是弥散整个车厢里的气味，但一拿起钱，似乎浓了不少。

那是一个小小的双G金色商标的黑色拎包。他手指慢慢靠近它，过一会儿，搭在上面。在机场高速服务区停下，他快速打开拉链。空包！他翻了至少五遍，一件东西没找到。

他每抚摸一次双G字母的铜片，心里就一阵悸动，随后脸抽搐了一下。他不知道这是为什么。

黑弄堂终于出现动静。远远地，一盏橙色路灯亮了起来。一个穿黑风衣的女人出现在弄堂口。张勇军脑际闪过一些画面，但他不确定是否真实发生。

他连目前的头痛、脚上若隐若现的痛感都不敢归类到“自己”身上。

黑风衣女人过街时，一辆红色跑车飞速驶过。他仍然紧盯着女人。

他被路灯照着。女人和他保持一定距离。光从她身后探过来。

“张先生，请把东西给我。”

尽管声音熟悉，但还不是熟到一两句就能辨认出的程度。像在路边突然听到一段旋律，就是不知道出处。

那个海豚宾馆前台服务生，瘦高个、细眉细眼的姑娘，又在他眼前闪现。她接待他时，声音很温柔，却藏着坚决。

“302？黎小姐？嗯……对不起，没有黎小姐。是的，302住的男客人。稍等，呃，其他房间也没有姓黎的小姐登记入住。”

他手里的包顿时重了起来。

他突发奇想：“我把包寄在这里，明天这个时候来拿。如果有姓黎的小姐在此期间入住宾馆，请把包给她。”

服务女生惊讶地看着他，坚决不肯收。

他望着黑风衣女人，感到脑袋温度呼啦啦地上升。糊里糊涂地努力思考，想要把这么多事情弄明白。于是，这么多次以来头一回，他下意识地将塑料袋朝身后别过去。

“张先生，你在躲避什么呢？”看到他犹豫，女人又追了一句，“明知这是不可能的事情，你却一定要去做吗？”

狂热中也有冷静。他也想过自己多事，根本不跟他相干，他只是一个跑腿的，在约定的时间、地点送出约定的东西。送比萨对比萨质量产生怀疑，这是不对的。但他还是拗着。可是，海豚在海洋里游泳时，它们并不靠眼睛和鼻子。忽的，冥冥中有了支撑他的力量。

半步、半步地缓缓退步回车。女人没跟上来，她一直站在指定交接区，一动不动。

突然，四周出现若干个黑衣人，他们围了上来。

他加速后退，幸亏车门没关、钥匙没拔。在他发动、后退、掉头、前进的过程中，只有一个黑衣人扑上来用棍子敲了几下车窗。

他冲出去，在大街上平坦行驶时，忍不住骂自己：“混蛋！你要干吗？”

七拐八弯，他把午夜远远甩在身后。长长吁口气，找个马路转弯口，他停下车，飞快去掉塑料袋，露出报纸包装，撕掉报纸，一个纸盒。

里面是一个金色双G商标的小黑包。他张大了嘴，一声“啊”半路卡在喉咙口。

他孤独地站在凌晨街角，像失群的鱼在海洋里晃荡。两个G，像极了两条张嘴游泳的鱼。

它们还有伴，自己呢？他无奈地摇摇头。

张勇军拎着黑色小包，出了海豚宾馆，路过自助寄存处，当他瞄到 302 箱子空着时，闪过一个念头，是不是应该把包放在这里？

关上柜门的一刹那，他觉得，黎小姐也被他关了进去。302！这个遥远而熟悉的号码，“砰”地唤醒他记忆。

即使是一个职业司机，他也总觉得自己与其他人不一样。

好几次，在停车场停好车，领导让他一起进饭店，不熟悉的工作人员把他俩弄反了。领导有些尴尬。他表面手足无措，心里暗自得意，踅进盥洗室左照右照，国字脸，大背头，微微隆起的小肚子。脸一沉，威严有加；一舒展，和蔼亲切。

他的青春岁月终结于交通技校。钻在肮脏的修车道里，师傅让他做这做那，一两小时不让起身，师傅的尿溅在他手上、脸上。

好在毕业后进了外事车队。他方向感特别好，刚上车那会儿，C 市旅游大开放，停车场就像旅游景点的女厕所，收费老头迎来一生中的权力巅峰。他染上人生第一个污点。涉外导游通常将与工艺品店老板交易的钱，捆成一卷，塞在背包里。一天，导游背包里跳出一卷钞票，在睡熟的日本人脚边滚来滚去。他的心里装进了个老鼠，上蹿下跳地打方向、回方向，终于在车子抵达目的地的最后一秒钟，那卷票子稳稳地卡在他心目中最佳的位置。

“他们的钱来得真容易啊！”那卷钞票花起来快得让他吃惊。他主动与几个工艺品店老板打得火热。

呼朋唤友的日子来得快，去得也快。改制、分流，他流进了事业单位。单位有小车班，小车班司机一般为领导服务。但是他进去时，却做了机动，负责给三位调研员开车。调研员退了二线，公务上的事情少了，他基本上为他们跑私事。他技术好，耳不听，嘴不说，眼不斜视。服务时，一碗水端平。一年半后，他甩掉了机动帽子，专职为一位现职领导开车。

领导专职司机最苦恼的，就是不能离开车子。开会、赴宴、拜访，司机时刻做好领导回车准备。有些司机聪明，自以为是地预测领导公务时间，往往被搞个措手不及。他却从不离车。他从单位图书馆借阅书籍，全部是名家侦探小说，阿加莎·克里斯蒂、柯南·道尔、雷蒙德·钱德勒、达希尔·哈米特、东野圭吾等人的作品使他入迷。他渐渐发现，自己从刚开始追求"到底谁是凶手"，或者"案情到底怎么回事"，发展到探究案情细节和人文环境。哈米特的一段话让他沉思了相当长时间："让他不安的是，他发现自己越是努力去合理安排生活中的大小事情，就越与生活的真相格格不入。"

自助寄存处上方有探头，张勇军对探头望了好一会儿。凌晨两点的街道，什么声音都被放到最大，他耳朵里充斥着沉重的呼吸声。输入密码，打开302柜门。他把两个小包拿在手上对比很长时间。手倒来倒去，到后来，只能靠闻香水味道辨别哪只是黎小姐的。

302是他唯一的一次，也是改变他命运的一次。当他载着领导，不慌不忙从大门驶出，大院里已经乱作一团。领导疑惑地问了一句："他们这是干什么呢？"

"哦，听说大楼里一个领导办公室被盗。"

领导兴趣来了："哦，丢了些什么？"

他很想原原本本一样不漏地告诉领导：一只小手包、六条软中华香烟、两瓶茅台酒。但他微笑着摇摇头："这我可不清楚。对了！您以后出办公室要勤锁门哪。"

领导笑出声来："这个单位看上去管得挺严，其实比我们单位松多了。既然小张你提醒了我，我以后不管是开会还是撒尿，都锁门。哈哈哈。"

他的脸微微地，在领导提到撒尿两个字的时候红了红。

302的胖子去上厕所。像侦探书里写的一模一样，他一咬牙钻进302，十秒钟得手。出来望见一个女服务员从女厕所出来，瘦高个、细眉细眼的。他的心跳到喉咙口。全身几乎所有细胞都做出了逃跑指令，但是刚受过侦探小说大师训练的脑细胞异常冷静。做出经典动作：举了举香烟，指了指302的门。女服务员愣了愣。过了几秒钟，他似乎看到她的头微微点了点。他不慌不忙地从楼梯以正常速度下楼。

在领导哈哈声中，他想起埋伏在备用轮胎里的那些东西，也随之哈哈哈起来。

再次进那个单位，他车都没敢下。路过车前的每个人似乎都用怀疑的眼光望望他。后来几次，有熟悉的司机敲敲玻璃窗，他就和他们一起歪在香樟树下抽烟。

没事了。他放松了警惕。

他排在热气腾腾的包子铺的长长队伍里，异常烦躁。趁领导上楼的机会，他鬼使神差地就想跑出去买包子。谁知十一点不到，队伍就长得像蜈蚣。后面两个女的聒噪没完，队伍没有前进一寸。他仰脖张望，被身后突发的尖厉笑声逼得缩下来。他回头就撞到了瘦高个、细眉细眼女人的眼神。他心里咯噔一下，迅速转身，刚才的暴戾之气一泻而空。

让他汗毛直竖的是，两个女人轻声交流了几句，就再没有声息。他多希望噪音继续响起。

不能逃！他用最后的意志硬撑着。十几米的队伍，他几厘米几厘米地往前移。突然，手机响。领导救了他。他快速跑回车子的时候，觉得今后不会再碰包子了。

现在，只有烧烤麻辣烫店还往街面喷着浓烟。他突然觉得很饿。他摸摸头，头倒不痛了，就是饿，那是一种可以把生肉、生米都吞下去的饿。他关上302柜门，投币、设密码。

现在，里面锁了两个包。

鱼儿暂时只能在鱼缸里游游。

烧烤店里面人挤人。张勇军好不容易找到一个墙角位置。

“啤酒和杂串，再加一碗酸辣汤！”小伙计喊得很响，但是仍然淹没在划拳声里。

就在他一低头的时候，左边凳子挤上一个人。一身牛仔服，戴副墨镜。

他警惕地看着墨镜，墨镜与他对望一眼，看不出眼神。

两人自顾自吃喝。墨镜先结账走开，似乎什么都没发生。

他松了口气。想到两只包，头隐隐作痛。

他不想回家，在空无一人的街上溜达，脑子回放几个小时前的场景。如果时间倒流，他就在街边一直等下去，他很可能就顺利地把塑料袋送了出去。但是，货变得复杂了，他又被袭了，让他不得不思考得更广泛。撕开塑料袋，违反约定，恰恰顺理成章。

梦里的场景，才最让他揪心。两个小姑娘，并肩站在他面前，悔恨海浪般吞没自己。死了拉倒！可是，还不能够。

给领导开最后一次车，领导已经知道他辞职的事情。他们跑一次外市，来回五个小时，没有搭过一句话。

领导的右脚已经踏到地面，突然回了身：“行了，你走吧，有事尽管找我。”他当时挺感动。而在这空寂冰冷的街头，他咀嚼出这句话是最大谎言。

女服务员并没有指认他，但他感觉再不能进任何办公大楼了，这倒也不成大问题，他本来就捧着书坐在驾驶室里。但是后来，街上每个人看上去都像举报他的样子，他极度焦虑。回到冰冷空荡的家，前妻和女儿不时闪出来指责他一番。他吃安眠药，药物使他的梦变成魔幻世界。

辞职后的第一天，他感觉像是一滴水回到了河里。于是，在床上睡足一天，梦里全是变成鱼儿的他，从井里到河里，再到大湖，最后到大海。

自由自在的感觉，他醒来就没了。

他只会开车，开车养活他自己，应该够了。刚开始，他开得轻松自如，渐渐地，他盘算着再过些时日，可以与前妻谈谈了。

但是，如意算盘总要落空。

他去拿左口袋里的香烟，却先摸到一张纸条。

“今天中午十二点，凯悦街 101 号 302 室。”

点烟的时候，他判断是墨镜放进去的。

凯悦路他肯定会去，即使是刀山火海，他也要闯，但是，去之前他还要见几个人，办几件事情。

“赵天兴”面馆一直是 C 市最早开门的，张勇军进去的时候，天还没有亮透。他上厨房看了看那锅水，清澈见底，一根面都还没下过。虽然他不大在意头汤面，但是，有得享受，也是不能放弃。

第一口面下去，再一口姜丝，身上立刻微微发汗。他感觉黑夜存到他体内的暗物质，正缓缓释出。汤汤水水全部下肚，阿三已经坐到他对面。

吃面的时候，阿三比他认真，呼哧呼哧的同时，头上渗出绿豆大的汗珠。

“他们说你昨晚闯祸了？”碗筷被撤下，两人各自点上一支烟后，阿三才开口。

“老板怎么说？”

“他没说什么。只是要我带个话。”

店里又进来几个老头，自带茶杯，有个老头还拎一壶黄酒。

“什么话？”

“货是人家的，你要想清楚。你弄出来的事情，自己处理干净，与我们无关。”

一根烟默默抽完。阿三起身。

“还有，我说，有些事情你也犯不着太认真，会毁了你的。”

望着阿三的背影，他又摸了摸自己的脑袋。

九点钟。他熟门熟路地爬到那幢老居民楼的顶层。稍微跳一跳，钩住通往楼顶天窗下的 U 形铁扶手，身体腾空的一瞬间，他想到了死亡其实是件很容易的事情。

对面医院天天在判决生死。在每个病区、科室间行走的人们，忧心忡忡。

前妻打来电话时，他正在载客途中。他征求乘客意见后，接通了电话。窗外大朵大朵的洁白梨花垂向车头。刚说了两三句，梨花就成为最悲哀的花。

车子原地掉头，一路逆行，直奔医院。乘客是个瘦小伙子，文件夹、手机、眼镜都被甩得满车都是，小伙子紧闭双眼，瘫倒在后座上。

他什么都不管了，前妻电话又来好多个，他只是一路狂飙。他不想知道结果，只想快点到医院。

他把全部仇恨都集中到自己身上。

前妻报了警。警察在长长的太平间甬道里跟他说话，他没有听清一个字。他在想那个阳光灿烂的正午。他想着想着，突然笑出声来。后来的三天三夜里，他一直保持时而撞墙跳楼、时而呆坐傻笑的样子。查不出端倪的警察们都觉得有点对不住他。

他想来想去，总算想明白了。这是一个有天网的世界，在宇宙的什么地方，监视并调剂着每个人的任何一举一动，能量守恒，善恶平衡。这处赚了，那处还了。

所以，撞女儿逃逸的，不是别人，只能是他自己！

他开始回想自己的半辈子。从那卷蓝色钞票开始，清扫出来的善与恶堆在脑子的两边。脑袋顿时朝右面恶的方向倒了下去。

他坐到楼房边缘，看到排水沟里的烟蒂和矿泉水瓶，他微微一笑。“天下皆知美之为美，斯恶已。皆知善之为善，斯不善已”蹦出来，他每天在“恶”的海洋里游泳，只有此时，才感到“善”真实存在。

九点十分。从正门推进来一张轮椅。中年男人头发白成雪。轮椅里的女孩，安静地往一侧歪着头。

那条走道弯弯曲曲，慢慢走完大约需要三分钟。而他那天闯进医院的时候，虽然走道上的人被他撞到几个，他还是只用了几十秒时间。

有时，他看完这三分钟就走了。今天，他接着抽了好几根烟，等他们从康复中心出来。康复中心治疗的时间一般是半个小时，加上排队什么的，一个小时左右。

果然，十点一刻，他们又出来了。目送他们走出大门。他掐灭烟屁股，下楼。

在拥挤的挂号收费大厅，张勇军找到自费窗口。

“缴多少？”

“一次最多缴多少？”

收费员眼睛都不抬一下，烦躁地快速说：“随便。”

他把十沓钞票推给她：“都存上吧。”

她面无表情地打开点钞机。似乎点钞机一开，病人就有了生存的可能。自费窗口像一个吞噬钱币的老虎机，幸运的才能中奖获救。

她的冷漠更加证实了他心中一直猜测的那样，治疗仅仅是安慰正常人。

“对不起，你要存的那个号，销户了。”

他重新握起方向盘前，觉得已经将女儿的事情放下了，可以重新开始了。但是，发动机一响，他就受不了。他想抛弃车子，可除了开车他什么都不会。他咬牙坚持着，直到又一个阳光灿烂的中午。

很突兀的，一个中年白发男子从街边冲出来拦车子。他是专车，不招手停车。他放慢速度，想绕过男子。男子突然做出鞠躬抱拳求他的动作，并指指身后。一辆轮椅上坐着一个小姑娘，眼紧闭，头歪着，看上去情况很不好。

一阵忙乱后，他从后视镜里观察小姑娘。在男子的不断轻声叫唤下，小姑娘睁开了眼睛。那是一双特别大的，显得有些空洞迷茫的眼。一下子，他感觉心里扎进了一把刀子。

小姑娘看了一下环境，碰到他后视镜的目光，她微微一笑。刀子往心里又捅进去一寸。

“孩子怎么了？”

“被撞了。”

“什么时候？”

“一年前吧。”

“那……司机？”

“跑了。”

“报警了？”

“孩子当时一个人，她什么都不知道了。脑干受伤。后来我报警的，警察说街道拆迁、路面翻新，什么监控都没了。居民和路人都没有目击者。”

“孩子怎么治疗？”

“用电疗法。每天做，才有康复的希望。但是我没钱，只能每周做一两次，效果不是太好。刚才癫痫又发了，得赶紧去医院。”

他帮着挂号，缴费，送病区。男子感激得很。

走向医院停车场的时候，他做了个决定。

于是，只要有空，他就坐在楼上看白发男子推着小姑娘进医院。

开始，他用“恶”方面来的钱，用着用着，觉得脑袋渐渐在平衡。后来，那些钱全部扔进医院自费窗口，他犹豫了几天，又动用了“善”的那部分积蓄。咀嚼着咸菜萝卜干的日子，心情却是朗朗的。准备留给女儿的钱，现在没有必要了。再后来，他什么都没了，焦虑重新爬进他心里。

阿三给他引了条路。他考虑再三，坚持只送货不碰货。

昨晚，他这条路似乎走到了尽头。自己怎么想的，又怎么突然做出这样的决定，他始终没搞清，也许有些事情必须了结吧。

事实上，“他们”把小姑娘的号给销了，他将原本选择逃避的策略，做了修正。在把一沓沓钱扔回破挎包的时候，他决定去找他并不想见的几个人。

凯越街 101 号是一幢商住两用楼。一楼全是店面，大多是五金店。张勇军在一家店买了一把剔骨刀，想想又买了一个中号活络扳手。

上楼的时候，他先看了看电梯，正常运行。然后他走了楼梯。

302 的门敲了半天，无人应答。他看看手表，十二点正好。于是他转动球形锁，门没锁。

他从轻声到大声连喊了好几下，再进到屋里。门对着窗，窗的两边分别是一张写字台和一排沙发。他把两个塑料袋并排放在沙发茶几上，在屋里面转了一圈。不仅家具陈设简单，连人的痕迹也几乎观察不到。

他把身子陷入软软的沙发，听着楼下叮叮当当的嘈杂声，脑子里跳出来的一幕幕，居然也带了声音。

房门打开，进来五六个黑衣大汉，不由分说向他猛扑过来，把他按在沙发里。他想喊，却没有声音；他想挣扎，却没法动弹。他绝望地伸出右手，突然感到一丝凉意。

他跳了一跳，惊醒了。一个女人蹲在沙发边看着他，冰冷双手握着他右手。他警惕地抽出手。这个女人蹲着的时候，黑风衣完全拖在了地上，地面光洁如新。

女人站起来的时候，他脑子里立刻对应上一些形象。她一开口，更加证实了他的判断。

“张先生，我们也算熟人了。”黑风衣女人给他一瓶水，他没接。

房间里空荡荡的，他却感觉到处隐藏着人。女人黑衣黑裤黑鞋，两只眼睛不停地逼视他。

他用手指了指茶几上的两个塑料袋。女人没回头，还是盯着他。

“我说熟人，并不是我们这两天才熟。事实上，你们老板没有告诉你的是，做我们这行的，几乎没有什么得不到的消息。你加入的是我们的合作公司，不仅你老板把你调查得一清二楚，连我们都仔细分析了你的性格特征。”

他静静地听着，连眉头都不皱一下。他仿佛看见那些调查、分析数据表在几个肥头肥脑、相貌古怪的老头之间传递着，他心里笑出了声音。

“连公安、单位、街道都没有记录的，我们也完全掌握。”

他对这来了兴趣。他要证实成天想象的那张天网，是否有存在的现实依据。

“你们都查到什么了？”

女人从随身小包里拿出一张纸，递给他。

类似简历一样的表格，前面几个格子，几几年到几几年，在哪里工作等，没有看头。

最后三格。一是做的善事，一是做的恶事。献血、捐款、救火救人等，有好几次。二是做的恶事。斗殴、偷窃、肇事逃逸，事无巨细，都一一列举清楚。三是他的重大事件记。

他轻轻抚摸纸面，纸发出窸窸窣窣的声音。午后阳光开始倾斜，纸片反光刺痛眼睛。

感觉被剥光！

此时无数双眼睛透过女人的眼球窥探他，而他对“她”和“他们”几乎一无所知。

黑衣女人见张勇军眼神迷茫，微微一笑，打开两个塑料袋。同样款式的两只黑色小包并排放在茶几上。

“哪只是黎小姐的？”

他其实是做好记号的，但还是犹豫一下，装出闻气味的样子。拿起一只包。

女人忍不住大笑：“你知道吗？我姓黎。”

黎小姐、302 房间。前台服务员的样子。时间晚了 24 个小时。

“既然东西你已经拿到，那我任务也就完成了。再见！”

“等等。”

黎小姐拿起另一只包：“这就是你老板让你送的了？”

他点点头。

她拿出手机，发送了一条信息。等回信的间隙，她在他身边坐下来。

天突然阴了下来，房间暗了不少。从侧面看，黎小姐有不少鱼尾纹。

“你有孩子吗？”

她一愣，想要站起来，撑沙发的手突然一软，身体往沙发更深处靠进去。

“有过。”

“哦，对不起。”

“啊，不是你想的那样。”

“孩子总是无辜的。”他叹了口气。

沉默被五金店叮叮当当声音填充，他觉得此时黎小姐也就是黎小姐。

手机沉闷地振动两声，她忙抓起来看。拇指上下翻动几次，期间还望了望两只包。

他在旁边看。生活都不容易。他把手交叉垫到脑后，五金件的声音有了韵律。

她已经拿起一只包。在双G字的牌子上摸索。不得要领，又低头看手机。抬头，把手伸向包内部，左旋旋、右转转。

他感觉这个动作，很像当初自己在修理厂摸索一个螺丝的样子。

“啪。”轻轻一声，似乎触动了某个机关，双G字牌子跳离包的表面。显然，情况是正确的。她的双肩往下垂了垂。他看到她颈部下方赘肉突了出来。紧张后的放松最致命。

另一个包，她轻松地如法炮制。

她将取到的两个牌子重叠，竟然严丝合缝。他甚至还听到轻轻落榫的“咔嚓”声。

她的声音重新高扬起来：“张先生，你不是喜欢这包吗？为了得到它们，费了这么多工夫。现在，全部归你了。”

她将包扔回茶几。没有商标的两个小黑包，像被剃去毛发的宠物，明知还是它，却怎么也提不起爱它的兴趣。

他坐着没动。她错了，他并不要包。她把商标放进自己包里。他们对望一眼。她先撤回目光，快步走出屋子。

他刚刚喝了三口水。走廊里就热闹起来。先是叫喊声，接着是拳脚声音。后来有了金属声和玻璃碎裂声。想到藏在身上还有两件“武器”，他笑了笑。

大概十分钟光景，声音没了。他开门出去。走廊里没人，景象却触目惊心。一块门板碎了，一面墙被砸出几个洞，墙上劣质广告镜框的玻璃碎了一地，玻璃屑中夹杂着血迹。他不由抬脚看看自己的脚，从没有像现在这样干净清爽。

突然，在碎玻璃下面，隐约有金光闪动。他先用脚移开面上的玻璃，然后蹲下身子，慢慢刮开极为细小的玻璃屑，金光闪闪的双G牌子完整展现出来。现在，两块商标紧贴在一起，雌雄扣让它们不能分离。他伸长臂膀，手里两条情侣热带鱼张着嘴一前一后向深海游去。

他呆呆地想象着它们的未来。

副驾驶上坐着两个没有标识的小黑包。关系重大的两条鱼，静静地躺在黑包边上。随着路面的颠簸，这些小东西不时会跳跃几下。

“哎！这路哪有平坦的啊？将就点，快到了。”

张勇军瞥瞥后视镜。后座瞬间浮现两个女孩模糊影子，随即又消失。

“你们放心，我永远为你们服务。”

前看后望，路面空荡无车无人。但他还是把车停在路口，这个路口，通往全省各个方向。然后熄火，等天黑。从这个路口开始，路在修，房屋在拆迁。

天完全黑透时，他已经翻了一座山。

就像玻璃山上下来一样，他希望有人给他引路，但是现在不行。他只能凭记忆摸索。在关键通道口，他用打火机照一照。可脑子还是迷迷糊糊的。

大概半夜时分，天上涌出冷月。月光清朗。他向上天作揖。

果然，不一会儿，他来到了女儿坟前。他跪了下来。眼泪鼻涕一下子流出来，但没有一点声音。

他掏出两条鱼，扒开最贴近墓碑的那棵柏树的根部泥土。放下去之前，用布和塑料纸包裹了好几层。盖上土，轻拍结实后，他想应该可以了。

默默地，他重新站到坟前。他知道，他想的一切，女儿都知道。

“虽然爸爸不知道这究竟派什么用场，但是从大家都要争夺来看，极有可能是所谓的某种‘秘钥’。秘钥派什么用场，我弄不清楚，也不想弄明白。上天给我一个机会来赎罪，我必须紧紧抓住。明天起，爸爸势必成为几方争夺的焦点。

什么黎小姐、老板、阿三，等等，整天设局、反间、演戏，搞得真假难辨、虚实难分。我现在都明白了，他们也不过是一颗颗棋子。而我的分量马上将超过他们。所以啊，女儿，你要好好看护好这东西。有了它，一切才有谈判筹码。小姐姐才有好起来的可能。”

下山后，他车子没有掉头，直奔海边。在海边，他看到了日出。太阳突地一下跳出海平线的一瞬间，他想到了两条急于游向大海的鱼。

但是，现在他身后出现了几个车队，像几条恶龙向他扑来。

他估算过几种结果，这是最糟糕的场面。

他已经回过身，面对咆哮的恶龙，想起刚入行时，师傅跟他说的：“没有最糟糕的路况，只有最糟糕的心情。”

于是，他张开双臂，微笑着迎接将来的一切。

会有一条叫王新大的鱼

须一瓜[*]

1

阴雨天持续了三周半，劈头而来万里晴空，让人们有点儿中奖似的呆怔。住高层的人不太敢多看天，因为天蓝得透黑，令人眩晕。放晴才一小会儿，家家户户的阳台上，就竞相披挂出潮湿的衣物，好像太阳把每一家都炸得杂碎流溢。小区里一栋栋高楼，就像刚升出海面的大方柱，挂满了筋筋吊吊的“海蛎海带”之类。

一楼，两家相邻的院子里，也都架着洗晒的被单、床单，绿篱上还有一竹匾红艳的枸杞。几只指甲大小的五月灰蝶，在两家院子的绿篱中翻飞。一个四岁左右的孩子，仰着脸张开双手，像盲人一样在院子里慢慢游动。她的手碰到摊晒被单的金属晾衣架，小身子停了停，猫下腰从被单下穿过，然后，继续张着小手慢慢地移动，又碰到绿篱，她慢慢转身折回。那是院子的边界，小女孩沿着绿篱矮墙，摸索到两家院子中隔绿篱的稀疏处，用力把自己挤了过去。身上黄白格子的背带工装裤，都沾上了绿篱嫩枝上的积水和汁液。

---

* 须一瓜，女，现居厦门；著有《淡绿色月亮》《提拉米苏》《蛇宫》《第五个喷嚏》《老闺蜜》《国王的血》等中短篇小说集，以及《太阳黑子》《白口罩》《别人》《双眼台风》等长篇小说；获华语传媒大奖、郁达夫文学奖、柔石文学奖以及《人民文学》奖、《小说选刊》年度奖、《小说月报》百花奖等；多部作品进入中国小说学会年度排行榜；《太阳黑子》改编为电影《烈日灼心》。

到了隔壁邻居的院子里，小女孩依然保持张开双手的盲人姿势，进行探险似的摸索游走着。蹲在院子水池边修整水龙头的男人，站起来注视着出现在院子里的小客人。他觉得这个盲人小孩会摔倒，但是，他不能确定她是不是淘气。

果然，小女孩说："你在干什么？"

"水龙头坏了。"

"怎么坏了？"

"关不紧了，漏水。"

"鱼呢？"

"什么鱼？"

"原来在这儿！"小女孩指着四季桂树。

"原来你不是小瞎子。"

"鱼呢？"

"吃掉了。"

小女孩瞪大了她的小眼睛。她不再假装盲人，走到四季桂树下，弯腰张望寻找了好一会儿，又走到水池边。

"你真的把鱼吃掉了？"

他在水龙头连接口缠生料带。小女孩看看他家的防蚊纱门，小心翼翼地问："鱼在不在里面？"

"嗯，在我肚子里。"

他漫不经心地应了一句。小女孩说的是四季桂树下那一瓦钵金鱼，里面一直有几条金鱼在深绿色的水草里生活着。母亲前天晚上，就是在这里滑倒，鱼缸被倒下的一盆月季砸破了。月季本来在花架子上，花架子是母亲摔倒时，企图用手去抓而拉倒的。母亲从医院回来，现场就被钟点阿姨收拾掉了。流出来的金鱼自然都干死了。

"你是谁？"

小女孩的怒责是突然发出的，吓了他一跳。低头一看，那张仰起的小脸上，一颗气急败坏的眼泪闪闪欲落。他笑起来，如果不是施工的手太脏，他可能会拍拍孩子。但是，他只是笑了，没有任何认错的表示。小女孩哇地哭起来：“你敢吃掉金鱼……”

他有点儿慌张。看到隔壁邻居并没有人出来，他对小女孩做出“嘘”的手势，请她止哭。“这是爷爷奶奶的鱼！也是……我的鱼。”小女孩说到后面，因为吹牛而底气不足，声音小了下来。但是，很快她又厉声说：“就不是你的鱼！”

“是我的鱼。是我送给我爸妈的。”

“他们在哪里？”

“就是你叫的爷爷奶奶。”

小女孩怔愣着，脸憋得死白。“……你是骗子！坏人！”

2

“以后再漏水，也别接了，让它流。接两桶水才省了多少钱？这医院一趟，两千多块钱，可以买多少吨水啊，你自己算！”

一个灰发老太太愁苦地坐在餐桌边，她的右边胳膊打着雪白的石膏用绷带吊着。餐桌另一边是个几乎秃头的长眉老头，他拿着放大镜在看报纸，另一只手悄悄地摸到糖果盒里，拿起了一颗巧克力球。老太太啪地打了他的手一下，那颗糖球掉在盒子里。老头的手自然缩回，好像压根没有偷糖这么回事，低下脑袋，假装更专注地用放大镜阅读报纸。

做儿子的把客厅顶灯、壁灯啪啪啪地全部打开。那个重重的动作，显得出他很不高兴。但灰发老太站起来就过去关灯。儿子吼道：“你省这个电费干什么？老爸都快趴到报纸上了！”

“大白天的，开什么灯啊。”

“这是一楼！采光差！这么昏暗不难受吗？”

“暗点我才舒服。”

“你舒服我不舒服行不行？”儿子又把灯打开。

“太刺眼了。”

“你到我家怎么没说刺眼？成天不舍得开灯，哪天半夜起来摔一跤，你就知道住院费比电费贵！

“谁家大白天开灯啊。”

“别这么省行不行啊，我的老妈，水啊、电啊、煤气啊，你就放手用吧。都一把年纪了，你可以享受了。难道摔断了手腕还教训不够？要是你也像冯欣公公那样摔成偏瘫，那你就要害死我和冯欣了。”

“亲家快出院了吧？”

“不知道。”

“我和你爸是锻炼太极拳的，我们才不会像他那样不经摔。”

“拜托！”

“他成天打麻将，不爱运动……”

“你管好自己吧。老爸又不能当人用，你再有问题，冯欣要疯了，她公爹都照顾不过来，小卷马上中考，我可是请了年假来陪你的，拜托你了！”

“我叫你不要来，谁让你请假？我指挥你老爸他还是会帮我两下的。钟点阿姨不是上午都在家里？”

“好啦好啦！够了！”

“上个月搬来的邻居也很好，他们有个保姆，很勤快的，叫好春。有急事，我可以叫她。”

“他家有个三四岁的小女孩？”

“你看到小袜子了？她妈妈眼睛瞎啦。”老太太来了兴致，“听保姆说，是车祸哪，只剩一只眼睛有一点点视力，根本看不出她瞎。听说老公还是老板。”

手机响了，那儿子在接电话。

“一米二，对，装在马桶前面的墙上做扶手。够了。我量过了。哎对，你们那儿有没有防滑垫？我要把卫生间铺满，对，防滑的。九十厘米乘一米三，要扣除马桶位置，谢谢谢谢！你们几点到？不要太晚，老人吃饭比较早，我会在，你们尽快。”

“又买什么？我从来没有滑倒过！别乱花钱啊！”

儿子打了“你去你去”的手势。灰发老太太以为儿子说没买没买，便宽心地继续说：

“他们一搬过来啊，就送了一个台湾凤梨过来。大大的绿绿的，没想到非常甜。你爸爸爱吃得不得了，害得我赶紧送了一大碗饺子过去，我们可不欠别人的情……”

儿子又在接电话。

“……行，那你直接跟主任汇报，直说！就说那犯开设赌场罪的家伙，又被判监外执行，入矫宣告完他就说，赌场我还得接着开，不然我没法活——你直说。回头我也找主任。尿毒症他不收监，我们社区矫正又能拿尿毒症怎么处理！”

儿子冲着电话大发雷霆，眼眉凶悍丑恶，唾沫星子用力飞溅在茶几玻璃面上。老太太寻望着那颗唾沫星子的落地处，有点儿出神。她觉得儿子很了不起，干的事业很威武。

儿子放下电话，发现母亲已经把餐桌上的茶点盒子收藏到柜子上了。医生不让父亲吃糖，日益严重的老年痴呆症，几乎让父亲忘记淡漠了岁月带来的一切，但是，他牢牢记着糖的美好。只要一有机会，他就把糖块放进嘴里。

“伟啊你再跟物业反映一下，我们住一楼，车库又没有车，你的车多久来一次啊，凭什么收我们的电梯使用费？”

儿子在看手机。

老太太说：“我们老了，说话根本没有人听。哼，他们不知道，我们孩子都是公务员。老头子也是搞民政退下的，再不行我找人大反映去——你去就要穿司法局的制服去谈。”

儿子看着手机在微微发笑，后来干脆笑出来。老太太困惑地看着儿子，看着看着，老太太也笑了。儿子看着手机的傻笑，让母亲很舒心，虽然她不知道儿子为什么忽然开心了。冯伟比冯欣小五岁，也快四十了，一脸横肉铜铃眼，不笑的时候，表情稳重里透着乖戾，其实讨人嫌，但在母亲眼里却都是孩提时的好看样子。老太太笑眯眯地走近开关。她又看了看外面明亮的阳光，确定应该关灯。这半个月阴雨天的白天都没有开灯，今天大太阳天开灯，实在太可惜了。就像捉迷藏似的，老太太偷偷把顶灯开关轻轻按掉。她以为可以像以前那样，不被儿子发现，但冯伟马上跳了起来。

跳起来的儿子真是凶相毕露。

“钱，不，是，省，出，来，的！”

“要吃人啊。”老太太讪讪地笑着。

“你怎么不点蜡烛过去！”

父亲慢吞吞地插了一句：“蜡烛更贵哦。”

“不说话没人当你是哑巴！”老太太掉头就对老头子猛烈开火，霎时就没有了对待儿子的娇宠慈和。

3

从停车位走到自家门道电梯口，要走二百零一步。但是，这个大型小区人车稠密，能租到车位就不错了。妻子车祸失明后，他就决定住到带院子的一楼房子，方便妻子安全进出晒太阳。电梯门出来，左转几步就是家了。和往常一样，两层门都开着，妻子和小袜子站在门口等他。出电梯还没有左转，小脚步噗叽噗叽地奔了过来，小丫头扑进他怀里。照例，他蹲下让小丫头骑在脖子上。

“前进！”小丫头喊道。

妻子的眼睛完全看不出瞎了，但是那微微抬起又放下的手，暴露了她用手替代眼睛的习惯正在养成。她偏着脸，从那个角度的狭窄视线里，她能模糊看到光与人影。妻子沉静的美，似乎并没有被那次致盲的车祸损坏。每当这时，他都会感到心尖微颤。他不明白，为何老天会让这样美好的一个人遭遇车祸，让她的头狠狠地磕在方向盘上。但是，今天，他没有像往常一样拍扶妻子，而是没换鞋就快步进屋，掏出一个类似老人手机的黑色手机，马上充上电。

“今天怎么这么早？”妻子说。

“真他妈厉害。居然知道它没电了，我自己还不知道，一个电话过来恶狠狠地命令马上充电。”

“昨天我提醒过你呀。”

“充了，可能谁碰歪了，接触不良。”

“我没有！爸爸。上次妈妈说不能动，我就没有动了。”

“你乖，去给爸拿拖鞋。”

“爸爸，我昨天做梦了。让妈妈说。”

“你自己的梦自己说。”

“妈妈说。”

“妈妈想再听一遍。”

“通知明天政治学习，在区司法所。天！更早一个短信是后天到马口山西园劳动。”

“我梦到爸爸被坏人绑在树上。妈妈睡在水里。”

“明天后天不是云南合作方要来？”

“现在不能也不敢叫他们改时间了，已经改过一次了。”

“后来很多人来救爸爸，谁都解不开绳子。”

“我看这个合作会黄掉。”

“黄就黄吧。没办法的事。社区矫正是绝对不允许请假的，都说那个管教很变态。”

“我自己做的梦，后来我自己都哭了……”

“要不，我们就跟云南合作方说真实情况？”

“说一个刑事罪犯在缓刑期，诸多不便请多关照？”

“嗯。”

"如果是你，在那么多请求合作的对象中，你会选择这样的人吗？"

小丫头把手里骑自行车的娃娃玩具，使劲掼在沙发上。

"哦！哦哦，我们在听呢。你说你的梦，让爸爸先停。"

"不礼貌！都说大人说话不要插嘴，为什么我一说，你们就插嘴？"

"好吧，你说，爸爸听。"

"后来一个哥哥来了，他用很大的刀割断绳子，把爸爸的手都割破了，血流了很多很多。爸爸就把妈妈从水里抱起来了。你们就去照相，旁边有一座绿色的、很高的滑滑梯，很好玩的滑滑梯。"

"你在滑滑梯上哭吗？"

"不是。我还在做梦，我是醒来才哭的。"

"为什么哭呢？"

"醒得太快了，不然，就可以梦到我们三个一起去滑滑梯！天那么高的、绿色的滑滑梯！它真的有天那么高！"

男人把孩子再次抱了起来。

"张姐、姜总，小明会来，馄饨馅儿还放姜末吗？他讨厌生姜。"

妻子的脸偏向丈夫。他想了想，咕哝了一句："大学念了，工作也几年了，怎么就是学不会吃姜呢？上辈子是寒流吗？"

妻子对厨房里移动过来的脚步声说："还是放吧，春好，减半。老姜爱吃，小明的女同学好像也会吃姜。"

"我不要哥哥的女同学来！"

"为什么？"

"就不要！哥哥是我的！"

"嘉子姐姐要嫁给你小明哥哥的，是一家人。"

"我嫁给哥哥！我和哥哥是一家人！"

"哈哈，等你长大，小明哥哥都老啦——"

"春好，别跟袜子说这些。"

4

“嘘——别闹。我抱抱你就走。”

“装什么乖，为什么不敢说我们早在一起了！”

“我爸妈死板的人。尤其是我爸，他痛恨没有责任感的状态。”

“你弄疼我了！”

“嘘——嘘！我家隔音不好。”

“袜子真的是你爸妈亲生的？他们都五十几岁了嘛。”

“哎哟哟！嘶——这么狠，谋杀亲夫啊？！”

“你上次就说，会告诉我家里的事。现在说。”

“都几点了，不说我尖叫了。”

“尖叫干吗？”

“让你爸妈知道，你从客厅进来强奸我！”

“哦喔，我的蛇蝎心肝。你想知道什么？”

“你爱我多少，就告诉我多少。”

“你能严守秘密吗？”

“能。”

“袜子是一对高中生的孩子。”

“啊？！”

“俩人都是学霸。几个月后就要面临高考，那年春节初二，女孩突然早产下小袜子，全家人都快疯了。女孩的家在乡下，她姑姑是镇里医院的护士，她的朋友的朋友和我妈妈是好闺蜜。好闺蜜知道我妈妈喜欢孩子，就劝我妈说，你有钱又有闲，干脆把宝宝接过来养。不然，这个小宝宝肯定会被女方父母弄死，这对高中生的前途可能也完了。”

“太恐怖了。”

“我父母在两个小时内做出了决定，还有我。我支持。”

“怎么养啊？”

“很难。有几次小袜子差点就死了。出生时她不到八个月，比一棵大白菜还小，我看到红红小小的一团肉，整个手掌只有我一个拇指大。”

“吓死人啦！”

“终于可以接回家的那天，我们一家三口都去了。刚见到那团红肉，我看我爸爸有一点儿后退，但是当他接过襁褓时，一下子换成了尽力保护的姿势，好像要把袜子抱进自己身体里。我妈妈也是这样，第一次看到那团小东西，她似乎有点害怕，脖子直了直，但很快，她把脸贴在了小袜子难看的小巴巴脸上。那个时候，我的眼眶都热了，觉得不保护她根本不行。”

“那对高中生，你见过吗？”

“从没见过。本来说好我们家和他们永不相见。但是，那两个学霸太聪明了，高考完，不知怎么的，还是找到了我父母。男生说，绝不再来，只为了对恩人说声谢谢。”

“你父母怎么说？”

“我父亲揍了他一顿，说，有的事责任如山，你给我记住！”

“那你妈妈怎么说？”

“我妈妈说，你们安心读书吧。这个事情永远过去了。小袜子的身世，在合适的时候，我自己会告诉她。请你们从此不要再来了。”

“事后我父亲说，那个男孩根本不相信女孩生了孩子。他是想眼见为实，不受人讹诈。”

“女孩家里人讹诈他了？”

“将心比心，肯定有点麻烦吧，但我父母没问。”

“不过，怎么会没有一个人发现女孩怀孕？真是太奇怪。”

“妈妈的闺蜜说，女孩体形比较胖。到六七个月开始显肚子时，又进入了冬天。而女孩自己不知道怀孕，是她生理期本来就不准。早孕反应的时候，她以为是胃病，男孩还买了肠胃药偷偷给她。”

“他们高考顺利吗？”

“男孩上了北大。女孩大受影响，只考上了省师大。后来我父亲又揍了男孩一顿。我妈说，差点把他踢死了。”

“早恋鸳鸯分手了？”

“早就分了，大学第一年好像。”

“那你爸为什么揍他？”

“太晚了，下次说吧。”

“不行！”

“我真的困了。”

“这样吊我胃口，我会失眠的！”

“改天一定说——别吻了，我不吃美人计——哎哎，天哪。”

“我尖叫了？”

“求你。我明天要接机，睡不了懒觉。”

5

马口山西大门前。三十多个社区矫正对象排成三排，每人手里都拿着一张纸。队伍男多女少，全是被法院判处管制、拘役、被宣告缓刑及假释或在监外执行的其他社区服刑人员。矫正人员“入矫宣告”时要保证：其随身携带的定位监督手机每天二十四小时开机；每周到司法所报到一次，每半个月向司法所上交一份思想汇报和矫正心得体会；还有，每月参加社区服务不少于十二小时，每月参加学习受教育时间不少于八小时。

矫正小组的助理们流动性很大，不时变换新面孔。唯一不变的是冯组长，听说他是辖区司法所唯一的公务员，但是脾气很不好，一双“Ω”似的奇怪大眼睛，透着吃惊与不耐烦，成天不是自己不高兴，就是别人让他不高兴。平时组织社矫服刑人员学习劳动的，都是司法助理们和司法志愿者。只有两会期间或其他重要日子，或者助理不在岗时，冯组长才会亲自来。社矫服刑人员都知道他的暴躁和不高兴。

冯组长杀气腾腾地走过来，队伍就自动整齐了一些。

“心得！”司法志愿者一声吆喝。

队伍纷纷举起那张写好了的纸片。

“定位手机！”

队伍里的三十多条胳膊，唰唰举起黑黑的定位手机。

“邱婷娅！出列！”冯组长暴喝。

一个恹恹而狐媚的女子，扭着胯，走 T 台似的，用扭胯的猫步，从最后一排走了出来，站到了冯组长跟前。她翻着眼睛恹恹地看天。

“为什么关机？”

“没钱续费呀。”

“去借！”

“名声不好，人家都不借——冯组长，你借我两百？”

“姜顺东！”冯组长突然冲着队伍，又一声暴喝。

姜顺东连忙高声应答：“到！”

“出列！”

“是！”

“昨天没打电话！”

“报告政府！打了，是没人接。”

“没人接？”

“那电话没人接，我就打了张助理的电话。”

“他怎么说？”

“他也没接，但是肯定有电话记录。”

“我警告你！姜顺东！若核实出你撒谎，我立马撤矫收监！”

“是！”

今天的劳动是清扫西园垃圾。

邱婷娅好像认为姜顺东是同类，干活时一直走在他身边。但是，她不太肯弯腰捡垃圾，有时把空矿泉水瓶踢给姜顺东让他捡，就算是参加了劳动。

“神经病！哪有劳动不发工具的。昨天我刚做过美甲。”

姜顺东不理她，也不接话茬。其实，所有社区矫正服刑人员彼此都不说话。潜意识里，都是彼此相忘最好。邱婷娅好像是个例外。

“喂，你什么罪？”

姜顺东弯腰一路捡着果核、纸屑、食品空袋。邱婷娅跟了过去。

“我是诈骗，判三缓三，我怀孕了。”

姜顺东站直了，回头看她。

“嘿嘿。这是女人最好的法律武器，他们每次都拿我没辙。你什么罪？”

邱婷娅在休闲椅上，拿过一本被遗弃的杂志，把它塞进姜顺东的垃圾袋里。

“喂，说说话嘛，时间过得快一点。你什么罪啊？”

“伪造国家机关证件罪。拘役五个月，缓六个月。”

“厉害啊！你骗到了什么大项目？伪造海关报关单？进出口证明？还是矿产木材什么的许可证？”

“捡了一个弃婴。想给她上户口。”

“什么什么？你说什么？”

姜顺东走远了。

“哎，你不会是人贩子吧？喂！”

姜顺东没有回头。徒手捡垃圾，让他的腰弯得很难受，但是他也并不想因此而停留。邱婷娅再度追了上来。

“看你也不像坏人，我告诉你吧，我以前的男朋友就有这个线。在贵州还是云南那边，他们是和真正的医院内部人员合作，弄来的是真正的‘出生医学证明’。从没一个失手，购买方都上了户口。你还自己伪造！太傻太太傻啦！”

姜顺东呆呆地看着这个女诈骗犯。

“弃婴呢？得不到了吧？——真是笨到家了。”

姜顺东突然啐了口：“你懂个屁！”

“姜顺东！”

远处传来冯组长的怒吼，姜顺东吓了一大跳。

他连忙大声喊：“到！”

冯组长一棍子敲在休闲椅背上。“劳动还是聊天？”

半坡上，冯组长的短棍子，枪筒一样直指他们。

“过来！八角亭这边，你俩包干！”

“操鸡巴！”邱婷娅低声诅咒，“人人都躲着呢！都是醉后呕吐物，用手刮啊！”

姜东顺大步跑向八角亭。

他不敢也不愿再跟邱婷娅讲话。

6

在院子里单手浇花的灰发老太太，目不转睛地看着隔壁院子里的盲眼女人。女人在翻晒一个大竹匾里的鲜红枸杞。女人“视而不见”的睁眼瞎面容，一开始让老太太很不习惯，甚至不高兴。但是，自从认识了那家人的碎嘴热情的保姆，老太太的优越感慢慢转化为怜悯。所以，当女人失手把枸杞打翻而茫然呆怔的时候，老太太不顾自己一只打了石膏的胳膊还吊着，急忙到了隔壁院子里。

“我来我来——好春呢？”

“您说春好啊？带袜子去买菜了——谢谢您，也可以放到春好回来捡的。”

“那不还潮了？你们家成天晒枸杞。是治疗眼睛吗？”

“嗯，是。反正也吃不坏。”

“有个偏方你试试。十九号楼那对退休体育老师，都脱掉老花镜了！很简单，你记一下。每天桂圆干三颗、枸杞十粒、红枣一颗，枣皮要划破，然后用一小纸盒水炖。一日两次当茶喝。很有效！”

“谢谢啊，我吃了很多偏方……”

“这个肯定有用！我眼睛越老越糟糕，我是没那个闲工夫，我们老头你也看到，已经是海默症了——知道吗？就是老年痴呆症了，不能当人用的。”

“啊……”

“他记不住很多人，经常忘记回家的路。我也不让他单独出门，他就是记着回来，也会捡很多垃圾带回来，偷偷藏到自己床底下——上次，带了一根可怕的旧皮带，还有一顶假发，吓得我女儿尖叫跳脚。”

“啊！”

“对了。我跟春好和小袜子说了，不要给爷爷巧克力吃，什么糖都不能给，医生交代的。小袜子喜欢爷爷，老给他糖。”

“是吗，最近小袜子是老要糖吃，昨天还向我要了瑞士糖，各种颜色的。以前她不怎么吃糖，包括巧克力。她喜欢吃咸的，鱼虾肉蛋。”

“肯定是死老头子向她要的！”

“不会吧。”

“会！我亲耳听到过，一老一小隔着这个院子树篱笆，小袜子问，爷爷你要几个？老头子说，全部。小丫头说，不能全部，三个。我赶紧从卫生间冲出来，他们俩已经分完糖了。小丫头看见我把老头子的糖夺走，一直冲着我翻白眼。跟她讲道理，三四岁的孩子哪里懂。后来好久，她一看到我就狠狠翻白眼。”

“不好意思。我等下就跟小袜子说。”

“没事儿，她现在跟我和好了。那天我一出院，她就过来问候我。告诉我要多吃骨头汤，要不然手会很痛。”

“呵呵，她自己摔断过手。太顽皮了这孩子，我现在更看不住她了，所以我们才搬过来。原来我们住高楼，有一次，她爬到碰窗里，差点打开逃生保险锁头，如果钻出去，就直接掉下七楼了；还有一次，更小的时候，我带人上楼看宽带信号线，忽然发现小家伙没有声音，我赶紧下楼，到处找，在阳台上，看见一只小凳子摆在洗衣机前面，洗衣机桶里伸出一只小手来，摸索着想按操作键要开动洗衣机；就在我们搬来的前半个月，她不知怎么把自己吊在窗帘上，要不是保姆及时进门，她可能就被吊死了。这孩子，只要五分钟没有看到她的身影，听到她的动静，我们都会紧张害怕。”

白发老太太笑得喘气。“我会帮你看着点儿。听春好说，这是你自己家的房子？我还以为你是租户。”

“本来是买给我父母住的，但他们后来更喜欢住海南我弟弟家。——谢谢您啊。您大概把手都捡脏了，您自己也不方便。”

“没事没事！最近我儿子成天往这儿跑。在卫生间装扶手啊，地板上铺防滑垫啊，还把我俩的拖鞋也扔了，又买了防滑拖鞋。你说，老骨头哪有那么娇气啊，怎么可能一直摔跤？”

“孩子一片孝心呢。”

“小题大做！我女儿也是，她公公摔偏瘫了，还在住院。所以，我一摔，他们姐弟就大惊小怪了。她自己忙得要死，昨天晚上还送了两瓶钙片过来，还有一罐蛋白粉。很贵的！唉，真是！浪费钱！”

“您真有福气啊。不过还是要小心点儿。”

7

老姜给妻子的胫骨涂跌打油时，妻子一直把头偏到窗外。胫骨那里青紫了一大块，她摔到木箱子上，箱里是沉重的样品。他知道很疼。那丢三落四的保姆，总是想起什么就撒手不顾眼前。春好看出男主人阴郁的臭脸，大声辩解说：“袜子拿生日蜡烛去厨房灶头玩火，我冲过去都来不及啊！”她不说夺下蜡烛后，接了一通津津有味的长电话。妻子被客厅中横倒的拖把杆绊倒时，她还在厨房门口眉飞色舞地讲电话。

老姜早就看出，因为看不见，妻子有点儿怕得罪保姆。他想，如果当时他没有替妻子去拿户口手续，那么，妻子肯定不可能因车祸弄瞎了眼睛。或者俩人一起去？那么，会不会俩人都陷入麻烦？真难说。其实，递交申请材料的时候，是他和妻子一起去的。当时妻子紧张地抓着他的手，一下子，那只手都是汗水。

主意是妻子朋友的朋友出的，说很多人都这样，顺利办下了户口。老姜的河北老家有人，他找老家堂叔问了问，堂叔就去打听。堂叔回复说："可以办，但是对方要收钱。"

"多少钱？"

回复说："假的一百五，真的一万一。"

当然要真的，一万一汇过去，一周后，真的"出生医学证明"就到了。小袜子（姜丁芽）的出生地点成了河北邢台威县妇幼保健院。

"孩子在父亲老家出生？"户籍女警说。

"是，好照顾些。"

"半个月后，过来拿结果吧。"

看来这个花一万一买的"出生医学证明"靠谱。老姜得意感慨："堂叔他们本来就是胆小本分人，回头我们再汇点儿感谢费去。"

最有风险的接触，看起来完全平安无事。半个月后，妻子说自己去拿落户结果，老姜也没有异议。但是那天妻子重感冒发烧不退，老姜便自己前往。这一去，就一夜未归，直到取保候审手续办理后才出来。

他们得意得太早了。

老姜一到办证柜台，女警就招呼他进里面的办公室。

"这份出生医学证明，到底哪儿来的？"

"……有问题吗？"

"你说实话吧。"

"是……弄来的。"

"孩子哪儿来的？"

"晨练的时候，在中山公园门口捡的，她在襁褓里哭，天很冷。"

“有证人吗？”

“有几个人围着。我妻子觉得可怜，童毯上都是蚂蚁。我们就抱回去了。”老姜讲述的是他亲眼目击的另一个弃婴画面。

“这出生证明哪儿来的？”

“丰厝天桥下买的。”

“多少钱？”

“一千多块吧。”

“为什么要这样干？”

“我妻子喜欢那个女孩。我们也有能力抚养。所以，就商量接受她。”

“为什么不通过正规途径呢？”

“临时起意，我们有个儿子，二十多岁了。听说，有孩子就不能领养。”

“你知道这是造假吗？”

“唔……算吧。我们只想给孩子一个公平教育的机会，没有这证明，没有户口，她连正常幼儿园都进不了。”

“嗯，我理解。等一会儿派出所的警察过来，你就这么实话实说吧。”

“还有警察要来？”

“对，程序如此。”

“那孩子能落户吗？”

“你说呢，这出生医学证明是假的。”

“你不给我办？你不是说我态度好吗？”

“走法律程序吧。”

办公室过道里传来调侃问候的嬉笑，音声渐近，把两个警服人影送进来。进门来，就变成两张严肃臭脸。其中一个，一对大刀般的眉毛下，两只豆荚眼眼圈青灰，小烟灰缸似的，满脸是蔑视和不耐烦。这令老姜非常不高兴。大刀眉一指老姜，另一个年轻警察立刻过来铐他的手腕。

老姜猛然抽手，不让铐，手甩到了年轻警察的鼻尖。那警察一脚踢在老姜大腿上，大刀眉也一脚猛踹：“蹲下！”

户籍女警：“先别铐他吧，态度挺配合的。”

老姜连那个假模假样的户籍女警都恼火。他硬挺挺地站在窗边，半拧的身姿，愤怒而防备，随时提防着警察铐他或揍他，一张脸因为怒火憋得很狰狞。

他们带他上了警车，去了他们所在的派出所。

“孩子哪儿买的？昂？”

“我说了，是捡养的弃婴。”

“在做好事是不是！还要表扬你是不是？”

“麻烦你们请去查查，我有儿子，事业稳定，生活小康。别以为人人都是人贩子。纳税人不是养你们瞎打捞！”

“嚯，你以为你是他妈的谁？”

“再推！注意对群众的态度！”

“群众？好，请问群众，你这假证明哪儿弄的？”

“别拿我手机！”

“假证明哪儿来的？”

“你把手机还我！我妻子高烧，母亲偏瘫，宝宝晚饭都没人弄！”

“这证明，到底哪儿来的？”

“丰厝天桥买的。手机给我！”

“你提供家庭信息，让人帮你伪造一份假的出生医学证明？”

“不然孩子上不了户口。我得给家人打个电话。天黑了。”

“这证明是不是你伪造的？”

“我没有别的办法。”

“是不是？”

“是。请让我打个电话，再不打家里会出事的！”

“伪造这个假证明，你花了多少钱？”

“要不用你们的电话打？”

“做假证明，你花了多少钱？”

“我家里现在，老的老，病的病，小的小。如果你执意忽视我的一再请求，出了事儿，你要承担一切后果！”

那时候，老姜的内心，比外表还偾张。

8

“师父，阿弥陀佛。”

“阿弥陀佛。”

“早就想来了，可我的眼睛已经不能开车了。对我来说，现在寺庙太远了。”

“阿弥陀佛。在家诵读经书，诚心修行也一样。若是经典所在之处，即为有佛，若尊重弟子。”

“有个问题一直想请教师父。为什么我们抱养弃婴替人消灾，却遭遇这么大的苦难。”

法师轻缓地给女施主布茶。眼盲的女施主，基本准确地把目光聚焦在茶盅轻响的茶盘附近。

“从出事那天起，我就基本看不见了。我也按照师父在电话里教导的做了，诵经、放生，我都做了。孩子父亲取保候审后，一年半都过去了，我们以为免诉了，可是三个月前突然开庭，判了拘役五个月，缓刑六个月。我们变成罪人了。”

法师点头。

“出院后这一年半，我试遍了各种治疗眼睛的偏方，都没有用。做梦的时候，突然恢复了视力，但是醒来人就更难受。医生让我不要哭了，我哪里忍得住眼泪呢，不是善有善报吗？而师父说的前世业力，我这一世怎么知道啊。”

“生命就像河流，怎么能拒绝上游带来的东西呢？好坏都下来了。”

“我觉得一世承担一世，才公平的啊。”

“孩子好吗？”

“啊，本来还想带她来的。很聪明，就是非常顽皮。我们第一次去看她的时候，她就能长时间地看着我和她爸爸，那个眼神，一点儿都不像没有满月的婴儿。”

“什么样的眼神？”

“就是……嗯，就是很依赖我们的那样子，好像她知道自己有依靠了。”

“她爸爸后来说，那小眼神看得他心都哆嗦了。儿子出生的时候，我们都没有这样在心里发颤过，儿子也没有这个眼神。说起来，这和亲生的没有区别啊。”

“还是有吧。你没有十月怀胎之苦，现在的刑劳之灾、眼盲之祸，是不是一种平衡呢？”法师微笑。

“哦，师父，您说的有点儿道理。不过，这比怀胎生产的痛苦多太多了呀。”

“假如你们不救她，情况是不是就一定更好呢？也许正因为救她，你们才避过了更糟糕的处境？换句话说，她使你们转境了。用比较糟糕的结果，替换了非常糟糕的结果？有没有可能？——请用茶吧。”

“师父在宽慰我。”

“业障是宽慰不掉的。”

“那么，师父，我的眼睛是不能恢复了？”

“该恢复的自然会恢复。”

“如果最后的这点光感都保不住，我可能坚持不下去了。”

“不会的——请用热茶。一个人，生生世世的生命就像大海，每一世的人生，不过是海上的浪花。”

“唉，师父……这朵浪花……太难了。我先生那天跟我说，他现在在外面，感觉人人都在蔑视他。他觉得自己额头上就像刻了耻辱记号。真的难……”

“或许，这也是消除先世罪业的方式啊。”

9

律师是高中同学，发小。取保候审是律师同学弄的。

那天晚上，警察到底还是同意姜顺东给家里打了电话。一个小时后，妻子车祸的消息就传来了。她在赶往派出所的路上，把车开上了逆行道。律师同学是儿子搬的救兵，他过来的时候，姜顺东差点哭了。

妻子住院半个月后，姜顺东偏瘫的母亲突然去世，好像是不忍心再给儿子添乱——取保候审后，他医院家里两头奔忙，医院是眼睛失明的妻子，家中是屎尿在床的娘。姜顺东的心弦也快绷断了。所幸小袜子倒和每一任保姆都友情深长。

律师同学最终没有出庭辩护。

“如果你不说实话，我没法为你洗脱罪名，你又何必浪费委托费。”

“说了实话，我堂叔那边怎么办？”

“现在严打拐卖儿童，你说实话，我的非罪辩护才有基础，最多是治安管理处罚条例处理一下。你说实话就好，说实话！其他交给我！”

“说了实话，那两个高中生不也完了？”

“扯淡！都什么时候了！”

“问题是，都抖搂出来了，对小袜子也没一点好处，只有麻烦。”

“喂，你想好了？”

“你不是说，就是判也不是重罪？”

“是。至少我认为是，我也在努力。”

“那就这样吧。”

“撤了委托吧，出庭我也没什么可辩的。”

“……”

“……”

“心里真堵啊。央企二十年，自己的事业也挺顺的，嘿，忽然就成了阶下囚。”

“你活该。”

“清白了一辈子，晚节不保。”

“活该！”

“那孩子非常可爱。”

“小眼睛，奔儿头，丑丑的。”

“你没仔细看。”

“一眼就够了，希望她长大孝顺你们。”

“到底还要等多久，我说开庭。”

“等他们闲的时候。这种小破案子！”

10

“你爸为什么又揍了那个男高中生？”

“他讨厌他。”

“讲啊，讲故事！”

“案子拖了一年九个月才审，袜子都快三岁了。也就是说，那对高中生已经在大学快两年了。”

“他们不是已经分手了吗？”

“女生不愿分手，以此要挟男方。而男方因为这个丑事，当时就给了女生家一笔钱，后来还协议补偿资助女生大学费用什么的。男方后来不知是飞来灵感，还是资助得累了，就质疑这个事情是女生家虚构的。”

“不可能！谁会用这个讹人。”

“对，本来也过去了，毕竟揭开疮疤谁也不体面。男的要分手，女的不愿意，这件旧事又成为武器。”

“他们想干什么？”

“女生要维护爱情，男生要毁灭过去。见过世面的名校男生，和父母达成一致意见——农村女孩，即使曾经是学霸，门户也错了。就是感情消失了。”

“男生想把过去毁尸灭迹？”

“差不多吧，他来查证虚实，居然说拔几根头发，就可以做亲子鉴定，说准确率有百分之九十九点几。”

“天啊，他真有勇气。”

“我父亲被纠缠不过，最后同意在公园门口见他。他送了花篮，塞给我父亲一点抚慰金，说是他父母的一点心意，然后就开始自以为是地打听收养细节，谈亲子鉴定。”

“你爸怎么说。”

“我父亲什么也没有说。后来，我爸爸说，这个男人就算名校毕业，也改不了骨头低贱。”

“你爸什么也不说？”

“对。他把男生给的钱，唰唰唰地全部撕碎，直接抛进湖里。男生还在讶异中，老爸就出手了，说是连抡好几个巴掌。”

“不是差点踢死他吗？”

“怎么可能？气话罢了。老爸说差点一脚把他踹进湖里，结果只是一脚踢飞花篮。”

“该踢那混蛋啊。”

“今非昔比，老爸现在很害怕法律。”

“为什么啊？”

“有时候法律就是正义的魔鬼。”

“啊，好像……”

“就是！就看你处于法律的哪个时空节点上。有的点长满青苔，你一不小心就会滑倒的。”

11

“爷爷——冯爷爷！”

“小袜子，你干吗？”

“爷爷呢，奶奶，我想下跳棋。”

“爷爷在厕所，你又拿糖来了！”

“不是，这是跳棋。”

“那只手！”

“是我自己吃的，QQ 糖。奶奶帮我跟爷爷说，我在院子里等他下棋好不好？”

“不好，你老给他吃糖，医生说他不能吃糖！”

“医生怎么没有说我不能吃糖？”

“爷爷是病人，吃糖会死的！”

“也没有死啊。”

“你说什么？”

“以前他都吃了。”

“小袜子，你要是再带糖来找爷爷玩，我就不让你来了！”

中午之前，小袜子和冯家爷爷在冯家院子里的小石桌上下跳棋。春好说，她把小袜子拎回家吃饭的时候，冯家爷爷还在石桌旁整理报纸。等冯家奶奶出来招呼他吃面条时，发现院子里什么人也没有。人呢？

整个小区都找不到冯家爷爷。老人八成又丢了。

下午快下班时，冯伟接到姐姐火燎火急的电话。

“老爸可能又迷路了，你赶紧去找。我把晚自习的小卷接回来后，也会去找。”

冯伟开着车，不断扩大搜寻范围。父亲不带手机，不带钱，能走多远呢。晚上找人比白天难。上次迷路是白天，是热心人发现了告诉巡警，老人肚子饿了，想吃快餐，他想不起来家在哪个小区了。

一个小时后，冯伟接到母亲的电话。

“回来吧。你老爸被邻居捡回来了。”

“在哪里捡到的？”

“在小庙街。小袜子爸爸开车路过，正好看到他坐在马路边发呆。”

“跑那么远？”

“老头子说他是去买个老花镜，一下子想不起来坐几路车。”

“你不是说他没带钱？”

“他有老人免费乘车卡，还有私房钱——不是你就是冯欣给的！”

“人都没事儿吧？”

“没事儿，在吃面呢。隔壁家让春好送了海鲜面过来。他胃口好得很。”

“不要再让他乱跑！”

“他很久没犯迷糊了，说现在什么都想起来了。放心。告诉冯欣不要赶过来了。”

“别再舍不得开灯！拜托！老爸看不见才会想去换眼镜！”

“胡说！我们家水电费每个月都要交六十几块呢！”

“行啦行啦！放开用！以后水电我替你付！行不行！”

“哎，冯伟，你要帮我找物业去掉电梯使用费——”

儿子按掉了电话。

12

春好牵着小袜子买菜回来，发现隔壁栋独居胖老太的院子前围了好多人。春好想胖老太恐怕是死了，她好奇心重，可一手提菜，一手牵着小袜子，要不要挤进人群，她很纠结。当她看见人墙中突围出一个围裙上沾染血迹的老汉，便再也忍不住好奇心。

春好拽着小袜子，紧走几步，就听到胖老太和众人的汹涌争吵声。

“谁看见我勒死它？它是被车撞的！”胖老太的声音沙哑而尖锐。

“那你让林老头杀阿黄时，怎么又说是别人送你的？”一个声音喊。

“他胡说八道！我就是说撞死的。是他想分肉吃！”

“林老头还没走远！去问！”

“问屁！老太太在撒谎！”

“老太婆就是凶手！”

“去年那只流浪狗小花，也是她吃掉的，也说是车祸！”一个女声在哭诉。

“她到底偷杀偷吃了几只流浪狗？”

“有人看到这老太婆还偷杀猫吃！”

“这么老了，还这么贪吃！”

“嗷！闪开！她泼开水啊！”

“烫脱狗毛的开水！”

“小心！快抢掉那把刀！她疯啦！”

“这死老太婆疯了——啊！拖把！拖把！小心——”

“啊——阿黄的头！”

“砍下整个头啊！滚过来啦！”

“天啊，看！阿黄死不瞑目啊！”

有几个哭出来的女声。

“砸这死老太婆的窗！”

春好抱着小袜子奋力往前挤。她想挤到最前沿，但一个人挡住了她，随即把小袜子抱了过去。

“走，回去看新鱼缸！”

“哎，吓我一跳！——大哥！里面在吵什么？！”

“叔叔，先抱我看看！举高高！”

“已经吵完了，地上都是垃圾，很臭。”

“看看！我看看！”

“老太太把阿黄的头割下来了吗？我们刚到。”春好依依不舍地在人群边，冲着抱着袜子转身走的人喊。她的意思是让她看看再走。

抱着小袜子的“大哥”，并不理睬春好。

“我不要走！姐姐，春好姐姐也没有走！”

“走吧！你想不想看看新鱼缸？”

“新的？”

“昨晚我带过来的。”

“里面有几条鱼？”

“鱼下午才来，要先有鱼缸。”

“他们绝对会打起来的！”春好着急地冲着走远的一大一小背影喊。

那人转头，牛眼暴突地瞪她一眼。

“你是傻还是蠢！”

春好很不高兴，慢慢移动身子，又分心听到人群里的动静。好像是老太婆的女儿杀进包围圈了，老太婆的援军到了。走了好几步远的春好，不由转身踮起脚往那里看。

“春好，不要东张西望！”一个严厉的奶声奶气的声音响起。

“你叫我什么！”春好恼怒，赶将过来，给了小家伙一下。

“春好，管好自己的事儿！”

邻居男人被小袜子的严肃持重逗笑。

春好不明白邻居大哥为什么要凶巴巴地瞪她。他目光里的怒意，让她心虚。他并不是她的东家，只是她东家的邻居，但是，这个表情，让她由衷地产生畏惧感和服从感。不过，她实在难舍人群那边正在升级的血腥的热闹。

小袜子转头看春好。

“爷爷奶奶家下午又有鱼了！叔叔会让我选一条最好看的，做我的鱼！”

“对。你可以给它起名字。”

“就叫它 Wang Xinda！”

“王新大？”

“对！”

“为什么叫王新大？”

“好听呀！——春好！快跟上！”

提着菜的春好懒得回应。她也不打招呼了，闷闷地径直把菜提回了家。小袜子跟着隔壁叔叔到院子里看新鱼缸。和原来的一样，都是广口大肚子的鼓形缸，也放在原来树下的位置。

“我以后会喂它吃蚊子。”

“它们吃鱼食。”

“什么叫鱼食？——嗨，爸爸！”

隔壁院子，正走出一个男人。小袜子兴奋地大喊，令他转身。这一转身，他和新鱼缸前的另一个男人都僵住了。用脚尖踢着新鱼缸听响声的小袜子，没有发现她头上两个男人的呆怔。

“呃——冯组长！”

“姜顺东？”

“是。”

“这就是……那个孩子？”

“嗯。”

“咳，咳。”

“……”

“我正好来母亲这儿找张发票。”

“啊。这样。”

“没想到是近邻啊。”

“是。”

“……法律就是法律，对吧。”

“嗯。对。”

“你不要忘记放原来的水草，它们要在里面做游戏。”

“当然，我会放很多水草。”

“对，宝贝。”

“呃，嗯……”

“……”

“那个……谢谢你上次把我父亲带回家。”

“顺便了。”

“啊，是啊。”

“小事。”

“爸爸，鱼食是虫做的吗？”

“不是。”

“不是。”

“爸爸，明天我就有一条自己的鱼，它叫 Wang Xinda！”

“为什么叫王新大？”

“你跟爸爸说！”

“呃，小袜子说，叫王新大，好听！”

姜顺东不得其解，他一直不知道面对冯组长该如何接话。

冯组长转译完“Wang Xinda”，一直清理着嗓子，好像喉咙里一直痰痒来着。

最后，他猛力咳嗽了一声：“嗯……嗯哼！老姜你，要不过来喝喝茶？”

直到这个时候，姜顺东才感到一阵松弛暖和，觉得自己的生活似乎回到了旧轨道，又像是和某种严酷如铁的对抗，终于达成了幽微的和解。

女　儿

双雪涛*

从书店走出来时，我并没有注意到那个男孩儿，直到我过了两个路口，正穿过熙熙攘攘的人行道，他突然一跳跳到我面前，我才发觉自己不是一个人走过来的。我刚才把陀思妥耶夫斯基的死亡时间说错了。在他和托尔斯泰之间，我从来没觉得长陀更好，短托才是我一直会偷偷反复阅读的作家，不过每次讲座，我都会大讲长陀，短托绝口不提。一是可以扯的东西多，临刑前特赦，屡败屡起的超人，晚年有个死心塌地的女人陪伴左右，永远要跟上帝交谈，永远负债。二是这样不累，因为不用真正地思考，随便采摘一点别人的观点即可，纪德有七讲，后来人演绎得更多。托尔斯泰就需要多少做准备，因为其几乎没有风格，老鼠吃象，无处下嘴，而陀氏如同小岛，四周之海水多矣，延展他，保护他，稀释他，囚禁他，放一叶舟在海上走，时间一会儿就过去了。北京的人行道经常有丛林之相，灯闪过后，转弯的汽车先甩过车头，然后一辆挨着一辆通过，紧接着摩托车电动车残疾人代步车蜂拥而至，行人掩映其中，先要自保，才是走路。男孩跳出之前，我正一边想着长陀的确切死亡日期，11 月？不，是 2 月，一个雪下得不停的冬天——啊对，是一个笔筒，笔筒掉在地上，他去挪胡桃木的柜子，导致血管破裂，到底是一只什么样的笔筒？——一边躲过

---

* 双雪涛，1983 年生，沈阳人。2013 年起创作中短篇小说，作品见于《收获》《十月》《上海文学》《中国时报·人间副刊》等刊物，曾获首届华文世界电影小说奖首奖，第十四届台北文学奖年金奖入围，第五届西湖·中国新锐文学奖。

一辆几乎从我腋下钻出的小摩托。我有个疑问，他开口说。我说，你一直跟着我？他说，我没有一直跟着你，我是从你做完活动开始跟着你的。你抽中南海，随地吐痰，而且你走路姿势不太自然，一肩高一肩低，这样久了鞋坏得快。眼看着指示灯又要变了，我快步向前走，他一看我动，就倒退着走，好像我的一架手推车。我说，你有什么问题？刚才在书店可以问，我认人一向准，没见你举手。他说，我没进书店，我一直在书店外面等你。你在书店里说的都是假话。我停在路边端详他，二十岁出头，一米七五左右，极瘦，头发挺长，黝黑黝黑，散在额头上。背着一只白色的布包，上面画着一只手风琴，仔细一看不是，是两扇肋骨。脚上一双白色的帆布鞋，虽然已是深秋十月，还挽着裤腿，两只脚踝瘦得像两只鼓槌。

我说，说吧，你有什么疑问？他说，为什么这么多次活动你都没有提到我？我说，我为什么要提到你？他说，因为我是比你更好的作家。我说，你尊姓大名？他说，说了你也不知道。一阵大风从我们中间吹过。我说，恕我直言，像你这样的人我不是第一次遇到，当然也许你是特殊的那一个，不是另一个病人，即便如此，你想证明你是比我更好的作家也不需要通过我。陀思妥耶夫斯基的伟大不是某个人说了算的。他说，你学的是托尔斯泰，虽然只是皮毛。我再说一遍，我不是那些想要你签名的人，我也不是无聊透顶的读书会的会员，为了泡到某个读书把脑子读傻了的女人而到书店点一杯咖啡消磨一个晚上。我是比你更好的作家，希望你能承认这一点。我说，你发表过什么作品没有？他说，没有，因为我还没写。我说，帅呆了，我现在要回家吃饭，如你所见，我是个作家，吃完饭我需要工作，如果你也同意这一点，那就请你也回家把你比我更好的作品写出来，我们分头行动如何？他从包里掏出一个本子说，一言为定，你给我留一个邮箱，我写完发给你看，切记，如果服气，要告诉我。本子上密密麻麻都是字，还有图画，我在空白处照例写了自己的一个不常用的邮箱。我留心看了一眼，文字应该是康拉德的《黑暗的心》，用很小的楷书抄写，不知是哪里的译本。

这家伙负责的业务为制砖——我是这么听说，不过整个贸易站连一块砖都没有，而他在那已经整整一年多了——光在等。他好像缺什么，所以才无法造砖——可能是缺干稻草吧。不管怎样，缺的东西这里没有，也不可能从欧洲运来，真搞不懂他到底在等什么……

图画有点画不对题，好像画的是希腊神话或者是哪一个我不知道的远古史诗，有双头女人和温柔看着婴儿的巨龙。我把本子还给他说，你为什么找到我？比我牛逼的作家多的是，你用一下百度就行。他说，舍伍德安德森和福克纳谁更伟大？我说，应该是福克纳。他说，但是安德森启发了福克纳。同理，你的有些东西启发了我，虽然你写得不如我，这就是我找你的原因。另外，你有一个分析作品的专栏，所以你也写点批评，算个批评家，我希望你能在专栏上分析我的小说。我说，想得周到，回见了。他说，明早之前，注意查收。我没有回头看他，因为他提醒了我，我还有一个专栏要写，明天就要交稿，专栏不同于活动上的瞎吹，我爱写专栏也在于此，有人逼着，能静下来想点事情，不以陈词滥调敷衍，虽然也是某种程度地说假话。不远处有一个乞丐躺在路边睡觉，盖着厚厚的被子，过大的黑脑壳上生着红瘤，黄色的叶子落在他身边，好像有人给他献花。我走过放下一块钱硬币。乞丐无动于衷睡得很实，不知道是不是点着电褥子。我的腿确实有点跛，是因为我小时候有一次踢球被铲伤，脚踝坏了，为了掩饰，我努力让另一条腿也如此走路，以至于经常两个鞋帮着地。另外每当我想写出点东西的时候，我都想办法做一点善事，这是不为人知的秘诀。

我家楼下有家时髦的超市，专卖外国人吃的食品，主要是中国人买。我买了两瓶韩国牛奶，一盒美国饼干，一打德国啤酒。在房门口我就闻到了猫屎味，我养了一只公猫，叫作武松。说是养的，不如说是接待的，因为是朋友出国之前强送给我的。我过去养过一只狗，养了一个月，因为我不爱出门，所以狗憋得乱转，得了窝咳，治了一个月之后送给了一位户外运动教练。后来小区的一只野猫老跟着我，毛又黑又亮，胖墩墩，我就请它来家里住了一阵，没想到竟有跳蚤，咬得我生不如死，只好把它扫地出门。这只武松原来不叫武松，叫作亨利二世，朋友心血来潮从宠物店买的，品种是加菲，四个月，一身黄毛，眼大脸扁，酷爱打喷嚏，一天要打几十个。能吃能拉，且总是拉在沙发上，殴打恐吓喷药都无效果，我上网查了一下到底是怎么回事，一个靠谱的答案是此猫是白痴。也就是智商有问题。我才想起来自从这只猫来了我的寓所，就从没叫过。打也不叫，打得狠了，龇牙咧嘴，浑身一抖拉出一坨屎来。原来是个哑巴啊，我心想，不过也好，倒是不闹，与我相宜。

进屋之后我收拾了猫屎，添了猫粮，沏了茶水，撕开饼干，开始弄专栏。弄了三个钟头，茶水喝了五六杯，饼干吃得一干二净。一个字也没写出来。

实话说我常感到孤独，也因此觉得愉快。多年以来我都想钻入人堆里，与人发生紧密的联系，可是就像我养过的宠物一样，我无法改变自己，它们也无法改变它们，我不爱动弹，它们就会咳嗽，它们有跳蚤，我就会烦恼，所以终于还是分散。写小说这件事情就是另一码事，我的人物也许讨厌我，觉得我难相处，但是毕竟他们由我创造，所以只能认命。我造世界，铺设血管，种上毛发，把这个世界奉上，别人因此而知道我，觉得了解我一点儿，其实也可能离我更远，具体分寸的拿捏都在我这里，我愿意以囚徒的境地交换，什么事情都是有代价的，怎么弄都是耗尽这一生。叔本华说，活着为了避免死亡，走路为了避免跌倒，大概是这个意思。

我又抽了几支烟，想起傍晚的男孩。世上多有自命不凡者，有的可爱，有的招人烦，那个男孩不算招人烦的，而且字写得不错，品位也不很烂。他生在这个时代，活在北京，养出了自恋的毛病，也没什么奇怪。我在他那个年纪还在浑浑噩噩地想要过正常人的生活，还在带着我的狗到处看病，急切地想要证明自己有同情心，是个善良的人，骗自己无论如何不会抛弃它，告诉它第二天我可以遛它，其实第二天还是早起不来。我打开那个邮箱，费了半天劲找回了密码，原来是多年以前我妈妈的座机号。上一封邮件还是一个大学女生发给我的，说她要来S市出差，让我请她吃饭，时间是三年前。我当然没有看到，她也没有饿死，谁也没有错过什么。最新的邮件是五分钟之前发过来的，没有寒暄，只是一个小说的开头。

亲爱的旅人啊，这是我唱给你的一支歌谣，歌词早已零落，曲调却是来自上古，那我就把它随便填个词唱给你，权当解闷。

我是一个木匠啊我有三把斧子
除了三把斧子我还有一个孩子
孩子的妈妈死在早年
每年我都把鲜花放在坟前
孩子现在已经是少女
头发弯曲个子到了我的膀子
谁有心思与她相爱不用经过我的允许
只需要歌子唱得跟我一样动听
斧子耍得比我更熟悉
或者你给我倒一碗上好的烧酒
我就把女孩的心思全部告诉与你

杀手听了把刀子放回怀里说，那我可以见见你的女儿。男人说，我的女儿因为着了风寒，落后于我，大概今天午夜才能赶到驿站。杀手说，我怎么知道赶来的是不是帮手？男人说，我已逃了十几年，身边早没有朋友。朋友需要待在一块儿，而不是一直走在路上。杀手说，我为什么不现在杀了你，然后等你女儿来了我把她带走？男人说，等她来了，我写一纸文书把她托付给你，名正言顺，这样你一辈子都会舒服。杀手说，那我什么时候杀你？当着你的女儿？这样她岂不是会永远恨我？男人说，我会自杀，毒药已经备好，就在面前的这碗烧酒里。到时你把我葬在路边，不要写我的名字，回到驿站来用清水洗干净双手，把她领走。杀手双手交叉，放在膝头说，你女儿长什么样？是胖是瘦？大眼睛还是小眼睛？男人说，蓝眼睛。杀手说，怎么会是蓝眼睛？她妈妈眼睛是什么颜色？男人说，她妈妈和我一样是黑眼睛。你没见过她吗？杀手说，没有见过。男人说，她有一双黑眼睛，像煤一样黑，像星星一样亮，每当想事情的时候黑眼仁就在眼白里转呀转，像骰子。杀手说，那你女儿的眼睛为什么是蓝色的？男人说，我也不知道，她生下来就是蓝眼睛，而且她的皮肤像牛奶一样白，头发满是细卷，随着她一岁一岁长大，眼睛越来越蓝，皮肤越来越白，头发也越来越卷。寒风摇动着驿站的破木门，驿站长早已逃走，门口拴着一肥一瘦两匹雄马。男人添了几块木柴在火盆，杀手站起身来推了块石头把房门顶住。从门缝里他看到外面下起雪来，他的马嗒嗒地跺着脚。

只有这么一小段，字打得很整齐，手写的一样整齐，没有错别字，也没有题目。我站起来在书房走了一圈，然后打开书房的门出去倒水，武松趁机钻进来，两跳跳上书桌，趴在电脑前面看我的屏幕。这是它的习惯，只要我不防备，逮到机会就上书桌来看电脑，有时还伸爪子捣乱，按出一个突兀的标点符号。我略微盘算了一下，回了一封邮件。

你好，小说看了，写得很有意思，虽然情节上多有不通之处，但是如果硬想，也可以说通。语言简明，不像没写过小说的人。今天见面有点失礼，准确地说是有点势利眼了，没想到你确实是个高手。如果你确实是刚才写的，那更让人佩服，只是不知道你是否已经全盘想好，因为写一篇小说就像放风筝，起手也许不错，到底能飞多高还要看后面的技术。杀手为什么要杀男人当然不那么重要，但是女儿还是关键，来还是不来，若是来了，怎么收场，是我好奇的。你说受过我的影响，我不敢妄自揣测，但是也许是和我早期写过的一篇关于杀手追杀木匠的小说有关，只不过那篇小说我把逻辑裹得太紧，木匠是造了一个狠毒的刑具才遭人追杀，不如你这个灵逸。实话说，你这个开头让我爱不释手。热望后续，祝好。

武松安静地趴在旁边，没有捣乱。马上我就收到了回信，只有三个字：

正在写。

我又给自己泡了一杯茶，泡完之后发现自己已经喝不下去了。房间虽然每天都收拾的，但是不知为什么看上去还是乱七八糟。这就是一个人生活的弊端，收拾的过程中不知道又把什么搞乱了。我曾经有一段亲密关系，她是一名出色的意大利语翻译，意大利语极为出色，而且能写出更加出色的中文。她翻译了几本很难的文论，我都很喜欢。在一次活动中我见到了她，很普通，没有化妆，短短的鬈发，胸口搂着书，穿着质地一般的长裙，压得都是褶子。脚趾露在凉鞋外面，红色的指甲油掉落了大半。我走过去向她表达了我的敬意，她冲我点点头说，我知道你，你能写很长的句子。我说，可能是我看了太多外国小说。她说，但是你长得像短句子。我说，什么意思？她说，你的下巴像一个很短的句子，里头只有一个动词。我说，什么动词？她说，削减的削。我说，也许我可以试试。她说，有个意大利作家叫作维尔加，你知道吗？我说，我并不知道。她说，他说过一句话叫作，东西长了都像蛇。我说，有意思。但是你的译文里都是蛇。她说，原文是蛇，我只能舞蛇。你应该创造你的文体，你比我大，我说这个挺傻的，你是不是不想再跟我说话了？我说，相反。我稍微酝酿了一下，相反的应该是什么呢？最后我说，我想跟你说很多话。其实还有十五分钟我就要上台了，但是我那天没有上台，我的编辑代我领了奖，授予我写的长句子。她照顾我，给我买了尺码刚好的衬衣，她订正我思维上的误区，指出我文体中的马脚，我学会了做沙拉，使用动词和用吹风筒吹干她的头发。分手时我说，我只能走到这儿了，因为我只能过一种生活，只能成为一种人。她说，你为什么不能更幸福，成为更好的人呢？我说，我的悲剧是我的能量，我的差劲是我精神上的鸦片，你知道和你在一起，我什么也不想做，就像酗酒的人一样。她说，那你觉得你临死前会不会想到我？我说，有可能，也可能我会想起我没有写完的一个句子。她说，明天早晨八点，我在我家的那个路口等你，等你到晚上八点，如果你不来，我就把你忘记了。我说，明天可能有雨，我们就在今天了结吧。她说，晚上八点。然后把我家的钥匙放在了我的书桌上。第二天从早到晚艳阳高照，没有下雨，傍晚刮起了风，那也是一个秋天，我窗前的一棵银杏树叶子掉光了，树枝战栗。我穿戴整齐坐在家里，坐了一天，终于没有走出门去。七点多点儿有人敲门，我跑过去打开门，是住在隔壁的六岁男孩过生日，捧着一块三角形的蛋糕。他的父亲离他们而去，留给他们一套大房子。男孩脚蹬拖鞋，头上戴着王冠说，你记得吗？有一次上电梯，我绊在了脚踏车上，你扶住了我。我说，没什么，顺手的事儿。他说，现在我们扯平了。他妈妈扒着门缝看他，他把蛋糕递到我手上，独自一人走回了属于他的房子里。

我吃了蛋糕，喝了一点酒，坐下抄了一会儿书，睡了。

一个小时之后，第二封邮件来了。

男人把靴子脱下来，把脚举在火盆边上，烤他的脚心。火把袜子烤得又皱又紧绷，好像红薯。男人说，自从我感觉到你在追我，我就没脱过靴子。杀手说，外面的雪越下越大了，你女儿怎么来？男人说，放心吧，我约她在这里，今晚她一定会来。你喝一点酒暖一暖，你的酒没问题，我可以先尝一口。杀手说，好，你尝一口。男人举起酒碗喝了一大口，递给杀手。杀手喝了一小口。男人说，我未来的女婿啊，你太紧张了，你的眼睛看一个地方不会超过三秒钟。杀手说，你杀过人吗？男人说，我没杀过，我看过很多人死，但是我没杀过人。杀手说，我杀过十七个人，十二个男人，三个女人，两个孩子。每个人死前的样子都不一样，我都记得，记得时间，他们的穿着、表情、最后的话。我就是记性太好了，我不适合做杀手。但是我使一把好刀，无亲无故，想买地盖房子，我只能干这个。男人说，他们死前都说什么？杀手说，一个五岁的孩子说他有一个糖人，我进屋时他藏在枕头底下了，我杀完他就把它吃了吧，要不然就化了。男人说，你吃了吗？杀手说，吃了。是个孙悟空，脑袋化了，粘在枕头上。男人说，甜吗？杀手说，很甜，我吃过最甜的东西，吃完之后心情好了许多，出去找了口井喝了不少水。你女儿骑马来？男人说，对，骑马，我的所有积蓄都买了这匹马给她骑。对了，我忘了告诉你，她有病。杀手紧张起来，什么病？男人说，她蜕皮。杀手说，怎么蜕皮？男人说，从二十岁开始，她每到十二月就蜕一次皮，然后又变成年初的样子。杀手说，那不是不会老？男人说，不老，喜欢还是不喜欢？杀手说，喜欢。这烧酒好喝，你再喝一点。你看，我干了这么多年的杀手，终于迎来了好运气。男人说，贵在坚持，一个事情做久了，总会迎来好运气。

就这么多。读完之后我马上开始写回信。

朋友你好，你会写细节，这很好，你敢于停滞，这也很好。我写了很久，才悟到这个道理，小说不是现实的峻急的简笔画，小说是精神的蛋，你得慢慢孵它。人的精神是混乱的，漫无目的的，充满细节的，在一个不起眼的地方盘旋的。狄金森怎么说的来着，一封信总给我不死之感，因为它像是没有肉体的纯心灵。你写的是我要写的小说，或者说，我认定的小说，这让我感到欣悦。我在写作之初四处碰壁，无门无派，无所依仗，只能硬写，一次次投稿。后来有个编辑赏识我，给我回了信，提了修改意见，我一夜没睡，按她的意见修改，第二天一早，我绞尽脑汁想写一封漂亮的邮件给她，甚至比我修改小说花费的精力还要多。就在邮件发出之前，她告诉我，她的上司看了我的初稿，说没有修改的必要，所以这次算了。临了她说，你可以写别的，到时再给我看。我哭了一场，然后另外开始了一个小说。我给你讲这个故事并不是要说明自己的坚韧，相反我是一个经常要放弃的人，但是我除此之外找不到适合自己做的事情，或者说有热情去花费时间度过生命的事情。这是一种消极的选择，就是别人先挑了自己的行当去做，我只能挑这唯一一个剩下的。我现在忆起了你的脸，你的脸狭小，闪烁着自命不凡和不择手段的神情，虽然我厌恶你的脸，但是不得不说这是一个小说家应有的脸型。你比我的运气好，你遇到了我，因为你的粗鲁和胆大妄为，恰巧我今晚无所事事，读了你的东西。目前事情令人满意，如果你的结尾精彩，我会把你推荐给我所有认识的编辑，竭尽所能地帮助你，不过如果你是和我一样的可怜虫，对你的帮助也许是残酷的捕鼠器，我提醒你要慎重地思考自己的人生，到底要为这个事情献出多少东西，到底可以耐受何种程度的自私和孤独。当然这不是你现在应该费心琢磨的事情，希望你小说的余下部分能够不要让我失望，我倒不是多么关心你的前途，只是不想白白浪费一晚上的时间。祝好。

我等了一会儿，没有得到回信。我用这个空儿处理了一点琐事，回了几个微信，敲定了几个需要见面的事情。回头我又查看邮箱，还是没有回信。我把地板拖了一遍，用吸尘器吸了猫毛。我忽然想起我妈的老房子应该要开始供暖了，北方的这个时节已经相当寒冷，夜晚在路上走路的人开始稀寥。我给我妈打了个电话，想问问采暖费她准备了没，如果没有我就把钱给她打过去。她并没有接电话，这个时间她应该在看电视剧，每次看电视剧她都把手机静音，坐在离电视机两步远的床脚，认真地看。我有时候会梦见她，她曾经非常强壮，自行车前面装满了菜，后面驮着我，在寒风中骑行一个小时，到了家面色红润，神采奕奕，马上脱下外套开始做饭。现在则眼角下垂，整天裹着厚厚的衣服坐在家里不动。我的梦里老是出现熟人，都是我十几岁就认识的人，我们因为一场先赢后输的球赛而号啕大哭，三十岁之后的朋友几乎不会梦见。那几个熟人全都已经断了联系，但是他们就像我心爱的古董一样，总是在我梦中出现，被我擦拭，端详。有一次我罕见地梦见了那个意大利翻译，她在译一本薄薄的册子，可是怎么译都译不完，以至于头发都白了，我在她身边高叫，停下来吧，停下来吧。她没有听见我的话，手中的钢笔像是装了电池一样不停地动来动去，我伸手去推她，她拿起册子贴到我脸上，说，你看好了，这可是你的书。你的狗屁玩意儿，你的想被理解，想逃遁其中的狗屁玩意儿，我累得脖子都细了，可是你一点不领情。我一下醒了，摸了摸枕头，床上只有我一个人。

武松睡着了，尾巴落在我的键盘上。我给它挪了一挪，它并没有像其他猫一样，别人一碰它的尾巴就跳起来。它还在沉沉睡着，三角形的嘴微张，脖子蜷在身体里，好像已经昏迷。我又查了一遍邮件，发现有了新的信。

寒气从门板的底下渗进来，火是旺的，杀手说，我想跟你换个位置，这样门开了我能看见，而不是有人突然走到我的背后来。男人的烧酒喝得有点多，有些醉了，双眼变长，面带微笑。好啊，他说，还是你想得周到。两人相对无言，杀手不喝了，等着午夜到来。男人兀自喝着酒，时不时笑着摇摇头。男人忽然说，我刚才骗了你。杀手再一次紧张起来，说，什么事骗了我？男人说，我杀过一个人。杀手说，什么人？男人说，第一个来杀我的人，她追了我两年。终于有一天夜里，在一个驿站，跟这个差不多，追上了我。杀手说，然后呢？男人说，我稳住了她。那是一个女杀手，善使两把长锥。那时我比现在年轻，风霜还没有把我磨成老人，我哀求她，她知道我没有跟她对抗的本事，就放下心来陪我聊了一会儿。杀手说，然后呢？你毒死了她？男人说，没有。我想办法让她爱上了我，或者可以说，她追了我这么久，对我了如指掌，已经具备了爱我的基础。我轻轻一推，她就爱上了我。杀手说，她犯了杀手最大的忌讳。男人说，也可以说，她犯了每个杀手都会犯的错误。对一个目标追了太久，已经没法下手把他清除了。杀手说，然后呢？男人说，我请求她和我一起走，她答应了，我们就一起逃跑。跑了两年。我一直想趁机杀她，可是她能耐太大，睡觉又太轻，不生病，我没有机会。杀手说，你为什么要杀她？她已经跟了你了，付出巨大的代价。男人说，可是她还是来杀我的人啊。终于她怀孕了，她生下孩子之后，我听见孩子的哭声，从她的身边接过孩子，就把她杀了。杀手不说话，手摩挲着刀柄。男人说，我杀她时，她还笑着，真是个傻女人啊。我女儿快到了，你用不用洗个头发？杀手说，不用。男人晃着脑袋轻声哼着小曲：

我是一个木匠啊我有三把斧子

除了三把斧子我还有一个孩子

孩子的妈妈死在早年

每年我都把鲜花放在坟前

孩子现在已经是少女

头发弯曲个子到了我的膀子

……

又过了一会儿，柴火要尽了，火苗微小下去。男人几乎睡着了，手拽着衣角，嘴偶尔动动，声音含糊。门外传来马蹄声，马蹄踩在雪上，发出嘟嘟的闷响。马停住了，打了个响鼻，隔了半晌，有人推了一下木门，然后敲了三下。杀手把刀拿在手里，火光照在他的脸上，照见了他脸上的皱纹，照见了皱纹缝隙里的尘土，照见了他油腻腻的领子，照见了他无人浆洗的衣裳。刀刃明亮，那是他从头到脚唯一干净的地方。

我没有第一时间回信，点了一支烟抽。我担心他结尾写得太好，我预料他写得不会太差，不要太好就行。已经凌晨，毫无睡意，园区里有老人开始遛狗，边遛边高踢腿。我坐了一个小时，盯着邮箱，没有来信。

请尽快把结尾发来，故事到了这里，结尾不需要太长。编辑快要上班了。

没有回信。

目前情况发展，有几种可能。A. 男人和女儿合力杀死杀手，逃走。B. 杀手杀死男人，带走女儿。C. 杀手杀死男人，女儿宁死不从，也被杀死，杀手失落而走。

D. 来的不是女儿。这几种情况都说得通，都不差，请速速写完发我。

没有回信。

两天已经过去，我不相信你没有写完，我不知道你如此行事到底是何用意。我花了许多时间与你探讨，给你鼓励，也和编辑打了招呼，我们都在等待你的结尾。我不奢望你尊重我的劳动，我只希望你尊重自己的劳动，一篇小说无论好坏，最重要是完成。我已两天没睡，这不是你的责任，我本来睡觉就轻，我很想知道故事的结局，即使它是一坨狗屎。没有结局之前我无法入睡。如果你是太累了，我相信你现在已经睡好吃好，请务必写完发我。我坐在这里等。

我吃了点东西，但是我已经四天没有打扫屋子了，我也睡了一会儿，睡十几分钟就会醒，好像身边躺着一个充满性欲的陌生女人。近十年我都在写作，都在等待写完，世界上的其他人也都在做着自己的事情，等待把它做完。如果你心脏病突发死掉了，请你给我一个暗示，比如台灯闪动一下，或者下一秒窗外就开始下雪。如果你还活着，请你跟我说话，即使你不发给我结尾，请你跟我说话，随便说点什么都行。我想念你，我的朋友，就像想念一个已经早已把我忘记的人。你还活着吗？还像一个正常人一样，怀着无数无法满足的欲望活着吗？那样最好，不要太认真。如果有人来杀你，请你告诉我，我有一匹马存在保险柜，我可以现在骑着它去救你。

我又一次醒了，窗外刮着大风，枯枝战栗，天已经黑了，远方闪烁着磷火一样的车灯。我看了看电子表，睡眠持续了半个小时，武松睡在我旁边，还是一副昏迷的样子，好像比过去瘦了一圈。看我醒了，它也睁开眼睛，喉咙里咕噜了一声。我感到饥饿，也感觉极度的疲惫，好像拉着一块磨盘走了好几年，身上还有绳印。我忽然坐起来，又把电子表看了看，距离晚上八点还有十五分钟。我滚下床穿上外套跑出门去，我的脚还是有点跛，也没有来得及系鞋带，但是我跑得飞快。幸福，像洗澡水一样把我浸没，有一个人在等我，她等了我很久，现在已经绝望，炉火要灭了，但是以我对她的了解，时间没有走完之前，她不会放弃，而我，马上就要到了。

赵日天终于逮到鸡了

陈应松*

我们几个人决定进山里抓鸡。因为快过年了，我们几个耐不住寂寞的老伙伴也想去山里玩玩。又下了雪，拍些雪景在微信里显摆。另外，山里有许多土特产，搜罗一些回来过年。特别是赵日天，这位老兄说他几个晚上梦见吃土鸡。他说他炒的土鸡忒好吃，姜是用刀拍的，不可切，切的姜不出味。少放水，甚至不放水，将鸡炒干加点南泉豆瓣酱一焖，那个味道，喝酱香型53度酒就成神仙了，个斑马的。我们都知道赵日天喝不起53度的酱香型酒，何况到了年关市场上已经没有53度酱香型酒了，有钱也买不到，有的店一瓶两千还指不定是假的。淘宝上八百块钱一瓶买了，到店里两千卖你。就问赵日天你喝的什么53度酱香型酒？多少钱一瓶的？赵日天说老子在网上买的，茅台镇的，买一箱送一箱，一瓶只划二十六块钱。开车的孔瞟眼说二十六块你喝酱香型，你喝酱油去吧。

我们一路说说笑笑往田架山进发，对土鸡的渴望让我们在风雪中飞驰。我们有三辆车，有几个还带上了老婆。老婆们穿得花枝招展，作少女状，准备在冰天雪地的山村摆pose，回城上微信。

---

* 陈应松，武汉大学中文系毕业，出版有长篇小说《还魂记》《猎人峰》《到天边收割》，小说集、散文集、诗歌集等七十余部，《陈应松文集》十卷，《陈应松神农架系列小说选》四卷。小说曾获鲁迅文学奖、《小说选刊》奖、《人民文学》奖、华文成就奖（加拿大）、湖北文学奖等。作品被翻译到英、法、俄、日、韩等国。中篇小说曾七次进入中国小说学会的“中国小说排行榜”。湖北作家协会副主席、中国作协全委会委员。

我们坐的是孔瞟眼的车，我和赵日天，还有马夹头、杜老眯。有点挤，但也只能如此了。马夹头的头很扁，像是马夹过的。杜老眯眼皮撑不起来，老是眯奄着犯困，他老婆要他去割了松弛的眼皮，再做个双眼皮，又怕他花心。孔瞟眼是个瞟花眼，所以眼睛不好使的杜老眯特别担心孔瞟眼的车，很揪心，时常提醒孔瞟眼开车向右。夜壶哥，你咋老往左偏咧？孔瞟眼说，你眼不好使。事实上，孔瞟眼开车很稳，虽然有时会偏左。孔瞟眼爱好收藏，顾景舟的紫砂壶就有三把，也不知真假。他还收藏湖北的马口窑黑陶，有中国最大一把夜壶，可以装七十斤尿，说是长工用的，“文革”时他这把夜壶出尽风头，到处做实物参加批判“地富反坏右”分子，揭发地主阶级是怎么剥削和欺压长工的，这把壶就是罪证。改革开放后，这把壶他报了吉尼斯世界纪录，竟弄来了一纸证书。所以我们介绍他时不提什么顾景舟，提中国最大的夜壶，这永远是一个超级话题而且可以挖掘出源源不断的扯淡的话题，因此我们不叫他瞟眼，都叫他夜壶哥。

一路上赵日天在叨念他的拍姜炒鸡，他说拍姜之所以好吃，在于把汁拍出来了，再就是不要放水。他还说土鸡爪虽然没肉，但喝酒的人啃的不是肉，是意境，喝酱香型啃土鸡爪，是最高境界的喝酒，可以从酒盅里听到古琴声。孔瞟眼说，赵日天你真可以日天了，你肯定要上《舌尖上的中国》，他学着《舌尖上的中国》解说：赵氏土鸡的做法，食材取自田架山土鸡，姜拍出的神秘的香味与土鸡独特的肉质强烈地碰撞，产生了奇妙的融合。马夹头说，那还放豆瓣酱呢？孔瞟眼说还不是豆瓣酱神秘的香味，与田架山土鸡独特的肉质强烈地碰撞产生了奇妙的融合。反正赵日天上《舌尖上的中国》上定了。赵日天说夜壶哥你上央视的鉴宝节目也应该有谱。孔瞟眼与赵日天见面就会打嘴巴仗。赵日天虽然说得玄之又玄，见我们兴趣不大，又说出了一个惊天新闻，他说那些肥得厉害的像野人脚的饲料鸡爪，都是从美国进口的，美国人从不吃这些鸡爪鸡翅还有猪脚。凡是肥的大的，都是从美国进口的，而且你们不知道，美国专门培育出口到中国的鸡爪猪脚，出自一种畸形的鸡畸形的猪，鸡长六只爪子，猪长八只脚，全是转基因。他这么说我们都不信。杜老眯眯着眼慢条斯理地说这都是“黑”美国的，“爱国粉”干的事，我国进出口肉类食品是经过严格检验检疫的，不要信不要传，是谣言。

赵日天喝劣质酒后脸是浮肿的，还有一块是黑的，表明他身体的一部分已经死了，赖在他身上。他满脸堆笑，围着老婆给他网上买的假巴宝莉围巾，方格绒线帽。因为有痛风，脚有点瘸了，像被严重的鸡眼折磨着。不管怎样，那就是瘸了，那就是老了。喝酒满面红光一时，浮肿黯淡已成常态。

走到郊区，田野没有一点绿色，满目萧瑟，雪下得纷扬，河流曲里拐弯冻上了凌，白茫茫大地一片真干净。前面的对讲机在说婆娘们吵着要停下来拍照。孔瞟眼说我们进山了有好景，比这好一百倍，现在雪下得很大，赶路吧。前面的车说婆娘们要拉尿，好吧好吧，拍照吧，这些老妖精。前面的车里已经在向他们摇自拍杆了，等不及了。下了车，河上的冰很厚，有人试了试，蹬不破，人上去没问题。有人就踩上去了。赵日天竟然也跑上去了，一拐一拐，瘸了还胆大。赵日天做溜冰状，竟很轻盈，在冰上看不到瘸。他年轻时一定风流倜傥不痛风，滑过冰的。赵日天的老婆与他一样很会搔首弄姿，一声召唤，一群老娘们就跑上了冰面，栽了跟头，更加嘻嘻哈哈，手上高扬自拍杆，开始做动作，扮笑，找角度，咔嚓，自拍完成。再来，再照。还有老头们，也凑上去，大家一起笑，一起搞怪，来张合影，OK！孔瞟眼和马夹头都拿出单反，装好长镜头，给他们抓拍，咔嚓咔嚓！赵日天坐到冰上，仰头，脸承接雪花，一副陶醉状，这家伙会摆 cool，娘们肯定也要这么照，闭上眼，仰头，雪花给拍出来啊。绿围巾、红棉袄，白茫茫中，强烈的反差就出来了，这样的雪景简直千载难逢啊！可孔瞟眼还有更好的创意，有更好的道具。他从车的后备厢里拿出了他随车携带的一整套茶桌茶具，让大家搬到冰河上。这是什么意思？难道要在这冰天雪地里烧水煮茶？不是不是，给你们这些老妖精拍照吵！大家一片欢呼，夜壶哥太有创意了，烹雪煮茶，白首天涯。煮雪问茶味，当风看雁行。夜壶哥老子服了你！马夹头是武昌区楹联学会会员，大赞孔瞟眼。来来来！摆好茶桌茶具，盘腿坐在冰雪上，雪花飘落，手捧茶盅作品茗状，神闲气定，到哪儿找这样的照片上微信？今天你不是微信之王谁是？谁与争锋？让那些只会在小角落拍咖啡拍热干面拍盖浇饭拍地铁拍小花小草的家伙们见鬼去吧，让他们嫉妒去吧，让他们把咱屏蔽拉黑吧，旷野气势，雪花漫天，山川河流，盛大景色，就是比你那区眉小眼的滥片子好。还有这白茫茫中一点红，一个女子在冰河中独自品茶，简直太壮观了，太壮美了，太壮丽了，太壮阔了，太壮怀了，太壮举了！好好好，一个一个来。问题是老娘们都想穿赵日天老婆的红棉袄，赵日天老婆怕冷，不让脱，那些姐妹就强制给她扒衣。扒好衣，表演开始，都是在微信上久经考验的老戏骨，年纪大了，照远不照近，镜头一对准，迅速入戏，拍了长镜头还要自拍杆，不相信你们的相机手机，看见别人的照片好，故意不发给别人就悄悄删了，你若要，就说拍坏了。好了好了，赵嫂子快冻得不行了，让她穿上棉袄咱们快出发吧，不能耽搁了。

进山的路上雪积得很厚，有的地方已有十厘米，前后的对讲机叮嘱大家车要跟上，要小心驾驶防车轮打滑。但坐车人高兴，前面的对讲机里传来婆娘们的歌声，北风那个吹呀雪花那个飘，雪花那个飘飘年来到。一忽没有人家，全是山；一忽又有了人家，有了柿子树，满树的红柿子，还有橘子，在白雪里红得像灯笼一样，真是好看啊。赵日天说不知老婆感冒没有，大家说你老婆的棉袄买得好，赵日天说老婆的底裤都是我买的，在打扮女人上我还是有一套的。马夹头说你给小三呢？赵日天说没有小三，自从住院后都戒了，保命要紧。他说他刚才耳朵冻了，说夜壶哥你怕费油，就不能把暖气开大点吗，这鸡巴冷的。孔瞟眼说老子开到最大了，你咋这娇嫩呢。赵日天说让大家说说，是不是冷，你小气。赵日天与孔瞟眼一开口就要互掐。但今天赵日天估计是真动了气，因为冷，血压升高，有中风危险，就迁怒于孔瞟眼，开始酸他。夜壶哥你今天为什么不把夜壶带来拍照呢？你举着夜壶，一群婆娘围着你，那不是皇帝的做派了？马夹头说，风雪夜归人就成为风雪夜壶哥了。赵日天说什么夜壶茶壶，你老孔能有几把顾景舟的壶？我到宜兴紫砂壶博物馆去看了，人家那么大个博物馆，才有两把顾景舟的壶。孔瞟眼也不恼，说，日天你晓得个卵子，那两把是顾景舟的阳春壶，还有一把提梁壶，都是几千万的，老子没有，说壶你说不赢我。马夹头说讲夜壶你也是世界第一。孔瞟眼说我是武汉大学兼职教授，专讲中国的夜壶文化，这有假？我说你们别影响夜壶哥开车了，没看山高了吗？赵日天还缠着说夜壶也是顾景舟的？孔瞟眼说，我的梦想是建一个中国夜壶博物馆，你们的骚夜壶都给老子送来。

刚才还是丘陵，路也不险，眼前路就险了，窄了，弯道也多了，山也大了，就是盘山公路。雪还在下，好像比山下密集。孔瞟眼说快到了，他打开了导航，说还有十公里。这山里没有什么过年的气氛，也许是山深人稀。赵日天说他们那儿的乡下，就是前一二十年，到了腊月，就是过年了，进入冬月也就热闹了，开始杀年猪、写春联。小寒大寒，杀猪过年，最迟不能迟过小寒。挖藕的、打鱼的，还有炸鞭声，叭叭叭叭，现在叫什么过年！马夹头说，我们小时候下多大的雪，这样的雪简直不叫雪，有什么可高兴的。孔瞟眼说我记得那时候河里跑汽车。赵日天说那时候有汽车吗？孔瞟眼说，汽车有了，雪没了。赵日天说，你这叫车！孔瞟眼说，下去，赵日天，你下去坐客车去。

沿途到处都是村庄，为什么要到田架山抓鸡？这是孔瞟眼搜索百度的结果，加上过去到过这里拍过片子。他给我们发了田架山的介绍，田架山的土鸡非常有名，田架山的鸡下的蛋全是双黄蛋。田架山还有一个怪事儿，这村里有许多双胞胎，不仅田架山的女子生双胞胎，嫁到这里来的媳妇也生双胞胎。可要到这个村太烦，差不多要到了，路变窄了。路是按“村村通”标准修的，不到两米，就一个车宽，不能会车。路途有车来咋办？只能一个退，或者会到沟里去。好在没有车，我们的三个车长驱直入，孔瞟眼喊菩萨保佑，千万不要来车。还有杜老眯的老婆开车，杜老眯就不犯困了，对讲机里连连提醒开慢点，开中间。说着说着来了一个车，一个农用车，车孬，宽度不孬。前面一停，后面就明白了。为啥不修宽点。就笃定农村没人买车吗？这是在山区，在平原现在哪个农民家里没车？当官的就没长只后眼？孔瞟眼说当官的只顾眼前，管一届，有条路就不错了，一半还是农民集资。赵日天焦急，说想吃个土鸡看样子是吃不成了，个斑马养的！我们下车去前面查看，杜老眯的老婆和一车婆娘在骂那个农用车司机，你不能往旁边开点让我们过去吗，故意挡着不让我们走啊！我们一看，还真不是故意挡的，农用车轮子快掉下去了，旁边的路肩离路面有至少一尺深，掉下去就爬不上来了，要用吊车。那农用车司机是个农民，急得大声争辩，农用车声音太大，烧柴油的，听不清。这路真是的，村主任干什么去了，两边把路肩填起来，一边填五六十厘米宽，填实，不就能够会车了吗？春节一定会有大量车回来，那这条路不就堵死了？村主任一定是吃干饭的混蛋。我们看了一下，前面有一个宽点的岔路口，就给农民商量要农用车退。那农民被一帮城里老女人骂得狗血喷头，头都大了，先犟着，后来我们做工作他只好退。退也不容易，不像我们的小车，但还是接受了现实慢慢退。终于成了，我们的车可以过了，皆大欢喜，上车，再走，是石子路，虽然更窄，更烂，坑坑槽槽，但再没碰上车，田架山就到了。

哇，老树，池塘，石屋，炊烟！这是个沉静的村庄。进村抓鸡开始了！口号是赵日天喊的，拍打盹的杜老眯，杜老眯一个激灵就来了精神跟着下了车。池塘里有厚厚的冰。哇，有水埠，还是条石，长长的几块条石伸进塘里，塘冻了，村民在冰上砸了一个圆圆的大洞在那儿淘洗，条石上堆一大堆青菜，绿茵茵的上海青。这儿的房子依山而建，有的像古堡，有的像兵寨，有的是豪宅——至少建造之初是很用心的，很有气派的，是准备住一千年的，是光耀祖宗和子孙的。那个洗菜的男人在这个古老村庄的水埠，多少有点不协调，如果是一个村姑，一个红衣少女，那意境就更美了。何况还有静静落下的雪，银白的世界，好美好美呀。那些婆娘们都大声叫嚣着停车停车！车一停，门就开了，大伙一窝蜂往水埠跑下去，去拍池塘、水埠和洗菜人。那真是一幅冬日山村的静谧生活图啊！题目就叫“冬日村庄”！我们进村了，我们要抓鸡了！老乡，你洗菜啊，冷不冷啊？我们是从武汉来的，来看看山里雪景，请问你们哪家有土鸡和双黄蛋的鸡蛋，我们想买一点，你们这儿听说有许多双胞胎是吗？

那个洗菜的男人有四十多岁，说洗菜是今日他们家请村里人喝猪血汤。赵日天说，那就是杀年猪啰。因为喝猪血汤就是杀年猪的一种风俗习惯。我们就说太好了，太妙了，赶上杀年猪！我们这些摄影发烧友各自挥拳猛砸同伴表达我们的惊喜，互相祝贺运气来了，这可是绝妙的机会让我们撞上了！杀年猪杀年猪，老乡你家的猪是土猪吗？当然当然，我们这儿喂猪都是山上放养的，没有饲料猪，我们的猪叫百草猪。那个人姓田，叫田建成。我们就问猪肉卖不卖呢？田建成说不卖，自己吃的，腌腊肉的。那你家的鸡呢？鸡卖，鸡也不多，自己吃的，你们要买可以买几只去。那其他老乡呢？其他老乡呀，我们村里没有其他老乡，喂鸡的人少。那你们村里的人呢？都出去打工去了。过年不回来吗？回来的不多，都到外头买了房子，最差的在镇上住去了，我们村主任就在镇上开发廊。那你们村现在还有多少人？全村有八十多户人家，三百多人，现在剩下十一人，基本是老人。那你不老啊？我四十五了，还不老！我也是在外头打工的，脑梗塞在武汉动了手术，不能再外出打工了，我女儿在外打工，老婆照顾我也没出去。

我们说着跟田建成进了村，这村里真没人了，都是比时间更老的房子，全部条石台基，端端正正，门框门楣门槛台阶都是条石，雕得精巧讲究。有一些墙是干打垒，却因为无人收拾居住，被一种土蜂蛀得千疮百孔，触目惊心，令人肉麻。我们兜了一圈，大约看到两处新楼房，夹在那些破碎不堪的老房中，呼吸困难。田建成说新房子都是老人守的，一家一个老人看家。田建成的房子在斜坡上，用石头砌的屋场，工程很大，但这已是多年前的事，现在房子也破旧了，好在有人住，有点生气，加上猪喊鸡叫，还有炊烟冒出。其他的，他左邻右舍都没了人，大门紧闭，阁楼敞开，堆放着陈年农具、家具。往屋里瞄，黑咕隆咚，阴气袭人。走到田建成屋场，旁边屋山头避风处，两个屠夫正在磨刀，咔嚓咔嚓。猪已经牵出来了，肥壮油黑，估计有两百斤以上。田建成的老婆在哄猪，将它往屠凳那儿赶。猪虽然是猪，也有灵性，看这阵势知道自己的死期来临，就挣扎着不肯往那儿去。这真是让我们赶上时候了，我们的摄影家伙包括手机到哪儿能捕捉这么好的画面，创作年俗大片，输送微信大图，还有第二家么？有的还拍视频，记录下这一历史场景；有的自拍杆伸出，要与猪来一个最后的合影。

屠夫让田建成的老婆走，因为他老婆在那儿假装唤猪拖猪，却在那儿抹泪，想是与这猪有了感情。喂养了一年，朝夕相处，就是一块石头也焐热了。我们几个就悄悄走近，去拍流泪抚猪的田建成老婆。田建成老婆穿着廉价的胶底厚棉鞋，棉衣上戴了两个绿袖套，还有污脏的围裙，还戴着一个老年人的毛线帽子，就是一个老年人，其实年纪不大。老公脑梗武汉住院，想必欠了一大笔债，也不能外出打工，家里不富裕，还守着个空村。

我们拍了几张田建成老婆的照片，她发现了，不好意思就不流泪了，就起身去了屋里。这时一个屠夫拿着挠钩一把钩住猪的鼻子，一个屠夫抄尾，猪要做垂死挣扎了，我们见状一拥而上，帮他们制服猪。猪怎敌这么多人，三把两下就被摁到杀凳上，这时屠夫大喊让开让开。田建成端来盆子，里面放了盐，是接猪血的。我们让开正好要拍照，看屠夫怎么进刀捅死一个庞大生命。说到底，我没见过，其他人也没见过。饥渴的相机和手机，准备留下一头猪死亡的瞬间。

猪的叫声太惨，太悲伤，太绝望，在这漫天飘舞的雪花中。因为是杀年猪，大家也没觉得惨，倒是很喜庆。那些老娘们，假装很害怕，躲得远远的，又忍不住要往这边看，露出了嗜血本性。猪在杀凳上嘶嚎，腿踢蹬，想摆脱死亡。可猪这么肥，就为这一刀。年关一来，猪只能去死，任何挣扎都是徒劳的。刀捅进了那个脖子的柔软处，斜着进刀。屠夫经验老到，千百次地捅刀，练就了一剑封喉的本事，一刀下去，血就来了。这样，大光圈，1/60 秒，200 毫米长焦用 1/1000 秒，微单用 1/30 秒，喷溅出的热乎乎的猪血就在空中飞舞时定格，片子就有了，这真是好片子，不要摆拍，不要美颜，不要 PS，来源于生活，片子叫《杀年猪》，或者叫《血花与雪花》，等等。赵日天老婆要拉着他，与嚎叫的猪一起自拍。赵日天小中风过，面对这场杀戮没有反应过来，糊里糊涂走近了。赵日天老婆做动作造型自拍时还要嗲着念念有词：哇，个斑马好漂亮！好一头大、肥、居（猪）呀！因为猪在咽下最后一口气时也要挣扎，每挣一下，血就飙很远，赵日天与老婆自拍时没防备，那飙出的血就溅上了他的羽绒服与他老婆的牛仔裤。这可晦气了，赵日天就在猪嚎声中骂他老婆。给他们抓拍的孔瞟眼就说，开门红！开门红！我们也就都说开门红开门红。赵日天那黑了的一块脸也溅了血，看起来很滑稽，脸上挂着猪血，面无表情。我们就一通笑，有的拿出纸巾来上去帮他们擦。可赵日天老婆不让别人擦，好像是恼怒别人取笑他们夫妇的意思。

有乡亲们来了，也就三五个，大多是老人，估计村里的活人都来了，来喝田建成家的猪血汤的，说是喝汤，其实菜不少。我就给田建成说，我们也想体验一下在乡下喝猪血汤的年俗，吃个中饭，一个人给你五十元怎么样？田建成说，就是不给钱，撞上了，也要喝这猪血汤，这哪不行！我们一共十一人，给他五百五，他就收下了，说你们太客气。我说一是一二是二。我又说你有多少鸡卖给我们？他说就十多只，全部给你们，你们太好了，我还有些土鸡蛋，要的话全部拿出来给你们。我问鸡多少钱一斤，鸡蛋多少钱一斤？他说鸡平常二十六，今天还是二十六，昨天来的人要出二十八一斤我都没卖。鸡蛋一块五一个，是不是双黄我不保证。我说好的好的，不讲价了，快过年了。我觉得患了脑梗的田建成也可怜，这么冷还砸冰洗菜，这样会再脑梗的，不讲价等于是扶贫，何况也贵不到哪儿去。大伙一商量，特别是几个婆娘，天天进菜场的，一听就说不贵，跟武汉差不多，武汉菜场卖的不一定是真土鸡，鸡蛋还不一定新鲜。这里不仅新鲜，还没有假，货真价实，可得可得。至于鸡嘛，田建成说鸡在外头，鸡逮着了就是你们的。那么肉呢，猪肉呢，也卖点我们吧，这么大的猪你们也吃不完，腊肉腌多了不能老是吃，吃新鲜的才不会得病。你们要多少？一人一刀行吗？田建成说这不行，我还要给我姑娘准备一些的。那一人五斤行吗？可得可得。一斤要三十元。好好好。我们就与田建成谈妥了。田建成说，天气冷，各位领导进屋喝茶。我们说，茶喝了，我们先去村里转转，雪也不大。田建成说你们不走远了，一个小时喝汤。

好吧好吧，正好。村里那么多老屋，那么多老树，山上有泉水，村中有池塘。老树有乌桕、银杏、木梓树、枫杨树，还有松杉，几个人合抱。我们进入的人家，有太多好看的红漆门、铜环、锁。锁不好看，弹子锁，生锈了，有的没锁，大门敞开。真是的，好歹生活过一家子，好歹总有些东西。我们进了一个没锁的院子，屋是破了，墙倒塌了，进去就是曾经的厨房，有好多坛坛罐罐，有木蒸笼，有碗柜，有木箱子，有盆，有水桶，有装苞谷的大黄桶。有毛巾，有挂在墙上的棉鞋，还有一株冬天也没死的绿油油的土大黄。孔瞟眼打开一个坛子，里面竟有着半坛发臭的酸菜。锅生了锈，还有锅铲，有土灶台，这可有年头了。孔瞟眼发现了一个好东西，一个青砖筷篓子。看啊，他喊，这东西好怪。这样的筷篓子是头一次见到，里面装有十几双筷子，一个铝瓢子。这是个文物，马夹头说。孔瞟眼已经牢牢地将它攥在手上了，任何人休想夺走。他把筷子倒出来，用纸巾将里面的蛛网擦了擦，左看右看，翻来覆去看，爱不释手。挂绳是一根电线，结实，孔瞟眼喜滋滋地提着了，这是第一件战利品。我们又来到敞开的堂屋，墙上牵的绳子还搭着衣裳，灰尘蒙面，也没人要。另一面墙上挂着许多夹小兽的“铁猫子”，都生了锈。孔瞟眼说这也是文物啊，他自个儿取下一个，要我们也各自拿一个。我们认为这捕兽夹在腊月拿着不吉利，都没有拿，这破玩意儿也没什么用，我们也不搞收藏。孔瞟眼进了一个房门就不见了，我们走进去看，孔瞟眼趴在地上了，朝床底下搜寻。那床有蚊帐，床上是些农具。噫！噫！我们看见壁虎一样趴着一动不动的孔瞟眼，就知他又发现了好东西。他开始往床底下爬，我们很好奇，看他从床下拖出一个物件，竟是一把黑糊糊的夜壶。夜壶哥又找到文物了！

这是一把好夜壶。想建一个中国夜壶博物馆的孔瞟眼是不会放过任何一把夜壶的，何况这真是一个老物件，釉上得非常好，尿垢金黄，晃一晃，干的。孔瞟眼一只手伸出大拇指，不说话，他激动得话都说不出了。走出院子，孔瞟眼说，到处都是文物，都是好东西，全村都是，都丢了，我好想把这个村买下来。他对我们说，我们租也行，反正没人住了，我们在这里搞个艺术家村，摄影驿站怎么样？整旧如旧，然后在这儿养老该多好，这儿山清水秀，为什么他们要跑出去？个斑马的搞不懂，我们买下来搞民宿也赚钱啊。马夹头说你说的有道理，但要人投资啊，你卖几个宋代夜壶投资？投资了谁又来这儿住？鬼？鬼住？这村子阴风惨惨的，老子是不会住的。赵日天说，土鸡是不是文物？你看什么都是文物，看雪呢，是不是文物，几年没下雪了，这雪是哪个朝代的？孔瞟眼说，你们不住我搬来住。赵日天说你是来偷文物的。杜老眯说，你那夜壶给收破烂的都没人要。就要拿石头砸孔瞟眼手中的夜壶。孔瞟眼连忙笑着躲开说，莫疯吵！

走进另一家，门口有一棵大泡桐。进去就看到一口棺材，上面盖着一个破床单之类，好不瘆人，看上去就像里面躺着死人，我们赶快退出。可这时黑暗的屋里有一个活物动了，孔瞟眼的脚下，竟卧着一条狗，他以为是一堆破絮什么的。他踩着了那狗的腿子，狗连叫也没叫一声，站起来，是条瘸狗，后腿的一个爪子没了。狗啊！马夹头惊慌说，他吓了一跳，以为是个鬼。还真是个狗，老狗。你个狗日的狗，你叫一声啦，柴门闻犬吠，你这狗不是白养了。这狗是个野狗，不然，是这家人家的狗，陌生人进屋就得叫，你不吠不叫的，是什么狗呢！细看，狗很衰弱，刚才卧在棺材头前，身边一个狗食盆，是个石头凿的，很厚的盆，盆里两根苞谷芯子，没一颗子粒。石盆里像生了苔，水也没见一滴。赵日天踢着狗食盆说，夜壶哥，这又是一个文物。孔瞟眼在研究棺材头上的一个大红"奠"字，被叫看狗食盆。一看，果真斜眼亮了。又看那狗，撵狗，咄！咄！感到没有威胁，不会反抗，就抱起那个石盆，到了光亮处，再看，不是太大，也不是太小，不是太重，也不是太轻，青砂石凿的，圆圆敦敦，一件少见的好器物，连连惊呼道：有点味，有点味，回家养一盆铜钱草，绝对有点味！那狗呢，见人抢走了自己的饭碗，不急不恼。大家看它，骨瘦如柴，四条腿像四根篾片，一根还是短的，歪歪倒倒，就是条死狗，夹着尾巴，先我们跑了，也没跑远，躲在泡桐树下，踩着雪，瑟瑟发抖。赵日天看不过去，说夜壶哥，再怎么不能抢别人饭碗好不好？孔瞟眼抱着狗食盆就往外走，手上还叮里哐啷提着夜壶、筷篓、兽夹。那条狗呢，站在风雪中，瞪着愤怒的眼睛，看着一个陌生人抢走了它的食盆，大摇大摆地走了。狗终于从喉咙里发出低低的“噗噗”声表示了自己无可奈何的抗议。这群进村抓鸡的城里人，“顺”走了它的饭碗。

对于贪婪的收藏家孔瞟眼，你是没有办法的，他如果看见了一泡屎，也可能鉴定出是宋代的。我们回过头望了一眼那狗，它仍在风雪中，它好可怜，它快死了。

旁边有一个真正的大宅子，高高的木头门槛，但门没了，窗棂的木雕花却完好无损。孔瞟眼说这没有保护，没人给挖走吗？上了七八级台阶往里一看，屋顶开了天窗，堂屋落下厚厚的雪，但有一扇巨大的屏风，有四个浅雕的大字：耕读传家。这四个字敦厚、饱满、自信、张扬，虽没有留款，一看就是至少清末或者民初的字，写字者有儒风，笃诚、豁然、大气。屏风脚已腐烂、穿孔，但基本完整，有气势。马夹头问孔瞟眼说这个东西好吧？耕读传家久，诗书继世长。孔瞟眼说这东西要是弄到武汉古玩市场，最少值十万不止！赵日天说，夜壶哥，咱们动不动手？孔瞟眼说去你的，老子又不是强盗。几个老妖婆一挤进来，就要在这四个大字下照相。孔瞟眼说慢，慢，要找一把椅子。杜老眯果然从里屋找到一把圈椅，只是坐垫木没了，腿也只剩三条。我们先绑上腿。赵日天找来一根木头和绳子就绑椅子，孔瞟眼蹲着看了说，这是黄花梨，绝对是黄花梨。我说这不是，黄花梨木的比黄金还贵，敢丢在这里腐烂啊？孔瞟眼说黄花梨的也分海南黄花梨和越南黄花梨，越南的不值钱。我看了看说是楝树的。孔瞟眼说这个造型就是明代的。赵日天说，你夜壶哥的造型还是秦代兵马俑的呢。孔瞟眼说，老子是活生生的兵马俑？个斑马！我是讲真，好了好了，大家坐在椅子边上假装耕读传家吧。老妖婆们自拍他拍，一派大家闺秀气息。有人又找出一本书，是小学数学课本，让她们翻开，假装读书的样子。还是赵日天老婆的中式服装出彩，大家又要她脱，她又是被强脱了，冷得在门口打喷嚏。赵日天就催婆娘们快照，不要摆姿势了。头上开了天窗的屋顶有雪落下来，落到她们头上，每人一张，手捧小学课本，耕读传家。这照片真好，真好，在这村里随便照都是好片子，都是怀旧情绪和怀旧场景。问题是，到哪儿找这么绝的道具去？而且是实景拍摄。道具越来越多，有人拿来渔罾，有人拿来山里的挖锄，还有背篓，有蓑衣，有一大串生虫的红辣椒白蒜头，有斗笠。可雪越下越大，雪涌进了屋子，涌进了耕读传家的屋子。等大伙都照了，孔瞟眼对马夹头说，你明晚回去把你家儿子的卡车弄来咱把这些拆了拖回去，反正也是没人要的东西。杜老眯说夜壶哥，你真这么做啊？马夹头说我是不敢半夜来，小心被村民捉了打死。孔瞟眼说，我给大伙真的建议，咱们老伙伴们可以吆喝些人来买这儿的房子，修整一下养老种菜，又没有雾霾，又没有噪音，简直太舒服了，不是神仙的日子么？赵日天说，夜壶哥你买下来是要拆里面的东西，谁不知道你心里的小九九。我认为孔瞟眼是真爱上这儿了，他的建议很好，老哥们在这儿养老，就等于是到了桃花源，远离城市，回归自然，这是趋势，也是一种觉醒，我表示举双手同意。

我们往山坡上踅回，边走边看时，看到迎面走来一个老头，背着一捆从山上砍的枯树枝。马夹头说欲投人处宿，隔水问樵夫。樵夫穿着臃肿，胡子拉碴，朝我们友好地笑，砍刀别在腰上。老妖婆们就要跟樵夫照相，她们见谁都要照，主要是想让那些皱了巴叽的山里人衬托她们的光滑高贵。有人还抽出了老汉腰上的砍刀，高举着，与肮脏的老汉勾肩搭背做亲昵状，把老汉喜得咧嘴傻笑。好，好，一二三，OK！ OK！太好了，太好了！老哥你贵姓啊？田。这里是田架山，都姓田。老汉说虽然都姓田，有土家族的田，也有汉族的田。老田你家里有几口人哪？生活还好吧？过年物资准备得还丰富吧？孔瞟眼当过几天学校汽车班班长，会拽官味，有省长派头，问田老汉。田老汉说有六七口人。田老汉虽然眼睛糜烂，但盯住了孔瞟眼怀里的狗食盆，欲言又止，后来就指着说喏喏这个盆子是不是三九老汉家的？孔瞟眼说三九？怎么三九？孔瞟眼故意装蒜，拿了人家的东西，心里发虚。田老汉就说我昨天还给狗放了两个苞谷的。孔瞟眼很不好意思，田老汉就说这是我家里的，给那狗拿去的，有大泡桐树的那家是吗？有一口棺材的。为缓解孔瞟眼的尴尬，马夹头就问那狗是咋回事。

田老汉说，三九跟我同庚，他到城里去了，给工地看场子去了，听说死了，死人运不回来，就在城里火化了，这棺材也就没人要了。狗呢？狗啊，丢在家里了嘛。这狗可是条忠于主人的狗，哪儿也不去，就天天守着那口棺材，谁知道中了什么邪。又没有人给它吃的，到处蹭食，可能是棺材有三九的气味，它还以为棺材里头睡着三九呢，就这么守着。村里的人想起来了就给它一口食，不记得就让它饿。早年它不老实，偷鸡，发现了总是一顿打，它就上山逮鼠逮野鸡，有一次山里逮鼠被别人下的“铁猫子”套住了，在后山哀号了几天，没一个去帮它解套，大家想让它死了好，后来它挣断腿又回来了。三条腿逮不了什么，眼看要饿死，我就有时给它拿个苞谷拿碗剩饭来，有时人老了记性不好，忘了，它就只有挨饿，它快不行了……

我们听后心情沉重，都拿眼睛去看孔瞟眼抱着的狗食盆，太不应该，一条残疾狗，饿狗，你还抢走它的饭碗，良心上说不过去。孔瞟眼也很不自在了，丢下不是，抱着也不是。好在马夹头又引开了话头，问田老汉这儿双胞胎的事，田老汉说他就是生的双胞胎儿子，再往下问，田老汉说一个儿子在温州打工，成了家，有小孩，一个儿子在武汉读大学后上了班，工资有几千块，但后来就没跟家里联系了，说是失踪了，好久未回来。失踪？这事儿！怎么失踪？一个男孩？田老汉听说我们是从武汉来的，来了精神，就说起这个儿子。说当时一胎化，但田架山就是生双胞胎的地方，好多外地来的人偷偷住这儿怀孕，也大多是双胞胎。双胞胎是可以上户口的，不能把多出的一个掐死是吧。他说我老大比老二大一个小时，但很懂事，打工帮助他弟弟读完高中再读大学，读的是光谷软件学院。是光谷软件学院？是的是的。巧了！那我们的孔教授就是那个学校的老师。孔瞟眼这下成孔教授了。

田老汉说啊孔老师你一定认得我这娃，你一定帮我找找我娃子！我娃叫田二春，我老大叫田大春。孔瞟眼说不认识，学生太多，哪能都认识。您一定教过我娃的，我这娃不爱说话，戴个眼镜，不像有些娃嘴花。大学毕业后在光谷一家公司上班，蛮好的。可我娃突然不在公司上班了，不见了，打他电话是空号，有人说在网吧里看见过他。他哥专门从温州回来与我一起到武汉找过他，找了整整一个月，找了几千家网吧，所有武汉的网吧找遍了，寻人启事贴了不晓得好多，还受了不少骗。杜老眯说这娃怕不是染上网瘾了？赵日天说你们报警了吗？报了报了，问了几次警察，警察就定为失踪人口了，就要下户口的，现在离下户口还有几个月。我后来又去武汉找了几次，在武汉边捡破烂边找，都没有找着。我家里还有些寻人启事，我待会儿给这位……孔老师，麻烦老师帮找找，我全家对您感谢不尽！孔瞟眼说好的好的，我们在田建成家喝猪血汤，您去吗？我不去我不去，他叫了我，我没有还礼的，不好意思喝人家的汤。我是准备去温州大儿子那儿过年的，儿子也电话要我去，我怕二春回来，春节家里没人，我就在家等他。

唉，原来是这样啊，可怜天下父母心啊！终于明白了他给那狗添食，害一样的病啊，同病相怜。这样这样，那到时您把寻人启事拿过来，我们的孔教授一定会帮您找的，赵日天对老头说。好的好的，孔老师是好人，大好人！田老汉恨不得给孔瞟眼磕头，作了一串揖，背着柴火一溜小跑往村里去了。

山里的景色很好，可有人很悲伤，狗也很悲伤。树林里有落叶乔木，有不落叶的常绿乔木；有落叶的灌木，有不落叶的常绿灌木，都与山与村庄共存着。石头房子、青瓦、白墙，还有炊烟，有山脊，有叮咚作响的泉水和封冻的池塘，有弯弯曲曲的田畈，有庄稼，有蔬菜，在冬季如此美妙，在春季夏季秋季还不知美妙到什么程度呢，简直藏着当代人生活的所有幸福元素，藏着安宁、温暖，藏着城里人所有的想象。这个村要买下来，要买下来。孔瞟眼抱着狗食盆对我们说。

喝汤啦，喝汤啦！我们像禾场上的鸡一样飞奔到田建成的家。那猪已被大卸八块，收拾成肉的模样，不再是猪。屠夫在洗大肠，鸡在啄食猪粪中的食物，它们也将被抓到城里去，成为鸡肉，不再是雄赳赳气昂昂的鸡，它们的好日子也快到头了。屋里已经摆上了两桌，我们一桌，村里的人一桌，火锅热气腾腾，热泡咕噜。新鲜的猪肉炖萝卜、心肺煮海带、辣椒炒肉、炒蛋，当然少不了猪血豆腐汤。还有一些我们最爱的乡村坛子菜，什么泡辣椒、酱萝卜、酢冬瓜、尖椒豆豉。还有自酿的苞谷酒，饭是土灶锅巴饭，那个香啊。田建成的老婆端菜，田建成用一个大锡壶给我们倒酒。他老婆说，你们莫要客气，山里也没个好招待的，尽管吃，尽管吃。好的好的，不客气不客气，这酒好，好酒。人们都喜欢吃野食，野食就算是一泡狗屎也是香的，酒是酒精勾兑的也是香的，天下第一好酒。我们就给村里的几个老人敬酒，给他们拜早年。菜是真好吃，全是土菜，辣，辣得有模有样。塘里洗的菜是青嫩青嫩的，绝对的绿色蔬菜有机食品，猪是有机猪，蛋是有机蛋，这儿的水好，这么想，那双黄蛋双胞胎就是与这儿的水有关系。赵日天见了酒就忘记了抓鸡，说今天终于吃到地道的土猪肉了，而且是田架山的百草猪，这肉是甜的，萝卜可以生吃。来来来，喝喝喝！夜壶哥来祝贺你得到了一个狗食盆！第二杯是祝贺孔瞟眼得到砖筷篓，第三杯是铁猫子，第四杯是夜壶。他老婆过来夺他的酒杯，说你这个痛风鬼、高血压，喝死的！赵日天说我吃了药没事，不关你的事，跟我夜壶哥喝酒。正喝着，田老汉来了，手上拿着一沓纸片，很薄很薄的花花绿绿的纸片，另一只手上提着一只鸡，鸡绑住了脚。田建成见田老汉来了，远远地就打招呼说田爹来喝酒。田老汉说他已经吃了，就径直找到孔瞟眼说，孔老师，这是我娃子的寻人启事。启事上印着他儿子的头像，印得模糊，像是乡镇印刷厂印的。他儿子看起来很端正，斯斯文文，戴着眼镜。孔瞟眼正在与赵日天干杯，已经喝得神鬼颠倒了，就接过那摞纸片放到椅子的屁股后头，说好好好。田老汉将土鸡塞给孔瞟眼说，我是代儿子孝敬老师的一点心意。孔瞟眼说这不行这不行。田老汉说那有什么不行，学生孝敬老师天经地义，天地君亲师，一日为师终身为父，这就拜托孔老师了。孔瞟眼再三推辞，我们说就拿上吧，盛情难却。

等田老汉走了，田建成说田爹可怜，他在武汉找了他小儿子大半年，大儿子他老婆是个二婚，有个孩子，后来又生了个孩子，负担重，也没管他老父亲，他就在村里等小儿子回来，天天在路口盼。因为婆娘们不喝酒，我要代孔瞟眼开车我也不能喝，气氛就上不来，加上两个杀猪师傅还要到别处杀猪，天又冷，几个婆娘想抓了鸡割了肉快点回家，雪还在下，就说吃饱了。田建成说没有喝好，往年村里哪家杀年猪，都要接七八桌客喝汤，肉要吃几十斤。我家吃了吃你家，冬月腊月吃两个月，到了正月，又请春客，又要闹一个月。往年到了这时候，狮子龙灯采莲船蚌壳精都出来了，村里热闹得要命。好吧好吧，你们抓鸡吧。

鸡们吃过桌下的残羹后，都在禾场的雪地上唱歌消食，公鸡雄壮，母鸡肥壮，但怎么抓是一个问题。田建成说我来唤鸡，他准备了两个网兜，网鸡的。他抓了些米，就把鸡往隔壁没锁的红漆门屋里撵，米撒在那黑暗的屋里，那里原来成了他的养鸡场。咯咯咯咯咯咯……鸡见了米，就像见了亲娘，撒腿就往那屋里跑。等鸡们都进了屋里吃食，田建成将门关住了，喊我们过去抓鸡。我们悄悄进了门，再把门掩上，立即动手。鸡发现我们的意图，就拼命往外面跑，但有网兜伺候，鸡就成了我们的鸡。门是破门，鸡可以钻出，有的鸡就钻出了，撵鸡的就开始到处撵鸡，屋里屋外，到处是抓鸡的男女。有的老娘们用自拍杆打鸡，有的飞身扑地抓鸡。我抓了两只，孔瞟眼也抓了一只。杜老眯、马夹头和赵日天因为年纪大了，手脚不利索，抓得满脸污渍还是两手空空，加上吃得太饱又喝了酒，眼神也不济，跟着鸡满村跑。鸡飞上了石墙，鸡钻进了草垛，鸡跳上了竹篱，鸡在逃亡。抓到鸡了的交给田建成老婆过秤，再去称猪肉，再就没事了抓拍那些抓鸡人，还大喊：鬼子进村了！鬼子进村了！武汉“鬼子”完全是抗日神剧，鸡把他们带到雪沟里，带到断墙上，他们张着网兜嘴里骂骂咧咧就是逮不到。赵日天喝太多，摔了一跤，手上只有一根鸡毛。他老婆瞎指挥，说这里这里，那里那里，光动嘴不动腿，一网兜下去，网到一坨干牛粪。他老婆大骂他废物，个斑马的把兜子给我！赵日天毕竟是个男人，有自尊，痛风也有自尊，就是不给，霸着网兜，再网。人本来就蹒跚，但拗着劲了，要与鸡一争高下。加上有酒精烧脑，血往上冲，我们都怕他绊在石头上摔下去中风就坏了。

那鸡与他周旋了十几个回合，不分胜负，他碰上了一只狠鸡。那鸡不只跑得快，还展翅高飞，又飞进了那个破屋里。赵日天紧追不舍，进得门去，只听一声惨叫，鸡被擒获了。赵日天手上抓着一只大母鸡，从红漆大门里伸出头来，脸上露出胜利的微笑。孔瞟眼就抓住了这精彩的一瞬间，拍到了赵日天抓鸡的经典镜头，后来获得了中国夕阳红摄影大赛银奖，题目就叫“赵日天终于逮到鸡了”，自是后话。杜老眯就喊，赵日天日天了，赵日天日天了！马夹头推了赵日天老婆一掌，要她去迎接逮鸡英雄。我们几个起哄道，嫂子过年我们到你家去吃土鸡。赵日天老婆说好好，没问题没问题，留着你们喝酒。

好啦，满载而归啦，又是土鸡又是土鸡蛋又是土猪肉，还有人有了别人送的鸡。我们逮鸡时，田老汉一直在远处看着我们，等我们把账结清了，他又跟着我们到村口停车的地方，一再嘱托孔瞟眼帮他找儿子。孔瞟眼说了一句话安慰田老汉，说万一找不到了，你还有一个儿子两个孙子，只能往好处想。我们都觉得他这话说得不妥，我们看田老汉凄伤失魂的表情，不想插话。田老汉给我们小声地说，建成那儿哪有土鸡，他的鸡都是从山那边养鸡场买来的，他一年在这里要卖几百只鸡。我们想不会吧，我们的后备厢里全是叫唤的鸡，怎么会是养鸡场的饲料鸡？算了算了，我们不会再去问田建成，天色晚了，雪在下，鸡也没几个钱，我们要赶快返程了，山路险。

走到半途，因为赵日天喝过量了，再加上这日怪的苞谷酒度数高，山路颠簸弯又多又急，还加上撵鸡吸了太多冷风，就开始呕吐。第一口没止住，就吐到了车里。然后我们停下来让他吐。他吐了再上路，上路后又要吐。这可咋办，赵日天太老啰，下次不能让他出来折腾了。我们停下车看他吐，把胆汁都吐出来了，他身上全是秽物，各自身上带的纸巾都擦完了，遭罪啊。孔瞟眼在车上找了半天，翻箱倒柜，没有了，最后拿出一些纸片来，是田老汉交给他找儿子的寻人启事。他说只剩下这个了，日天的赵日天呀赵日天，用这个擦吧。寻人启事全部擦完了，那些沾上了难闻的呕吐物的一堆纸坨儿，就丢在了北风呼啸、风雪弥漫的荒野上，丢在了我们车的后头。天气真冷。天气真冷啊！

剑 笈

邱华栋*

上 阕

在蜀地，清乾隆年间有一位叫邱伯仁的书生，是个秀才，还没中举。几次考试都落榜了，又到了该结婚的年纪，有媒婆介绍了一位来自江对岸蜀山脚下大城镇的大家闺秀。这个十八岁的姑娘，姓梁，名如云。父亲是个盐商，常年在水路上行走。

提亲的时候，是邱伯仁先到女方家。他记得很清楚，那个梁如云姑娘很大方，还没过门，就掀起帘子瞧他，结果让他看到了脸。要知道这蜀地姑娘的脸很金贵，一般提亲的时候看不着。主要是看看男方家境如何，八字合不合。

姑娘长得很秀美，她的脸是瓜子脸，皮肤很白，如同皎洁的一弯月亮，还有一点儿羞涩。女人一旦有了羞态，那就是有了一种扭捏和含蓄的美感了，两个人四目相对，目光的躲闪、追逐和逗趣在一刹那，是两个人心领神会的。一时之间感觉互相都很来电，邱伯仁觉得这个姑娘很不错，于是在女方家里展露出了自己的全部才华，吟诗、作画——七步成诗、双手作画，真是才华横溢啊。

---

* 邱华栋，小说家，文学博士；1969年生于新疆昌吉市，祖籍河南西峡县；主要作品有长篇小说《夜晚的诺言》《白昼的躁动》《正午的供词》《花儿与黎明》《教授的黄昏》《单筒望远镜》《骑飞鱼的人》《贾奈达之城》《时间的囚徒》《长生》及中篇小说集、诗集等一百多种；作品被翻译成日、韩、英、德、意、法等文字；曾获庄重文文学奖、《上海文学》小说奖等；现任鲁迅文学院常务副院长。

双方互相都看上了，生辰八字也很合。

于是就定亲了，邱伯仁把定亲的礼物都给了对方。梁盐户很和善，对未来的女婿也很满意，就约定了成亲的日子在几个月之后。在邱伯仁上马要走的时候，梁如云姑娘偷偷给了他一个锦盒，说："里面的东西算是姑娘我的定情物，结婚之后，可以打开来看。"

几个月之后，简直是转眼之间，邱伯仁和梁姑娘成亲的日子就到了。邱伯仁家这边，早早就派了大轿子去接新娘子。新娘子的家比较远，需要先骑马，坐船过河，然后再换轿子。所以，梁姑娘家为了嫁女顺利，昨晚就到达邱家附近一处镇子住下来。

到了中午，接新娘子的轿子到了。梁盐户在轿子前面骑在马上，一路赶来。看到姑娘家的人到了，邱家宅子一时就非常热闹了。新娘的轿子落地，梁姑娘盖着大红盖头下了轿子，步态轻盈，跟着胸前戴着大红花、头戴黑色金丝瓜皮帽的新郎邱伯仁进了院子，而新郎新娘的父母这时都已经寒暄完毕，端坐在厅堂之上，等待新郎新娘前来跪拜了。

一拜、二拜、三拜，还没有拜完，忽然，参加婚礼的百十号人都听到了一阵大风，这阵大风是一阵黑色的旋风，从江边迅速转移过来，顷刻之间就刮到了婚礼现场，把婚礼所在的邱家宅楼冲击得摇摇晃晃。这么大而且奇怪的风，在这一刻刮起来，实在是有点怪异。

而在旋风的核心，大家都看见有一个白色的物体在旋转，远看看不清楚，近看却发现就像是乘风破浪一样带着雨点来临的白色物体，是一个长须白髯的老头。他穿着长衫，背上背着一把宝剑，一下子就降落到了众人面前。

这阵大风和雨点把新郎的大红花、新娘子的红色盖头都吹跑了。大家都看到了新娘子梁如云的姣好面容有点苍白了，一下子花容失色，表情也冷峻起来。

白髯老人唰的一下把背上的宝剑拔了出来，对新娘子梁如云说："看剑！"新娘子也一下子就跃上了二楼，不见了。老人不理会在场任何一个瞠目结舌的人，而是提着衣襟，一掌就将现场很多人击倒，然后追上了二楼。

“看来，他是来找新娘子的。”邱伯仁的父亲邱老财主扶了扶黑色瓜皮帽，心惊胆战地说，“亲家，这是哪儿跟哪儿呢？”

亲家梁盐户也是张口结舌：“不知道啊不知道，我家姑娘可秀气呢——”

邱爸又问儿子邱伯仁：“儿子，你这正在过门的媳妇，她惹了什么事情了？”

邱伯仁赶紧提着马褂跟了上去。他听到此时的楼上噼里啪啦响，剑把空气劈开，一阵阵寒气逼人。一听就知道开打了。是那个白胡子老头和他的正在过门的新娘子梁如云在开打。可为啥要打呢？谁都不知道了。

一时之间，众人只见有两团影子而看不见人，但见有桌椅板凳折断了，纷纷掉落下来。

这是一场恶战啊，在一个白胡子老头和一个妙龄姑娘之间发生了。而且，不知道什么时候，梁如云的手里也多了一把宝剑，那宝剑寒光闪闪，她如同一朵旋转的红云，那个老头如同一团旋转的白雾，红云和白雾就在众人的头顶旋飞。

这都是什么事啊。邱伯仁喃喃自语，我娶个媳妇，招来了这么一个白胡子老头儿搅局。他忽然想，媳妇今天已经进邱家大门了，这梁姑娘就算是他家的媳妇了，不能看着自己的老婆和人打架吧。所以，情急之下，邱伯仁不管自己根本就不会武术剑术，只是个呆子书生，忽然冲进去，在旋风般缠斗的两个人之间一下子立定，说：“停下！你们为什么要打，总得让我这个新郎知道吧。”

旋转的红云白云立即停住，邱伯仁看见，此时白胡子老头倒挂在房梁上，梁如云姑娘站在水缸沿儿上。

白胡子老头笑了，说：“真是个呆子书生啊，你老婆是个剑术高手，你都不知道。她把一函剑书秘籍还给我，就可以了。那是她的师父、我的师妹宝珊多年以前在秦地终南山学剑的时候，从我们师门偷走的东西，那可是我们旋风剑派的镇派之宝。我师父去世之前，要我一定索回这件秘籍，这是属于我们旋风剑派的东西。”

邱伯仁转身问梁如云：“老婆，今天是我们大喜的日子，如果他说的是实话，那你就把他说的那个东西给他，反正那东西本来就是人家的。咱们还得接着拜堂成亲，好好生娃过日子呢。”

梁如云淡淡一笑。“他胡说呢。根本没有他说的那东西。哪里有什么旋风派秘籍啊？旋风派是个什么东西？看剑！”说罢，她腾空而起，手中一扬，白光一闪，宝剑已然刺向了对方。梁如云把邱伯仁一推一送，让他躲开，自己继续缠斗，和白胡子老头又打在了一起。

两个人的斗剑把邱伯仁看得是眼花缭乱，他屏气凝神，仔细观瞧，这一次他才明白，自己真的娶了一个武林高手、一个女剑客。自己新媳妇的剑法果然了得，她长袖飘飘，襟袖一抖，那把看上去很短的宝剑瞬间就变长了，一下子就飞到了白胡子老头的脑袋边。这一刻，剑之所指，身形随之。刺、劈、砍、点，挂、挑、提、拦，绷、截、抹、粘，梁如云的剑法是行云流水，收放自如。白胡子老头也应对自如，一转身，他的头发散开，本来十分柔顺的白色长发这时却像一根根铁丝一样坚硬，剑光碰在白色的铁丝头发上，火星四溅。

两个人这么一直打到了傍晚，众人看得都累了，坐在饭桌前老是不开婚宴，都很着急。两个斗剑的人在天黑的时候，也没有分出胜负，婚礼也无法继续进行。忽然，老头往后一跳，对梁如云说：“姑娘，明天再战，你记住，把秘籍还给我就好了。”

说罢，就如一朵云一样飘了一下，闪过围墙，在夜幕中不见了。

邱伯仁赶紧过来扶住梁姑娘。没吃上婚宴，其他亲戚朋友早都纷纷走了。这婚礼等于没有完成。

梁如云打了大半天，也很疲倦。邱伯仁一脸迷惑和期待地看着娇喘呼呼的新媳妇。油灯点着了，在烛灯之下，她才向自己的新婚丈夫说了实情。

她的确有个女师父叫作宝珊，那宝珊剑法高强，是个被逐出旋风派师门的游方女道人，这白胡子老头看来就是宝珊的师兄。多年以前，宝珊游方到了蜀地，见到在院门口玩耍的梁如云就很喜欢她，从她六岁时就开始教习她剑法。

梁姑娘学习的这门剑法，是旋风派剑法的襟袖剑，剑是软剑，平时可以藏在女人衣服的襟袖里，需要的时候手一抖，剑就出来了，十步之外，可以夺人首级。

邱伯仁听到这些，吓得脸色苍白，他哪里想到，自己能娶到一个绝世高手女剑客啊。“我做梦都想不到，不做梦，也想不到。”

“可我已经是你家的人了。”梁如云幽幽地看着他，提醒他，“一拜天地，二拜父母大人，三夫妻对拜，这三拜我们都进行完了是不是？”

邱伯仁老实承认：“是，是，三拜都拜完了。”

梁姑娘有点害羞地提醒他：“就差婚宴开宴，和结束之后入洞房了，是不是？”

邱伯仁面露喜色说：“对呀！就差这点了，那咱们——该入洞房了！”

梁如云的脸如一朵红云。“傻瓜，且慢，等他明天再来了，我打败他了再说，你不要着急，你知道那个白胡子老头要找的剑术秘籍在哪里吗？”

“我哪里知道呢。”

“在你的手里，我早就给你了啊。”

邱伯仁这才恍然大悟。“春天定亲的时候，你给了我一个锦盒，对吧。我藏在谷仓的夹墙里了。我当时就觉得，里面一定是个宝贝。但我完全忘记了。”

梁如云说：“那就是旋风派的祖传剑术秘籍，是他们的宗师一代代传下来的，后来，被我的师父宝珊偷走了。宝珊师父教了我十年剑法，包括她自创的襟袖剑，然后她就走了，把这剑术秘籍留给了我，说有一天假如有人来找这秘籍，说明她已经死了。现在，你看，白胡子老头找到了我，这说明我师父宝珊已经被找到并被他们杀了，已经不在人世了。那这时我和他们之间，就有了杀师之仇。我是只认师父不认门派。所以，这剑术秘籍，我不能给他。”

邱伯仁有点哆嗦了。“老婆，可是你打得过他吗？我看他，那个白胡子老头也很厉害呀，他毕竟是你师父的师兄，是师伯，剑法高强啊。”

梁如云淡然一笑。“夫君，你真是个秀才。遇到事不怕事，我不会输的。今后，我也会教给你这剑法的。剑术秘籍到了我家，就要我们自己传下去了，等我们有了孩子，孩子的剑法，要由我来教他们。”

邱伯仁一听生娃就高兴了，又问：“那明天那个老头真的会来吗？”

梁如云说：“老公，他肯定来，他和我最多战个平手。我要用襟袖剑把他刺伤，让他战败而走。但剑术秘籍我是不会给他的。”

这天晚上，他们就分房休息了，没睡一块儿。让那些蹲在婚房墙根儿想听房的几个坏小子很郁闷。房间里什么声音都没有。

原来啊，这天晚上邱伯仁睡不着，觉得光靠新媳妇和白胡子大师伯缠斗，不见得会赢。于是，他半夜醒来，赶忙带了两个跑腿的，骑马去了几十里外的蜀江府，请那边的驻军帮忙。他认识驻军的丁统领，丁统领被他闹醒，有点儿气闷，忽然看到他拿出了银子，又因为是朋友，听他又说了这么一个情况，一边掂量着银子的分量，一边说：“哪里有结婚还来搅和的？这不让入洞房还行啊！有没有王法了？有没有规矩了？有没有道德品质了？”就答应立即派八十个兵丁，和他星夜赶回来。

到了上午，吃罢早饭，参加婚礼的人还没有来赶中午的婚宴，那个白胡子老头又来了。他站在院子外面，朗声说：“梁姑娘，把我们旋风派的剑法秘籍给我，我就走了。”

梁如云今天换了一套蓝色长裙。“老人家，您这是干扰我出嫁啊，闹到了现在，我的婚礼都没法进行下去。太过分了！这是旋风派一贯的作风吗？”

白胡子老头不说话，已经跃上了屋顶。这邱家宅子大，有前后五进，上百间房子，四代同堂，人丁兴旺，亲戚众多，一时间镇上几百人都来观战，很多人过来看热闹，围在院子外面叫好。只见一团白云、一团蓝雾不断地从院子外面打到院子里面，从楼上到楼下，从栏杆到天井，到处都有他们的战斗。这又打了大半天，斗得天昏地暗，也分不出胜负。

这时，邱伯仁比较焦虑了。眼看着中午的喜酒婚宴时辰到了，又无法开餐，他很着急，娶媳妇的程序不能被这白胡子老头给搅和了。于是，他和隐藏在附近树林里带队的马副统管一说，八十个兵丁身着铠甲，背着弓箭手拿大刀长枪，齐刷刷地奔出来，将围观的人驱散开，然后将邱家大院包围了。

马副统管骑着高头大马，对着屋顶上飞来飞去和梁如云战成一团的白胡子老头说：“秦地的白胡子贼人，休得在我们蜀地捣乱！赶紧投降，否则，我们要放箭取了你的性命！”

白胡子老头看见呼啦啦几十个援兵包围了宅子，严阵以待，让他插翅难飞。站在高墙上，他哈哈一笑：“你们奈何不了我！”

梁如云也停下了打斗，缩剑入袖，娇喘呼呼。此时，只见万箭齐发，那些兵丁开始放箭。白胡子老头手中旋风一样舞剑，竭力抵挡。断箭纷纷从空中落下来。

邱伯仁看着想，这个老头的确是剑法高强啊。接着，马副统领一声令下，八十个兵士冲进院子，排成四列靠近射箭。

白胡子老头心生一计，打算劫持梁姑娘，靠近她的身形一把抓住了她的脚腕。梁姑娘如同一条鱼猛然悬空，脱开抓住她的脚的老头的手。梁如云又和白胡子老头战在一起，白胡子老头下了杀手。忽然，邱伯仁听到梁姑娘哎呀一声，白胡子老头的剑已经刺中了她的肋下。

与此同时，三支箭同时射中了老头的肩膀和胳膊，白胡子老头受伤了，脸色大变，大叫一声，然后几个飞跃，就在屋檐上消失不见了。

烈日当午，此时的大地一片寂静，众人都惊呆了。

梁如云受伤了，邱伯仁赶紧扶着她进了屋子，叫来了大夫治疗剑伤。伤倒是不重，但剑尖刺入了她右边肋骨下，有五个出血点，形状酷似梅花花瓣。还有一点儿异香，伤口那里没有怎么流血。

经过了简单治疗，梁如云神色淡定，邱伯仁暗暗佩服。婚礼照常进行，所有人都拥进了邱家大宅，为邱伯仁的结婚喜宴喧腾起来。场面十分热闹。那些请来的八十位兵丁，也加入贺喜吃喜酒的众人堆里，马副统领不仅不用给份子钱，还悄悄拿到了一袋银子，邱伯仁向他道谢，他很高兴。“保一方百姓平安，那是自然，那是自然。”

一时之间，婚礼可以照常继续进行了。大家都松了一口气，来来来，喝喜酒，喝喜酒！众人高兴起来。此时，邱家大宅里人人奔走来往，吹吹打打，吆吆喝喝，十分热闹。婚宴开始了！

梁如云眉头小蹙，毕竟受伤了，她和邱伯仁挨着桌子敬酒，邱伯仁很骄傲，自己娶了一位武艺高强的老婆，长脸啊，这可是意外之喜。梁如云此时也是娇艳如花。女人在出嫁之时，最是美丽非凡。梁如云笑靥频频，不过，她的眉头不时也紧蹙一下，显然身体受伤还是牵动了她的感觉。

到了晚上，邱伯仁和梁如云乘兴入了洞房，夫妻行房，梁姑娘不断娇喘尖叫，呻吟和嗔怒连连。之后，邱伯仁枕着梁如云香汗淋漓的小臂膀问她："老婆，疼不？"

梁如云掐他："疼啊，你看那手帕上的点点红。你个小坏蛋。"

"我是说剑伤那里啊，老婆，你中剑了，还有一朵梅花呢。"邱伯仁摆出一副软弱的样子。

梁如云说："剑伤好多了，不疼。可我有点奇怪，为什么伤口不出血，却还有点异香散发出来。"

"那我闻闻。"邱伯仁凑到梁如云的香体肋骨下面，闻到了一点不易察觉的古怪香气，"老婆，那是你的天然体香。"

梁如云这时忽然感觉到急火攻心，头晕目眩，定了定神说："老公啊，我在想，那个老头刺伤我，可能用了梅花毒剑。我中毒了。假如我真中毒了，就会不久于人世，你会如何？"

邱伯仁瞠目结舌。

梁如云说："那我会教你剑法，让你成为绝世高手，你得把这剑术秘籍传下去，知道了吧？"

中 阕

梁如云的确中了毒剑，那毒药七天之后就开始隐隐发作了。五朵梅花不断扩大，伤口一点点腐蚀着梁如云那美好的身体。

邱伯仁很心疼新婚妻子，梁如云开始教习邱伯仁学习剑法。

这邱伯仁一介书生，但聪颖异常。一招一式，每天都在练习老婆教给他的剑法。而且，梁如云发现，丈夫学习剑法的悟性很高。他们取出那函剑术秘籍，一同研习。这旋风派是秦地的重要剑法门派，门徒众多，从唐代一路下来绵延近千年，代代有高手，江湖恩怨件件牵扯。

秘籍果然内容丰富，邱伯仁学到了很多精髓。他发现，旋风派剑术博大精深，堂奥多多。他们夫妻俩精心研究、琢磨，不断精进。邱伯仁学剑开始由入门到中等水平，然后进入高阶段位，剑法逐渐精湛。

梁如云给老公讲解："这旋风派剑术，讲究的是五法，眼法、击法、格法、刺法、洗法。"然后给丈夫一一演练。

邱伯仁和老婆梁如云的日子过得琴瑟相鸣，剑法不断精进，劈、削、刺、抹，空气中都开始有尖厉的呼啸声了。

梁如云又把师父宝珊传给她的襟袖剑法，也给他演绎出了男性版，变成了袍袖剑法，因为男人穿袍子。邱伯仁就穿着长袖袍子来练习这剑，渐渐地，袖袍一抖，剑已出手，可以杀人于三十步之外。很快，他就已经是剑法上乘了。

夫妻俩如胶似漆。几个月之后，梁如云就有了身孕，但她的眉头不时紧蹙。看着夫君邱伯仁的剑法不断提升，她很欣慰，说："嫁给你，我从来都没有后悔。夫君啊，只是，假如我没法给你生个孩子，在生孩子之前就走了，你不要悲伤啊，你就再娶一个老婆，多生几个孩子，继承我们的剑法。"

邱伯仁停下了练习，他知道老婆说的是真心话。也许，天注定她是要和他有这段姻缘，也因为天注定，她会很快和他告别的。

又过了几个月，怀孕的梁如云因为那五朵梅花剑毒发作，内脏溃烂而去世了。肚子里的孩子也没有留下来，母子双亡。

邱伯仁哭得眼睛都肿了。他手里拿着那函装着剑术秘籍的锦盒，仰天大叫："我不要这剑术秘籍！我只要我老婆和我的孩子！还给我老婆和孩子！苍天啊，你还有眼没眼啊！”

没有人回答他，苍天也不说话，只有乌鸦呱呱叫着，在空中不祥地盘旋于邱宅之上。

没多久，邱伯仁的父母亲都染病去世，产业没人打理，家道很快中落了，只是宅子还在，邱伯仁去考举人，再次失败，他有点一蹶不振了。

梁如云去世之后，应试失利、前途渺茫的邱伯仁郁郁寡欢。他是方圆数百里的知名人物，为了找点事做，也为了念想妻子，他开设了一家剑术馆，结果一时之间有几百人前来报名，争当他的徒弟。

邱伯仁教习这些人练习剑法的方法很独特，那就是让他们上午的时候每人都盯着一口盛满了水的大水缸看。

“不要动，就一直看。也不许眨眼睛，不许揉眼睛。”他说完，手里拿着鞭子，走来走去，盯着徒弟的表现。假如谁偷懒了，揉眼睛了，他上去就是一鞭子，惩罚徒弟毫不手软。

再就是，下午的时候，要他们每人手里托着一块砖，放平了，不能动，练习臂力。砖头每十天加一块，由一块不断地加上去，一直加到七块。

上午看水，下午托砖。这两下子，一练就是三年。别的根本不练，说是剑术馆，可那几百个徒弟进门一年、两年，看水托砖，连师父的剑都没有见过。

第三年开始，很多人就都跑了。他们在背后抱怨：“这哪里是练剑啊？这是耍猴呢？我们又不是猴，我们是人！”

邱伯仁也不理会。他的丧妻之痛，早已深入在骨。而那深深的悲痛心情，却在教习徒弟的过程中逐渐缓解了。没人的时候，他常常独自练习秘籍上的剑法，有时候也有虚无感，觉得自己的命运很不好，得了这套秘籍，却丧失了妻子和孩子。考举人又不中，到底自己应该有一种怎样的人生？

第三年年中，那些徒弟基本跑光了。剩下的十几个也很不满意，纷纷议论：师父什么时候教我们练习剑法啊？他到底行不行啊？是不是他武功全废了，就是为了混口饭吃，才招揽我们来的？都怨气纷纷，有点动摇了。

有一天，徒弟们商量好，终于忍不住了，带头的一个问：“邱师父，我们跟了您两年多，没有看见您练过一次剑，您到底会不会剑术啊，不行的话，把学费退给我们，我们就都走了，这天天看水搬砖，哪里是练剑术啊。您这不是欺骗我们吗？”

邱伯仁冷笑了一声：“一群蠢货啊。没有悟性，没有恒心。好吧，你们跟我来。”

那十多个徒弟跟着他来到了一片空地上。身穿白色绸褂的邱伯仁，手里拿着一个袋子，发给他们每人一把黄豆，又给他们一个陶罐，里面是煤灰，让他们把黄豆涂抹上煤灰，说：“我舞剑的时候，你们挨个朝我撒豆子，看看我身上会不会有黑点。你们都看见了，今天我的衣服很白。”

徒弟们都很高兴。“撒豆打您，等下您就是斑点狗了！”

邱伯仁微微一笑：“只怕你们到时候成了呆呆狗了。”

众人这时只听见唰的一声响，再一看，邱伯仁的手里不知道何时多了一把剑。那是一把软剑，既锋利又坚硬。只见他将剑放在脑后，唰地一起势，立马就动如脱兔，身形飘摇起来，动作迅疾得几乎看不清他的脸了。众人看呆了，只见那把剑在邱伯仁的手里唰唰地伸吐，如同闪电一般。只听见邱伯仁大喊一声：“撒豆！”

徒弟一定，纷纷朝师父撒去黄豆，一团疾速而来的影子飘过，听得见黄豆噼啪作响的声音，却不见有豆子砸在邱伯仁身上。

过了一阵子，邱伯仁将剑一收，停了下来，呼吸十分平稳，一袭白衫上一个黑点都没有。众人呆了，真的成了呆呆狗，而他们手里的黄豆早就丢尽。

他说：“呆呆狗，去把那些豆子捡起来看看。”

徒弟们这才回过神，赶紧去捡起黄豆来看。他们又惊呆了，原来，那么小的黄豆，每一粒的身上都有被剑砍伤的痕迹，每一粒黄豆都是如此。这邱伯仁的剑法果然高强啊。

邱伯仁说：“你们啊，就是没有恒心。练剑要循序渐进，人是不能一口就吃个胖子的。我不是叫你们上午盯着看水缸里的水吗？现在，你们每人守着一口水缸，把一只苍蝇丢进水面。”

徒弟们照着做了，每人守着一口水缸，每口大水缸的水面上，都有一只活苍蝇在蠕动挣扎着。

只见邱伯仁吸了一口气，腾空一跃，轻飘飘跃上一口大缸的缸沿，手中的剑已经出去了，他唰唰唰几下子就点着大缸的边沿，跳过了十几口水缸。然后在不远处跳下来，说：“你们再看看那苍蝇。”

徒弟们再仔细看缸里水面上的方才还在拼命挣扎的苍蝇，每一只都成了两半。

邱伯仁说：“所以，上午看水，下午托砖，还要再练习几年，才可以学剑啊。”

众人听了，一哄而散，心想，这剑术太难学了。这三年那三年，前三年后三年，我们哪里有这个毅力呢？虽然邱伯仁武艺高强，可他们也没有这份毅力啊，就都走了。

邱伯仁看到他们都走了，仰天长叹一声：“如云啊，你看看现在这些人，难道我们的剑术绝学，就要绝迹了吗？我可不想轻易让它失传啊，现在这些人，真让人失望。”

邱伯仁继续独自琢磨剑术，并把他琢磨出的新剑法写成书册，作为那套剑法秘籍的续编。从读庄子《论剑篇》开始，遍读哲学、武学书籍，他总结出武学中的“一生二、二生三、三生万物”来，把一招两式、三节四套、五往六还、七削八刺、十二套三十六步、一百八十手，全部写下来。

他把自己写下来的新剑法和原来那锦盒里的剑术秘籍放在一起，藏在房梁下屋顶上一处很隐蔽的地方。

其他徒弟跑光了，却来了一个新徒弟。有一天，他听见门口有人喊：“邱师父，我想学剑！”邱伯仁坐起来，心想，看来还是有人想向我学习剑法嘛。

这个人叫作栾树，他家和邱伯仁家不远，就是家境比邱伯仁家差一些。栾树此前也一直在读书学习，打算去考取功名，无奈几次考试也都没有中举，有点儿灰心丧气了。

终于，他来找邱伯仁，说要向他学习剑法剑术。

同为落榜生，邱伯仁一看这是一个聪明人，心里欢喜，说：“前面那些人向我学习剑法，都受不了，都跑了，你行吗？”

栾树说：“我肯定行，我这个人有毅力，没有毅力的人，我知道你是看不上的。”

邱伯仁哈哈笑了，说：“对于笨人来说，毅力很重要，对于聪明人，毅力就没有那么重要了。聪明人有悟性就可以了。我看你是一个聪明人。不过，你也要跟着我观水、托砖，再加倒悬，我先看看。”

这栾树比一般人的确聪颖一些，无论观水、托砖，还是倒悬——把自己倒吊在房梁上保持不动一整天，天天如此，都能坚持下来，而且显然在不断精进。比如观水，他渐渐能看到水面最细的波纹了；托砖，他能左手端着八块砖，右手用剑去劈砍，八块砖立马全部被整齐地砍断；倒吊金钟，他纹丝不动一整天，还到了能够倒吊着睡觉的地步。

所以只是一年工夫，他就出道了。

邱伯仁暗暗称奇。接着，邱伯仁开始给他教授剑法了。他说：“庄子说，夫为剑者，示之以虚，开之以利，后之以发，先之以至。”

栾树点点头。对于剑术招数，栾树学得也很快，又是一年，基本上把旋风派剑法和袍袖剑法都学到手了。只是一点，邱伯仁没有把男式的袍袖剑和女士的襟袖剑之间的区别告诉栾树。邱伯仁觉得这个栾树很聪明，也许会出点什么幺蛾子，就多少留了一手。

有一天，邱伯仁说：“栾树，你看，你跟着我学习了两年多，剑法基本都学到了。你很聪明，学得快，我就这些本事了。不过，我想叮嘱你一句，学剑之人，一定不要好勇斗狠，要把这武艺藏在身上，不能轻易显露。你知道吗？少林寺庙里面，可能一个扫地僧的功夫恰恰才是最高强的，而人家平时是不显山不露水的。所以，你要谦虚谨慎才好。”

栾树很高兴，说："师父，我听说，您还有一函剑术秘籍，天下所有最厉害的剑法都在其中记载，能不能让我看看？"

邱伯仁眉头一皱。"你怎么知道有这个书的？"

"我听说，当年师母嫁给您的那天，就是因为这部剑术秘籍，她和一个白胡子老头剑客打了整整两天，几乎耽误了你们的婚事。后来，那个老头被府上的兵士包围，中箭而走，而师母也受毒剑所伤，不久就去世了，把秘籍留给您了。是不是这样，师父，既然我是您的得意门生，那就把书给我看看吧。"

邱伯仁听到栾树这么说，忽然十分想念老婆梁如云。一瞬间，他回忆了很多往事，尤其是老婆临终前劝他再娶老婆生孩子、传习剑法的事情，如今几年过去了，他还是非常想念她，无法另娶。

但听到栾树问到了剑术秘籍，他脸色又阴沉下来，喃喃地说："没有，没有这样的剑术秘籍。记住我说的话，你学成了，不要随便显露，也不要和人比武比剑术。"

栾树跪倒在地。"师父，您放心，我肯定不和别人比试，我还是去念书考举人吧。文举人不行，我就去考个武举人。"

有一天，邱伯仁有事出门，去巴山买东西，就安排栾树帮助看家护院，带着几个人巡逻。

等到他半个月之后回来，晚上走夜路，快到家的时候，在一处荒弃的空地上，忽然听到有人在打斗。他一听，就觉得是栾树在那里。

他悄悄地跟过去，发现果然是栾树，他正在一片空地上与三个人对阵。那些人显然是外地来的。

他不出声，看到这栾树剑术果然已十分精湛，敏捷、轻盈，潇洒，很快就把那几个人打败了。人家败走了，他看着背影喊："笨蛋！把你们师父喊来，我全都能打得过！告诉你师父，我叫栾树！"

邱伯仁觉得很失望。他隐藏在暗处，觉得自己看错了人，就悄悄从别的路回家了。

从此，他对栾树很冷淡，也不再教他任何剑法，很疏远栾树。

栾树一开始不知道是怎么回事，后来，了解到师父知道他和别人比剑法到处打斗的事情了。他知道再也不好向师父学习剑法，师父也不会教他了，就不再去找邱伯仁学剑了。

过了半个月，邱伯仁再次出远门，栾树听说了，前来送行，师徒还算以礼相待。邱伯仁骑马上路，走了半天，忽然觉得有点什么问题，立即赶回家。因为，他觉得栾树在他离家的时候露面，来到他家里有点奇怪。

急忙回家，仔细地检视一番，果然发现他藏在屋顶下房梁上一个隐蔽地方的那函剑术秘籍锦盒不见了。

邱伯仁大怒，立即前往栾树家去找他。但栾树的家人告诉他，栾树已经走了，说是往北面方向去了。

邱伯仁知道，这栾树是偷了他的剑术秘籍远走高飞了。邱伯仁大叫："老婆梁如云啊，我对不起你！"

下　阕

那函剑术秘籍锦盒就是栾树偷走的。那天，他名义上是来给师父送行，实际上，他是来观察师父一举一动的。

和师父告别，栾树仔细观察着师父的举动，说话、眼神、动作等非常细微的细节。他在揣摩剑术秘籍会被师父藏在哪里呢？目光就随着师父的目光和眼神走。而邱伯仁不经意地朝隐藏秘籍的方向一瞥，那轻轻的一瞥，是因为下意识的不放心、潜意识的放不下，只是一瞥，就被栾树看见了。

栾树绝顶聪明，他记住了师父的这一瞥。等到师父骑马上路，他立即返回师父家，进去之后，悄悄翻身上了房梁，在那个方向仔细寻觅，闭眼闻味道。为了得到这套剑术秘籍，他在家里闻锦盒的气味，闻书籍的气味，闻包书籍的蜡纸的气息，早就有所准备了。他果然闻到屋顶下房梁上一处夹层里有剑术秘籍锦盒的气味，最后寻找到了锦盒。他取出来，欣喜若狂，拿着锦盒，回家简单收拾了一下，立即启程走了。

栾树一路向北走，为了让师父没法找到他，先躲在巴山上一处荒弃的寺庙里继续修习剑法。他发现这剑术秘籍里的内容博大精深，不光有秦地终南山旋风剑派的剑法，还有少林派、华山派以及师父自己创造的剑法，一招一式，有文有图。每一条剑经，都是一条深奥的门道，从这一门道进去，剑法之堂奥和复杂，是他过去完全没有领会过的。

那几个月，他如痴如狂，完全沉浸进去了。修习剑法很用心，虽然是不正之人，可着魔如此，也是人间奇葩。

半年之后，他挥剑自如，剑不到枝已断，剑不离身，鸟已气绝。栾树感觉自己已经是无敌于天下了。

他决定下山，浪迹天涯，行走在江湖之中。他心里想："师父，你是不对的，男人就应该知道江湖之远才对。海阔凭鱼跃，天高任鸟飞，我走了！"

他一路向东北方向走，走了古蜀道，进入陕西境内，到处挑战武林高手，打败了不少人，也不断地遇到盗贼袭击。那个年月，表面上是什么盛世，实际上是兵荒马乱、民不聊生。侠客和盗贼伏击他，他也反击侠客和盗贼，因为剑术高强，出手即有死伤，剑一出鞘，必然有强盗或剑客被他斩杀。他行事又比较张扬，一路上得罪了不少武林帮派，也杀了一些盗匪，得罪了白道黑道。一时之间，栾树的名声就四下传播开来。

他一路向着东北方向走，打算前往京城，也察觉到路上有很多暗中跟着他、打算伏击他的人。那些人可能都是他出道之后在路上结的仇家。侠客、帮派、行商、盗贼都有。不过，他根本就不怕。我是见人杀人、见佛杀佛，只要是有人挡道，我就干掉你！他这么想，也是这么做的。

很多剑客、盗匪根本无法近身，因为他剑术高强，防备也做得好，别人很难靠近。而那函宝贝剑术秘籍，也一直被他背在身上，晚上睡觉的时候才解下来，枕在枕头下面，从来不离开他半步。

这一天，他进入繁华的洛阳城，玩了几天。有一个晚上，他在一家妓院过夜，和一个温香软玉丰满体贴的女人缠绵半天，累了，就搂着那个女人很快睡着了。

半夜里，他忽然感觉不对劲，一睁眼，就看到从床下钻出一个人，显然是一路跟着他的，挥刀向他砍来。那一刻，他电光石火一般迅捷地翻身，那把砍刀就砍在了他身边熟睡的女人身上，那个女人没有吭声就死了。

再看栾树，在黑暗之中呼啦一下腾空而起，冲破了窗棂，消失在夜色之中。

第二天，在一家小酒肆里，三个男人一起喝酒，他们高高兴兴地点了猪头肉和各类小菜，吃得不亦乐乎，其中一位的背上背着的就是栾树从不离身的那个锦盒。这个剑客喝着酒啃着猪头肉说："别看那家伙武功高强，我这一刀，还是让他受惊不小。加上他和妓女连着打炮，估计身体要恢复一阵子了。他这宝贝秘籍都丢下了，这下我们回去可以有功了！"

另外一个说："老大，还是你厉害啊。咱们从陕西一路跟过来，这次算是得手了，等吃完这顿饭，咱们就该上路打道回府了吧？"

第三个说："还是趁热继续追踪他，设圈套把他杀掉，拿着他的脑袋回去，才能真正交差。官府也会高兴，他在江湖上得罪的人太多，已经上了通缉令了。我们得为国为民为自己人除害啊。"

忽然，白光一闪，不见人，却见从窗外飞进来一柄利剑，顷刻之间，就把说话的这一位的脑袋给削掉了，他的脑袋一下子滚到了地上，还在兀自说着后半句呢。

背着剑术秘籍锦盒的那一个大吃一惊，刚站起来，他的脑袋就被回旋着飞回去的剑砍掉了，咕噜噜地滚到了桌子上，掉在装着猪头肉的大盘子里，和猪头并排靠着，眼睛还是睁着的，嘴还在动。

接着，店里发呆的食客们看见从外面走进来一个蒙面黑衣人，左手一把拿过死人身上的锦盒，右手反手就用没有脑袋的尸体身上的单刀，直刺第三个活着的要跑的人。这第三个人大喊一声，被单刀刺穿身体，将身体和他坐的椅子连在了一起，鲜血喷溅而出。

黑衣人反身出门，就不见了。

呆了半晌，店里的酒客和店家伙计才追出去，哪里还有人影？这蒙面人早就不见了。

蒙面人自然是栾树。栾树从洛阳出发，吸取教训，开始走偏僻的道。他又向北进发，在山西一些僻静地方待了一阵子，又向东边走，最后来到了京津一带。

在北京，沿着红色的宫墙外走着，他很感慨。一度他曾经跃上了宫墙，看到了皇宫之内那壮阔的皇城，大殿飞檐斗拱，气势恢宏，后院峰回路转，花团锦簇。很快被皇宫守卫发现，箭雨之下，他也逃脱了。

他再也不敢在皇城根儿露面，知道这乾隆皇帝心狠手辣，估计他也是上了黑名单，就去了天津，在那里开了一家车行，帮助人家拉货挣钱。一晃十多年过去了，栾树一直过着安生日子，不过也还是一个人，如今也是四十开外了。

有一天，他忽然很想去杭州看看。其实，活这么久，过了这么多年，他终于懂得师父教诲他的一些话了。在京津一带混，他学会了把武艺藏起来，只做一个车行的小老板。他知道，多年以来，因为他当年一路上杀了不少江湖中人，从陕西、河南那边，一直有武林帮派的人在找他。

前段时间，他听说一些剑客在北京、天津寻找他。他发现了他们的行踪，有的剑客被他消灭于无形无声，有的剑客则被他避开了。

他学会了狭路相逢勇者胜，避开锋芒藏起来，后发制人巧得胜，善于藏拙不露头。

这么多年他还是一个人，江湖上行走，很难娶妻生子。寂寞了，他就去妓院解闷，在女人的耳边腮旁唇内胸前胯下寻找温柔乡。车行生意稳定，他挣了不少钱，不过他知道杭州很美，没有去过杭州，很想去看看。

这就一路南下，第一天就到达了济南。

逛了大明湖，出了大门，忽然，栾树看见有个四十岁左右的女人，带着一个十多岁的妙龄女孩，在大明湖牌坊门那里舞剑。那个小姑娘的剑法非常高妙，一看就知道是练家子，这让栾树有点儿惊奇。

他不动声色，看那女人带着女儿舞剑，要干什么。

女人对围观的人说："我的丈夫死得早，我们成了孤女寡母，生活无着，非常艰难，现在呀，我带着女儿流浪到了济南府，想用剑术为我家女儿招亲。有能看上我家女儿的，请和她比试比试。她今年十四岁，正当年，也该嫁了，可一直没有合适的人家，有没有愿意比武的人。"

栾树听她说话，似乎带着蜀地口音，心里一动。他看到那个十四岁的姑娘也很漂亮，水灵灵、粉嫩嫩的，就像一朵娇滴滴的花骨朵一样，不由得动了心。

看见没有人上前，栾树跃跃欲试，他一下子跳入场子里说："我是路过，看个热闹，因为我年纪有点大了，过了四十，和姑娘不合适，但我也会两下剑法，不过是进来凑个兴头罢了。"他拿起一把摆在那里的剑，开始和那个小姑娘对打。

这一试手，栾树就感觉到有点儿小吃力。姑娘年纪那么小，怎么剑法却这么的黏滞老到，让他的剑法发挥不出威力？他想不通。只见她旋转腾挪，总是跟着他的剑走，就像是一股旋风，你怎么动，那旋风也跟着动。

几个回合下来，分不出胜负，栾树有点儿着急了。这时，忽然姑娘的妈妈叫道："停！"

他们停下来，大家看得正热闹，女人说："你这个人剑法不凡啊，可你也不报上姓名来。"

栾树说："我姓树，树先生，是个秀才，树秀才。"

女人靠近他说："树秀才，幸会！我看这里不是比武的好地方，人多眼杂，我们现在去另外一个地方比试一番吧。说实话，我这个做妈妈的已经有点儿看上你这个年纪不小的秀才做女婿喽。"

栾树的警惕性忽然提高了。“我们去哪里比试？这里不挺好的嘛，再说了，其实我还要赶路去杭州……”

“不远，就在城东的空地处，我先生也在那里。他是个江湖郎中，让他也看看你吧，这样，好事不就成了？”她说着，那个小姑娘就冲着他笑，笑盈盈的，让他心乱如麻。

栾树感觉有点儿蹊跷，但他觉得，这个小姑娘那么漂亮，两个女人，又能把我怎么样？不管遇到谁，我自己的剑法无敌，谁都不怕。就跟着母女俩一起来到了城东的空地上。

空地上没有什么人，只有一片树林和几间茅屋，屋里有一些卖茶叶的和过路的行脚商人。

在那片空地上，女子说：“就在这里吧，看看你能不能把我女儿打败，你打败了，她就是你的了。”

栾树心想，我还打不败一个十四岁的姑娘？刚才打成了平手，现在我要占上风了。他出手就和那个姑娘战成一团。但一交手，栾树却感到更加吃力了。姑娘的眼睛很大，笑盈盈地看着他，只要是他的剑锋所到之处，她的剑总是能够如同游鱼一样跟随。他按照那剑术秘籍上的剑法，不断使出绝招，可是一一都被姑娘化解了。

栾树气喘吁吁，姑娘香汗淋漓，胸前的两只兔子诱人地跳动着，让栾树感到了焦渴难耐。他凭借余光感觉到，附近的树林、茶店多了不少人影。他显然被包围了。

他想，自己陷入圈套了，可到底是什么圈套，他还不知道，但眼下，脱身是个关键。情急之下，便使出了杀手剑法，就是袍袖剑法。这袍袖剑法，是用藏在袍子里或者裹在腰间的软剑，也就是鱼肠剑—— 一种非常薄的利剑，在脱手的一刻撒出去，几十步之外就能取人首级。

这是很要命的一招，也是一个大杀招，不能轻易使用。栾树感觉这一下不把姑娘的脑袋砍下来，也要惊动那些隐藏起来的高手。

他的袍袖中突然飞出来一把剑，像一条银鱼一样，飞向了姑娘的脖颈。那个姑娘一仰身，白光闪过，而她的衣襟之下，也闪出一道灰光，她的手里又多出一把剑来，就如同一条轻巧的鲶鱼，同时削向了他的左手腕和右脚踝。

只听见栾树哎呀一声，扑通就跪下了，左手顿时血流如注，右脚也不能动了。

这时，从树林里和茶店里走出来一堆人。他们呼啦一下子就围了过来，很多人拿着各种大刀匕首大锤和长剑，纷纷上前，盯着栾树。只见一个穿着白衣的中年人挡住了大家。

“且慢，且慢！我看看他的伤。栾树，你还认得我吗？”

此时，栾树的左手腕的筋脉和右脚的脚筋都被姑娘的剑削断了，疼痛难忍，他听说话人的声音很熟悉，抬头一看，大叫一声：

“师父，是您啊，师父！邱师父！”

原来，眼前的这个白衣男人，正是他的师父邱伯仁。邱伯仁挡住了那些吵吵嚷嚷要立即要了栾树性命的江湖中人。看来呀，他们早就在这里埋伏好了。

邱伯仁转身对那些江湖中人说：“我女儿已经把他手腕的筋脉和脚筋都削断了，他的武功和剑法，自此都废了。”接着，他把栾树身上的锦盒解下来，对那些人说：“这剑术秘籍，现在就还给你们旋风派。这样的话，我们和你们之间、栾树和你们之间的所有恩怨，就此了结。你们就宽恕他吧！这段江湖恩怨持续了几十年，我的老婆梁如云也死去了。这段恩怨，今天就化解了，行不行？”邱伯仁向大家拱手作揖。

众江湖人士退居一边。带头的接过锦盒，说：“好！秘籍还给了我们，我们可以交差了。因为奉当今皇上旨意，朝廷正在编修《四库全书》，我们要进献这套剑术秘籍给纪昀纪晓岚总编修。栾树的武功现在也废了，这段恩怨，有因有果了，的确可以了结了。”他手一挥，那些人就立即走了。

栾树这时才感到羞愧难当，疼痛非常，但又很不解。“师父，你怎么会在这里？”

邱伯仁吩咐那个女人说：“彩霞，你给他赶紧上药，保住他的筋脉还能活动。栾树啊，这个女人是我的老婆彩霞。梁如云死了之后，你又把我的剑术秘籍偷走了。他们后来找到我，问我要秘籍。我说你偷走了，他们就到处追踪你。我后来娶了彩霞，生下了这个女儿，叫邱彩云。彩云继承了我的所有武艺，包括我的剑法。你江湖行走，杀死杀伤了不少人，他们都要报复你。但你行踪诡秘，他们找不到你，就到蜀地找我，说只有我出面才能抓到你，这件事才能最终了断。我说，那我把他找到，废了他的武功，叫他不再有缚鸡之力就可以了。他们说行。这不，我们就这样相遇了。现在，一切都了结了，秘籍也还给了旋风派，他们拿去给朝廷进献，朝廷现在到处搜罗秘籍藏书，在编修《四库全书》呢。这样，他们也不再向你寻仇了。”

栾树恍然大悟，他给师父邱伯仁磕了三个头，泪流满面。“我对不起师父啊，我的德行不配当您的徒弟啊。”

邱伯仁和彩霞把栾树搀扶到旁边的茶棚里，说：“你的武功已经废了，你的恩怨了结了。你拿走的剑书还给他们了。现在，马车也备好了，你妈要你回家，回蜀地的家！你说，你还想怎么样？”

栾树说：“叶落要归根，浪子要回家。我现在已经是废人一个了，那就听师父您的，我就和你们一起，回四川老家吧。”

囚 徒

红 孩*

胡二走进乡政府的前院，发现院中央有一棵一人粗的大槐树，他看了看各办公室的门牌，没有他要找的人。于是，他顺着西侧的甬路，又来到后院，发现后院的中央还是一棵一人粗的大槐树。他照样往那一个个办公室的牌子上找自己要去的地方，发现还是没有。他就想，村里的吴主任是不是在诳他，存心要耍着他玩，如果那样，他就回去找主任玩命。

胡二所在的村叫营子，营子里住着二三百户人家。早先，这村是一片荒地，皇上经常到这一带狩猎，后来皇上觉得这平原地带狩猎不过瘾，就不来了。皇上不来了，地也不能闲着，许多城里的人死了，就纷纷运出来埋在这里。听老年人说，在北京朝阳门以东的很多地方，过去都是坟地，像许多村名如孟家坟、何家坟、幺坟、苏坟，甚至是王爷那桐坟地都在这一带。

营子的西北角有两块坟地，一个是胡家坟，另一个吴家坟。胡二和村委会主任吴歌的先人都是看坟的。本来，看坟人就很苦，是从山东逃荒要饭过来的。等到了新中国成立初期，胡姓吴姓的人已经占到村子里人口的百分之八十，大致平分秋色。可是，自新中国成立前，村里就有个不成文的规矩，胡姓吴姓互

---

* 红孩，中国散文学会常务副会长、中国作家协会散文创作委员会委员、致公党中央文化委员，作家、文学评论家。已出版长篇小说《爱情脊背》，短篇小说集《城市的海绵》，散文集《阅读真实的年代》《东渡东渡》《理想的云朵有多高》，诗集《笛声从芦苇中吹来》，文艺评论集《拍案文坛》等十余部，约三百万字。文艺评论曾获得第二十二届中国新闻奖。现供职文化部中国文化报社，主编文学副刊。

不通婚。这样，就苦了村里的姑娘后生们。还有一个规矩，就是胡吴两姓婚丧嫁娶彼此人去但不必花钱送东西。有个别年轻人企图破坏这规矩，结果遭到老年人的谩骂。

胡二的父亲在村里过去是赶大车的，他们弟兄三个，还有两个妹妹。胡二从小缺心眼，上学也不太好，考试总给班上扯后腿，有一年老师实在受不了，就逼着胡二的父亲带着胡二到县医院开弱智证明。县医院的大夫看了看胡二，考了他几个问题，诸如一棵树上有三只鸟，一枪打死一只，问树上还剩几只。胡二当即就说还剩两只。大夫又问，一棵树上长俩梨，一个小孩看了干着急，问这是什么意思。胡二说，我要吃梨。医生说，这梨不是吃的鸭梨，而是一种比喻。胡二说，不是梨，那就是苹果梨。大夫听后，觉得胡二确实有点弱智，就给开了证明。有了这一纸证明，老师的压力减轻了，可胡二的父亲压力却大了。胡二的母亲死得早，一家五个孩子，大的刚上班，小的还在上幼儿园，真是愁死人了。

胡二三年级的时候，就不上学了。他像一个浪鬼，在村子里晃悠。他喜欢看狗打架，也喜欢马撒欢儿。特别是看到马撒欢儿，马跑他也跑。久而久之，胡二奔跑的速度就很惊人。离村子不远，有个农场的果园，里边种植着苹果、桃子和葡萄。每当果子成熟的季节，胡二就常跳过铁丝网到果园里偷果子吃。护青的人虽然是小伙子，但奔跑速度远不如胡二。几次较量后，护青的没了主意，就申请单位给配了两条大狗。这下他们以为可以震慑住胡二了，可他们不曾想到，从小就与狗打交道的胡二对付狗有天然的本事，这就如同兽医，多厉害的狗，只要到了兽医室，全都老实。有人说兽医身上有瘆人毛，也有人说兽医杀死过无数条狗，身上有血腥气，狗见了都害怕。

村里的孩子对胡二的看法褒贬不一。

有一年国庆，市里要搞群众游行。村里的场院上突然来了许多学生，说是练方队的。胡二见有这么多人，而且唱着《在希望的田野上》，肩并肩地走排面，他觉得有趣，就远远地站在一边也跟着踏步，一路向前走，走着走着，就走出个一顺腿，弄得学生们哧哧地笑。这时，担任训练的教官就会对学生们喊，不许笑，保持队形！教官虽然这么喊，可学生们还是忍不住笑。一次，胡二走着走着，裤裆开了，把他的隐秘处露了出来，女孩们喊羞死了，男孩子们则大喊，胡二，跑一下，跳一下！胡二不知听得明白还是听得糊涂，就真的像马驹儿一样又蹦又跳的，弄得教官也忍不住笑了起来。

国庆游行结束后，场院又恢复了往日的寂静。胡二觉得世界少了什么，他又在街上转悠，像个逛鬼。人们虽然嫌弃胡二，胡二倒也知趣，他很少去串门，遇到村里人他会胡乱地说段顺口溜，如“山喜鹊，尾巴长，娶了媳妇忘了娘，老娘要吃咸烧饼，没有闲钱买笊篱……”村里若是有了婚丧嫁娶，胡二可乐坏了，他会跟着从头看到尾。村里人也不管他家出没出份子，也不管吴姓还是胡姓，遇到胡二，都会让他吃饭。胡二也不客气，吃谁不是吃呢！为此，村里人有事没事互相讥讽，常会说，找胡二去吧。

日子像太阳一样，该升时升，该落时落，周而复始。转眼胡二就小三十岁了，和他年龄相仿的后生、姑娘都陆续结婚了。胡二有些着急了，他哭着喊着跟他爸爸要媳妇。胡二爹说，就你这个屌样儿，爹就是想帮你，可谁家姑娘愿意嫁呢？胡二说，他听人讲，城里有婚姻介绍所，只要交二百块钱就行。胡二爹说，我咋没听说有这好事。胡二说，他想进城。胡二爹说，你可算了吧，整不好还得登个寻人启事啥的。

胡二才不管爹怎么说。他走了七八里地，糊里糊涂地跳上了进城的公交车。售票员问他到哪儿，胡二说到婚姻介绍所。售票员说，我们没有婚姻介绍所这一站。胡二问哪里有，售票员说，你坐到终点，再倒一路车，坐到东单，看看那一带有没有。胡二不再说话，他不管那么多，他只管到处乱坐，坐到哪算哪，只要人多的地方，就有可能有婚姻介绍所。

胡二在城里走了多少冤枉路没有人知道。他回到村子，是三天后的事情。见儿子头发脏乱，满脸尘土，爹就问，你到哪儿疯去了？胡二说，到城里找婚姻介绍所去了。爹说，人家城里人的婚姻介绍所是给城里人办的，你又没有城里户口，人家给你办？胡二说，他去了好几家，人家都不给他办。最后，在一个胡同里遇到一家，说有个妇女是精神病，问胡二愿意不。胡二问精神病是什么意思，婚姻介绍所的人说，跟你差不多，一会儿明白一会儿糊涂，急了还咬人。胡二说，那可不行，咬人不成疯狗了吗？婚姻介绍所的人见胡二脏了吧唧的，就说你留下二百块钱先登记，等有了合适的就给你写信打电话。胡二说，我也不知道村里的电话号码呀，婚姻介绍所的人说，我们会通过查号台查到，你就踏实在家等消息吧。

等消息的日子，胡二到婚姻介绍所的故事成了村里人的笑资。人们见到胡二就会逗他，城里来消息了没？胡二说，不着急，等漂亮的。人们又逗胡二，城里的女人哪儿漂亮？胡二答，脸白。还有呢？头发烫着卷卷。再往下问，胡二就开始胡说八道了。这样的日子，大约过去了半年，人们才不再拿胡二打哈哈。

村委会主任吴歌和胡二是小学同学。吴歌比胡二聪明，多上了几年。他想帮帮胡二，让胡二看场院。在乡下，场院是个好地方。三夏和三秋农忙季节，村上的人都到场院晒场，中午时分，人们回家吃饭的当口，就只有胡二一个人在场院溜达。场院有一排房，有几间放农具，最东头的一间是值班室。夏天，屋里不生炉子，凉凉的，蚊子是有的，点一盘蚊香，或者用艾蒿燃一些烟熏熏。冬天，屋里生个炉子，炉子四周用铁丝圈着，铁丝上烤着红薯、窝头、馒头，香香的，很诱惑人。胡二喜欢狗，门外养着一条，黄毛，算是和胡二做伴。胡二中午不怎么睡觉，他喜欢到场院边上的鱼塘里洗澡。仰泳、狗刨、侧泳，胡二都会，有时他也让大黄狗游上一圈。

场院除了晒粮食，还堆了很多的麦秸和稻草。高的能有二三十米，村上的孩子很爱到这里边捉迷藏。也有的住户家里的老母鸡喜欢到场院寻找麦粒稻粒吃，吃饱了就在麦秸垛里刨一个窝，然后在里边下蛋。胡二每天都可以捡到三五个鸡蛋，吃不了，他就拿回家交给爹。反正鸡蛋是白来的，爹就拿鸡蛋换成钱买油盐酱醋，偶尔也放在韭菜里全家人吃素馅饺子。

这当然是胡二的秘密，他再缺心眼，也不会轻易告诉外人的。

吴歌用胡二看场院，也不完全出于同学的情谊。他有他的心计，头一条，就是从公粮里抽出一些小麦和水稻，送给他的关系户。有的象征性地给点儿钱，有的就白送了。这样的事，吴歌也不背着胡二，他觉得胡二傻不拉叽，不会清楚怎么回事。第二条，吴歌在村里有个相好的女人叫大花，她老公是个城里工人，腿有些残疾，一周才回来一次。这样，有事没事吴歌就往大花家里跑。时间长了，村里人难免说闲话，吴歌就约大花到场院的稻草垛里幽会。这事胡二知道，他觉得这两个人在稻草垛里藏闷闷儿很有意思，他就想着某一天，他也找个女人藏闷闷儿，看着那稻草垛一起一伏，很有诱惑力。

某日，吴歌与大花在麦秸垛里藏完闷闷儿后，正赶上胡二路过，胡二突然对大花说，你总跟主任藏闷闷儿，你也和我藏回闷闷儿吧。大花一听，先是一愣，然后是浪声大笑起来，她指着胡二说，就你那德行，还想跟我藏闷闷儿，你也配啊！胡二说，有什么嘛，不就是两个人一上一下趴在一起，用麦秸盖住嘛，我也可以。大花说，我刚趴完，那地方还热乎着哪，你不妨也过去找找感觉。胡二说去就去，说话间他就真的钻到刚才吴歌和大花藏闷闷儿的地方。他左右摇了摇身体，用麦秸把头盖住，冲着外边喊，我藏好了，你们找吧。吴歌和大花才懒得理这个傻小子呢。他们相视一笑，前后脚离开场院，各回各的家。

不知不觉，转眼日子到了 1998 年，那年长江发洪水。村里来了许多南方的难民。其中，有一六十多岁的妇女，带着一个三十多岁的儿媳和两个孩子，妇女说儿子被洪水冲走了。他们一家没什么指望，就出来找活路。对于这种难民，村里过去也来过，人们一般给点儿吃的，有的也给点儿衣物，然后劝他们离开。这次，这一家四口没到村里，直接到了场院，非让胡二给弄点吃的。胡二也是热心，回家也没跟爹说一声，就把米面油盐弄到场院值班室。一连三天，胡二请那一家四口吃打卤面，吃米饭炒菜，真的像过起了日子。有人把这事报告了吴歌，吴歌觉得胡二这事做得并不过分，也就睁一只眼闭一只眼。开始，胡二爹也没觉得怎样，后来听村里的人背后瞎议论，说胡二带着那一家四口过上日子了，吃三五天还行，要是日子长了，非把胡二吃穷了不可。胡二爹就去场院找胡二，让他把那一家四口轰走。胡二不愿意，胡二爹就索性把胡二锁在自己家里。这样过了两天，那四口人看没有着落了，只得拿着胡二爹给的二十块钱又到别的村子想主意去了。

从此，胡二就开始发蔫了。即使吴歌和大花到场院里再藏闷闷儿他都懒得看了。至于老母鸡在麦秸垛里下蛋，他也是有一搭无一搭的。村上的人说，胡二中邪了，得赶紧给他说一房媳妇，否则，这孩子就糟蹋了。

村上吴家有个盲姑娘，小时候是玻璃花眼，到了十八九岁，就什么也看不见了。姑娘眼盲，但手巧，能剪纸，还会织毛衣。村上人有喜欢管闲事的，接连给盲姑娘介绍几个婆家，男方都以姑娘眼盲放弃了。一个偶然的机会，盲姑娘到村供销社买酱油，不小心被石头绊了一下，摔倒在路边，正巧碰上胡二。胡二热心，把盲姑娘搀起来送到家。盲姑娘的母亲看着胡二，心说都说这孩子缺心眼，可骨子里倒也知道心疼人。她想着，何不把姑娘嫁给胡二呢？可是，村里的规矩，吴姓和胡姓彼此是不能成婚的，这可怎么办？

盲姑娘的母亲去找村主任吴歌，吴歌说法律虽然没规定吴姓胡姓不能成婚，可村里这规矩都有上百年的历史了，以前虽然也有青年男女越过雷池，但最终还是以悲剧结束。吴歌说，我可以出一个法子，你和大哥离婚，将吴姑娘改成你们娘家的李姓，这样就可以顺理成章地和胡二结婚了。吴姑娘的母亲说，这咋成，我一个快六十岁的妇人闹离婚，这不让人笑掉大牙吗？这得让胡二他爹想办法。

能让胡二娶盲姑娘，胡二爹觉得不吃亏。可是一想到老辈人定的规矩，他又没了主意。具体说，吴胡两姓为什么不能结亲，胡二爹只是听他爷爷说过，如果吴胡结亲，三日之内必死双方族人。到底曾经出现过这样的事情没有，有的人说有过，也有的说是讹传。但营子村人家，没有人敢冒这个险。如今，事情被逼到这份上，胡二爹想拼一次试试。他把胡二跟盲姑娘的事跟子女们一说，大家都说这事万万不可。胡二的小妹妹说，他们娘死得早，靠爹把他们拉扯大不容易。这眼看着爹刚过上几天好日子，不能就这么被胡二的事给搅了。胡二爹说，我倒是不在乎，只要胡二今天能把婚结了，我就是明天蹬腿我也认了。

爹的话胡二听得明白，那意思是，吴胡两姓结婚他并不反对。有了这个底，胡二就来了牛劲，他去找吴歌。他明确告诉吴歌，他要和盲姑娘结婚了。谁反对也不行。吴歌说你结婚我恭喜，可是要破坏了吴胡两姓的规矩，我就无能为力了。你最好找乡政府的一个领导出面，让他给我打个招呼，写字条打电话都行。这样，将来村民问起来，我就说你们是奉旨成婚，出了什么问题，我都说得清楚。胡二问，乡政府谁说了算？吴歌说，只要有人说，谁说了都算。胡二又问，那我找哪个部门？吴歌说，找哪个部门都行。

听了吴歌的话，胡二很激动。天不亮他就步行十几里地走到乡政府。到了乡政府，传达室的人见胡二傻了吧唧的，问他找谁，胡二说，我找当官的。看门人问他找哪个当官的，胡二说能给吴歌写字条打电话的人就行。看门人说，我们这院里的人都能给吴歌写字条打电话，你总得找个具体的人。胡二说，你行不？看门人一听笑了，说这院里就我不行。胡二说，你不行，那你给我找个能行的。说话间，看门人看到乡长助理正要去锅炉房打水，就说你找那个打水的人吧，他官大。胡二很高兴，就跟着那打水的人的影子往前走。正当走到锅炉房时，就听一个男的正和一个女干部模样的人打情骂俏，胡二刚要说话，那男的就把暖瓶丢在了地上。或许是热水溅到了女人的脚面，那女人惨叫一声直蹦，男人则忙不迭地帮女人脱鞋脱袜子，一个劲儿地赔不是。这情景，胡二看得目瞪口呆，他竟然把为什么到乡政府来全都给忘得一干二净。

等胡二明白过来，机关里的人进进出出都来了。人们互相打着招呼，谁也没理睬胡二，好像他就不存在似的。胡二觉得很茫然，他一会儿到前院看看，一会到后院看看，他想跟人说话，又不知道跟谁说。就在胡二踌躇犹豫不知所措时，一个女干部领着一个七八岁的小孩走到院子里，女干部指着大槐树说，宝贝，妈妈让你猜一个谜语，方方的一张嘴，里边种着一棵树，打一字，念什么？小孩眨眨眼，说不知道。妈妈便启发道，嘴就是口，树就是木，口里边放一个木，这个字念困。困难的困。于是，小孩也跟着念：困难的困。

胡二看着小孩和他妈妈，觉得有意思，不由也学了句“困难的困”。这时，小孩妈才注意到胡二，她见胡二有些傻，就想耍弄胡二。她指着胡二对小孩说，妈妈再让你猜一个谜语，方方的一张口，里边站着一个人，打一字，念什么？这回小孩不假思索地答道：念囚，囚徒的囚。妈妈听罢，用手轻轻地拍着儿子的头顶说，儿子真聪明，一下就猜出来了。

对于小孩的回答，胡二听不明怎么回事。但从小孩母亲的话语里，他能感到囚徒这个词不是好词。他沉默了几秒钟，突然大声地喊道：囚徒，我是囚徒！小孩正和他妈妈说话，听到胡二的叫喊，下意识地扑到妈妈怀里，哭喊着：妈妈，我怕，他是囚徒！

“对，我不叫胡二，我就叫囚徒！”胡二在乡政府的大院里不停地呼喊着。乡政府的人各个面面相觑，他们不知道外面刚才发生了什么。他们也懒得理胡二这样的人。因为，在乡政府里经常会出现这种莫名其妙的人，谁愿意没事找事呢！

爱　云

王妹英*

春天，又剩下爱云和德海，以及爱云的两个孩子留在家里。

爱云的男人杨海外出打工，要等到过年才能回来，年年如此。

杨海走的时候对爱云说："好好在家伺候咱兄弟，好好上地，种好家里的十亩玉米地、谷子地。"他兄弟德海瘫痪了十几年，一直躺在炕上，需要人照顾。杨海一只脚跨出大街门的时候，又回过头来对爱云说："照顾好咱兄弟，照顾好地里的庄稼，过年回来的时候，给你买新衣裳。"

"你甚时才能回来？"

"我哪里知道，肯定又要等到过年才能回来，那还用问的呀？绵羊要产羔了，你要注意，小心倒春寒，把羊羔冻死了，早早把羊圈的新土垫好，产羔以前铺些新草，羊圈里弄暖和些，冻死几只你就白忙活一年了。"

家里除了爱云，德海，还有两个孩子，女儿刚上小学六年级，儿子还小，和爱云一样，智力不大好，杨庄的幼儿园也不收，只好在家玩着。另外马上就是农忙季节，翻耕、播种、间苗、锄地，一直要忙到五六月份才能喘口气。赶上天旱雨水少的话，还要往地里担水滴灌补苗，不然收成自然会减半，情况更糟的话甚至会绝收。

在大门外头，杨海挥挥手，让爱云回去，爱云正要转身，杨海又快走了几

* 王妹英，女，陕西省作协签约作家，出版长篇小说《福满山》《山川记》，在《人民日报》发表的《照亮时代和人心》获全国散文金奖。

步返回来，问:“家里还有多少钱？”

爱云说:“我没钱呀。钱都在德海手里呢。他不给我钱。买油盐酱醋他也不给我。你不相信？不相信你看看我身上，一分钱也没有！”爱云说着，涨红了脸，急忙翻出自己的上衣和裤子口袋给杨海看。

杨海知道爱云说的是实话。之前也说德海不给钱，不过一年又一年，针头线脑，七零八碎，也就那么熬过来了，村里赊的账，只要等杨海回来，就都结清了。

杨海说:“我可没钱再给你了，都结了村里的陈年旧账，路上还要盘缠吃喝，我身上也没剩多少钱了……”嘴里说着，两只手伸进两个裤子口袋里，摸索了一阵，还是从右边裤子口袋里掏出一百块钱来，放到爱云手里。“不要乱花。好好拿着。不够用的，你问德海要吧，我把我身上能节余出来的工钱，都给他留下了……”

他一点儿也不觉得爱云傻。村里的人都叫他老婆傻爱云。他老婆哪里傻了？一分钱也不会多给旁人骗去，知道按时上地，知道天气季节和农忙时令节气，知道按时回家给德海和孩孩们做饭、穿衣，知道心疼自家男人，从不乱花一毛钱，从不任性，什么都知道。一个女人在家里守着，守着瘫痪的兄弟，守着孩子们，守着家里的羊、地里的谷子玉米，还在家里囤积了足够全家人吃两年的粮食。看着她欢天喜地地收下，毫不掩饰自己对这一百块钱的惊喜，也不问问他路上吃什么，喝什么，他也不在意，那根本算不了什么，讨吃要饭他也是她男人，都是应该的。她甚至不知道把他往村口送一送，也说不出一句热心热肠的话来，就知道傻乎乎地看着他笑。让她回去她就回去，让她好好上地她就好好上地，让她好好伺候他兄弟她就好好伺候他兄弟，一句多余的争辩也没有。村里人取笑她的衣裳难看，她一点也不觉得，还会硬气地说：

“俺男人给我买的，我觉着好看，你没有，你气得慌……还敢笑话人呀？”

他原本也不想长年累月外出打工，就在家里种地养活老婆孩子，之前他也希望能那样做。说起来家里瘫痪的兄弟德海需要他照顾，家里的老婆孩子需要他照顾，家里的牲口需要他照顾。两只山羊和两只绵羊，为了便于产羔繁殖，分别都是一公一母，要命的是山羊和绵羊还合不来，放在一个羊圈里要打架，山羊老欺负绵羊，也会乱了羊种，只好分开圈养。村里的邻居都劝他就在村里临时打打短工，帮人收收玉米，种种洋芋，也能挣钱，还能顺便照看好家里。之前他也在附近做过几个月帮工，可是挣的钱都太少了，少得可怜。家里门三户四，村里的礼数节日，都要花钱，柴米油盐，感冒吃药的钱，牙疼拔牙的钱，锄头断了，水缸破了，杂七杂八，看不见的缝隙里都要花钱，他只有再出远门。这样一来，本需要他承担的那一大堆家务农活，山羊、绵羊、就要下崽儿的母猪、孩子的杂务，就都落在爱云一个人的身上了。

现在，爱云既要到山谷中放羊、拾柴，还要种玉米、锄草、给山羊绵羊接生产羔，长年过着辛苦而寂寞的日子。爱云出生在杨庄一个普通家庭，姓白，杨庄共有白、杨两姓，都算得上大姓，在杨庄分不出高低上下。爱云姊妹三个，她是其中最小的一个，也最漂亮。黑黑的大眼睛，头发浓密，辫子很粗，甩在腰间。她曾下定决心，等长大了，一定嫁个好男人，另外最好还能过上称心如意的好光景。后来的事实证明，在她年少时所下的决心中，这也算是兑现了的。

到了能上地的岁数，除了在村里的小学校识几个字，就是上山劳动，积林肥，勤工俭学，半天念书、半天在生产队里劳动。爱云和两个姐姐上地从不偷懒，早上五点钟，天还没亮，各种鸟儿就叽叽喳喳叫个不停，母亲早早把她们姊妹三个从热被窝里揪出来，吃了早饭，就跟着大人们上山劳动了。小时候在生产队里劳动的人很多，有大人，还有半大的少男少女们，在春天的原野里，玉米苗苗刚露出头来不久，也就是十几天的工夫，就该间苗了，一个小队的人在一起挥汗如雨，要把坡上几十亩地的青苗间出来，这活儿干得可真舒心。爱云不禁又想在山间一展歌喉了，从头一天跟着大人们来山谷中劳动到现在，她已经是一个间苗高手了，间的苗又快又整齐，总是把最好最挺拔的那一株苗苗留下来。还有，地塄底下那个半大小伙子，不知道偷瞄了她几回呢。她亲眼看见他间苗的时候，小铁铲子都铲到他的手上了。他就是杨海，和爱云是邻居，都是一个小队的。以前爱云就发现，不管在生产队里干什么活，杨海总是偷瞄她，但是当她的眼神捉住他的眼神时，他就匆忙低下头了。晚上回家和二姐钻进一个被窝里，爱云悄悄对二姐述说自己的心思，二姐断然反对说："你傻乎乎的，说啥呢，当心被大人们听见。我才刚说下婆家，你着啥急，你离寻婆家的时间还远得很呢！再说杨海家条件不好，他父母下世早，少老没娘的，那种苦孩孩不好。还有一个瘫子兄弟，一辈子的累水，你能伺候得了？我看咱爸妈一定不能同意。"

爱云在被窝里悄悄说："那怕啥呢，他兄弟是他兄弟，又不是杨海瘫了，我就待见杨海，看着人实诚。你找下好婆家就小看穷人家的孩孩了，穷人家的孩孩早当家，有啥不好的？他父母下世早又不由他，不然杨海长得那么端正，早就瞅下对象了，不像有些个男人，贼眉鼠眼，心眼儿多，看着咋也不地道，我怕我是应付不了呢！"

"你还鬼得很呢！你小妮妮家知道个啥男人。快睡快睡，明早还下地上粪呢，让你多担上几担粪，你就苦得啥心思也没了！你这个傻丫头，一钻进被窝，尽说赖话！"

两人在被窝里一阵足踢手打，打闹一会儿就都睡着了。爱云总是第一个先睡着。

却说有天下午，下起了大雨，还夹着冰雹。按照节气，这样的春天是绝对不会有这样的大雨天气的。所有的人都在雨地里四下逃散了。爱云心疼地里刚间出来的玉米苗苗，怕被冰雹打坏了，去地里搭雨布棚棚，四周用四根树枝支起来，大姐二姐来雨地里拽她，才把她拽进沟边的避雨土窑。等到云收雨散，太阳光又洒向树梢，爱云才从避雨的土窑里跑回家。那天白天还好好的，谁知黑夜里她发起了高烧，抽起了羊角风，口吐白沫，把父母吓坏了，就给喂了几颗抱龙丸，那药也不知道谁给配的，反正杨庄的孩子抽风都吃那个。爱云吃了后抽风是止住了，身子好了以后，智力和常人却不同了，平常人对自己的各种行为，多少是有掩饰和秘密的，这些掩饰和秘密，爱云都没有了。她身上发生的任何事，和她看见的任何事，爱云都有可能告诉你。即便你没有问她。所有的秘密在爱云那里，彻底消失了。

时间过得说快也快，说慢也慢，一转眼就好几年了。冬天的西北风刮得杨庄天天停电，白天电线又被风刮断了。抢修员还没来抢修，晚上除了天上亮晶晶的星星和洋油灯、白皮蜡烛以外，一片漆黑。

这时二姐已经嫁出村了，爱云对她妈说："我也要寻婆家！为啥不给我寻婆家？"

"你到哪里寻呀？又没人来说亲。"她妈愁眉苦脸地说。

爱云到了说对象的年龄，却没有人上门提亲。爱云爹说："我说孩她妈，算了。要不，把爱云给了杨海那穷孩得了，我看也没有更好的人家可以挑拣了，杨海还没说下媳妇，就是家里太穷，还有个瘫子累水。你说呢？你倒是拿拿主意呀！"

她妈说："我有啥说的呀！也只能那样了。再拖下去，杨海也不见了。好赖都是她的命，她嘴里倒是天天念叨杨海呀！开春就让她出门吧！"

杨海家里确实有累水，他瘫痪的兄弟得靠他养活，还要上地，家里确实需要个女人。一般女人都看不上杨海的家庭，爱云能嫁过来因为她脑子有点问题，村里人都知道，杨海也知道。但是爱云的爹妈从一开始就对杨海不情愿，这事一直让杨海伤脑筋。不过爱云天天问家里要对象，也不好好上地干活了。爱云倔起来，谁也说不下，就由着她了。农村人看重彩礼，爱云爹妈临到跟前，还是舍不得让杨海白得了爱云，一开始想要一千块钱彩礼，爱云听了死活不同意，说：

"你偏心！当大人的咋当呀？二姐寻婆家才要了八百块钱彩礼，咱全家人嘴里吃的粮食，不是我一担一担从地里担回来的？说到底，还是看不起杨海呀！你不是老说我吃抱龙丸吃傻了吗？傻人正好配穷人呀，也没啥说的，你明明看见杨海家穷的，哪里去找一千块彩礼钱？卖房卖地也没有呀，你非想要钱，他家的破烂你们都拿去好了，把粮囤里的粮食也都装走，你们看着办吧。我们会好好过，到时肯定能过好的，不会比二姐家差，不要小看人，你们好好记着我今日说的话……”

爱云在村里人眼里是少点尺寸的人。爹妈也不能太看重彩礼了，只好同意爱云说的话。像杨海这种家庭的男人，正常情形就是有三千五千也说不下一门亲事，杨海二百块钱就把爱云娶回家了。

爱云和杨海成了一家人。

爱云还是天天上地，杨海开始几年也和爱云一块儿上地，后来地都到了各家手里，村里管得松了，有人开始出门打工，挣了大钱，回杨庄盖了第一间砖瓦房。杨庄的男人们都眼热了，都开始纷纷出门打工，那些庄稼地就只有一些上有老下有小的留守女人做伴了。

各种庄稼在秋天五颜六色，闪闪发光，像图画一样。爱云也成了真正的庄稼女人，白天黑夜，跟庄稼在一起，一起长大，一起成熟。

爱云在山顶上终于找到昨夜不小心走失的母羊。没错，是她一手养喂的母羊，屁股上的羊毛都奓起来了。那只母羊，像个哲人一样，站在田野里，不知向哪里眺望、凝视。母羊在这里干什么？爱云无法知道。爱云这样奔忙，都是为了全家人的生活，她现在添了女儿，也添了儿子，女儿和她小时候一样聪明伶俐，漂亮迷人。儿子的智力却像这只时常走失的母羊一样，不大好。这是为什么？爱云没能力追究，她站在山顶上，面前是一片庄稼地，再过去的那一片也是庄稼地，露天摇曳着，多情地随风摆动。远处的杨庄里，到处是早起的庄稼人，四处移动。母羊看见她一大早找过来，就低下了头。爱云拾起泥地上从母羊脖子上掉下的细麻绳，心里又燃起惊喜，好像是重新又多得了一只母羊似的。她用有力的脚跟在泥土中跟着母羊莫名其妙地奔跑，似乎有另外一种东西、另外一种充满希望的东西，吹遍整个山野。

杨庄能耕种的土地本来就不多，爱云舍不得抛荒，连年重茬耕种着，墒情不好，今年春天雨水又缺，歉收是一定的了。

时间证明爱云是个好女人。她在她男人出去打工以后，一个人照顾着全家人。几只山羊、绵羊，十几亩地，还有一个瘫子。春天的时候，土地解冻，人和羊就都活过来了，草苗也从地缝里挤出来了。女儿十三岁了，星期六星期天的时候，可以给爱云往地里送饭送水了，可以把羊赶到草坡上吃草，黄昏以后还可以一只不少地把羊赶回来。儿子也不时地跑到地里来捣乱，和刚下的小羊羔玩耍。天知道他为什么那么喜欢小羊羔。但他就是这样的小孩，六岁了还不会说话，糊里糊涂的。去年粮食收成不好，杨海打工挣回来的钱也不够一年四季开销。他们一家还得在村里的小卖部赊账，买些日用品。油盐酱醋都已经很省了，还是觉得油瓶像个没底儿的葫芦。两个孩子都比村里同年岁的孩子个子矮。他们还没有过得像他们预计的那么好，但是也好了不少。毕竟等杨海每年春节回来，家里就能有菜有肉，快快活活地生活上一阵子。

爱云准备今年春天多种一些洋芋、红薯，免得种了粮食又歉收，一冬天要吃的洋芋红薯却不够吃，还得到集市上花钱去买，那就非常糟糕了。

晚上孩子们都睡了，爱云还要拾掇家里的营生。做都做不完，今天做完了，明天就又生出来了，一茬又一茬，没完没了。

这就是爱云的生活。抛下半晚上的睡眠，来来回回做家里的营生，第二天照样早起下地干活。干够一段时间，再回家做饭，再下地，再回家。就是这样。

到隔壁窑里伺候杨海的兄弟德海吃喝拉撒的时候，也会和德海说上几句话。德海不知从哪里弄到了十块钱，爱云很想把那十块钱要过来。女儿白天要买个作业本，都是在村里的小卖部赊账的。老板娘说，再过一段时间，就不打算给村里人赊账了，再赊账，他们的小卖部就得关门了。但愿那时候杨海能把工钱拿回来。但是德海把那十块钱紧紧地攥在手里，把钱贴在他瘦弱苍白的胸膛上，像是他的命根子一样。

德海说，和他睡觉，就把那十块钱给她。爱云不想那样做。她讨厌德海，她男人的亲兄弟，还说那样没有廉耻的话。

德海又拿出两张五块钱诱惑她，而且说，要是爱云答应了他，他就再加上这两张五块钱。爱云生气了，说：

“你呀！你手里的钱还不都是俺男人给你的，他明明就是让你给我和孩们花的，你拿到手里还作践我，你算是白披了一张人皮，还有心拿出钱来打掩护，你穷鬼杀饿鬼呀！等俺男人回来我就告诉俺男人，你等着，要你好看！”

不知为什么，杨海总是把他辛苦打工挣来的一些钱私下留给德海，爱云心里常常会想，杨海为什么要留那些钱给德海呢，德海明明又出不了门！

最后两个人都生气了。爱云转身走出了土窑。脚跟跨出门槛，看着那闪闪发亮的二十块钱，眼里流下了痛惜的泪水。

可当爱云给德海换洗铺盖被褥的时候，还是被德海死死摁住，脱了裤子。

男人到外地打工，没错，为了给她挣钱养家，她没能力把这件事放在心上，但是把她和孩子们长年累月地留在家里，她就有她的不满和苦楚。

她那天晚上给她男人讲了一晚上她的苦楚，她男人不在家的时候，他兄弟德海老是作践欺负她，让她和他睡觉。每天给他端水端饭的时候，给他接换便盆的时候，老是抱住她，在她脸上乱亲，还每回都要脱她的裤子。抠掐她身上的这里那里，还手里拿着钱眼气她。她羞得死活不脱，德海就生气。她男人说，她原来抽羊角风，吃过抱龙丸，吃得多了，有点傻了。她再咋傻，也是他的老嫂子，他咋能那样对待她呢？她也给村里的人说过，旁人听了也没谁在意理会，谁也不给她做主。她又给她男人说起这事。每回他男人回来，她都给他说起这事，可是他总是一言不发。

为甚一言不发？不管咋样，一开始的时候，她还抱着她男人能给她做主的想法，看来真是越来越没希望了。但不论如何她已经过分依赖她的这个家庭，依赖她的男人，再也离不开了。再说离开这里，她要到哪里去呢？要不是有这么一个烦恼，她就实在再没有其他什么烦恼了，山羊也按时产羔了，绵羊也按时产羔了。虽然费劲，但是还好。红薯也挖回来了，洋芋也挖回来了，就是谷子草没有及时割回来。秋天雨水太多了，草都没时间割，都烂在地里了，真是可惜，但也没办法，人和山羊、绵羊总不能把大地的食物都吃完了，你说对不对？她会给她在路上遇见的人这样说。

她这个穷家，也有可爱动人的时候，叫人难忘的时候。

她男人杨海把家里的零用钱都给了德海，这一点，弄得她很狼狈。柴米油盐钱都得问德海要，无非是怕她不好好伺候他兄弟。可如今她不但伺候德海吃喝拉撒，还得让他揉搓，不然他就不给她家里的零用钱。孩子上学买本子要钱，买铅笔水笔也要钱，干什么不花钱呀！村里的小卖部最近也不好好给赊账了，一看见爱云去，就吊着一张脸。昨天她的一只母羊脱了缰绳，跑进厨房偷吃，爱云往外撵的时候，一不小心又把家里的水缸打碎了，还得买个大水缸，不然一家人怎么吃水生活呢？

哎呀，可能爱云有点儿伤心了，在她男人怀里哭起来。好像为了安慰她，他临走给了她一百块钱。现在，那一百块钱还压在炕席子底下没有花呢，就像困境中的一朵莲花一样，注定要开放到过年她男人回来的时候。

她不喜欢和他兄弟德海睡觉，一点儿都不喜欢。德海每次脱她裤子的时候，都是明晃晃的太阳爷的光芒射进窗棂的时候，她不喜欢！总是不给他好好地撇开她那两条结实健美的腿。德海老是在她身上抠抠掐掐，老是在她身上咬牙印子，疼得她难受！旧牙印还没好，又添上了新牙印。她想不通咋亏待了杨海他兄弟，这样糟践她！

她就喜欢她男人。她男人有劲儿。“我就是不愿意给他那兄弟德海好好地撇开我的这两条好腿！我万不能让他那样不分青红皂白地作践我，还每回都照着窗户上太阳爷的光芒！”爱云这样给村里人说的时候，又憨憨地笑着，满脸涨得通红。

爱云那样说着的时候，太阳爷的光芒又慷慨地照上来，照在她身上，照在院子里的一切物件上，照在远处的土墙上。

眼下秋天马上又到来了，她又得独自忙碌所有的农活了。收割，扛回来，扬场，打粮，今年不装仓了，家里地方小，放不下多少粮食，准备都卖了，够她忙的了。接着又是晒草料伺候山羊、绵羊产羔。她准备趁杨海没回来就把那三只已经长成的羊羔卖掉，那样她就不用为了问德海要家里的零用钱受他的气了！以前她都是乖乖地等待杨海过年回来才卖羊，这次不等了！对，她决心那样做，就把那三只羊羔先卖了！再说了，还是三头上好的羊羔，一定能卖个好价钱，不要让人捉了她爱云是个傻瓜！对，就这么办！不然她自己就没办法了。德海成天瘫在炕上，要她伺候，还要欺负她，真是不要皮脸！捣碎了都揉不进她眼里，真不识人抬举！她已经忍了他一年又一年，不知道还要忍耐到什么时候。他欺负她的时候，也不看看她眼里的眼泪，都气得冻在她的眼睛里了！

日子就这样一天一天地过。

爱云从羊圈里牵了一只羊羔出来，又牵了一只羊羔出来，然后，再牵了一只羊羔出来。一只比一只大的三只好羊羔，完全不像是爱云喂养出来的，膘嫩嫩的，能一把掐出水来！就像大自然有规定，注定要长成那样似的。

把三只羊羔牵到集市上的时候，爱云出了一身慌汗。爱云头一回来，集市上人山人海，在爱云眼里算得上是大海洋了。爱云挤在人堆里，三只羊羔挤在爱云身上，羊粪拉了爱云一身。一股子夹杂着青草的尿骚味，在集市上扬出很远。

“卖不卖？你说个价，一只羊羔多少钱？”有一个呆头呆脑的人挤过来，问爱云。

“我看你呆头呆脑的，问啥呢，谁给你说我要卖羊呀？我要等俺男人回来才卖呢！我是牵着俺的羊羔出来散散步，长长见识。你傻得还信呀！走呀走呀！快走呀！”爱云又牵着她的三只羊羔，回杨庄了。

骗了人家一回呀！怪对不起那个看见三只肥羊就眼馋的羊贩子。爱云本来是铁了心想要得到一笔丰厚的羊资的，以度过她生活上的困境。但是，最后想到她男人杨海，她又把卖羊的事放弃了，还是等到俺男人回来再卖吧！爱云心里坚定地说。

村里上了岁数的老婆们心闲，歇过晌，几个一起，坐在大街门外头做针线。爱云刚从地里回来，才吃晌午饭。爱云端着一碗饭凑过来，看她们做针线。老婆们故意问爱云：

“爱云呀，生孩疼不疼？”

“疼呀！”爱云老实回答。

“咋生的？”

“你咋生的？”爱云其实也很机智。

“我不知道。”

“傻得你，脱了裤裆撇开腿生的呀！”实心的爱云最后还是上当了。

大家逗够了趣儿，一哄而散，把爱云留在那里，迷惑地说：“我没说差呀！为甚都走啦？”

爱云的女儿在学校里考试得了第一名。过“六一”节时领了奖状，学校敲着大红锣鼓，把女儿送了回来。

爱云憨憨地笑着，眼里闪出喜悦的光。

爱云说：“穷不丢猪，富不丢书，俺孩要懂礼成人呀！”

爱云从炕席底下，寻出杨海走时留给她的一百块钱，给女儿买了一根冰棍儿作奖励，也给儿子奖励了一根冰棍儿。她对儿子说，要好好向你姐姐学习，嗯？长大了领个大红奖状回来。然后又把剩下的九十八块零钱，藏在炕席底下。

八月十五，爱云去小卖部赊了一包月饼，五个，够供月亮的了。不过，她手里一分钱也没有了。炕席底下藏着的钱是她命里的节日。村里的小卖部原说是不再赊账给她的，后来看在过节的分儿上，还是赊给她了。她又不是赖账的人！等俺男人回来都会还你！爱云憨笑着剜了老板娘一眼，转身走了。

爱云欢天喜地地把月饼拿回家，端出供桌来，把她从地里摘回来的瓜果都拿出来，红枣核桃，都是自己地里就有的东西，洋芋红薯，也没有什么稀罕的。不过，能摆在供桌上的东西，她都摆上了，能贡献给月亮的她都贡献出来了。儿子和女儿高兴得什么似的，一家人都忘了没钱的艰困了。

他兄弟德海一个人黑灯瞎火地在屋里躺着。爱云把儿子、女儿叫上，把德海先抬到躺椅上，想再抬到院子里的月亮底下，折腾了半天都没有成功。他们三个咋也抬不起来，最后叫来邻家帮忙，才把德海抬出来了。

一轮明月悬挂在空中。杨庄的夜空，碧玺般深邃透明的湛蓝。一双儿女就在眼前，瓜果梨枣，煮熟的眉豆红薯，新拆开的五个月饼，沉甸甸的玉米棒子、黄谷穗儿，都摆在供桌上，没有什么比这更合她的心意了。

德海在白天孩子们不在家的时候强迫她，非要在太阳地里欺负她，使她觉得他是个坏人。可是现在，他们又成了一家人。

月色下，土院子里的青色花草，沾着八月十五夜晚的凉气和雾气，渐渐凝注成一滴露珠，从草叶上滚落下来，跌进泥土，融入大地了。院子里的花草，花姿从容，在夜风中微微摇曳。没有一朵完整的花，也没有一株完整的草，都被家里养的山羊和绵羊有心无意地啃过了。不过，它们还在生长。倒像是顽皮的人有意摘剩的叶片，又像是有几分姿色的花蝴蝶停在叶上。草筋上那浓郁的深绿色浮着一层夜光，映照着明媚的月色。不，不是，那不是夜光，而是人在地上看到的那持久、瞬间的美景。

八月十五的月亮一定有相思的味道，因为爱云又在想她的男人杨海了。

月亮旁边，星星的眼睛，眨了又眨，眨了又眨。夹杂着麦秸谷草泥院的土香味儿，粮食煮熟的香味儿，新鲜瓜果的香味儿，五个珍贵月饼的香味儿，在这个农家小院的角角落落里久久不散。

爱云、德海和两个孩子，每人都分吃了一个月饼。而第一个月饼总是留给在外受苦打工的杨海，等他过年回来时再吃。每年，这块月饼都冻成了一个白渣渣。

杨海虽然没有站在院子里，但是爱云和孩子们在这里，和德海在这里。院子外面还有猪和羊，这里就是一个家。白天阳光充足，夜晚静谧安详。爱云感到满足，甚至觉得自豪了。她是这个院子的主人和守护者。她虽然不知道具体守护什么，但是，她守护着这里的一切。

临回窑里睡觉的时候，爱云对女儿说："今年咱家的山羊再产几只羊羔的话，就给你和你弟弟买几身新衣裳，也给你叔叔买几身新衣裳。咱们一家人都好几年没买新衣裳了。咱家的羊羔，咱们心里有什么想要的东西，都能给咱长出来。"

是的。她又有了新的盼头、新的指望，又有了大干一番的力气和劲头。

德海不得不承认，那天晚上，他也没睡好。从此以后，他把家里的零用钱都给了爱云。他知道爱云虽傻，却能看得住门户，少不了家里一分银钱。除了家里的紧要用项，一分钱都舍不得胡花。

偶尔他需要爱云的时候，爱云虽然心里万般不情愿，似乎因为不得已，也会偶尔依从。

好吧。算了。她还有一大堆事情要忙。她得做个好女人。

霜冻以前她还得在院子里围一个新羊圈，羊越来越多了，三只、五只，连山羊带绵羊，快繁殖到十只了，圈里明显挤不下了。家里原本没有木棒，去年割回来的过冬时都用完了，她还得到山上重新去找。

村里的闲杂男人看见爱云一个人在玉米地里锄苗，热得脱了身上的褂子，只穿着一件小背心，爱云也从没戴过奶罩，也不知道还要戴个奶罩。奶头尖尖都在里头，照得清清楚楚的。那男人一时迷了眼，起了邪心，要把爱云摁在玉米地里。爱云奋力挣脱了，还大声吓唬那男人：

“你小心俺兄弟德海用拐棍打你，小心俺男人杨海回来收拾你，俺男人力气大，一只手都能把我扛起来……你是个坏人……”扛着锄头收工回家时，还气得身上直打哆嗦，见了村里的人就说：

“谁谁谁要把我摁在玉米地里睡觉。他是个坏人。小心俺兄弟德海用拐棍打他，小心俺男人回来收拾他，俺男人力气大，一只手都能把我扛起来……”

村里人都知道爱云。听到她说什么，都转过脸去，移开视线，没办法在意，又没办法不在意，都知道爱云不说假话。以后就再没有闲人敢随意打她的主意了。她用上天给她的诚实和傻气保护着她自己。

爱云总是觉得她男人身上有一股特别的味儿，她闭上眼睛也能感觉到他。

爱云常常会拉住某一个人的手说：“俺男人在远地里打工呀！俺男人是个好男人。我想俺男人。俺男人在外地给我挣钱呢！一年回来一两回，每回回来都给我买新衣裳。要养活我，还要养活他兄弟德海。俺男人，算是入了我的眼了！俺男人是个好男人。”

哦。哦。旁人顺应着。爱云那双手，铁锉子一样粗粝有力，脸色黝黑但露出微笑，她的那只胳膊呈现出一种独特的曲线，一种难以言说、令人眩晕的温柔的暗影，从她的腋窝底下一直伸展到她的胸部。她的胸部不大，却很坚挺，虽然衣服宽大，却不能遮蔽她健美的身形。她那小小的，偶尔颤抖躲避、瑟瑟发抖的目光，包容了她的全部妩媚，包容了她全部的不解和迷惑。

爱云虽然傻呆，但是杨庄偏爱她的男人却不少。有的看见她担大粪最后一趟往地里送的时候，实在上不了坡了，就从她肩上接过担子，替她送上一程，看她歇过气来了，就再还给她。看她在地里忙得紧了，没人给孩们做饭，就叫家里的女人给爱云的孩孩们送一碗半碗小米饭。

拾掇拾掇，爱云其实是个干眉净眼儿的女人。眉头眼梢，尽是春风疙瘩儿。

她有一双非常明亮的眼睛，稍不注意，泪水好像随时会从这双眼睛里夺眶而出，但是却看不见泪水，只能感觉得到。

爱云上山割草，最喜欢对着大山唱情歌，她的那种浪漫情怀，谁也比不上。

小石头上洗衣裳，

手拿棒槌咣咣响。

一根竹竿十二个节，

俺男人出门打工十二个月。

杨庄山上种白菜，

你挣不下银钱你早回家。

西北风吹来玉茭叶叶儿响，

好像俺男人穿衣裳。

东南风吹来门闩儿响，

好像俺男人在门上。

家里留下半缸米，

顿顿吃饭想起你，

俺的那个男人呀！

唱得累了，就对着玉米苗苗说：

人在外来心在家，

家里丢下一枝花。

有心回家把花看，

手里没钱难回转。

……

爱云不仅活着，而且具备爱的一切能力。村里遇到红白喜事，爱云都会去行情上礼。手里实在没钱，就拿出自己地里种的稀罕东西，甜瓜呀，小红豆呀，送给人家祝贺。这些东西产量低，种得少，自己舍不得吃，即便没钱也不能缺了礼数，就拿给人家。村里人都知道爱云的家庭情况，都热心热意地收下。

爱云也不坐席，都是站在院里吃一碗红枣糕，就又匆匆忙忙上地去了。

婚宴上偶尔来个要饭的，一直站在土圪台底下给人唱歌。他手里没有拿要饭的碗和打狗棍，但是爱云见了，总是会把自己刚从宴席上打来的热腾腾的一碗黄米糕就豆芽洋芋粉条，给了那唱歌的人吃。那个人大冬天唱得鼻涕都流出来了。

看见村里的小孩们追撵着田野的野猫野狗扔石头，爱云说：“我给你后脑勺上扔一块石头你试试？疼死你呀！”爱云会这样毫不犹豫地阻止他们的行为。小孩们怕爱云，知道她心口如一，是说出来、做出来的人，都怕她手里的石头，就都跑散了。

每一天的生活，发生了就过去了。每一块土地，都有它的秘密，都有一股土生土长的杨庄气息。以自己的方式受苦，以自己的方式害羞。反正爱云的人世，都任凭爱云闪转腾挪，家有千口，主事一人。反正里里外外都是她。爱云不会写字，却每天记工。天下雨了记上几个雨点点，锄地画上个锄头，放羊画个草地和几只小羊，收玉米画个玉米棒棒。有一回爱云拿出她的记事本本儿，上面有的地方，画了两个人人。旁人看见奇怪，就问她，那两个人人代表什么呀？爱云惊讶地说：“你这个傻瓜，你都这么大的人了，连那个都看不懂？那两个人人亲嘴的画儿，是代表俺男人快回来啦！我和俺男人呀，在俺家那盘老土炕上滚战的那个美！你知不知道是咋美？就是美得身上、心里都湿辣辣的，这疙瘩、那疙瘩都解心尖呀！你傻的，听懂了没有？”爱云的眼睛里，闪着萤火虫一样的光芒，忽闪忽闪，满是神奇。

“我看见俺男人可亲啦！我再问问你，你看见你男人亲不亲？”爱云又补充一句。

“我不知道！”被问的女人面红耳赤。

在爱云眼里，旁人大概都是些不懂风情、世故的傻瓜。不过，她从来没有讽刺旁人的心。

有一天爱云背了一捆湿柴，湿柴是很沉重的，爱云却是十里山地不换肩。从山上下来，几只羊跟在她身后，下了陡坡，她想歇一歇，换换肩。旁人对她说：

“爱云呀，你看你苦的，不能等湿柴干了再往家里担？”

爱云吃惊地回答：“啊？你说谁苦呀？我不苦呀！我有甚苦的？我有儿有女有俺男人，虽说俺男人一年也回不来几趟，可他接济着俺一家人呀！俺一家人也接济着他！都是俺男人恩养俺们一家人呀！人还能没够？饥呀，饭是饱，吃饱就好；渴呀，水是够，喝好就好；冷呀，衣是宝，暖和就好；穷呀，钱是够，够花就好；苦呀，闲是够，歇歇就好；困呀，睡是够，睡够就好。你说你还想咋呀？”爱云担着湿柴担子，说着，走着；走着，说着。

爱云的女儿突然得了病，爱云背到医院检查，得了白血病。如果在医院维持，要花很多钱。爱云没钱。杨庄的人捐了钱，乡里、县里的人捐了钱，知道的人都捐了钱。农村医疗社保给了一大部分钱，还是不够。加上一直等不到捐赠的骨髓，就把女儿从医院背回来了。

爱云上地，也把女儿背到地里。山谷里的路很长很长，一直通向山谷深处。

女儿偶尔身上不那么疼的时候，就帮爱云拾掇地里的柴火，拔杂草。也到坡上采些野花野草，狗尾巴花、燕子花、凤冠花、山丹丹。有时手里拿着一支铅笔，在一个薄薄的作业本上对着山林画画儿。

爱云回家，也把女儿背到家里。每天黄昏，总能看见爱云身上背着孩子，孩子的手里，总是带着一些野花或是野草。从山坡下到沟谷，再沿着沟谷回家。

大部分时间，孩子身上疼的时候，总是习惯忍耐。

她默默地趴在爱云的脊背上，把头依着爱云的肩膀。疼痛的呻吟深藏不露，没有一次发出来，而是从她那睁得更大的眼睛里含着歉意，使她小小的嘴巴抿得紧紧的，天真而温柔地似乎努力想抚平她就要叫出来的疼痛。

在那段时光里，爱云和孩子总是在山谷里寻求安慰。

她们一次又一次地上山，那是孩子最喜欢的地方。无论什么时间，爱云背着孩子走到山野里，那些树木、杂草、群山、岩石、草地、果园，都站在原地，默默地等待她们再来，再来，不再关心日期，那些和她们有什么关系呢？庄稼已经种进地里，山羊、绵羊已经产了羊羔。和前一天一样，没有一点儿声响。

爱云背着孩子，走过风吹得沙沙作响的树林，偶尔靠在树干上，看见小鸟在树林里飞上飞下。初升的太阳洒在山坡上的青草和野花上面，走着走着，鲜艳的喇叭花随处可见，昨夜的露珠在花朵上滚落，掉进花心，在耀眼的阳光下格外醒目。

没有什么东西在爱云和女儿的心里扎根了吗？不，不是，所有的一切，都在她们的心里扎着根。

孩子身上疼得难以忍耐的时候，面无血色，慌汗流淌，常在爱云怀里打滚。

杨海辞了打工的好地方，回到家里陪伴孩子，也没能留住孩子。

黄昏就要来临了。乌云笼罩着山脊。一到夜里，气温立即降下来，可能就要下大雨了。

一连三天。一连三天三夜。一连三个月。孩子不眠不休地疼痛着。仿佛接下来的时光，就是要把活着的亲人，从她身上分开。

爱云靠在孩子身上，感受着暴风雨一般的痛切。她低声絮语，像是坐在一艘轮船上，颠簸离岸，失去对现实光景的感觉，驶入一片永恒的沙岸。心里尽是将要长途跋涉的准备。仿佛深海中左右摇摆的两株海草，被深邃的海岸包围，又像是一根被深夜烧红了脊背、将要沉睡的链条。

她们望着夜空上面，好像看到了什么。

没几个月，那个可爱的孩子，就离开爱云和这个小土院了。

小土窑的窗户台上，孩子采回来的山丹丹仍旧开放着，可是这土院子里的小主人，却再也回不来了。

这时，阳光昏沉，好像在拒绝着什么，缓慢地向树梢后面落下去，仿佛在满是岩石的地上，播下种子。

又像是某一种东西，正在消失。

爱云在荒地里哭着，向苍天伸出两只手。

“我从来没有背弃过你，也没有懒惰。你还给了我一年四季的果实，供我吃穿用度！还让我照看我的羊群和孩孩们！老天爷！打驴你要吆醒它呀！俺孩呀！俺那好孩！我咋样才能依了你的心？”

爱云可爱的女儿，名字叫金叶儿，长得迷人可亲。

幸运也曾眷顾这个孩子，可最终还是带走了她。

爱云的日子又回到从前。

山羊和绵羊感受到家里的变故，不再不听话似的往山上瞎跑一气。都跟在爱云屁股后面，踢踢踏踏，沉默不语，去镇上配了种。

羊群跟在她身边。她让它们自己去吃饱。像是野兽也能看到一颗碎裂的心，像是在想什么和找什么似的，完全沉浸在对那片土坡的信赖中。她常常一个人爬上那道坎坷不平的土坡，追忆她甜蜜的孩子，追忆她们一直生活着的、像是旭日一样宁静又无边的光明日子。像是找到自己一直要找的地方，就能得到旁人无法给予的治愈。

果园里长满了蒿草。爱云目光迷离，一身尘土。她得把蒿草拔掉。两只手伸向左边的一株蒿草的时候，却往往落在另一株蒿草头上。像是对土地和野草，都产生了悔恨和轻视。心里的苦涩，像是烧红的烙铁，灼烤她的嘴唇。看到站在泥地里、蒿草上、果树叶子上的，不单是她一个人，还有过往。于是，她张开嘴唇，逆流而上，把她累积在心里的甜蜜过往，都告诉了它们。她也说到了她的悲伤。本来她打算把她那颗灵魂一样的泪珠留到最后，现在，却顺着她的脸颊淌了下来。

她弯下身子，倾身向前，把她的一只粗糙的手放在野草中间。蒿草叶子遮住她一部分脸孔，风把树叶的形状搅乱又恢复，仿佛在那一片叶子身上，得到一点儿回向似的。她还活着，靠在一棵树上。仿佛她并没有找错地方。一直以来，她赖以生存和收留她的东西，都没离开她似的。

玉米地里的庄稼，收割了一茬，等待着来年，再收一茬。

德海偶尔扯住她不放的时候，她也不再挣扎了。既没有顺从，也没有抵抗。就在太阳爷的光芒里，毫无声息地撇开她结实好看的双腿。偶尔也会倒在太阳爷透过窗棂照进来的光芒里，哭上几声，就像是倒在一块石头上的哭声一样。

停歇在破了洞的窗棂上、一直瞅着她的雀儿，扑棱了两下翅膀，飞走了。

村里有不安好心的闲人，问她德海还脱不脱她裤子的时候，她也什么话都不说了。只把暗淡、讽刺的嘴角往左边一撇，像是一个哲人。

突然有一天，爱云倒在湿热的玉茭地里。她的脸贴在尘土里，既不说话，也不动弹。眼睛一直向天空上面望着，好像看到了什么。

杨庄人把倒在地里的爱云抬回家。大家以为这次爱云熬不过去了，但躺了几天，她又活下来了。她再次走向庄稼地，走向深深的原野。像是过度劳累和不安，她不得不停下来喘一口气。茂密的庄稼叶子，从她的头顶飞驰而去，又围拢过来。播下的种子长出了果实，都留在了地里。新产的羊羔在坡上吃草，时不时望望它们正在上路的温顺的牧人。

从孩提时代起，她就生活在平静、温顺，人口稀少、树木葱茏的杨庄，连续不断地过着她从不嫌弃的清淡日子。由于她力气过人，养活着一大家子和成群的山羊、绵羊。她就生活在离她的羊群和儿女们不远的位置。

爱云身体壮实，平时看起来，没病没疼。她也从没说过她哪里疼痛的话。

为了给女儿治病，掏空了爱云的家。爱云跌到地上的时候，家里再搜捡不出一分钱来。爱云虽然没有一件新衣裳可以让她变得更好看，也没有一双新鞋可以让她穿着走路。她总是穿着她在地里干活时一直穿着的沾有泥巴的衣服和鞋子，走向泥土。但是，她仍然盼望着她男人回来，仍然那样强烈地盼望着。

爱云立在那里。地上的青草茂密地生长着。

有一对野鸟从草丛里飞起来，看见两座山包。一只鸟低声说了句什么，声音里含有几种腔调，另一只鸟用同样的腔调做了回应，接着又飞起来，转了几圈，立在树枝上，最后，又湮没在草丛中。

黄昏在颤动的树叶上滚动，又在树叶的背面停顿下来。野风消散了。土坡，土坡远处的房屋、坟头、小村子和树林，都退到天幕后头去了。

路上空旷无人。那些进城里贩卖土豆和萝卜的村人，还没有回来。长途汽车在山底下的木头牌子旁停靠，接着又开走了。对面的羊肠山路蜿蜒曲折，一直通向远处的迷雾，远看像一朵盛开在悬崖底下的百合花似的，用玄黄的色彩，将它的魅影遮蔽。畜群在山野上不知所以地奔跑，向着有七座山丘和沟壑组成的黄昏隐遁。

不久之后，太阳又出现在群山顶上。像是有一道光，正向山坡走来。远处的树木摇动，像是有人在摇动它们似的。

紧接着，阳光在原野中铺排得越来越广袤了。

爱云是一株庄稼，一直和泥土在一起，日渐生长，没有一次说出过妥协、软弱的话。这种日常的苦难使她变成一只沉默的野兽，一声不响，站在泥土中，等待长大，等待熬炼，等待成熟，等待一切。

正如其他杨村女人一样，爱云劳苦一生，也有过失去子女的不幸和创痛，也尝到过那甜蜜的恩宠、眷顾和怜悯。

她尝到过多种滋味。虽然她大都描述不出来。

她在这人世，通过时光，和爱她的人以及遇见她的人，相遇。

她常常什么都不懂，脚上沾满了泥，只懂得一些简单的日常生活，比如她的男人，她的儿女，她男人的瘫子兄弟，她的庄稼，她的山羊，她的绵羊。这个肩膀结实、身材健壮的女人，能吃能睡肯干活，从不走邪路，从没有邪心，虽然在日常生活中得到的爱抚很少，她却样样珍惜。那虽然本来不花一分一厘钱就被大自然赋予的爱抚和一切权利，她都得到的很少，但是毫无疑问，却有温暖。来自她和她男人内心的温暖。

一个好女人。

杨庄下起了入冬以来的第一场大雪，严严实实，覆盖了山谷和大地。爱云站屋门口，抬头看着飞舞的雪花，脸上有着晶莹的光泽。她不由伸出手，让一朵一朵的雪花，落在掌心。

十分十分可爱的

于一爽 *

马大军在自己的都市报上刊登过一则耸人听闻的采访，至少标题耸人听闻，《二十九岁之后的女人是有毒的》，这篇文章的作者不是别人，正是钱进。作为著名编剧的钱进在成名之后，自然被一些都市报采访。余虹看这张报纸的时候不明白，到底哪个女人得罪了钱进。

到下个月的这个时候，余虹就二十九岁了，她自己正是有毒的。准确地说，已经有毒四年了。难怪男人们会纷纷离开她。

至于男人多少岁是有毒的，钱进在那张报纸上没有讲，或者是，讲了也没有刊登。因为马大军自己正是那种有毒的男人。余虹想。大概男人一出生就有毒或者是一生都不会有毒。这完全取决于你怎么理解“有毒”这两个字。甚至是你如何理解“毒”这个字。在那篇文章中，还有一些惊世骇俗的观点，比如钱进把男人分成了三种：有钱的，没钱的，长得好看的。余虹想不明白，为什么不是有钱的，长得好看的，长得不好看的；或者没钱的，长得好看的，长得不好看的。余虹进而想到何文，既说不上有钱，也说不上没钱，长相呢？余虹开始觉得温柔起来。她把那张都市报扔在枕边。这是她跟何文刚刚分手的黄昏。

余虹打开微信，给钱进发了一条内容：男人为什么是有钱的，没钱的和长

---

* 于一爽，女，80后，北京人。在《人民文学》《收获》《十月》等刊发表小说若干，著有随笔集《云像没有犄角和尾巴瘸了腿的长颈鹿》、小说集《一切坚固的都烟消云散》《生活别爆炸》。曾获2015年“紫金·人民文学之星”中篇小说奖、十月青年作家奖。

得好看的。

钱进很快回了一条：今天呀。继续啊。老地方。别晚哟。

他这样说，是因为余虹一定要晚的。

余虹放下手机，钱进的微信让她十分疲惫，她还没有决定。尤其是最后一句让她紧张，“别晚哟”翻译过来就是多喝点。余虹有一种预感，钱进就是要喝死的。

余虹想先睡一会儿。就像一个没有压力的人那么睡一会儿。睡觉，成了她眼下最大的问题。

因为她知道，她会在饭桌上继续工作八个小时，钱进的饭局通常是晚上六点开始，如果是到深夜两点，就正好是八个小时了。哪怕工作四个小时，也比她上班时间要长。她每天在单位只工作两个小时。她拿着一笔不低的收入。与其说是收入，不如说是精神损失费。大概就是因为这仅仅两个小时的工作，睡觉成了她眼下最大的问题。

睡醒之后她就出发了，涂了何文送给她的口红，还擦在了脸蛋上一点。就像在继续使用某人的遗产。

余虹到的时候已经晚了。有十几个后脑勺了。看上去这十几个后脑勺坐了很久。其中一个圆中带方，一看就是钱进。但仔细观察又和昨天看见的后脑勺并不十分一样。没有两个后脑勺是完全一样的。哪怕是一个人，也不能在两天之内后脑勺完全是一样的。她几乎每天都见钱进。余虹过去敲了一下，其他的后脑勺转过来，她一个都不认识。

这个地方很小，只有一桌，京市不乏这样的隐秘场所。通常是文化人聚会的地方，看上去有些昂贵事实上并不。“文化”两个字，尤其在文化人中间，已经变得越来越意义不明。

钱进左边坐着一个女人，余虹不用仔细看，就看出来，是个新鲜的人。

钱进的女人总是换来换去，余虹一直没被换掉是因为钱进大概从来没把她当女人看过。余虹又看了一眼钱进左边的女人，头发，像堆枯草。钱进介绍说，这是都市报的文化时尚版美女总监。

余虹想，不就是马大军的那家报纸吗?

她忽然觉得马大军很惨，要和看上去这么营养不良的女人共事。她又想到总监，她想到自己常去的理发的地方总是找一个总监价。她想，怎么没有总理价？她又摸了摸自己的头发。显然不如另外一个女人那么像一堆枯草。

钱进介绍之后，女人随便点了个头，就像头只是随便长在脖子上一样，这让余虹一瞬间觉得自己是随随便便的一个什么人。但是尽管十分随便，余虹还是得到了一张名片。这个时代还送名片的，多半是因为印多了发不出去。

钱进的右边也是一个女人，胸很大，余虹以飞快的速度瞟了一眼自己的胸，因为穿了高领毛衣，看上去就像两只被憋在毛线里的老鼠脑袋。何文曾经说过这两只老鼠脑袋其实是宇宙的两个按钮。

然而钱进并未介绍，右边的女人挪了位置，余虹自然就坐到了钱进的右边。从余虹的位置正好可以看见墙上的钟表，也正好是这个城市的很多人准备睡觉的时间。当然，这只是普遍状态，普遍状态通常都没有任何含义。或者说，所有和你无关的状态都可以是不普遍状态。比如那些睡得好的人就是不普遍状态。而且在京市越来越流行这样的论调，能睡七个小时大概是因为他们实在混得太惨了。判断成功的标准已经很单一，比如有钱人哪有不失眠的呢?

余虹另外一边是著名文学评论家，已经喝多了，余虹在网上见过他的照片，但此时此刻，他跟网上的照片很不一样，正在吐舌头。网上总不会有一个著名文学评论家吐舌头的照片，不是吗?

余虹就这么坐下来，很快她就喝多了。喝多之前，余虹问钱进今天的主题是什么。因为主题不一样，那么从参加饭局的人到吃什么喝什么都很不一样。但无论什么样的主题，通常男人们喜欢谈论政治，阴谋论，口头集资，很有沐猴而冠的意思。每个人拼命藏住自己的底牌。女人们都拼命藏住自己的底裤。世界就是这样，余虹就这样理解，铁打的饭局流水的姑娘。也总有缺心眼的姑娘，或者不缺心眼的姑娘，但是偶尔缺一下，来到饭桌上，坐一下，坐两下，或者很长时间地坐下去。等待变老，而变老的再也无法年轻。宇宙间最伟大的发明是线性的时间，如果可以回到过去时间旅行或者回到未来时间旅行，才会产生真正的存在主义。时间旅行的前提是已经没有实体的人了，在另一个时间，会生成新的人。就像一个余虹的克隆体一样。但，这样说也不准确。应该是余虹也是某个原始的克隆体，从宇宙爆炸之初。他们就注定要用生命中的很长一段时间，将这个难拿的姿势维持下去。日月星辰，有时候余虹会想，那些错过的人，得救了。

但是她不想得救，她什么都不想错过。人生就是水里火里过来，不是吗？想到这个她就觉得应该喝多，还叹了一口气。她被自己的叹气吓了一跳。有一种大难临头的感觉。她想生活不能这么对她，不能在她跟何文分手之后，还有什么大难临头等着她。

她总会喝多的另外一个原因是很少吃东西。她看不起那些对吃饭抱有热情的人。完全就是一个移动的造粪工厂。这样想的时候，她看着四周动来动去的造粪工厂。忽然什么难受都没有了。她想，就让这些善良的人们专心地造粪吧。"善良"这个词在余虹的头脑中总是出现，因为善良没有任何价值。只有爱才有价值。爱有毁灭的价值。善良还没有避孕药有价值呢。余虹想起在一篇报道中看见一条颇为新奇的理论，讲的是，避孕药的原理是让大脑以为已经怀孕于是不再分泌导致怀孕的激素。但有一点余虹是确定的，避孕药是 20 世纪重要的发明之一，可以说是和存在主义一样重要的。

她跟何文已经分手了。避孕药再也不用吃了。

那天接下来的事情就像被设定好的机器程序，余虹一个人回家，在小区里，她从裤兜里摸出两个莫名其妙的肉包子。她想不起来是谁放进去的，但这种事并不是第一次发生。就像过去总会有人扔一些啤酒瓶盖之类的进去一样。大概自己的裤兜真的很像垃圾桶吧，她想。她咬了一口是面，又咬了一口，还是面，她踉踉跄跄走到路灯下面，用手掰开，中间的地方有一小团丸子，她用两个手指捏出来，在路灯下面看。如果这个时候过来一只狗，她就打算把丸子扔给狗。可是别说狗了，连人都没有，鬼都没有。小区里很安静，因为有秋虫叫，所以显得更安静了。余虹想，叫吧，反正也就这几天了。活不到冬天是什么感觉？她替它们高兴。

余虹所在的小区是一个高档的小区。还是和何文在一起的时候租的。在京市，并不乏高档的小区，甚至是非常高档的小区。这么多年，别的没发展，房地产一直在发展。而且除了房地产看不出还有什么可以发展的了。在京市，或者说在中国，做电影的都住在这个小区，只要你随便出门遛弯，就能看见一些不怎么知名的导演。大概是因为这个时间太晚了，才真的什么都没有了。通常来讲，围绕这个小区四周的酒吧都会坐满人，迷信的人会觉得是“鬼店”，余虹觉得有时候，这个行业的人都是鬼，至少从人变鬼，知名之后，再从鬼变人。余虹把丸子在手里捏碎，她抬头看着天空，天空真美啊，其实所有的天空都很美，甚至是一样一样的。但是，有的天空下面没有人，于是就显得更美，比如此刻，看着一无所有的天空，余虹还有另外一种想法，如果这个时候有一个炸弹从天而降，中国的电影行业，是不是就得救了？

几年前从电影学院毕业，余虹曾短暂地在这个行业里。毕业的第一年，一个完全没名的大头导演找她来写一部戏，写到一半，大头导演因为吸毒被拘留了。在拘留所，大头导演认了大哥，出来之后再也不做电影了。正好赶上创业的风口，做起了风险投资。人生从搞艺术的变成了搞钱的。有时候余虹在财经频道会看见他的一颗大头，想起他们当年一起要写的那部戏叫《垄上行》，好像是一首非常抒情的歌曲。

还有一次，余虹和几个电影学院的同学被关在了京市最北边的一栋别墅里，生产一部关于饭局的电视剧。他们被从别墅放出来的两天之后，在京市就开始流传一条重大新闻，某公司的老板因为饭局而去世了。但这条新闻仅止于流传，并没有掀起轩然大波，因为他的去世太蹊跷，余虹也感到了谈论饭局是某种不祥之兆。

到家之后，余虹躺在大床上，放水，等着洗一个热水澡。这张床太大了，对一个人来说。如今，她想怎么躺就怎么躺。叮的一声。她看了一眼是老板的微信：清华教授那篇采访大卫很喜欢啊。大卫是 CEO 的英文名，只要在公司，所有人都要叫他大卫。

余虹也有一个英文名，每个员工都要有一个英文名，这是企业文化的一部分。余虹不明白，这为什么就是企业文化的一部分了。她觉得自己或者不懂企业或者不懂文化。大卫是清华毕业的，这个不仅余虹知道，全公司的人都知道，全中国的人都知道。因为大卫就是一个全中国都知道的人，至少过去的大卫是。

余虹不知道应该怎么回这条微信的时候，老板的第二条微信又响了：为什么用第三方产品推广。

她觉得很痛苦也很荒唐，难道用公司的产品吗？进一步说，公司有产品吗？她想起有一次在公司的顶层——99 层，开会。大卫说，用第三方产品就是在资敌。

余虹很少有机会去到 99 层，也是这座楼的最高层。有一部极速电梯可以将人七秒钟之内送达。余虹不知道经常乘坐这样的电梯，会不会对细胞产生影响，尤其是那种很坏的影响。她觉得自己越来越傻了。每个月的最后一天，大卫会在 99 层宴请社会名流，不能来的多数不是名流，或者就是那些顶级名流，已经不需要社交，从这一层望下去，京市尽收眼底，如果你不爱这座城市，你很难觉得它美。

在余虹所在的那家公司有一个所有人都知道的事情，大卫最成功的投资就是这座楼。他大概是互联网界最懂房地产的人了。

接着她又想到那篇清华教授的采访，里面有一些对这个国家掏心掏肺的话。

互联网已经不是新宠，国家的政策重新转向实体经济。水流砸在浴缸里，让人感觉恐怖。余虹忽然想到一年前，还跟何文在一起的时候，两个人喜欢一起泡在很热很热的浴缸里，余虹总是把何文踢开，和他说，泡多了会影响性功能的。

此时此刻余虹不知道，何文不会真的不行了吧。

何文回到了自己的家庭。

如果把人生重要的事情列时间表，何文最后会留下的一定是自己的孩子。余虹最后留下的一定是自己，她觉得只有自私可以解释清楚了。

总是和钱进混在一起的作家冯喜欢说，爱，在宇宙间不易被风吹散。

余虹想，他错了。除非他没爱过。爱，在宇宙间最易被风吹散。余虹相信跟何文在一起的这些年，所有能做的都是肉体上需要的。

但是她从来不知道他的孩子长什么样，因为她曾经说过，何文，千万，不要让我看你孩子的照片，也不要让我看你老婆的照片。

何文说，我也没有。

他说的没有，大概是想问为什么。

余虹说，你就是那种在家里，会把衬衫的袖子卷起来，在厨房里炒菜的那种人，看上去正像一个丈夫，一个父亲应该有的样子。

何文做了个意义不明的表情，大概是说，事实上，他真的就是一个丈夫，一个父亲。

是啊，余虹想。过了老半天，她又说，何文，以后别和你老婆做爱了。说出来的话，就不能再收回来，余虹觉得很糟糕，糟糕透了。两个人在一起的那些年，余虹会做一件很变态至少在她看来很变态的事情，搜到何文的照片，她把何文的照片和自己的放在一起看。其实并没有天生一对的感觉。也许注定不会是天生一对。既然不是天生一对，那就不应该干涉他和别人做爱。

想到这些，余虹感觉胃里的酒要吐出来，她趴到马桶边上，忽然有一种幻觉，何文未来就是顺着马桶被冲走了。何文经常觉得自己就是一泡屎，就是她妈妈肚子疼拉出来的，余虹这么想的时候自己的肚子也开始疼起来。她又呕吐出一些东西，这一天的所有意义就在于此刻的呕吐，她不知道自己会不会把胃一起呕吐出来，她的马桶内侧有一点黄绿色，从一个反光看过去，黄色更多，从另一个反光看过去，绿色更多。是两年前呕吐出来的胆汁，非常了不起，就像小动物在什么地方留下一点记号一样。她冲了一下马桶，忽然把手伸进去，使劲地抠。就在这个时候短信来了，如果不是中国移动，多数时候都是何文。她受够了何文再要求和好。但这次真的是中国移动。她想到何文的语气她又呕吐出一些东西。并非因为不爱，爱不是能够轻易忘记的。甚至可以说得更确定一些，爱不是能够忘记的。她从冰箱里拿出一条鱼用毛巾裹上，此时此刻，能陪伴她的只有这条死鱼。她想到何文的脸，他们两个人都有两条法令纹，单独看两条法令纹，就像在这个世界上活了一万年。

她记得上一次，也是跪在马桶前，何文说，我可以一直爱你吗？

余虹点头。

何文又说，我想一直爱你。

余虹继续点头。

她自己就像一只啄木鸟。她觉得头疼。

何文说，你别喝酒了。老了怎么办？

余虹弯在何文的身体里，像一只小虾米。

此时此刻，闭上眼睛，全是和何文做爱的场面，她觉得自己被限制住了。大概是年龄的原因，这种事情在过去并非没有，有时候她被这种欲望折磨得痛苦不堪。她只想睡个好觉。她忽然有一些理解男人了，至少是某一类男人。

她睡着了。

未来世界很简单，人分两种，有脑子的和没有脑子的。没有脑子的头会越来越小。但是没有脑子的活得很幸福。而有脑子的活得不幸福，也可以说是能者多劳。但哪些人被规定有无脑子？这个里面的标准又是什么？余虹想不清楚。但至少有一点是确定的，有脑子和没有脑子的比例是 1∶99，平均 99 个人被 1 个人管理，而那个管理的人是最不幸福的。余虹这么想的时候已经不再是 100

年前人类关于乌托邦的恐惧。已经没有恐惧了，如果还有，就应该发生在人工智能身上。钱进说，伴随人一生的感受就是恐惧。如果人工智能感觉到恐惧，人就真的应该恐惧了。余虹听到这句话的时候，是几个小时前和钱进转场到一个朋友的酒吧。

之所以说是朋友的酒吧，有两种可能性，一种是朋友开的酒吧，一种是喝的次数多了，自然和老板成了朋友。余虹拼命回忆，她想，多半是第二种。因为钱进知道自己是一个倒霉蛋，很少在朋友开的酒吧饭馆消费，他觉得这会让那些好端端的场所，一夜之间就倒。

伴随人一生的感受就是恐惧。钱进是在什么条件下，如果绝对的喝多是数字 10，那么钱进是在数字几的时候，发出这种偏见的呢？所有的偏见都是美的，甚至都是对的。虽然对的并非等于正确的，对指的是那些不正确而非做不可的事。钱进被酒吧的光线切割成阴阳两面，切得如此平均。这让余虹感到了少许的滑稽。如果钱进再胖一点或者瘦一点，高一点或者矮一点，哪怕坐的角度有微小的调整，光线都不会这么平均地洒下来。当然，钱进自己看不到这么滑稽的场面了。

酒吧里的服务生都穿着切格瓦拉的 T 恤，大概这是一家摇滚主题的酒吧。钱进大手一挥和余虹说，有一个人做切格瓦拉的事吗？这句话出现在“伴随人一生的感受就是恐惧”之后。

余虹想，他大概已经喝到数字 7 或者数字 8 了。如果喝到数字 9 他就会聊聊文学。他大概不会有喝到数字 10 的机会。因为文学是所有话题的终极话题，也可以说是终结话题。

余虹在酒吧里想到昨天，他们走在一条将拆未拆的胡同里。余虹一直低着头，看见了地上的很多死虫子。有老人在墙根坐着，什么也不干，就那么坐着，可是天气已经很凉了。甚至余虹跟何文走过去的时候，他们都没有抬头看一眼。

两个人就这么一直走，胡同很长，或者是走得并不快。我以后还能联系你吗？何文问。

余虹笑。

余虹最会的就是笑。她甚至觉得自己到今天为止的生活中，得到的一切，都是因为自己喜欢笑。有人说，喜欢笑的女人运气不会太差。但余虹并不是这个意思，这个意思就是一个没有意思。运气差的女人还能笑得出来？她见到什么人都笑，喜欢的男人，不喜欢的男人，甚至还分不清是喜欢还是不喜欢，她就都先笑。这并非通常意义上的谄媚，这个世界不是任女人自我表达的地方。余虹觉得世界是属于男人的，她得到的一切也都是男人给她的。从父亲开始。如果没有父亲，也就没有自己了。这让她感觉很慷慨。她爱男人，可以说，男人，她爱过很多，但有时候她也觉得没意思透了。没意思透了的时候就傻笑。她害怕自己有一天变成聪明的女人，将男人的真心撕碎，将他们的孩子气看成一种错误。每一个男人她都相信是合理的，所有合理的都是值得同情的。比如对于钱进，性的因素从来没有降临过。更没有过爱情的因素。男女间也许不存在纯粹的友谊，但世间有比友谊更珍贵的东西，是一种同病相怜。就像和钱进单独在酒吧的那个时刻，被光线劈成两半的钱进，一半是人，一半是鬼。鬼的部分就是神的部分，所以也可以说一半是人，一半是神。余虹很想抱住他，对他说，千万别疯。但是她并没有往前挪动半步，因为她根本不是要对谁说，只是要对自己说。钱进总是眯着眼，于是他的小眼睛就更小了，从小眼睛里透出的光，看着像耗子眼睛的光。

两个人继续走在路上，余虹说，还有一件事，我不知道应该不应该告诉你，昨天夜里你老婆给我打电话了。何文说，我知道，因为那个时候我就在旁边。余虹以为自己听错了。她坚信自己听错了。爱会让人变恶。她掉下几滴眼泪，她想，何文，你怎么能那个时候就在旁边呢？你怎么能让你老婆给我打那个电话呢？但是她没有将这些说出口。她说，我没接，我一直看着它响完。何文说，我知道，你没接。

每个人内心都有很确定的东西，简简单单的东西已经不可能将这些融化。

你觉得对不起她吗？余虹说。

何文不说话。

你是不是不喜欢我问这些？余虹说。

你想问就问吧，何文忽然说了这么一句。

你还有什么想问的？何文又说。

你觉得对不起我吗？余虹想——我自己也觉得对不起她。

你是不是觉得我有家特别可耻？何文说。

你是想说可怜吧？余虹忽然握住他的手问。

只要握住他的手，就能感觉到那枚戒指。

为什么一直戴着？余虹问。

提醒自己结婚了，何文说。

很多结婚的人也并不戴，何文又补充说。

所以你是一部分结婚的人了。

其实和另一部分也没有什么本质区别。

当然，余虹想，只有和不结婚的人才有本质区别。她这样想，于是她就这样说了出来，所以我和你才有本质区别。

我们的本质区别就是我比你更可耻一点，何文用一种可怜巴巴的语气说。

余虹想笑，这个答案真的是正确答案。这么正确的答案还用提醒自己吗？

何文又补充说，其实，也不是提醒自己结婚了。是提醒自己，活下去。

靠一枚戒指吗，余虹想。

何文用另外一只手扭了扭，一丝一毫转动的意思都没有。我老婆也有，所以是靠两枚。

你们真是天生一对，余虹想。

戒指上有枚小钻石，小钻石坚硬无比，就算何文死了，小钻石都会在那里。

余虹又看了看那枚小钻石，她觉得十分可疑，来自几千万年前的一颗小石头，看着它，会想到提醒自己活下去，活下去？就算你拼命活下去，你能活过它吗？

走到胡同口的时候，说什么都要分手了，或者再走一条胡同，就这么走下去，但是什么都不会改变。

我以后还能联系你吗？何文又说了一遍。

这次余虹没有笑。她摇摇头，她忽然停下来，看着何文的眼睛。何文从小在海边长大，所以有一双像海一样清澈的眼睛。余虹很快就把目光转向胡同尽头的车水马龙。

你快走吧，余虹说，要堵车了。

我走了，何文说。

两个人都没有伸出一只手，哪怕像普通朋友一样。

何文走出两步之后，余虹忽然不由自主冒出一句，祝你幸福。

何文停下脚步，余虹说，别联系了。

何文转过头，小声说，我以后可以专心过我的生活了。

余虹站在原地将何文所有的联系方式删掉了，好像多存在一秒就会增加妥协的风险。这一切之后，她还是不能相信自己的嘴里会冒出——祝你幸福。但是此时此刻，古往今来都比不上的此时此刻，她真心希望何文幸福，如果可能，她甚至希望两个人在一起的这么多年，何文都比看上去幸福。余虹对这一切都感觉不可思议，她甚至冒出了一种指挥一切的荒唐的想法，她想告诉何文，或者说是命令，命令他回家就抱住自己的妻子，就像抱住自己一样，然后温柔地亲她，或者不温柔的，只要亲她就好。但是余虹并没有力量再将这个想法继续下去，作为这样一个角色，自己配吗？她正式地问自己，她得到了肯定的回答，不配。她接着发出“呸”的一声。何文当然会抱住自己的妻子，用一种余虹不知道的方式。她再也没有机会知道了。他无论是否温柔地亲她，这都不重要，因为有一条真理是颠扑不破的——他们是夫妻。是啊，他们是夫妻，哪怕光这一条就够了。

看着何文消失成一个小黑点，他穿了黑色的衣服。余虹拿出手机给作家冯发了一条微信，微信的内容是——我终于知道为什么有的时候要说祝你幸福了。

作家冯快速地回了一个笑脸。

他回得这么快速，八成是喝多了，没有了偶像包袱。跟何文分手的时间是2018年2月5日，晚饭时间，余虹忽然饿了，无比饿。就像跟何文在一起的这么多年，自己都没有吃饱过一样，她机械地走回家，枕边正好有一张都市报，于是她就给钱进发了那个微信：为什么人分有钱的，没钱的，长得好看的。

京市就是这样一座城市，灯下黑，经济高度集中，混吃等死的人也高度集中。尤其文化人，总能吃下别人布下的大餐。“别人”通常指那些有钱人。钱进就认识不少这样的有钱人，在一顿又一顿的饭局之后，他和很多有钱人并不联系了。钱进喝了一点酒之后就要说，有钱算个屁。虽然有钱人偶尔喜欢结识一两位文化人，或者通过文化人结识一两位有文化的姑娘，但是有钱人也不喜欢被当成一个屁。京市盛产有钱人，整个中国都盛产有钱人。

钱进在微信里又多说了两个字：速来。

就像改革开放之后的一封加急电报。

只要看不见的事情就是没发生。何文的妻子并不知道这些年发生了什么，所以对于他的妻子来说，他依然是一模一样的丈夫。但，抱有相反观点的也大有人在。发生的事情就是发生了。更极端的可以说，当念头产生的那一刻一切就已经确定，无论是善还是恶。钱进的名言——不要伤感，伤感容易走入内心。余虹曾将这句话告诉过何文，何文喜欢说自己早就没有什么内心了。我连家都不要了，何文说。

余虹不希望他连家都不要了。这些短暂的爱情，怎么能和家相比呢……

余虹今天起床之后忽然想到，这是跟何文分手的第二天。这个想法到来得并不忽然，因为第一天之后就是第二天。她侧过身看着床头柜上面的一幅画，是一条笔直的路，后面的山脉看上去有夏日午后的阳光射进来，画面的一半是金黄色一半是灰蓝色。看上去整个画面由两张照片拼起来，一张彩色照片一张黑白照片。蓝色的天上飘着云，所以是这样分明的曲线。看久了，会觉得这条路在流动。要能死在这条路上就好了，余虹想。

她起身，她今天要早点出发，晚点回来，因为她答应了一件事情，马大军的弟弟马小军要带一个女孩来她的房间，或者说，她今天答应把房间借给马小军。

手机在余虹醒了之后没有响，因为余虹在手机响之前就醒了。她看了一眼，7点，余虹把手机定成了7：07。如果是8点，她就定8：08；6点就是6：06。至于理由。没有理由。余虹按掉手机，昨天夜里12点看过之后到现在，没有其他的信息，于是余虹又看了一遍昨天夜里的信息，这些信息并不像那条笔直的路会流动。余虹又在床上躺了一会儿。起来之后她就不会再躺下了。

生和死之间并不像很多人以为的有一条无形的河流阻隔着。什么都没有。她毫无道理想到这些。余虹分别捏了捏自己的左右手，就像没有骨头，但是怎么会没有骨头呢？只有胸才没有骨头。她忽然想起一个笑话：有一个美国人说，死前要去一次中国。美国人的朋友说，好，什么时候去？美国人说，死前。

余虹没笑，但她确实觉得挺好笑。如果不好笑，她就不会想到，因为她打算想起一个笑话于是她就想起来一个笑话。她的床头柜上有一本书，就在那幅画的旁边，是余虹的女朋友于果的小说集《一切坚固的都烟消云散》，百度百科上说这是一本关于现在都市生存的小说集，展示了一幅充满矛盾和暧昧不明的现代世界画面，小说中描述的成年人的感情比成年人更堪玩味。事实上，余虹没有怎么读懂这句话，她不知道是自己的问题还是百度百科的问题。她更喜欢自己对这本书的理解，或者说她更喜欢自己对“坚固”的理解，是很多微小脆弱的物质紧紧拥抱，比如变成了羹的洋菜粉。至于“烟消云散”，如每次进博物馆里看河川马门溪龙的骨骼。在那本书的扉页上，于果写：死亡是凉爽的清晨。送给余虹。

但其实没必要，真的，很多的清晨都是凉爽的。死前的清晨也不会有什么不一样，或者就像此刻一样，因为每一个清晨都不一样。也可以说都是一样的。余虹只会这样想问题。

余虹在床上坐起来，接下来的程序就和每个女人在清晨做的一样，或者说，和每个单身的女人在清晨做的一样。如果不是单身，她会做的第一件事是抓住一个男人的身体，这让她的一天觉得温柔。余虹想过，就算是一个男人的肠子长在了外面，她也会醒过来第一秒就抓住，握在手里，不许任何人伤害它。但是，没有男人的肠子真的长在了外面，其实是，没有男人，也没有肠子，对一个普普通通的失恋的人来讲，这些连恶心都没有了。

接下来是吃早点，余虹把鸡蛋葱姜蒜面条从冰箱的最上面一层拿出来，洗葱姜蒜，葱切段，姜切丝，蒜切片。开火。将鸡蛋打在碗里。倒油。等油热。放葱姜蒜，炒出香味把葱姜蒜用锅铲堆到一边放鸡蛋。鸡蛋成形后下面条，翻炒两下，加农夫山泉。关小火。拿一副碗筷，放香油酱油醋。关火。将面连汤一起倒进去。然后冲一袋美式咖啡。端着咖啡和鸡蛋面，余虹很快就吃完了，多数时候她都剩一口面，不是吃不下，是不想吃那么多，所以咖啡最需要消化的就是那两个鸡蛋了。吃过之后，咖啡还剩了一多半，就被放在了饭桌上。余虹把碗筷清洗干净，用水随便清洗一下就干净了。她很自然地出门，自然到就像鸡蛋放进锅里就会自己膨胀成一摊。

出门之后她打了一辆车去单位，单位离家大概半个小时的车程。余虹上车之后看了一眼司机，这是她的习惯。司机正在哼歌。余虹想，这个司机喜欢艺术。于是她真的是这么说的。她没必要再把什么话放在心里。司机说二十多年了，就是喜欢，谈不上艺术，最后还呵呵两下。司机又哼了一会儿问，你二十几？余虹看着窗外，她忽然忘记自己的年龄了，也忽然觉得司机不诚恳，自己看上去真的像二十几吗？于是她从后视镜看了一眼司机，司机那个时候也刚好看了她一眼。于是余虹说，我结婚了。司机说，有孩子吗？余虹说没有。司机开了一会儿说，那你们住在一起吗？余虹并没有丧失耐心地说，住在一起。司机说，那你们有什么措施呢？余虹她编不下去了。司机又说，你做什么工作。余虹说，在互联网。司机又说，在互联网的人是不是都天天不回家。余虹说，也不是天天都不回家吧。司机然后又说，也有时候不回家吧。余虹不再说话，老半天之后她说，再也不回家了。司机从后视镜看了她一眼。遇到红灯，红灯的灯柱根基上，贴了一张同样红色的圆形砂纸，看上去就像一个面罩。一阵风，就又给刮跑了。余虹的目光追着面罩张望了一会儿。忽然，车加速。于是不一会儿，就到了。微信支付之后，司机问余虹，单位里有没有卫生间。余虹说，你要去吗？司机指了指副驾上面的保温壶和花生米说，早晨吃了好多喝了好多。余虹说，有。司机说谢谢，又说自己还去过北京饭店的卫生间呢。余虹已经拉开车门了。司机说，你吃不吃花生米。余虹迅速下车。

坐在办公室里，余虹的面前正好有一只花瓶，但是花都不知道去哪儿了。从坐下来的地方往外看，天上正好有一大团云，看上去就像飘起来的一座城市。并没有非做不可的事情，余虹拿的钱就是找个地方坐下来，不要去想有没有非做不可的事情。这样坐下来之后，她忽然观察到自己的裤腿上有一条透明胶带，她撕了下来，很长，而且她一点儿都想不起来为什么裤腿上会有胶带。

马小军和美美从窗口看着环路上的车水马龙和一座废弃的医院，还有一些枯枝。再过几个月，枯枝就会变绿，但此时此刻，这就是一些枯枝。黄昏中的枯枝。环路堵着。马小军说，堵得跟脑血栓似的。

美美嘴里很少停下来，总是嚼一些花生之类的东西，听马小军这么说，咯咯笑，整个人看上去都在花枝乱颤。马小军看着她，又重复了一遍：难道不像脑血栓吗？？？

接着两个人就滚到床单上去了。

滚完床单之后，两个人躺在沙发上看着房间。

美美说，你这朋友真酷啊。

马小军什么都没说。

过了一会儿马小军又说，酷？

美美说，酷。

马小军说，你是说这房子酷？

美美说，这房子酷吗？

两个人开始重新打量这个房子，除了他们躺着的沙发，沙发下面的绿色地毯，就像一小片绿色草坪。沙发是红色的。

美美用手指绕着马小军新染的灰色的头发，看上去就像正在给奶奶挠头发。

美美忽然想到什么，问，门从里面锁了吗？

马小军忽然想起来，光着屁股从沙发上一颠就起来了，马小军把门锁上之后又把牛仔裤套上了。

男人穿裤子时真无情，美美说。

马小军把牛仔裤扣好，皮带系在最后一个孔，马小军是个瘦子。美美是个胖子，胖子的好处是有胸，胖子的坏处是没腰，胸和腰之间，马小军只能二选一，其实他什么都没选。无情？他实在懒得回答美美，“无情”这两个字应该从一个时时刻刻都嚼花生的嘴里说出来吗？

马小军开始穿 T 恤，他已经开始穿上夏天的 T 恤。虽然现在是冬天。

你真有这么一个朋友？美美问。

马小军和美美是第一次上床，但两个人酝酿了很久，可以称之为双重酝酿。至于为什么在余虹家，余虹也不知道为什么。

马小军说，我真有这么一个朋友。

美美说，那这种朋友真不错，借给你房子睡。

马小军觉得完全没必要和美美说太多，两个人做了半年的同事，如今床单也滚完了。简直是完美的同事啊。

美美就是那种很漂亮的胖女孩儿，漂亮并不等于肤浅，但是美美十分肤浅，这让马小军省去了不少麻烦。

你还等她吗？美美问，美美问的时候开始穿内衣内裤，她先是把内衣套上，然后是内裤，招手叫马小军过来帮她系内衣扣。

马小军系内衣扣的时候说，你走吗？

你让我走？美美说。

马小军又摸了一把她，摸得很快速，看上去就像赚了一把。

美美毫无悬念地问了一句，你和你朋友什么关系？

马小军把手抽回来，觉得烦透了，这么一问就烦透了。

朋友呗，马小军说。

朋友连房间的密码锁的密码都知道？

过了一会儿美美又问，你和我一起走吗？

马小军听不出来这句话的意思是让自己和她一起走还是不让，但是显然没有问下去的必要。

你走吧，马小军说。

一块儿走不好吗？美美说。

马小军心里骂了一句，破女人。

我等我朋友吧。马小军冒出这么一句。

你不说就是朋友吗？美美问。

是朋友啊。马小军说。

朋友还等？美美说。

我和你在朋友家完事了，我们俩就这么走了，行吗？马小军说。

马小军觉得女人都烦，恨不得给她做成一条松鼠鳜鱼。之所以想到松鼠鳜鱼是他现在想吃松鼠鳜鱼。马小军今年是本命年，买了十二条红色内裤，他这样想的时候忽然发现沙发角的红色内裤，才发现自己忘了穿，于是再次脱下裤子。

男人脱裤子时，更无情。美美说完这句话，马小军就听见开门的声音，然后是关门的声音，一抬头，美美已经不见了。他摸了摸自己的灰头发，自言自语了一句，还没松鼠鳜鱼有脑子呢。

马小军把沙发用手简单抹了抹，看上去重新平整起来，他算了算，本命年才过去四分之三，还有一个季节，算命先生告诉他——今年别犯傻 ×。马小军回忆了一下又自言自语了一句，真他妈倒霉。

他说倒霉并不是因为和美美滚了床单，和美美滚床单无论如何不能称之为倒霉的事，因为马小军完全忘记了，刚刚发生的事情他已经完全忘记了。这种事情做完智商就被吃掉了。他只是忽然想起算命先生和他说的，今年别犯傻 ×。他自己在这个空空荡荡的房间忽然笑起来。马小军真想把这六个字塞进算命先生的嘴里。

接下来马小军走到楼上，撒了一泡荡气回肠的尿。这是一个双层结构的空空荡荡的房间。马桶上面有一个剃须刀，刀片上有血。

盖上马桶，冲水。马小军去年就离婚了，一无所有。连房子都没有。要说前妻，还是余虹介绍给他的。前妻的一句话他一直铭记心头——冲水之前必须盖上马桶，不然里面的细菌就会在空气中乱飞，人眼是看不见的。

马小军听着马桶的冲水声，声音还没结束，他忽然打开马桶盖，想象着细菌在空气中乱飞，前妻忽然变得很具体了。

何文进来的时候还在流汗，马小军看着何文发梢的汗珠，这在冬天非常罕见。

你是？马小军想，显然自己不是唯一知道密码锁密码的人。

她呢？何文说。何文对马小军的吃惊没有马小军对他的吃惊多。

马小军指着房间四周，表示没人。

何文到楼上的时候，发现马桶盖盖着，他以为没人来过楼上还冲楼下人大喊，你刚来啊。

马小军听不见。

何文又说了一句，你刚来啊。

马小军说，我都要走了。

何文下来之后才开始认真打量这个他无比熟悉的房间。

何文说，你就一直这么坐着？

马小军说，也没坐着。

他忽然想起刚刚结束的事。

何文打开冰箱看了看，有鸡蛋有面条。

马小军感觉自己已经不必再问，何文为什么如此熟悉这里。

两个陌生人的关联就像不明飞行物在这样的夜晚。

当有一个人从外面看过来，这正是别人的房间的灯光，但是这个房间中的人对房间来讲，也是别人。

房间外面是一个KTV，声音偶尔传过来，两个男人在一起抽烟，他们并无交谈，既不了解彼此的过去，也不了解彼此的未来，当然他们可以聊一些和过去和未来没有关联的事情。他们的面前放着一瓶没打开的酒，两个人都没有伸手，他们就这么坐着，既属于这里，又不属于这里。他们都感到十分的疲倦，勉强说一些可有可无的话。

你姓什么？马小军一边问一边挠自己的脚，他的脚气越来越严重了。他甚至不知道前妻是不是因为脚气和自己离婚。

韩。何文说。

过了会儿，马小军又问何文，真的姓韩？

何文看了他一眼。

嗯，何文嗯了一下。

你和余虹熟吗？马小军问。

还行。何文想了想觉得“还行”可以形容他们的关系。

你呢？过了一会儿何文问。

还行。

嗯。

你们是同事？何文问。

一言难尽。你们呢？

何文想了半天忽然很确定地说，情人。

何文想到两个人在一起的那些有限的清晨，余虹抓住自己的身体，怎么都不愿意醒过来。

马小军想到美美，不过显然谈不上是情人。他又想到很多人，最后想到的是前妻。

呵呵，马小军呵呵了两下。

和余虹做情人不错吧？马小军说。

你指的不是一言难尽吧？何文说。

接下来是很长时间的沉默。还等她吗？两个人喝了半瓶之后觉得无聊至极。

何文说，我要等。我有话和她讲。

马小军想到如果余虹回来，两个人接下来需要这个空间，于是觉得自己最好离开，并且这么说了出来，我最好离开。

她回来之后离开的应该是我。何文又补充说，准确的说法应该是前情人。

马小军站起来去楼上小便，何文在楼下听到了小便的声音，然后是马桶盖上的声音，然后是冲水的声音。

但是马小军并没有下来，小便之后，他就在楼上的大床躺下了。真大啊。

楼上只有一张大床。但是马小军没有睡。他想刚刚，自己为什么不和美美在楼上呢？

你和余虹怎么认识的？马小军的声音从楼上传过来。

你不下来了？何文说。

我躺会儿。你结婚了？马小军又问。

就那么认识了，何文回答他上一个问题。接下来又嗯了一声，回答他下一个问题。

你呢？何文问。

我？结婚。马小军说。

接下来就又什么声音都没有了。

余虹不错哈？过了一会儿又有了声音。马小军问。

哪方面？

当情人。

是吗？何文反问。

沉默。

你有孩子吗？何文问。

你这么问是因为你有孩子吧？马小军说。

他们用很低的声音说话，因为他们都知道这不是在自己的房间。也许过去是属于何文的房间。

你吃过余虹做的饭吗？马小军说。

余虹挺喜欢吃她自己做的饭的。何文说。

她都给你做过什么？马小军说。

鸡蛋面。何文说到这的时候想到，前天的这个时候，他也来过这家公寓，是他过来和余虹提出分手，他已经到了极限，他在楼下抱着余虹，余虹的身体成了一个皮球，把气一点一点地撒到他的怀抱里，瘪了。

此时此刻，余虹还在单位，她不知道是否应该回去，然而她十分地困。手机里有钱进两个小时前发的微信，还是那几句话："今天呀。继续啊。老地方。别晚哟。"她没有回。她想不应该去，现在去都晚了，钱进一定已经喝死了。她饿了，打算去楼下的超市看看。走到咖啡货架的时候，过来一个学生模样的人，但是坏了一只眼睛，假的眼睛看上去就像一个愚蠢的玻璃球，玻璃球问余虹要不要信基督。余虹摆了摆手，但她能感觉到玻璃球在后面冲她微笑。这个微笑很难察觉。就像一小团棉花一样被吹得四处乱飞。余虹就算没有回头也知道在她后面是一双微笑的眼睛，因为在这个货架这儿并不是第一次了。她的心情变得很坏。她想如果转到另外的货架还是碰见这个玻璃球，那就告诉她——我有毒。接着，她又给钱进发了一个微信：男人应该分两种，十分可爱的，和十分十分可爱的。

海　怪

米荆玉 *

1

在我为数不多的前女友里，孟晓璐有两个特别之处：她是唯一一个蛤城本地的女孩；她是唯一一个分手后还保持密切联系的女孩。我几乎每周都要去她家，更准确地说，去找她爸爸吃晚饭，偶尔也跟晓璐碰面。是的，在分手之后，我跟孟晓璐父亲——我的前准岳丈之间的互动更紧密了。我常常跟孟大爷一起值夜班，在一间远眺栈桥海面的办公室里，两个人盯着海面，聊关于海怪的事情。

孟晓璐是个漂亮女生，漂亮这个词不足以包裹她，她的脸是甜美和天真的混合物。我第一次见她，立刻明白过来，这可能是我最后一次跟漂亮女生恋爱的机会。我早就听说，跟蛤城本地的女孩谈恋爱是不明智的。像我这种疏懒的人，本来就不擅长打起精神应对爱情，何况本地女孩总要配套本地的父母、叔伯、姨舅，更是难以招架。所以六子给我介绍晓璐时，我第一个反应是拒绝的。六子不断央求："没办法，我老板见了你之后很欣赏，说他的表侄女还是单身，

* 米荆玉，1979 年生，毕业于青岛大学医学院，2003 年起在《青岛晚报》任文化娱乐记者。知名专栏作家。先后为《南方周末》《武汉晨报》《南方娱乐周刊》《半岛都市报》等报刊撰写影视文化类专栏。从大学开始写诗歌，小说处女作《请一个歌手吃晚饭》。

责成我必须做媒。”六子在一个文化公司上班，他老板最新的兴趣是郎窑红的高仿瓷器，我看在六子的面子上在蛤城晚报写了篇吹嘘的文字，几次饭局下来，也不知道我这个黄胖、虚软的高龄单身怎么入了他的法眼。

我特别擅长跟女生第一次见面。干了这么多年娱记，我发展出一套结合了含含糊糊的暗示和明确无误的细节的话术，能够让女生在第一次见面勾起无穷的好奇心。上周刚刚某个女明星来蛤城开个唱，本地富豪们提前一周就通过淫媒接到了地下报价，五十万，仅仅五十万，就可以跟女明星过一夜，但是不准拍视频。有两个富二代都宣称自己出了五十万，都自称跟女明星睡了，都说对方在说谎，闹得不可开交。我把这个故事讲成了一个悬疑、情色、八卦传奇，总之，孟晓璐被我的八卦库存迷住了。

如果硬要说孟晓璐的缺点的话，她只有一条：眼睛没有神采。这是一双温和明亮的眼睛，女生的眼睛常常会说话，然而她的眼睛是哑巴，只能输送视觉，无法传递更深的需求。在我们第一次接吻后她就强调：不要碰我的眼睛。她小时候动过角膜手术，本地医院糟糕的手术水平让她落下了毛病，她的眼睛对任何接触都过敏：包括柳絮、飞沫、雨水和手掌的触碰。其他方面她都是一个普通的蛤城女教师，整洁、实际、理性，对直男的容忍度高，不喜欢文艺范儿，对八卦和厨艺比较感兴趣，啤酒酒量奇大但不喜欢喝，跟我的媒体人圈子毫无瓜葛，这点尤其让我喜欢。

在我们见面第四个礼拜时，中间人传话过来，晓璐的父母要见我。蛤城当地女生的父母很保守，这么快进入见面环节，这出乎我的意料。在情人节后的一个夜晚，我稍事整饬，带着礼物来到了晓璐家。他们家的房子位于团岛的一个高处，能看海，而且能看栈桥。说来栈桥很奇怪，蛤城的风雨云雾，都以栈桥为界。栈桥往市区那边往往月朗风清，而往团岛这边总是雾气氤氲，很是邪门。我简单地认为，有一只妖怪藏在团岛，道行千年练得吞云吐雾。至于这妖怪到底是龙是鱼，是虾是蟹，我觉得应该是蛤蜊。蛤城人嗜吃蛤蜊，《酉阳杂俎》里说：“蛤蜊，候风雨，能以壳为翅飞。”看来这蛤蜊不仅是海物，也是飞禽，修炼个千年道行不在话下。在海妖的呼吸氤氲里，团岛这边的楼宇都分外湿润，每次我在晓璐家楼下扶墙小便，都会误会自己手掌上湿漉漉的内容。

我常常有种错觉，眼前经历的人生，自己早已在某个平行世界里经历过一遍。孟妈妈像是我在前世里亲近多年的岳母，门刚推开，她就以接近一百摄氏度的热情来招待我。老旧的纯色餐桌看上去分外开胃，我一口气吃了柑子、草莓和我平生仅见的甘甜的蓝莓，还好都是我擅长的水果。热菜还没上桌，厨房摆出来的凉菜已经让我受宠若惊了：酱猪蹄、酱牛肉、松花蛋和白菜海蜇，都是我乐意清盘的菜色。准岳母很大度地接受了我的梨形体型。“这孩子胖了点，很喜人。”然后愈加拼命地炮制锅里的热菜。

厨房里还在忙活，只听防盗门上钥匙作响，准岳母喊了一声“老东西回来了”，准岳父进来，是健朗结实的新鲜中老年，把锈色的外套挂起来，一起欣赏准岳母的晚饭：当地特色的红烧鲅鱼，用蒜薹做底料，西红柿酱调味，非常可口，这才明白过来食堂大师傅的鲅鱼简直是暴殄天物；干烧排骨，柔嫩松软，汤汁黏手，胶质丰富；萝卜丝炖虾，萝卜丝竟然吃出清甜的海鲜口感；螺片大头菜，这绝对考验厨艺，螺片要薄脆鲜嫩，大头菜要稍带焦煳感，真真绝配。晓璐家用的是二十世纪八十年代那种折合式的老款餐椅，我晚餐吃到中途，就不得不以虚蹲马步的方式来减轻对高寿餐椅的凌虐了。

吃饭当然不只是吃饭，中途聊起“小潘在报社做什么采访的”，我的回答当然很标准。“主要负责文化领域的采访，什么演唱会啊交响乐啊，都是我负责，下次有想看的演出就找我拿票。”“现在有房子了没有？”“在西镇那边按揭了个小公寓，还没交房。现在在四号大院那里租房。”孟大爷也很健谈，他说自己本来是电气工程师，现在退休了，当个看海的。蛤城海滩有很多海参池子鲍鱼池子，看海的就是管理这些池子，驱赶小偷，每天喂鱼食的人物。我就问：“您看的是鲍鱼还是扇贝？”他笑了。“我看管的是海怪。”

准岳母说：“老东西开玩笑的，快吃饭吧。”

对白基本上顺顺当当，饭后喝了两轮崂山绿茶，我就告辞了，没想到，孟老爷子要下楼送我。“我正好上夜班，咱们顺路。”

一路上聊的话题很正常，就是我的房子问题。孟大爷指着从万县路到冠城路一带的老房子，感慨万千。“从前晓璐的姥爷是开酱园的，在潍坊大大地有名，现在的笏园酱菜，就是她姥爷的产业。笏园酱菜开到了蛤城，这三条街的老房子，都是酱园工人的宿舍，免费住。没想到，隔了两代人，三条街的房子都给了别人，买房子还买不起了。”

我第一次听说晓璐的家世。“晓璐姥爷就没留下些什么古董字画聚宝盆什么的传家宝？”

“就留了一栋老楼，在万县路二路车站牌旁边；晓璐舅舅是个二流子，靠老楼的房租生活。”

说着话孟老爷子的“单位”到了，我吃了一惊，这地方以前多次路过。这家海丽旅馆不是什么大牌，旅馆总计五层，二三四层是房间，顶楼是老孟的经理室，底楼很大一部分给了蛤城唯一一家同性恋酒吧“憋醒”，在圈子里大大有名。我刚入行那年约一位刚走红的漫画家采访，不小心约到了这家酒吧，被画家愤然拒绝，闹了一个大笑话。“憋醒”正门装饰着一片衰草和向日葵花盘，太过惹眼，很容易忽略掉旁边的小侧门——小侧门进去，才是海丽旅馆的前台。前台姑娘不怎么待见孟经理，简单打了个招呼，专心看手机视频。

老孟邀请我去五楼经理室坐坐，以我两百二十斤的体重考虑，我决计不愿意跟楼梯较劲。不过老孟很认真地看着我。“小潘，你很有灵性。我很多年没带人上五楼了，五楼不仅有海景，还有蛤城这个地方最大的新鲜光景看。我觉得，你今晚看到的东西，不是你的命运到了，而是我的命运到了。”

我不好推辞，只好跟着老孟爬楼。爬楼最能看出一个人的筋骨，老孟上楼的步履简直是个小伙子，轻盈又有弹性。我爬一层多一层的沮丧，楼道里的挂钟没个准，爬三楼的时候指针在九点半，爬到四楼，指针就在十点一刻。进了经理室，我虚汗都出来了。尽管清明节气还有点春寒，我还是倒了三四杯大桶水，一仰而尽，凉意从左胸兵分两路下去，肺跟胃都惊了一下。

海丽这家专做穷游年轻人生意的旅馆，拿出五楼这么大的面积做经理室，这做派透着一股蛤城大爷随心所欲的脾性。五楼的设计像一把折尺，长的这一截分三四个房间，散放着一次性杯子、抽纸、多余椅子等物资；短的这截正对着大海，团岛这边高楼四栋，包含一家银行总部、一家轮胎厂总部、一家热电厂大楼和一栋最新的商业住宅。四座楼就这么巧，一点没挡住孟大爷的视野，反倒跟海丽构成了半个圆弧，一起直面万顷波涛中的栈桥回澜阁。

孟大爷示意我到窗前坐下，两个真皮沙发中间放着一个德生收音机，孟大爷调出一个交响乐普及讲座节目来，然后不急不慢给我泡茶。这片海我从三点钟方向看了七八年，从进单位第一天开始就看熟了。然而在十二点方向看去，回澜阁煞气腾腾。已经是月底，海上这片月惨淡里带着戾气，照着这片海如柏油般重浊，碎银般的光亮一遍遍淘洗着，像是谁在海里揉碎金粉。上楼之前，我胡乱猜测会看见渔船，看见海豚，看见抛尸的黑帮；不过看着如此细碎翻涌的海，我觉得这些猜测都很无聊。

“咱们在这看什么呢？”身上的汗退了下去，我掏出手机，已经快十一点半了。

孟大爷仰惬在沙发里，把脚跷到窗台上，微微吹着茶水说：“海怪。”

海怪涉水而来；一如廉价日本卡通片里的想象，他遍身古铜色，披着月光银，肩背塌陷，身形猥琐，身量与回澜阁高矮差不多。粗略形容，他有老年人谢顶后的糟糕头形，白萝卜似的躯干上宽下窄，虬曲的双臂披着一层鱼鳞，推动一波波的海浪，半露在海水里的大腿类似解剖学上的牛蛙腿，刚劲野性。我一直看不清他的面孔——或许不是看不清，而是理性上接受不了。他的头部像是一整块巨大的蛤肉，脸上长着一对腮囊，左右膨出的部分应该是眼睛，对于一个喜旺牌猪头肉的爱好者，我可以偷懒地说，他的眼睛就是经过焖烧后的死猪眼，黑与白呈现凝固的对称，没有一丝转动的神气，却构成了一个完整的圆形视野。在月光下，他好像在呼喊，是一只裂头蚴头颅张开的无声呼喊，左右两扇蛤肉露出滚动着月光的银丝。这不是一个有着暴雨雷鸣伴随的波塞冬，也不是塞壬的或者美人鱼形状的海妖，他的举止像是我在火车站里常常遇见的底层劳工，在多年的希冀和绝望间反复捶打过，透着对自然法则的生动冒犯。他的双臂搅动海水，惊起了一片鱼儿，在他身前形成一片跃动的粼光。

孟大爷说："海怪送鲅鱼来了。"

我被惊奇包裹住了，一瞬间感官呆滞，脑子还在运转。虽然是午夜，栈桥边还是车流不断，回澜阁也不乏乘兴而来的游人。可是这车流、这人流都没有看到海怪，鲅鱼搅动得海面近乎沸腾，这些游人对着鱼群大呼小叫，却对海怪选择性失明，徒劳地拍摄黑黢黢的海水或者自拍。海怪耐心地等待着，不断撩起鱼群，远处高楼射来几道探照灯光，光柱本已是强弩之末，仍然轻易穿透海怪的肌肤，在海面上形成光剑劈开滚滚雾霭的视觉效果。

"这几栋楼上都有高人，都在看海怪。"孟大爷指点着光柱的来源。

小小的团岛是蛤城突入海里的一部分，这些年开发迟滞，视野好的高楼屈指可数。我大致明白过来：周围银行总部也好，电厂大楼也好，都是有心人看海怪的据点。问题是，为什么这么多人对海怪视而不见？这个海怪到底在等什么？藏在团岛这些高人又在看什么？

海怪献鱼的场景没有延续很久，鱼群渐渐四散逃逸，海怪也慢慢地反身，推开水面，隐入深海。孟大爷喝了半缸子茶，海面都平静了，我还没整理好思路。他慢悠悠地说："你一定不是第一次遇见海怪了，可能你不记得了。你也不是第一次遇见我了，不过你也不记得了。今天带你过来，我觉得你的命运到了，因为你再次遇见海怪，就是海怪的人了。"

我装深沉的本领完全破产，嘴边只有一个问题："你真的是晓璐的爸爸吗？"

孟大爷笑了。

我有点儿恼羞成怒了。"你头一次看见海怪的时候，没觉得不可思议吗？没觉得违反科学吗？"

"看见海怪的人，都是不相信海怪的人。你的问题我也没有答案。"孟大爷说，"没有答案的事，才是真实。"

2

一早来到报社，我打开内部检索系统，从 1988 年第一张报纸开始，检索关键词“海怪”。还别说，在 1995 年 9 月的一张报纸上，我检索到了一篇图片新闻，来自编辑部的老摄影孙德利，题目是“海怪冲上田横沙滩”。黑白照片并不是太清晰，不过分明能看到一只类似海豹般的生物死在海滩上，周围是破烂的渔网和“买柴油找刘胜”之类的涂鸦。内文说的是“田横岛渔船码头出现‘海怪’尸体，部分腐烂无法辨认，海洋研究所专家称是儒艮，外界的猜测属于迷信”。

孙德利对这篇报道还记得。“其实不是我拍的，是田横岛的通讯员拍的，他叫郭岭秀，那些年他不断给我寄照片，说是田横岛有海怪。这张照片是唯一清晰的实物，其他照片都是夜景，他的机器又烂，根本看不清楚。”

“我怎么看这张不像海怪，像是海豚？”

孙德利嗤之以鼻。“哪有什么海怪，其实这就是海牛，学名叫儒艮。以前蛤城有个球队叫海牛队，后来人家说，海牛这个动物性情太闷，一点不凶猛，难怪海牛队成绩一直很差，叫个鲨鱼队、河马队都比海牛有杀气。所以后来球队不叫海牛了，改叫蛤城电缆。”

从 1995 年之后，海怪在我们报纸上出现频率开始增加，我简单检索了一轮，基本上海怪两三年出现一次，都是图片新闻，腕足二十多米的巨大章鱼、腐烂了一半的深海生物、搁浅后腐烂的鲸鱼……没有一个像我见过的有四肢、有面孔、有类似眼睛的器官。这些朽烂的海洋生物来到蛤城，就为了死在沙滩上，成为孙德利不断进化的相机的祭品。

我大胆猜测，海怪应该是 1995 年第一次出现在田横岛，引起了当地通讯员郭岭秀的注意。然而不知道为什么，海怪突然厌倦了小岛，一路跋涉到灯火辉煌的蛤城，在这里开始他的献鱼仪式。至于这个仪式的目的，第一个见过海怪的郭岭秀应该有很大的机会懂得。推想起来，当年他第一次看见海怪，却发现别人都看不见，于是他拼命拍了一堆照片，洗印出来却没有海怪的影子，想找孙德利探讨，孙德利只当他是想成名的疯子。

“这个老郭的电话你有吗？”

孙德利摇了摇头。“岛上当时没有手机信号，连座机都没有。你找他？田横岛本来就不大，三五百口人，一个郭岭秀很好找。”

我跟孙德利漏了口风，说想去找郭岭秀，一起拍海怪。孙德利哈哈大笑。“你去找吧，田横岛马上要祭海了，非常热闹。你去就算找不到海怪，起码看看祭海，长长见识。”

孙德利至少十年没到田横岛了，这里远不是三五百人的小岛，常住人口大约涨了十倍，一个祭海仪式，官方说法来了十五万游客。进出小岛靠一条四车道的大桥，海祭期间，买卖干鲜海货的岛民占据了左右两条车道，堵在路上的司机也不生气，索性下车买点特产，这就导致后面的堵车更加严重。打了几通旅馆电话我就明白，想在海祭期间住进酒店是不可能的了。我停下车，在卖金钩海米和卖干海带的摊子间给二辉打了个电话，不敢说上岛找人、找海怪，就说上岛看祭海，想找个睡觉的民宿。

二辉是我医学院的同学，老家就在田横岛上。他在大学食堂里保留着岛民的骄傲，从来不吃食堂的海鲜，觉得那些散发着腥臭味道的鱿鱼、偏口鱼和蛤蜊辱没了海鲜二字。“这算什么虾虎肉？”他愤怒地指点着我的餐盘，“虾虎肉应该是黄亮亮、带着红彤彤的虾籽，你这不是虾虎，是塑料袋。”我不断点头，赞同他的愤慨。我吃过他从田横岛带来的螃蟹酱，油黄的色泽、新鲜的味道配上方便面简直是绝味，不时还能吐出一两片洁白的螃蟹壳来，堪称大学里口腹之欲最满足的回忆。

毕业后二辉留在医学院里当助教；多年未见，电话里的他还是很豪爽。“上了岛你就不用管了，我的堂哥留在岛上，我马上给你安排，保证最好的位置。晚上就睡我老家，我把父母搬到市区了，岛上的房子现在堂哥住着。”他笑着说，“上学的时候你没吃过田横岛的海鲜，这次让你吃个够。”

二辉在岛上的势力果然不小。堂哥开着无牌的桑塔纳来接我，拉着我穿过岛民们组成的三四道隔离线，送我进了祭海的核心区。祭海仪式充满了传统仪式的趣味，长长的码头上摆好了供桌，供桌这边是祭海渔民，那边是待发的渔船。在鞭炮和锣鼓的吵闹里，岛民们开始献鸡、献鱼、献猪头，演员们开始跳大秧歌，渔民们忙着挂网，一边在船头插上各家心仪的黄旗，旗上标志了各种姓氏或是虎贲等花纹。一阵炮响，万船齐发捞海去。我的直觉是，海怪如果喜欢这样的祭海仪式，他得是多么乐观、多么接地气、多么有本地意识的生灵啊。而我那晚看到的，明明是一只阴郁、无语、悲苦和无处倾诉的怪物，在大海的挤压下想要寻找一些人类皈依和慰藉。

从遇见海怪那夜开始，我整夜做噩梦，梦见自己走在最憎恶的路线上：一段横跨海峡的两千米左右的海堤，堤上长着滑溜溜的青苔，而且海堤没入水中二十厘米，两边是恶毒的深海，而海怪不知道在左边还是右边。我战战兢兢地往前走，梦见海怪如同沸腾的气泡般出现在我手边。孟大爷说，我不是第一次见过海怪。问题是，到底在哪个现实的年头，我见过这个强大又内敛的生物，我为什么忘记了？

大而孤独的月亮啊……我渐渐沉入梦乡，白天看见的祭海仪式沉下去了，从我的脑海里挤压出更多的回忆来。我想起来，我曾经用手指划过这种海堤上的青苔，当时我是在栈桥上，我睡在那里，睡在露营帐篷里。和我在一起的有很多人，有一个我暗恋的女生也睡在那里，她叫吕婧。我想起来了，在午夜睡深的时候，我听见了海怪的召唤。梦境里海怪出现在回澜阁旁，他在召唤我，用一片沸腾的鱼群交换我这个祭品。我在睡眠里仍然有意识，死命抵抗海怪的召唤。这时我注意到，身边还有两个人响应了这种召唤，一个是睁着无神的大眼睛的吕婧，另一个就是吕婧的男朋友二辉。我们三个站在月光下的回澜阁前，直面高大、猥琐的海怪，他无言地举手召唤，身边是一群沸腾的鲅鱼。

忽然间我惊醒了，在二辉的老房子卧室里，月光劈头盖脸洒下来，我嘴里泛起新鲜的胆汁的苦味。我想起来，1998 年暑假前的周末，是我花了十多年要忘记的往事。当时医学院户外活动社组织探险，一群人去崂山北九水寻找清代道士隐居的山洞，傍晚回到市区，社长建议大家露宿回澜阁，给大一生活留下一段难忘的回忆。那一夜大家睡得很沉，除了我的怪梦，其他人都没有什么特别的记忆。然而第二天早上，吕婧不见了，她的帐篷空荡荡的，二辉跟社长找遍了周围的公厕、网吧、小旅馆，还租快艇在海面上搜寻了两个小时。跟吕婧睡同一个帐篷的女生很委屈，她睡得简直跟失忆了一样，根本不知道吕婧去向。大家惊奇地发现，回澜阁上多了一片死鱼，不是这个季节的常见渔获，倒像是海员从游轮上打到的新鲜货色。满地鱼鳞里散落着几个脚印，应该是吕婧留下来的。她跳海了吗?

我当时手足冰冷。我记得在梦境里看到吕婧和二辉，而且我用潜意识在推吕婧——我并没有用手，也没有用语言，我只是用意识在推动她，让她成为最靠近海怪的那个人。在攻击的同时，我清晰地感觉到来自二辉的意识推动，他的意识攻击尖锐而且锋利，但我的意识也很粗韧，接着可怕的事情发生了，他发觉无法推动我，然后转过来跟我一起推动吕婧。吕婧的意识防御像蛋壳般脆弱，我能感受到，两股意识轻松地推动她，她虚软地向海怪滑去，直至落到海怪虔诚摊开的手掌里。

然而这是我的梦境！难道说我的梦境成真了?

事情越闹越大，辅导员和年级主任闻讯赶来，医学院也紧急通知吕婧的奶奶——她的父母早就去世了。警方帮助学校搜寻了一个星期，终于宣布，吕婧真的失踪了。

这次事件后果很惨痛。户外社解散，社长被开除了，他回到老家，参加隔年的高考，结果开除的处分抹不去，等了两年后才有专科愿意接收他。我们当天的成员被反复询问，那个一起露营的女生也退学了。让学校大大松口气的是，吕婧的祖母已经有老年痴呆的迹象，学校赔了三十多万之后，这件事就此算了。我想学校是不肯放过我的，五年后虽然我顺利毕业，但没有医院接收我，我全凭爱好去了报社上班；而二辉在解剖实验室当了三年苦力研究生之后，才当上了助教——在医学院里，这是最没有前途、最不挣钱的岗位了。按照天赋和手感来说，他本可以做一个名满天下的外科医生，不应该接受这种歧视，然而他忍了下来。

一瞬间我仿佛抓到了什么联系，又似乎在极力摆脱这个联想。终于在吃早饭的时候，我就着白酒吃了一盘子软壳蟹，带着酒意问堂哥："二辉的父亲是不是叫郭岭秀？"

表哥给我筛酒。"是啊，他连这个都告诉你了？"

3

台风来的那一晚，民警来我家敲门。"你们四号大院是危楼，别在家里待了。有亲戚投亲戚，没亲戚住旅馆。"我撑着伞出了家门，想去单位沙发凑合一晚。看着路对面波浪没过了栈桥，十几个游客在没过脚背的海水里尖叫胡闹，突然想起了海丽旅馆。两周没过去了，孟大爷今晚也应该在看海怪吧。

自从田横岛回来后，我明白了孟大爷为什么说我以前见过海怪。我有点畏惧他，也顺带有点畏惧海丽旅馆。我好像经过一个冒着青烟的香炉似的，我知道它不是神龛，但是觉得那里有神明在下凡。

其实我更加畏惧的是和晓璐的感情。田横岛的那个梦让我迷迷糊糊想起了吕婧的模样，我记得她脸庞大体的轮廓，像是一个很甜美很天真的样子，我越是往这张脸上增加细节，越是发现她长得跟晓璐太像了——那双没有神采的眼睛，那张带着温柔神气的面孔。奇怪的是，孟家妈妈不知道为什么对我很满意，在一个阳光美好的下午，我半推半就地跟晓璐一起买了婚戒，全程孟家妈妈拍板决定。当晚自然又是一顿温馨美好的家宴，孟家妈妈说："我不是楼上楼下的俗人，我嫁女儿，彩礼不要多，万里挑一就行了。什么六万六、八万八、十万挑一，没有必要，只要你们俩互相喜欢，万里挑一就行了。"

有天晚上我严肃地反思了一下：我到底爱不爱晓璐？我到底要不要和她结

婚？这两个答案都是含糊的；我天性黏糊，不过我知道，结婚这件事不是儿戏。一方面，婚戒已经买了，准丈母娘在彩礼方面给出了最大的诚意；这时候让我先说出分手二字，简直要我的命。最后我打定主意，就是晓璐了。我喜欢她，超过目前喜欢的任何人，超过吕婧之后遇见的每个人；这即便不是爱，但跟爱的气味和性质差不多。

有了这个决定，我就大着胆子继续跑到五楼跟孟大爷混。五楼的海景绝佳，从半空中俯瞰，栈桥像是蛤城的阳具，尖端膨大的部分，就是回澜阁的所在。这个回澜阁不像是镇压海兽，也不像是妈祖的祭坛，本地人很少登楼观赏风景，而外地游客虽然爱来凑热闹，却不甚理解这个阁楼的功用。这个阳具更多的是摆设作用，海怪选择在栈桥回澜阁来献祭，只能说他很复古、很传统。

在我印象里，蛤城是一座德国人殖民出了奴性的城。本地文化人对蛤城的热爱，建立在“蛤城本可以”“蛤城应该是”“蛤城要是再被殖民一百年就好了”之类臆想上。这种歇斯底里蔓延成一种对殖民者的相思病，也形成了蛤城城市心理的底色。这是一个丧失精神图腾的城市，近在咫尺的海，在文化圈层里失语了，反倒是殖民者留下的建筑、音乐、文化和消费痕迹被当成了崇拜对象，咂摸百年。

用孟大爷的话说，海怪是一个被废掉的神明，没有人在乎。

台风来的这一夜，回澜阁前的海水并没有汹涌，而是被半空中的大气压所搅动，形成令人窒息的气旋。这气旋一路膨胀，让我的呼吸被压缩到类似高压氧舱般的感觉：刺激、鲜活又充满对肺泡的炫耀性攻击。海面上的浪在慢慢长大，嚣张地互相撞击，形成令人恶心的白沫。雨很狂野，然而水面无动于衷，像一个冷血的前妻直面无能的前夫。凝视着暗青色的水下，我滋生出最狂放的想象——海怪本应该是海底的神秘生物，现在这只应该是族群最后一只了。在厌倦了海底永恒的孤独之后，他浮上海面，开始近距离接触他的崇拜者。田横岛那些乐观的渔民所祭祀的，就是海底这个神武的生灵；但是这个生灵厌倦了那种岛民式的崇拜，跑到蛤城，来享受现代城市的香火。问题是，这些城市居民已经离弃了旧神，而旧神也无法带来现代人想要的神性满足。他只能在偶然的、万中无一的机会里，在意识中触碰我、二辉和吕婧这样的倒霉蛋。我们这些灵性通透的人，本应该是他的祭司来着——早期的文明崇拜里，祭司常常是神明用来果腹的职人。上次我和二辉好险逃脱一劫，这二十年海怪苦苦等待的，到底是我和二辉，还是另有其人？孟大爷这么年窥淫癖般窥视，又是为了什么？

可能是因为台风，孟大爷还没来上班。我给他带了一个新买的望远镜，一边调试一边从五楼望向回澜阁。夜灯下回澜阁被一条条雨影鞭笞，湿气氤氲。孟大爷突然出现在视野里，接着又被雨伞遮住，然后出现了一个背旅行包的女生。孟大爷一手擎着伞，一手指点远处的风浪。我猜也猜得到他的说辞：你今晚看到的东西，不是姑娘你的命运到了，而是我的命运到了。女生长了一张干练的脸和湿漉漉的眼睛。很多傻孩子来到蛤城第一眼就要看见海，把蛤城特有的腥臭当成海的鲜。这女孩并没有交出所有的信任。暴雨让世界安静了，她望向虚空的大海，青色胶质的浪头从四面向回澜阁包围，让旁边这个老头说的话更像是话剧舞台上的疯语。不过她没有退缩，在背行里她遇见太多类似的怪人。回澜阁正面的雨开始减弱，五楼望去，海怪像是从泥浆里升起来，他重浊而虚弱，头部的裂缝更深，身形被涣散的意志勉强归拢，他虚弱的手臂无法驱赶矫健的鲅鱼了，只是虚晃着驱赶零星的游鱼。然而这个女孩感觉到了，她看见了海怪，巨大的惊吓让她呆住了！孟大爷不断示意她闭上眼睛，“闭上眼睛看得更清楚”。我不知道该对着窗喊些什么，只看见她渐渐闭上了眼睛，孟大爷也随即闭上眼睛，并肩面对着海怪。

我也闭上了眼睛。

暴雨仍然是暴雨，水面仍然是水面，回澜阁前有孟大爷和湿漉漉眼睛女生，还有我和十多个我不认识的人。我们看着海怪，意识里大家合力在推送这个女生，而我一个人在拉拽她——没有用，她像在冰面上一样滑到海怪面前。我看得清清楚楚，她好像是第二个吕婧，只是年轻了二十岁。我放弃了徒劳的拉拽，拼尽所有的力气，跳起来单拳重击海怪的脸颊。

海怪仍然是半实体半虚影的感觉，我的一拳轻得像个屁，只让他略微晃了晃脑袋，他的注意力放在女孩身上——双手托起她，伸出舌头舔了舔她的面庞；这动作毫不淫秽，更像是依恋。女生没有大叫，没有呼救，她只是眼睛没有神气，没有聚焦，她的意识像蛋壳般被大家合力击碎了，剩下的是一个肉身的她，被完整地吞了下去。海怪并没有餍足，也没有饥饿，吞吃没有给予他从精神到肉体的振奋，他死去的眼睛扫过这群人，转身入水。

剩下的人齐齐看着我，一个老板模样的人哼了一声："我早就说了，海怪是不能靠文化人喂养的。"

我醒了过来，仍然站在五楼的窗前。脚趾间有点胀痛，在右脚第四第五趾间，有个硬物硌得生疼。我脱下鞋，摸出了一颗淡黄的牙冠，是海怪的磨牙。那一拳看来不是笑话。

4

晓璐的亲戚不多，按照礼数，订婚前起码得去看望一下两个舅舅；大舅在江西，多年未见；小舅倒是离得很近。正要去拜访，小舅消化道老毛病犯了，住进了第三人民医院。我买了些营养品，跟晓璐一起去探病。这家医院我待过两年，非常熟悉。我尤其喜欢它大理石的地面，跟其他医院新换的地面相比，这种青色带麻点的大理石凉爽宜人，让我这种胖子也能一身清凉地过夏天。等电梯时还遇到了实习医生时期的导师胡乐，听说我亲戚在住院，胡乐特意把小舅的病例调出来重新验看了一遍。"没什么问题，就是别吃海鲜了，也别吃粗粮。你这个亲戚肠壁太薄了，加上有痛风的病史，未来的生活质量不会太高，要注意养生。"

晓璐先我一步进了病房，接着出来招呼我。小舅长得像是起皱的孟家妈妈，眉眼间带着骄傲的神气。他一点不和蔼，先问："你是蛤城医大毕业的？干记者这行有什么出息，为什么不干医生？"我赔笑说："也干过一阵子医生，太辛苦了，赚钱少不说，熬到副高职称简直比登天还难。记者这行比较轻松。”小舅冷笑：“你马上四十岁了，四十岁的记者太没出息了吧。”

晓璐赶紧替我说话：“小潘这一行挺好的。当医生风险大，动不动就惹官司。当记者工作轻松，领导说了，下一步就提拔小潘当主任。”

小舅闻了闻。“你这人是不是不洗澡？怎么一股子海味？”我有点莫名其妙，暗中冒火，不过对方是病人，我也不好说什么。“舅舅？”（“别，我们还论不着。”）“孙叔叔，我问过普外科主任了，您的肠壁有点薄，平时不能吃玉米什么的；最好多吃汤菜。这边医生有好几个熟人，我打过招呼了，肯定会用心照料您。”

小舅打发晓璐去二楼商店买个暖水袋，“胖子你留下别走”，小舅支使我把病床摇成半躺。“我知道你跟老孟在干什么，我年轻的时候也跟他去过。”他打量我一会儿，“你差不多不可救药了，我跟你说，海怪这个东西已经把我姐姐全家快搭进去了，不能再这么下去了。你趁早离开晓璐，我姐就这么一个女儿，你要是真喜欢她，就别害她。你要是不喜欢她，赶紧离她远点。”

我没想到这病夫是这么个厉害角色，蛤城男人里有一类尖锐又实际的汉子，不忌惮把最强烈的鄙视直接说出来。在小舅的逻辑里，我确实应该滚蛋。“就算我想离开，你有什么办法让晓璐也死心呢？恋爱不是我一个人谈的，分手也不是我一个人说了算的。”

小舅说：“你放心，我不让你为难。我来当这个坏人，你配合就行了。”

从医院出来，我赶紧去机场接机。周末有个演出，找了个当红的旅法钢琴家关大师担任独奏，我算是交响乐团的宣传外包，也替乐团跑跑腿，接送一下音乐家。这个钢琴家跟乐团合作很是激情澎湃。“拉赫玛尼诺夫是真正的英雄，斯大林早就想干掉他，他就是坚持待在苏联不走！”他咣咣咣弹了一通拉赫玛尼诺夫，接着弹了一段斯特拉文斯基。“斯特拉文斯基就是个懦夫，早早逃离苏联，跑到欧洲功成名就，庸俗。”接着弹了一首普罗科菲耶夫。“普罗科菲耶夫是个钢琴天才，可惜，美国人不识货，这个天才差点饿死。还好他跑到日本，发现了日本的音乐，才有了这么伟大的钢琴协奏曲。”

这个钢琴家比较有素质，排练不管顺利与否，他都不乱骂乐手。拉赫玛尼诺夫的作品很难，他跟乐团说不通的时候，就请指挥过来。“详细讲讲我的意图。”这时候他透过窗户看着大海，一脸苦闷地抽烟。中场休息时，他的助理过来问我：“关大师很喜欢你的链子，想问问你在哪买的。能不能让给我们？钱不是问题。”我偏了偏头，从门缝看了看指挥休息室里的钢琴家——他正在吃盒饭，吃相很是朴实。我诚恳地说：“家传的东西，不能卖。”助理回了休息室，一会儿出来找我，塞了两千块钱。“关大师真的喜欢你的项链。”我赶紧推辞，坚持不卖，助理说：“你误会了，关大师知道你不卖，这钱是买你的 T 恤衫的。大师说，买不到项链也得结个善缘，离你项链最近的就是 T 恤了。”

我光着上身走出排练厅，看门大爷乐了。“嗨，胖子，怎么光着出来了？这一身好肉。”我回敬他：“我这出来试试温度，团长说了，要拍一组乐团夏季巡演宣传照，全团半裸，你就等着看光景吧。”

在车里找了件备用衣服，顺势放倒座椅睡了个午觉。交响乐团的大院里四面清风，七窍都在风声里呜咽作声。在盛夏的骄阳里，我也闻到自己散发着一股子海味。远眺海天一处，我看见海怪在那里嬉戏，他四周鲅鱼群在鱼跃、冲刺，一群白点子在他头顶旋转，那是贼鸥闻到了他的腥气，流连不走。清风披拂，我感觉身上投射出一道虚影，映在天海相接处与海怪一起随波起伏。

夏天还没过去，我跟晓璐莫名分手了。先是我接到一个电话，一个硬邦邦的男声说：“你别缠着晓璐，晓璐很烦你。别以为你是报社的就了不起，我分分钟把你打趴下。”我还在莫名其妙，晓璐又打过来：“有个男的缠着我，我实在受不了了，就说了你的电话，你就说我们还没分手。我不能就这样让小舅摆布。”

孟家妈妈单独约我出来，把婚戒还给了我。我很抱歉，她很大度。“其实我们也有错。老东西太喜欢找什么海怪了，我弟弟本来就不喜欢，后来你也迷上了海怪，我弟弟就更生气了。他非得给晓璐介绍个银行经理。”

我赶紧点头：“我明白，是我的错。这件事不怪孟伯伯。”想了想我补充了一句："麻烦你跟银行经理说一声，我换电话了，让他别再骚扰我了。"

转天我就跟孟大爷一起出海了，我们合租了一条船，花了一千五。本来海钓都是五六个人，船老大跟孟大爷很熟，就任由我们俩折腾。船开出去大约三个多小时，来到一片海岬。我们扔下鱼竿，下船一起找海怪。孟大爷是个业余军事爱好者，他观察海怪这么多年，画了无数张海图，挨个海岛寻找，试图找到海怪藏身的地方。这个海岬看起来很舒服，有湿滑的、指甲无法抓住的海巉岩，有海水呼啸澎泓的洞穴，洞穴间互通声气，黑暗幽深的地方连潜水员都不敢冒险。我们试图寻找海怪的脚印，或者他打滚晒太阳的痕迹，或者是他吐出来的受害者遗骨、遗物，这种探险需要耐心，还好海岬不大，而我最担心的是船老板把我们当疯子，偷偷扔下我们跑掉，这地方可没有手机信号。

照例毫无收获，我们回到船上，请船老大带路找个水深的地方，看能不能钓几条石斑鱼——每个船老大都有私藏的海钓地点。孟大爷松懈下来，也跟我道歉："你跟晓璐的事，我也有很大责任。"我赶紧请他打住，是我自己面对晓璐没有情感上的能量了，跟海怪无关。男女之间，有动能也有势能。动能是靠荷尔蒙助推的，势能是靠人情关系助推的，现在我们俩之间属于纯粹的静止状态，还谈什么感情就太牵强了。

孟大爷说，蛤城人其实很奇怪，像自己的小舅子一样无赖，他们一边吃着海鲜，一边拒绝讨论任何跟海怪有关的话题。蛤城人不喜欢石斑鱼，喜欢的是鲅鱼。这种偏好也有海怪的影响。整个蛤城的风俗，其实就是一套给海怪献祭的仪式残迹。比如说，田横祭海仪式，是海民给海怪的献礼，而海怪的回礼，是清明时节的鲅鱼群，是他远赴万里之外，辛苦赶回来的。从前的渔民跟海怪关系很密切，海怪不待见石斑鱼，石斑鱼长在深海里，单独活动，零星几条石斑鱼再好吃，不如鲅鱼鱼群来得实在，更像是丰收的样子。很多蛤城的渔获本地人不喜欢，只能卖到南方去，这也是受海怪的影响。

我从未入海这么深，大海是冷体动物，天空中阳光普照，海面像是一层皮肤，大海在皮肤底下涌动，吸啜住这艘小船，莫名地感觉阴冷。或者孟大爷说得对，我灵性通透，在这四面海水里，我感觉不是我在钓鱼，我自己倒像是一个饵，鲜香四溢扔在海中央，被孟大爷用来钓海怪。手里一紧，鱼上钩了。鱼竿迅速弯了下去，我赶紧拽住，孟大爷过来帮我抓住线轴，船老大说，这么大的劲头，这鱼竿撑不住的，放弃吧。孟大爷不死心，跟我一会儿放线一会儿紧线，两个人一起费力气，船身有点摇晃，孟大爷朝船老大喊了一句："等会鱼竿撑不住，你帮我们割线。"

船被拽着向前飞驰，海水被光滑地劈开，海怪涌了出来。他像是比吃掉背包女孩时年轻了一百岁，身形潇洒而灵动。船身扬起又落下，而海怪继续飞驰，他像一个透明的灵体，裂开的头颅也明显愈合了大半。在他的拉拽下鱼线急速绷紧，坚持了不足十秒钟就"铮"地绷断。我的鱼竿也干脆脱手，虎口被震得裂出血丝。望着他疾驰向大海更深处，鳞甲闪烁着暖人的光芒，我觉得七窍像是被大风吹透，自己也变成了一个乐器，像一个空心的稻草人一样，在摇晃的海风里满心和乐。这边船长稳定住船身，回头补了一句："我早说了吧，你这鱼竿撑不住大鱼。"

那天我们还是钓了六七条鱼，黑头、鲈鱼都有，还有条小沙鲆，石斑鱼就没影儿。孟大爷带我去了一个小酒馆，让老板做了一锅杂鱼饼子，加了几个海裙菜、海蜇皮凉菜。老板长着渔民标准的酱色脸，他过来喝了几杯啤酒，送了孟大爷一盆蛤蜊扇贝虾虎小海鲜。老板说："这几年小海鲜丰收，海蜇都成灾了，鱼群却越来越少，尤其鲅鱼，今年市场上已经卖到了三十块钱一斤，稍微大点的鱼就两百多块钱。没良心的贩子都说自己卖的是本地鲅鱼，其实都是浙江来的外地鲅鱼。"孟大爷说："这说明祭海没有屁用，海怪也赶不来鱼群了。我现在吃鱼都得一条条活钓。"

正说着，电视上来了一条新闻：一条鲸鱼在渤海湾入口那边搁浅了，专家说可能是迷路的原因。三天前渔民发现了这条鲸鱼，渔政部门试着把它引入深海。结果这条鲸鱼昏了头，没几天又折回来了。专家对这条鲸鱼的处境不乐观。孟大爷说："看看，海怪招不来鲅鱼，把鲸鱼给引过来了。"老板说："招惹了鲸鱼，海怪得小心遭报复。鲅鱼一直是鲸鱼的主食，现在鲅鱼少了，鲸鱼都吃不饱，海怪还想从鲸鱼嘴里抢食，惹恼了鲸鱼可不是闹着玩的。”

入夜，从五楼望过去，栈桥下海水一片死寂；远处隔着小淖岛天空异彩纷呈，妖异的粉紫色光柱摇动，一会儿变成了亮黄色，像是如来的神掌捂住了一盏宝莲灯，不时传来砰砰哄哄的巨声。有人说是黄海船厂在造新船，我猜是海怪在跟鲸鱼鱼群打架。我想象海怪英伟的身形在鲸鱼间穿梭，不断暴打青黑色的鱼头，而鲸鱼巨大的鱼鳍扫过，藤壶在海怪的鳞甲上划下深刻的伤痕。海怪身上不断绽出七色光，那是信仰之力的治愈和加持，让翻涌的海水也多了一层绚烂。然而鲸鱼们的战术很是凶狠，它们巨大的尾巴横扫，制造出排山倒海的巨浪，夹击海怪；海怪的灵体颤动，鳞甲碎裂，仍然拼力撕开一只鲸鱼的脑壳，在包围圈里打开巨大的缺口——被鲸鱼围攻的鲅鱼群从缺口逃脱，在海面上高高跃起，追逐突然来临的自由。

持续的围攻，海怪已经左支右绌了。一只铁黑色鲸鱼从海底蹿出来，咬住海怪的大腿，接着另一只咬住了他的胸膛。它们把这只英伟的生灵撕开，抛入深深的海底。泥沙泛起，搅散了海怪蓝色的血滴。在轻盈而结实的泥沙底下，沉睡着无数的蛤蜊。

5

要我说，蛤城基本上没有秋天，有的只是噩梦般的夏天，还有夏末无尽无望的延伸。直到砰的一声，冬天踢开门。在这个没完没了的夏末，孟大爷慢慢把他的人脉交给了我，我认识了一些热衷海怪的人，记下了一些海岛的位置，熟悉了各个滩头涨落潮的日期。在海丽旅馆五楼，我们谈海怪越来越少，更多的时候谈出海计划，谈钓鱼心得。

晓璐的新恋爱谈得很顺，周末常常有约会。难得有一次碰见了，她问我：“你上次说的那个女明星，到底怎么骗到富二代的？”我告诉她，这件事其实是某个异想天开的小模特想出来的妙招，她整容整得酷似女明星，包裹密实跟两个富豪（而且是楼上楼下）分别春风一度。加上事先调暗的灯光和调配得当的妈咪，让这个骗局圆满成功。

晓璐笑得很开心："我说呢，明星怎么能那么便宜。"我追了一句："你们房子买哪儿？要不我在楼下也买一套。"

她作势踹我一脚。

我常出没孟家，跟晓璐未婚夫也终于见面了，他是个高大、明朗的男生，与电话里的冲动莽汉的形象不同，相处下来发现，他聪明大方，对我抱有强烈的优越感。从第一面开始，他就认定我这个死胖子从身材到学历、从收入到职业都处在劣势。我不失时机地恳请他赞助几场音乐会演出，或者为交响乐团的室内乐乐季冠名，他大包大揽地表示，会跟银行老总汇报一下这个事情。"我们银行也重点关注本地的文化事业，去年蛤城新年音乐会就是我们冠名的。"有了这个空头许诺，他对我更加放心了。

我去当那个婚戒的时候，当铺的人说，只能给四千块钱。"你这个戒指用得太久了。"他退回了我的原始发票，"原价一万九是没错，就算是全新的，也就能当六七千。"我很纳闷。"这枚戒指有人用过了？我怎么没看出来？"

当铺老板耐心地指给我看。"看看内部的磨痕，这姑娘戴了起码两三个月了。"

我摩挲了一下那圈白金，闻了闻戒指上幽暗的香气。"四千五吧，四千五你拿走。"

封海期结束了，从田横岛到沙子口，渔船纷纷出发。今年的鲅鱼大丰收，渔民们大概已经有七八年没见过这么好的渔获了。本地最有名的团岛鱼市上摆满了修长的大鱼，一条条白牙森森，线条优美，肌肉强劲。最漂亮的大鱼跟我差不多高，湿漉漉的鱼身上点缀着碧绿的海菜。渔民们吆喝着，争论着，七手八脚地拉扯着，市场里满是尖锐清新的鱼味。

在鱼市里，我意外碰见了蛤城电缆队的新闻官老栾。老栾以前也是报社的体育记者，后来跟球队玩得来，成为球队的副领队兼发言人。蛤城电缆队这三年成绩很差，已经降到了丙级；我们聊起来时他说，球队老板今年六十岁了，但对外还是宣布要过四十八岁生日。老板前几天梦见了海牛，队名可能还是会改回来。毕竟叫海牛的日子球队虽然不凶猛，但成绩也不丢人。

我说："要改，不如改称蛤城海怪队。"

老栾说："是啊，这样打亚俱杯的时候碰上日本横滨奥特曼队，就是真正的打怪之战了。"

我大笑："亚俱杯？想得美。"

国庆节那天，晓璐大婚，我作为娘家好友去了，包了两千八的红包。孟大爷牵着她的手走上红毯，我热泪盈眶。我爱过很多女生，被更多的女生拒绝过。这个眼睛没有神采的晓璐是我最爱的，她就是一个简单的幼儿园老师，本地大学毕业，英语四级，父母健在，家世清白。孟大爷可能早就把她献给海怪，然而海怪吃剩下的，才是一个本原的晓璐。蛤城最多的是糊涂人，很少的是明白人，只有晓璐是蛤城唯一一个幸存却不自知的幸运儿。可能我哭得太用力，银行经理顾不得表演深情款款，一直怒目紧盯我。我只好提前退席。

转过年来，我在黄岛遇见一个人，他是做海捞瓷的，从八十年代到现在，把黄岛周边的渔村扫光了，积攒了一仓库的收藏。政府在厥山景区给他两层楼，他开了一个海捞瓷博物馆。在沉睡深海千年的瓷器上，我看到了海怪的形象。他被烧化在一个大瓮的中间，头顶是鱼群，脚下是波浪，对着琼楼仙山崇拜。这个博物馆主说，他真的见过海怪，前几年他在建设银行总行的楼上有个办公室，每到春夏，他都会半夜起来看海怪，还装了一个大功率探照灯。

旁边新闻网的记者小声说："这是不是个彪子？"

我小声附和："是啊是啊。"

我还是每周去一次五楼，大多在周六。喝茶，听着关大师的音乐讲座，两个人、两架望远镜——我的眼力也越来越不济了。从晓璐的婚礼算起，已经四个月没看见海怪了。我们隐约知道在等待什么，但是也不是特别急切，毕竟两个人加起来一百多岁了。

有一个晚上，关大师在节目里讲了一首冷门的曲子：英国作曲家Hubert Parry勋爵的《第五交响曲：一对幸福的海妖》。他说，这支曲子旋律很美，合唱也很庄严，不过标题是错的。海妖不是一对一对的；在语法意义上，海妖是一个死亡与重生接续的生物。所以这首曲子真正的标题是：《被祝圣的海妖（亡）父（圣）子》。

在一个春雨霏霏的晚上，雨丝落在海面上，海面虚弱地拍打黝黑的石墙，汽车光柱扫过雨丝，远远的一团黑影踩着海水蹒跚而来，我端详了许久，大海仍然阴毒地来回拍打，好像浪和浪不配拥有彼此似的。渐渐的，黑影的轮廓清晰了一些，这是一只稚嫩的海怪，却异常的高大，肤色淡青，神色迷茫。他顺从了本能的召唤，来栈桥寻找人生第一次献祭。海面上鱼群乱跳，在激烈地、无声地朝着海怪呼喊。他努了一下脖颈，低下头来，海风穿过他裂头蚴式的脑袋，鼻子咻咻地喘息。我闭上眼睛，跟许多人一起簇拥到海面上，身边孟大爷也极力伸出他的手，试图触摸海怪柏油色的鳞甲。然而今天谁都没有准备祭物，只有我，一边抵抗着四面八方的意识拖拽，一边勉力伸出手，把那颗老海怪的牙齿伸向新海怪：选我吧，我的神，选我吧，选我。

特殊任务

肖克凡*

一连几个星期六晚间，第十九中学篮球场不亮灯光。我失去观摩高水平篮球比赛的机会，急得抓耳挠腮活像花果山小猴子。

以前每逢星期六晚间准有比赛，要么塘沽盐场对中天电机，要么纺织机械对新河船厂。如果是女篮比赛，要么邮电工会对大沽化工，要么天津碱厂对合成纤维，反正都是天津职工篮球联赛的强队，比赛紧张激烈特别好看。这样星期六仿佛成了我的节日。

我读五年级是西藏路小学篮球队的“板凳队员”，属于替补。我的预期位置是中锋，就偷偷加练“勾手”。白练，参加小学生篮球联赛仍然不得上场，坐在场边成为超级观众，暗暗抱怨戴眼镜的教练“吴四眼”。

其实妈妈会打篮球，还做过学校女篮教练。可是她不肯教我，反而强调“学好数理化，走遍全天下”的名言。我问妈妈学好数理化走没走遍全天下，她表情黯然。

这个星期六晚饭继续棒子面粥，外加咸萝卜。外祖母熬的粥很稠，完全能够竖插筷子，自然省略主食。我放下碗筷还没擦嘴，她老人家催促我写作业，说好好念书有前途。我情绪不好，说妈妈念过北京辅仁大学，照旧下放郊区农

---

* 肖克凡，中国作协全委会委员，天津市作协副主席。著有长篇小说《机器》《生铁开花》《天津大码头》《旧租界》等，小说集《赌者》《最后一个工人》《蓝色鸟》《蟋蟀本纪》等，散文随笔集《镜中的你和我》《我的少年王朝》《一个人的野史》等。

场种地。外祖母叹了口气说，你妈妈是特殊情况不作数的。

说话间，妈妈骑车回家来了。她身材高挑面容秀丽，可是身穿农场劳动的棉裤棉袄，显得肥大笨拙。原本好看的妈妈变成这样，真是可惜。我向妈妈报告十九中篮球场黑了灯。妈妈思索着说以后不会有比赛了。

外祖母方方正正"国字脸"，身材不高，身板厚实，一派不畏困难的样子。她及时插言道，国家粮食定量供应，打篮球饿得快，不再比赛是对的。说罢拉开抽屉取出牛皮纸信封，跟妈妈说你大姐来信了。

妈妈的大姐是我的大姨，大姨家住唐山附近胥各庄，也叫河头镇。河头是地处煤河端头的意思。从前李鸿章开挖煤河方便开滦运煤。这是外祖母告诉我的。

看过大姨来信，妈妈说大姐又病了。外祖母摇摇头说，燕蓉这是又要咱们给她寄钱。

听外祖母这样说，我想起大姨名叫柯燕蓉，也想起以前家里给大姨寄过钱。

妈妈无奈地说家里没有存项。外祖母继续叹气说，燕蓉不知道你下放农场降了薪水，还拿你当她小银行呢。

说着，外祖母起身穿好斜襟薄棉袄，迈着小脚走出家门。妈妈缓缓走进她的房间，我跟随进去。

她环视四周好像打量着空气，然后拉开大衣柜门，里面显得空旷没挂几件衣裳。妈妈自言自语，显然情绪不高。

外祖母满脸沮丧回来，她外出借钱碰了钉子，戳伤了脸面。

妈妈安慰外祖母，人家借给钱是人情，不借给钱是本分。外祖母不反对妈妈的观点，说筹不到钱只好明天全家跑趟河头了。

妈妈同意明天全家跑趟河头，还说礼拜天不用跟农场请假。

妈妈跟外祖母说话，仍然把星期日叫礼拜天。看来习惯难以改变，比如外祖母说起李鸿章叫"李大人"。我们学校老师说签订《马关条约》是卖国贼，两种说法南辕北辙，不挨着。

妈妈从钱夹里抻出四块钱钞票派我买火车票，看来全家果真要去大姨家。

我觉得外祖母跟妈妈真是好母女，遇事一拍即合。我也想跟妈妈成为好母子，凡事心往一处想，劲往一处使。

天大黑了。我走出自家小院。胡同里站着几个男生，手牵大黄狗的是张振东。他亮开公鸭嗓说大黄饿了所以又来找你。

平时我总被张振东几个差生欺负，却不敢向老师禀报。他们吃惯甜头，多次逼我提供狗粮。这次我又被他们堵住，只好反身跑回家去。

我溜进后院厨房里，打小竹篮里踅摸到半个窝头。想起晚饭只喝了两碗棒子面粥，估计它是我明天的早饭。

拿着半个窝头走出小院，我把狗粮递给张振东。他袖手不接，让我把窝头塞进嘴里嚼过，一口一口吐出来，托在掌心喂给大黄狗。

我才不经手呢，这样就等于是你自愿喂了大黄。张振东坏笑说。

我惊讶这家伙如此狡猾，难怪他成了坏孩子首领，心思不比成年人差。外祖母说过，坏人从小就比好人精明。

我喂过大黄狗，它抬头朝我摇着尾巴。张振东闪开身子让出道路，我出了胡同朝着和平路跑去，心里挺难过的。

张振东为吗把欺负别人当作乐趣呢？看来他不想成为共产主义事业接班人了。我被他们欺负了，但是我能成为共产主义事业接班人。因为好人从小就比坏人实诚。

和平路与哈密道交口有铁路售票处，二十四小时不关门，这就是大城市的便利。我从“东北方向”窗口买了三张火车票，手里剩余四毛钱。担心这钱被张振东搜去，我蹲下身子藏在鞋垫里，心怀忐忑走进胡同。

人和大黄狗都不见了。我认为大黄狗受到张振东不良影响，肯定也会成为狗里的差生。

走路走得饿了，这是不能告诉外祖母的，我知道她既心疼我也心疼粮食。走进家门把余钱和火车票交给妈妈。她好像有话要说，却没有张口。

我猜测着说，您降工资别难过，我保证勤俭节约不乱花钱。

你身体发育赶上节粮度荒，不要再想打篮球了。妈妈催促我上床睡觉，说明天起早赶火车。

半夜里被饿醒了，我只好忍着。妈妈房间还亮着灯光。外祖母和妈妈忙碌着，小声说话。

大姨又来信要钱，外祖母外出借钱碰钉子，可是全家跑趟河头镇又能怎样呢？我寻思着又睡着了。

大清早起床。外祖母发现半个窝头没了，小声咒骂老鼠。我不敢承认实情，越发憎恶张振东，却不怨恨大黄狗，它是动物不懂事。

全家早饭又是棒子面粥，比月份牌还准。其实我家有习惯，每逢外出要吃顿白面伙食。今天早饭只在棒子面粥里掺了菜叶，黄粥绿叶好像美术课的感觉。

外祖母好像看透我的心思，说咱家的白面都要支援你大姨的。然后特意批准我多喝两碗粥。我毫不犹豫多喝了两碗，感觉肚皮鼓成半个篮球。天津人把不吃干粮光喝稀粥叫“水饱”。我松松裤带伸伸腰，做着深呼吸。

外祖母转向妈妈说，燕莺你也是体力劳动者多喝两碗粥吧。

妈妈没有回碗，表示吃饱了。我起身给妈妈添粥，重复着外祖母说的话，您也是体力劳动者了。

妈妈从脑力劳动者变成体力劳动者，每月粮食定量从二十九斤长到三十六斤，好在她单身在农场，没人争嘴吃。外祖母仍然替妈妈惋惜，认为宁当教书匠也不应去种皇粮。

外祖母属于家庭妇女，每月粮食定量二十八斤，我是小学生二十四斤。她老人家总把不满情绪发泄到我身上，动不动就说老太婆只比小毛孩子多五斤粮食，政策不合理。小毛孩子只比老人家少五斤定量，我却感觉很有成绩。

全家吃过早饭。外祖母说要是常年都能喝上棒子面粥，全家就烧高香了。我问高香有多高，她老人家说高过四尺。我就觉得喝上棒子面粥确实不容易。

妈妈打开大衣柜取出那件黑呢大衣。去年大姨来信要钱，妈妈把好多衣服送到委托店换钱，全寄给她大姐了。

清晨时光里，妈妈经过简易打扮，穿起黑呢大衣凑到镜前打量着自己。外祖母找出蓝色发卡递给妈妈，高兴地说燕莺你这件大衣又派上用场了。

我望着身穿黑呢大衣系着紫色围巾的妈妈，觉得她端庄秀丽文雅大气，恢复了高中女教师的形象。

外祖母拿出灰色棉坎肩给我穿上，说天冷别受凉。她精心制作的棉坎肩特别厚实，穿着沉甸甸压身。

外祖母让我拎着小包裹。妈妈问带五斤粮食算不算投机倒把。外祖母说不用嘀咕，电影里放羊娃还送过鸡毛信呢。

这时外祖母跟妈妈谈论粮食差价，我随即报出凭粮食册从国营粮店购买五斤棒子面的价钱：四毛九分五。

你速算能力很强嘛。教过高中代数的妈妈打人造革提包里拿出个小纸袋，这样子很像奖励优秀学生。我看到小纸袋里是块小熊形状的饼干。

谢谢妈妈！我接过饼干塞进衣兜珍藏了。这时我特别希望妈妈是魔术师，再给我变出大蛋糕来。

穿着肥大厚实的灰色棉坎肩，我咽下口水跑出家门。大清早胡同里辛科长挥动大扫帚，躬身低头清扫着。

我们依次从他身边走边，妈妈礼貌地道了声“您辛苦了”。辛科长呜了一声，继续扫地。

其实他不是科长了，连公职都没了。外祖母私下贬评这男人，说当科长月薪九十七，偏偏回家管不住自己的嘴，被一撸到底了。

我以为辛科长嘴馋贪吃，问外祖母妈妈从学校下放农场还降了工资，算不算一撸到底。外祖母摇头说你妈妈是知识分子，谁也撸不掉她的知识。

自从妈妈下放农场降了工资，全家过日子处处吃紧。外祖母感慨说以前做小生意贴补家用，现今割资本主义尾巴打成黑市了。

妈妈好像急着证明自己下放农场跟辛科长开除公职两者性质完全不同，一路上给我讲解说，那年全市紧急召开科级以上干部大会，传达全国实行粮食定量供应的中央红头文件，市委书记要求全体干部严格保密不得外泄。

辛科长给外泄啦？我难以克服自我表现的毛病，张嘴抢问。

被我问得没了悬念，妈妈平平淡淡说，辛科长散了会就告诉了小姨子，她立马跑到粮店抢购大米白面，一下子暴露了……

这叫嘴给身子惹祸，小姨子毁掉姐夫前程！外祖母插话做出结论。

他为什么要告诉小姨子呢？我跟随家长登上八路公共汽车，心里寻思着。

全家下了八路公共汽车，走进天津东站候车室。这时我已换算清楚：小姨子就是辛科长媳妇的妹妹。

候车室里旅客很多，不是黑颜色就是蓝颜色，只有我的棉坎肩是灰颜色。进站检票口迎面挂起横幅大标语："坚决打击投机倒把行为，全面严查长途贩运分子！"

外祖母进过扫盲班认识不少汉字，大声表态赞成这条大标语，说打击长途贩运分子没错，当心他们变成短途的。

妈妈小声提醒公共场合少说话。外祖母扬起国字脸响声说，咱们身直不怕影子斜，脚正不怕鞋歪。

不知什么原因，外祖母变得理直气壮，好像跟谁较劲似的，平时在家她可没有这么硬气。

我们排着长队挨到检查行李的卡口。妈妈主动递过印有"年度模范教师"字样的人造革手提包，从里面取出眼镜盒、自来水钢笔、羊皮钱夹和手绢，还有小块紫色药皂。

安全检查员说这药皂是外地出产的。妈妈解释在天津凭票能够买到上海产品。

安全检查员接过我的小包裹问这是谁家孩子。我撩起胸前红领巾说我是祖国的孩子。对方好像没有见过这种小动物，有些发蒙。

外祖母不慌不忙答道，我们全家去唐山走亲戚，这年头不能吃人家喝人家，带着五斤棒子面是仨人的口粮。

安全检查员说可以随身携带全国粮票。外祖母哈哈大笑，说年轻人不当家不知柴米难，天津市民领取全国粮票要返还油票的，谁家也舍不得二两菜籽油。

我们顺利通过安全检查。妈妈特别佩服外祖母临场哈哈大笑，说您不愧见过大世面的人。

外祖母受到表扬越发豪迈，当场念出两句格言：人逢险处心要稳，放开脚步路自宽。说罢小步颠儿颠儿走上天桥。

妈妈告诉我，早先外祖母到日租界做保姆，每天要凭良民证进出日本宪兵卡口。我觉得外祖母接受检查很有经验，所以敢于哈哈大笑。

全家从二号月台登上火车。这节车厢空气不好，散发着白菜溃烂的味道。外祖母抢到空座催我坐下。我尊老不肯接受，她老人家说你带着粮食是重要人物。

我成了重要人物只好落座，怀里紧紧抱着小包裹。火车呜呜拉响汽笛，开往唐山方向。

车过塘沽，查票了。一男一女身穿铁路制服，一排排座位询问过来。妈妈抬头看到身穿铁路制服的女子，起身尝试着问道，你是女七中高三（2）班的鞠丽萍吧？

这个被妈妈称为鞠丽萍的女子，表情淡然，不置可否。

妈妈意识到自己冒失，随即道歉说认错了人。这个身穿铁路制服的女子仍不搭话，打开我的小包裹当众检查。

我记起外祖母在火车站说过的话，抢先向她复述着：我们全家去唐山走亲戚，这年头不能吃人家喝人家，带着五斤棒子面是仨人的口粮。

外祖母惊诧地望着我，分明打量着小怪物。妈妈则叹了口气，有些无奈的样子。

邻座妇女行李里被查出携带细盐和碱面，她解释自己是中学化学老师，盐和碱给学生课堂做实验用。身穿铁路制服的男子不听解释，带她去见列车乘警了。

这时身穿铁路制服的女子突然张口说话，声音比空气还轻。

柯老师几年不见您壮实多了，祝全家一路平安吧。她不待妈妈搭言匆匆走了。妈妈连忙低头打量自己，尴尬地笑了。

外祖母表情坦然说，你这个学生眼光真毒，看外表你就是壮实多了。她老人家说罢扭脸夸赞我能够背诵她说过的话，确实是个小人精。

我被表扬为“小人精”高兴了，悄悄掏出衣兜里的小熊饼干，伸出舌尖儿轻轻舔着。妈妈及时阻止说这不雅观。她毕竟当过高中教师，注重公共场合仪表。我记得辛科长也注重仪表，一撸到底清扫胡同就没了形象。

我们在胥各庄站下车。一群身穿“稻地中学”运动服的女学生，手里拎着篮球排队上车。妈妈出神地望着她们。我猜测她是想起当年的自己。

外祖母连声催促出站。既然被称为小人精，我大步奔向出站口，充当全家的开路先锋。

出站也要检查行李。我再次把携带五斤棒子面的理由通篇背诵出来。对方听罢递过小包裹说，京油子卫嘴子，小毛孩子也能说会道。

我听出这是挖苦不是赞扬，一手推着妈妈后腰，一手把小包裹递给外祖母，抢先跑出火车站。

几个灰头土脸的汉子迎过来，悄悄打着手势。我以为他们是不会说话的聋哑人。外祖母显然懂得他们的手势，连连摆手说没有。一个尖嘴猴腮的汉子突然张口说，从天津过来哪有空手的。

妈妈羞得脸色涨红，起身走开。我和外祖母追赶过去。我唯恐跑丢饼干，停住脚步掏出“小熊”捧在手里看了看。

小熊饼干散发着诱人的香甜气息，我咕咚咽下口水。这时觉得脑后呼地起风，一只大手腾地抢走小熊饼干，光剩下我空空的掌心。

这是我的饼干！我的饼干！我被吓得原地乱蹦。外祖母急得高喊，你追他！他饿得跑不快。

我有了胆量，大步追赶到他。这个披头散发的男人脸色苍白脚步不稳，好像随时都会倒下。他竭力把饼干捧到嘴前，噗噗吐出唾沫。我的“小熊”被唾沫洇湿，眨眼间变成脏东西。

妈妈跑来紧紧揽住我说，好孩子，这人饿急了，你就给他吃吧。

这男人听到妈妈说话迅速吞下浸透口水的饼干，趔趔趄趄走了。

他不吃这块饼干就会饿倒的，你这是做了好事呢。妈妈既安慰又鼓励我。外祖母赞成妈妈的观点，说救人一命胜造七级浮屠。

我不知七级浮屠是什么，心里想念我的“小熊”。外祖母摸摸我头顶连连念叨着：抚抚毛，吓不着。抚抚毛，吓不着……

她老人家认为这样念叨我就摆脱惊吓了，之后问我大姨家的地址。我当即答出胥各庄三街工农北街八号。

你没被吓傻啦！外祖母再次称赞我是小人精。我说小人精不如小熊饼干实用，吃了它饿不倒。

一路行走，我们来到工农北街大姨家小院门前，这里看着很破旧。

一个黑衣黑裤的男人夹着饭盒走出小院，妈妈迎面叫了声大姐夫。我迅速换算辈分叫了声大姨夫。这男人躬身说下窑去下窑去，就匆匆走了。

外祖母解释下窑就是上班，坐罐车下井挖煤。我长了见识同时添了几分失望，感觉大姨夫没有充分展现煤矿工人的气概，拢肩缩脖像个黑市小商贩。

一个半大小子迎出小院，大我四五岁的样子。他眨着小眼睛朝外祖母叫了声姥姥，冲妈妈喊了声小姨，我就推断他是二表哥。

二表哥小名叫塞子。他引领我们进了小院。迎面房子三开间格式，中间堂屋安灶做饭，两边屋子住人。

你妈妈又不在家？外祖母询问。塞子说前天去唐山煤炭医院了。

外祖母好像很熟悉地形，径直走进东边屋里。她召唤我进屋脱下灰色棉坎肩，让塞子找来大铜盆摆在炕头。

塞子突然说我妈要卖掉大铜盆换钱。外祖母说大铜盆是当年陪嫁，给多少钱都不能卖。

外祖母拿起剪子拆开我的棉坎肩大襟，拎到大铜盆里抖动着。一缕缕面粉从棉坎肩缝隙里撒落。

天啊！难怪外祖母说我带着粮食是重要人物，敢情我棉坎肩里塞满面粉，那五斤棒子面小包裹只是个幌子。

这时妈妈走进东屋，脱下黑呢大衣解开外套纽扣，随即露出缠绕腰间的布袋，看着好像儿童救生圈。

我若不是为了援救燕蓉大姐……妈妈窘得扭过脸去。我顿时想起那女列车员说的话，她分明看出妈妈腰间藏着东西。

外祖母从妈妈腰间解下布袋，撕开袋口把面粉倒进大铜盆里。

燕莺啊，你的苦楚我知道，你念过辅仁大学，当过高中老师，受到学生尊重是体面人，今天夹带私货真是污脏你了……

外祖母把大铜盆端到堂屋，忙不迭地对我说，你是小人精也就不瞒你了，这次咱家没钱给你大姨，只好把全年积攒的白面带来，换成钞票支援她。

我只得反过来安慰妈妈说，这白面不是偷的也不是抢的，它是全家从牙缝里节省出来的，咱们不亏心。

妈妈倚住门框失神地望着我，不知说什么好。身为家长让孩子看到她做出蒙混过关的事情，妈妈肯定内疚。

外祖母让塞子搂柴烧灶，一边和面制作烧饼剂子，一边谴责自己说，一斤白面我做成六个烧饼，这真是黑了心。

尽管这样自我谴责，外祖母依然不愿做成五个烧饼剂子，看来她老人家确实黑了心。

塞子埋头添柴把锅燎热，妈妈协助外祖母烙制烧饼。她腰间系着蓝布白花围裙，挺好看的。我认出这是从天津家里带来的。看来妈妈为了援救大姨做了充分准备。

渐渐烙熟了——白面烧饼散发的香甜扑面而来，非要充满天地似的。我使劲嗅着烧饼的味道，沉浸在大口咀嚼的幻想里。

外祖母让塞子外出寻找买主，说卖了烧饼赚了钱都给你妈妈。

塞子受到激励，怀里揣着六个烧饼，拉着我上了街。

胥各庄的主街不宽，显得冷清。塞子好像做过小买卖，一点儿不怵头。他向街边缝鞋匠打着手势。对方随即塞过一块钱，他飞快地递去个烧饼。我还没有看清缝鞋匠的嘴脸，他已经吃进肚里了。

我默默计算着：我们在天津凭购粮册从国营粮店买一斤面粉一毛八分五，在这里做成六个烧饼卖到六块钱，这样赚钱是违法的。

塞子揉了揉鼻子说，想赚钱就别怕违法，怕违法就别出门。

风儿吹起胸前红领巾，我撒腿跑回大姨家，进门打了个冷战。

外祖母哈哈笑着递来个热烧饼，说把小人精吓坏了。我坚决不接受热烧饼，一头扎进东屋里。

我想哭。妈妈跟将进来说，火车站检查不注意小孩子，所以让你携带面粉，妈妈对不起你……她说着伸手抚摸我的脸。我扭头躲开。

妈妈无可奈何说，人活着难免做错事，这是为援救你大姨啊。

尽管没有见到大姨身影，我还是不愿让妈妈伤心，使劲点点头。

塞子跑进院门迈进堂屋，手里举着六块钱。外祖母又惊又喜地说，这么快就卖光了？乐得哼起家乡皮影戏，她马上数出十个烧饼递给塞子，叮嘱说有人逮你千万别往家里跑。

我不敢也不愿再跟塞子出门。塞子自己兴高采烈上街去了。

外祖母兴奋得忘了午饭，连连搓手说从天津带来十五斤白面，一揽子做出九十个烧饼，总共能卖成九十块钱。

这九十块钱能治好大姨的病吗？我急切问道。

妈妈皱皱眉头说，不论治好治不好你大姨的病，反正咱们全家尽力了。

外祖母埋头揉面，继续制作烧饼剂子。妈妈近旁观看突然问道，您怎么能掺棒子面呢？人家是花高价买白面烧饼的。

唉！外祖母叹口气说，我掺棒子面是想烙成七个烧饼，多卖钱多给你大姐。

您这样昧良心，让我们怎么做人呢？妈妈哽咽了。

咣当门响，及时冲断母女争论。我以为塞子回来了。妈妈望着院里说是瓶子。

一个小伙子大步穿过院子走进堂屋。外祖母挓挲着沾满面粉的双手，绽开满脸皱纹说，瓶子回家来啦?

哦，敢情这是大表哥瓶子。他浓眉大眼相貌英俊，头发乌黑“天然卷”，目光炯炯有神，身穿黑色棉裤棉袄，手里提着帆布兜子。

我以前没有见过瓶子，主动叫了声大表哥。大表哥冲我笑了笑。

瓶子很有礼貌，先问候姥姥好，之后问候小姨好，再次冲我笑了笑。

这时外祖母想起午饭，马上给热锅添水，哗地泛起白色蒸汽。她告诉大表哥说，远道回家进门应该吃顿白面伙食，可是白面要做成烧饼换钱，只能让你喝粥了。

外祖母说着拿起小包裹。我从天津带来的五斤棒子面，这时派上用场了。

大表哥说了声“棒子面粥好喝啊”就去了西屋。妈妈小声告诉我，瓶子特别能吃苦，初中没毕业跑到东北钢厂上班，省吃俭用每月给大姨寄钱。

听妈妈讲述瓶子的事迹，我很佩服大表哥，兴冲冲跑去看他。

西屋墙壁糊满报纸，衬得大表哥浑身是字儿。他见我跑进来便叫了声“小表弟”，伸手放下门帘表情郑重地告诉我，东北钢厂下马，平炉车间停产，工厂遣散“大跃进”时招收的工人，他卖了铺盖卷儿买了火车票回家来了。

大表哥说的事情我能听懂，他被工厂给裁了。想起妈妈表扬大表哥省吃俭用每月给家里寄钱，我很想安慰他。

小表弟你不知道，我家平时就是我妈花销太大，气得我爸下班不回家在外边喝酒。大表哥说着脱掉棉袄解开棉裤，翘起身子把屁股挂在炕沿上，让我抓住他的棉裤脚使劲往下拉。

我很惊奇。大表哥中学没毕业就独立生活，脱棉裤却要别人帮助。我蹲下抓住他的棉裤脚，用力朝下拉着。

我觉得大表哥双腿太粗，被棉裤紧紧包裹，轻易拉不动。大表哥双手撑住炕沿扬起双腿，好像举起两根铁筒，轻声叫着:“预备——拽！”我使劲拉动两条裤筒，一屁股坐在地上。

这条坚硬的棉裤总算脱了下来。我爬起来看到棉裤筒里挂满白花花的东西。

这是从大表哥双腿上刮掉的吧？我惊恐极了。

大表哥双腿沾满油渍，赤脚拎起棉裤倒悬着抖动，一块块白色油脂纷纷落地，不断堆积起来。他把裤筒抖搂净了，随手将棉裤倒置旁边，这条沾着油脂的棉裤站立不倒，活像是铁皮做成的。

我转身跑到堂屋拿抹布，说给大表哥擦腿。外祖母跟进西屋看到这堆油脂，愣住了。

大表哥接过抹布擦拭双腿，满脸微笑告诉外祖母，他裤筒里塞满猪板油，一路火车都没给查出来。

外祖母侧身抬腿爬到炕柜近前，拉开柜门找出黑布夹裤扔给大表哥说，你这孩子胆子忒大，这要是给逮住非蹲局子不可。

大表哥穿好黑布夹裤说，我现在就把猪板油给廖文良送去，这是做猪胰子的好原料。

我知道农村人把肥皂叫胰子。猪胰子就是猪油做的肥皂吧。

走出西屋来到堂屋，外祖母告诉妈妈廖文良会做胰子。妈妈听到廖文良的名字腾地红了脸，轻声说他原本就是大学化工系毕业。

大表哥有些抱怨说，我们胥各庄不比天津卫，即使凭票也不容易买到肥皂，老百姓有脸洗不干净，所以黑市猪胰子卖得特别好。

老百姓有脸洗不干净？我想起塞子脏乎乎的脸蛋，看来还是大城市好。

妈妈听到廖文良做猪胰子，一时起了说话兴致，就跟教师讲课似的说，古巴比伦典籍里记载了制造肥皂的方法，庞贝古城废墟也挖掘出肥皂作坊遗迹，就连《圣经》都提到过肥皂呢。

妈妈娓娓道来。外祖母及时打断说，是啊是啊廖文良在外国留学过，当然会做胰子。

这时候，二表哥塞子呼呼喘气跑进堂屋，大声说差点儿没给警察逮住，绕了三条街跑回家来。

大表哥望着弟弟，说了声你要当心，然后把猪板油都装进麻袋里，提起来往外走。塞子追着哥哥说镇里有警察。

大表哥很有信心地笑了，告诉塞子警察眼睛光盯着烧饼，提麻袋出去反而没事。

妈妈追到小院里叮嘱瓶子千万不要被人逮住，犯了事写进档案这辈子没了前途。大表哥连连应声请小姨放心。

外祖母毫不迟疑动手拆洗瓶子的棉裤，疼惜地说瓶子冒险带猪板油回来，还不是为了给家里挣钱。她说着扭脸吩咐塞子，你待到晚晌警察下班再出去卖烧饼吧。

妈妈目光伸出堂屋注视小院，神色紧张地等候着。过午阳光爬满墙头，时明时暗，令人不安。

终于等到大表哥推门走进院子，妈妈深深吸了口气，脸色平复了。

大表哥跨进堂屋，慢条斯理地说把猪板油卖给老廖了，然后从大襟里抻出一沓钞票，笑着说六十块钱。

妈妈连忙说瓶子不要倒腾黑市了，你毕竟归属过工人阶级。大表哥连连点头，有些难堪地笑了。

外祖母拆开棉裤掏出棉花，动手把裤面和裤里泡在木盆里，撒进碱面除油，然后指派塞子把棉花套子送到后街老杨家，说立马把棉花弹出来多加钱。她老人家要连夜缝好棉裤，不能冻着瓶子。

大表哥主动告诉妈妈，说廖老头子在家偷偷用猪油原料做成“猪胰子”，卖了钱从黑市买烧饼吃，没太挨饿。

妈妈分明听到好消息，说廖老师教物理和化学，她读高中是这两门课的课代表。

外祖母搓洗着布片对瓶子说，你不要叫廖老头子，人家年纪不老还是单身汉呢。

妈妈好像受到触动，怯生生提出给廖老师送两个烧饼去。外祖母竟然爽快答应，还夸赞说燕莺有情有义。

妈妈被夸得再次红了脸庞，有点像电影里的女学生。

塞子送棉花套子回来，说镇上来了几个陌生人。外祖母给他怀里揣上两个烧饼，叮嘱他给廖家送去。

妈妈急着补充说，你可不要找廖老师要钱，这不是卖给他的。

过午时分，堂屋里充满热气。妈妈拿起马勺从大锅里盛出一碗碗棒子面粥。这才是我们的真正午饭，跟白面烧饼没有任何关系。

大表哥端着饭碗站立起来，满脸涨红说谢谢姥姥谢谢小姨谢谢小表弟，你们全家特意从天津跑来援救我妈妈。

外祖母趁势大声说，我们好不容易带来十五斤白面，一时救得急，救不得命。你从东北冒险带回猪板油换钱，也是救得急，救不得命。

我难以参加这场谈话，但是想起那句俗语就大声说道，人的命，天注定。

妈妈惊得连连摇头说，你这是唯心主义，少先队员到学校不敢乱讲的。

全家低头喝粥了，争先恐后发出滋滋声响。这时塞子噔噔跑进堂屋，大声说廖老头子给逮走了。

妈妈双手紧紧端住饭碗，好像屏住呼吸。大表哥反而显得镇定，让弟弟蹲下说话。

塞子蹲下果然稳住了。我暗暗佩服大表哥经验丰富。塞子定住心神，张口道出实情。

我把烧饼送给廖老头子，他舍不得吃，笑着放进瓮里。他听说我小姨来河头镇了，突然掉下眼泪说好多年不见面了。还用外国话给我念了几句诗，我哪儿听得懂啊。

妈妈瞪大眼睛追问塞子，那么后来廖老师又说了什么？

他又说了句人生如梦，就不言语了。我走出他家看见来了几个穿制服的，他们进门就把廖老头子带走了。

妈妈情难自禁，红着眼圈说塞子不要叫廖老头子要叫廖老师。

外祖母急了，绕过妈妈追问那麻袋猪板油的下落。塞子回忆说做胰子的家什都给弄走了。

我记得作文课堂老师讲过情感描写，你想象开心的场景就要兴高采烈，你想象激动的场景就要心潮起伏，你想象什么场景就要调动什么心情……我没见过廖文良，只能想象他孤苦伶仃被逮走的场景，突然喉咙紧缩，眼窝渗满泪水。

外祖母紧急行动起来，拿出包袱皮把烧饼包裹起来，沉甸甸掖到塞子怀里说，你等到傍黑卖给下窑的，把钱收好找个地方躲宿，千万不要轻易回家。

说罢外祖母转向大表哥说，瓶子你也出去躲躲吧，我拆洗了你的棉裤只能让你穿夹裤挨冻了。

大表哥不认为会出事情，执意不走。妈妈不知如何是好，紧张得左手抓着右手。

我的小祖宗！你已然留下证据啦。外祖母扑通给他跪下了，吓得大表哥脸色惨白，立即猫腰把她老人家搀起来。

外祖母抹了把眼泪说，瓶子啊，我吃的盐比你吃的饭都多，你听姥姥的话赶快走，那麻袋猪板油他们肯定要追查来路的。廖老师是文化人，他扛不住那些审问……

妈妈同意外祖母的见解，极力稳定情绪后对大表哥说，你妈妈的事情够麻烦了，你若有个三长两短这家庭就完了。

大表哥听到心里，双手摸地给外祖母跪下了。姥姥！您带着全家跑到胥各庄援救我妈妈，我确实不能给您添乱了。

我从未经历这种场面，心儿咚咚跳响喘不过气来。外祖母拿起两个烧饼掖给大表哥，叮嘱他躲到海边黑沿子去。

大表哥给外祖母和妈妈鞠了躬，拎着帆布兜子冲我笑了笑，匆匆走了。

走了塞子和瓶子，屋里人少了，空气反而凝重起来。妈妈思索着问外祖母，您是不是有些紧张过度？

外祖母并不答话，挪过大铜盆拿出两个烧饼依次递给妈妈和我，嘴里好像吐出两颗钉子——吃吧！

我瞪大眼睛望着小院里，想象着即将发生的场景——有人进门前来捉拿大表哥。

燕莺你认为我紧张过度？外祖母急忙收拾灶台，再次催促妈妈和我把烧饼吃了。妈妈没有心情吃，我也不敢吃，悄悄解下胸前红领巾塞进衣兜里——这样他们就不会知道我是少先队员了。

外祖母收拾停当扭脸注视我说，姥姥看见你摘下红领巾藏了，知道我为什么催你把烧饼吃到肚里吗？这烧饼同样是证据啊。

她老人家真是精明透顶。我环望着堂屋确实没了烙制烧饼的痕迹，不禁想起课外读物里的“抗日堡垒户”，转念细想又觉得很不恰当，外祖母分明是“黑市堡垒户”，不应该歌颂的。

外祖母拿起妈妈的黑呢大衣，挥起手巾掸掉面粉痕迹说，燕莺啊，我知道农场不许请假，你赶晚车返回天津吧，明天清早准时报到，那些头头儿不会剋你的。

妈妈接过黑呢大衣有些感伤地说，毕竟是您有经验，所有事情都提前考虑了，我要是像您这么缜密就不会下放农场了……

外祖母连连叹气说，我吃了多少亏才懂得晴天带伞的道理。燕莺不要泄气，你人生道路还长，平安返回天津就把来胥各庄的特殊任务忘了吧。

特殊任务？我从外祖母嘴里听到新鲜词语，思索着它的内容。

不论外祖母怎么开导，妈妈仍然精神不振，好像胥各庄成了她的伤心之地。

外祖母不放心，派我陪妈妈去火车站买票送她上火车。

我和妈妈走出大姨家院子，我再次感到疑惑，怎么还未见到大姨呢？妈妈紧紧抓住我的手说，所有事情你姥姥都会有安排的。

只要说到外祖母我就有了信心，牵着妈妈的手走近火车站。

下午有慢车开往天津，我陪妈妈等待着，突然想起廖文良，就问妈妈为什么没去看望自己的老师。妈妈不言声。我也不再说话，就这样沉默着。

远处传来火车鸣笛声。妈妈缓缓说了话。你问我为什么没去看望廖老师？

是啊，既然多年不再来往，今生还是不见为好吧。

妈妈说的这几句话，我不懂。我想，长大成人我肯定会懂的。

火车吐着白雾进站。我送妈妈上车。她踏进车厢的刹那间，我顺势把烧饼塞进黑呢大衣衣兜，扭头就跑。

我听到妈妈呼喊我乳名，心头猛地热了。她当教师多年习惯叫我学名，从小就像是我的班主任。

我奔回大姨家。堂屋被收拾得空旷无物。外祖母端坐灶台旁边，满脸轻松哼唱皮影戏。我毫不相关地想起“空城计”，但她老人家不是诸葛亮。

灶台大碗里有粥。外祖母端来给我。我看见粥碗就饿了，双手捧起随即喝光。她老人家接过空碗，伸出食指沿碗壁抹了一圈，快速把食指伸进嘴里，吱吱吸吮着残汁。

我突然觉得外祖母很了不起。即使她烙制烧饼卖到黑市，这也是为了援救自己的女儿。我这样想着，伸手从衣兜里掏出红领巾重新佩戴胸前。

她老人家满意地笑了。好孩子你总算想明白了，即便咱们做了错事也不必掖着藏着，不藏不掖反倒没有思想负担。你妈妈就是心思太重，其实人世间的事情是藏不住的。

外祖母说的这几句话，我似懂非懂，仍然认为长大成人会懂的。这时她老人家似有预感，表情郑重地告诉我，瓶子年轻不能毁掉前途，廖文良是文化人不能蹲小黑屋，所以她老人家要把倒腾猪板油的事情揽到自己身上。

您把事情揽到自己身上不怕蹲小黑屋？外祖母笑着答道，我老婆子怕什么！我死了就臭块地呗。

这时候院门响了，果然拥进几个人来，大声询问谁是赵平。我想起大表哥学名赵平，赵子龙的赵，平价粮油的平。

外祖母披起大袄迎出堂屋，我紧紧跟随来到院子里。

你们找赵平干吗？他在东北钢厂兴许过年也不回家。我是他姥姥，有啥事跟我说吧。

这几个男人进屋搜查，耸耸鼻子寻找味道。你家里还有猪板油吧？主动上缴，罪责化小。

外祖母满脸诚恳说，没啦！那麻袋猪板油我打玉田县带到胥各庄，倒手就卖了。

这几个人显然认为外祖母不好对付，决定把她老人家带走，说要彻底调查。外祖母笑眯眯对我说，好孩子，姥姥不是去了派出所就是去了工商所，小包裹里还有棒子面你自己熬粥喝吧，当心别煳了锅。

我哇地哭了起来。

一个人坐在堂屋里，四周空空荡荡，没有外祖母没有妈妈，也没有大表哥瓶子和二表哥塞子，更没有我不曾见面的大姨和下班不回家的大姨夫……仿佛人间万物都被抽空了。我冷得起了寒战。

这时我明白了，跟亲人在一起不感觉冷。于是神差鬼使想起妈妈的老师廖文良，他独身生活一定很冷吧。

天色暗了下来。我走出大姨家小院，捡起根树枝插紧柴门，壮起胆量上了街。已然傍晚时分，朦朦胧胧看见街上有人溜达，这让我想起外出觅食的大鸟。是啊，下窑的人们肚子饿了，这该是塞子偷偷售卖烧饼的时候。

派出所门前灯光微弱，似乎灯泡也饿暗了。警察忙着审问盗窃豆饼的妇女，当面指出她是惯犯。

我看着这个相貌文静的妇女，难以想象她是盗窃惯犯，就觉得自己见识短浅，应当快快长大。

我央求另一个警察。他听了我的讲述，挥手跟轰苍蝇似的说，投机倒把的事情归工商所管。

我找到工商所大门，跨过门槛就说猪板油是我带来的，你们放了我姥姥。值班干部咧了咧嘴说，小毛孩子哪儿凉快哪儿待着去。

我勇敢起来响声说就你们这里凉快。对方愣了愣，低声问我外祖母叫啥名字。我说出外祖母名字，还补充说出大姨名字，值班干部听了，立即起身走到里面去了。

我意识到自己长了胆量，便倒背双手踱步好像长大成人了。一旦长大成人，我就会懂得很多事情的，比如廖老师的独身生活。

一个脸颊贴块红纸的男人走出来，详细询问外祖母和大姨的姓名，我当然对答如流，就跟背诵户口页似的。他听罢嘿嘿笑了。

我看清他脸颊是块红记不是红纸，那颜色不亚于我的红领巾。这男人有些信不过我，再次核对外祖母和大姨的姓名。我趁机要求放了外祖母，他伸手指点我脑门说，你们天津人就会讲故事骗人。

他扭身走进去了。我估摸他是个不爱听故事的人，不禁想起外祖母给我讲的故事：目连救母、王祥卧鱼、缇萦救父……我清楚地记得她老人家说过，人世间大事小情都会成为故事流传，比如辛科长一撸到底，比如廖文良终身不娶，比如瓶子跟塞子是同母异父的兄弟。

我沉浸在听过的故事里，突然看到外祖母迈着小脚走了出来。我蒙头蒙脑唯恐她老人家从故事里跑掉，没敢动弹。

外祖母径直走出工商所，我清醒了，跳出故事追上前去。她老人家不容我搀扶，我只得跟随着。

街黑没灯，外祖母自觉放慢脚步说，那个红记脸听说柯燕蓉是我女儿，偷偷乐了。他趁着身旁没人跟我说了实话，原来他跟你大姨有缘分。

我急忙问道，那红记脸跟大姨有缘分就释放了您？

外祖母不应声，摸索着拐进小胡同找到老杨家，拍门询问塞子送来的棉花弹好没有。很快从门里递出棉花包袱说八毛钱。外祖母让我接过包袱，摸黑掏出一块钱说不用找零了，转身抬起小脚就走。

黑天黑地显得棉花包袱分外醒目，我走在前面引路。身后她老人家絮叨不止地说，机关算尽不如萧何遇见韩信，算尽机关不如冤鬼遇见判官。

我听不懂，说明天我要旷课了。外祖母大包大揽说，明天咱们坐早车赶回天津。

我拔去别着柴门的树枝，引着外祖母走进大姨家堂屋。她老人家亮开嗓音喊道，诸仙回避！东屋里西屋里都没人吧？

西屋黑洞洞传出人声说，姥姥，我把烧饼都卖给下窑的了，总共赚到三十八块钱。

塞子！我不是不让你回家吗？这要是被他们掏了被窝儿，你就蹲小黑屋去吧。外祖母气得啪啪拍着大腿。

三十八？那两块钱呢！外祖母摸黑查账了。塞子点亮煤油灯说，四十个烧饼我饿急了吃了两个。

灯影笼罩着外祖母，有些虚幻。她老人家找出隐藏在东屋炕洞里的白面口袋，准备和面烙饼。

您还要让塞子出去卖啊？外祖母瞥了瞥我说，咱们再卖出多少烧饼也填不上你大姨欠的赌债！敢情工商所红记脸就是债主子，他放我回来让我筹钱替你大姨还账的。

原来大姨没得病也没住唐山煤炭医院，她欠了一屁股赌债不知躲哪儿去了。我实在惊讶就问道，大姨连肚子都吃不饱还有心思赌钱啊？

二表哥塞子抢着回答说，这是旧社会养成的坏习惯，新中国也没把她改造过来，我们全家经常给她填赌债，还是填不平窟窿。

我极力想象大姨的形象，怎么也想象不出具体模样。因为我没有见过真正的赌徒吧。

只要你大姨还能赌钱，她就死不了。这叫宁死在牌桌前，不愿殁在锅灶边。那些跟她赌钱的男人，一个税务所副所长，一撸到底了；一个粮站出纳员，没得可撸开除了；一个供销社采购员结婚不到半年也毁了，不知道你大姨牵连了多少男人……

这都是男人，我大姨怎么不跟女人赌钱呢？我有了好奇心。

外祖母忍住不说话了，动手烙饼。一张饼烙得了，她就把整张饼撕成两半，分给我和塞子吃。

很久没有吃到白面，我差点咬到自己手指。可能肚里有两个烧饼垫底，塞子吃得比我稳重。

就这样，外祖母用光所有白面烙出六张饼，我和塞子分吃三张，她老人家留下三张。

塞子把卖烧饼的钱交给外祖母，她老人家摆手不要，说你们哥儿俩留着过日子吧。塞子听了这话就去西屋里睡觉了。

我随外祖母住东屋。她剪亮灯火给瓶子赶制棉裤。我和衣躺下，迷迷糊糊睡着了。

半夜里被冻醒了。外祖母还在穿针引线忙碌着。你知道跟你大姨赌钱的男人还有谁吗？她老人家见我醒了，忍不住说起。

反正都是下窑挖煤的呗……我又睡了过去。

大清早醒来。大表哥棉裤摆放炕头，看着就暖和。外祖母拿出两张白面饼叠进棉裤里，红了眼圈说等瓶子回家让他吃顿白面吧。

外祖母烧灶做早饭。我跑去西屋叫塞子，没想到屋里没了人影。

一大早就跑去给他妈妈送钱去了呗。外祖母好像无所不晓，催我吃早饭。我看到锅里还是棒子面粥。

我清楚记得还有一张白面饼，眼巴巴望着外祖母。

你还记得那女列车员吧？她查票对咱们有恩！但愿回天津火车上遇见她，我就送这张白面饼表表心意。

我说要是遇不到女列车员怎么办？她老人家笑了笑，说带回家过年上供祭祖。

我们收拾妥当走出大姨家小院，我忍不住回头看着，心里有说不出的滋味。

上午有两趟车，一趟快车一趟慢车。素常节俭的外祖母让我多花钱买快车票。我觉得她老人家变了，昨晚把所有白面都烙了饼，今早把所有棒子面都煮了粥，就好像没了明天似的。

我们登上从三棵树开来的列车，满车都是东北口音。我有了接受列车员检查行李的经验，就偷偷观察车厢里的乘客。

我发现靠窗的乘客相貌酷似曾经携带细盐和碱面的妇女，暗暗惊诧。满世界不会都是长途贩运的投机倒把分子吧？

火车驶过芦台，一路瞌睡的外祖母睁开眼睛，仔细打量着我。

小人精你先跟我起个誓吧，这件事情永远不能告诉你妈妈，因为廖文良年轻时是她偶像，我不能让她的偶像塌了。

我想起加入少先队时宣过誓，那誓词是时刻准备做无产阶级革命事业接班人。面对饱经风霜的外祖母我只得起了誓，明确表示保守秘密永远不告诉妈妈。

你知道跟你大姨赌钱的男人还有谁吗？这可是工商所红记脸亲口告诉我的。外祖母说不下去了，抬手擦了擦眼角。

他可是外国留学回来的高才生啊！有学问，有才情，有风度，有修养，那是多么体面的人啊，怎么如今变成了赌徒？还舍脸四处借贷，他做多少胰子也还不清赌债！外祖母说着呼地站起，显得特别激动。

尽管火车摇晃着，我还是听懂了，也大致理解外祖母为什么激动。

于是，我小心翼翼安慰说，姥姥，您不是也把棒子面跟白面掺和一起啦？

是啊，我也把棒子面跟白面掺和一起啦。她老人家冷静下来，不悲不喜地说。

火车缓缓停了下来，不知前边出了什么事情。

查票的来了。

编后记

虽然刚刚立冬，但2018年第12期的《小说选刊》已经在印厂了。做文学刊物的人总是走在时间的前沿，敏锐地体察到时间的流逝，当然，更是文学让我们走在时间和生活的神经末梢上，在尘世烟火中感受某种魂魄的所在，在动荡的记忆被暴风雨砸碎之后，依然可以变得落落安宁，这就是文学的魅力之一。文学更大的魅力在于惑，在于迷失，在于召唤，在于恢复人的各种感受力。最欣慰的是，我们的文学刊物一直有一批忠实的读者，因此编选好每期刊物不仅是我们必须完成的任务，更是我们全体同仁内在的使命感，荣耀和责任俱在，因为“凡是过往，皆为序章”。

今年恰逢改革开放40周年，《小说选刊》与中国小说学会、人民日报海外网联合举办，青岛作协承办了改革开放40年小说论坛暨最有影响力的40部小说评选活动。这次活动在文学界引起了极大的反响，在社会上也颇受关注。40年历程，40天时间，40位评委，40部作品，我们完成了几乎不可能完成的任务。如果说这是一次40年的文学盛宴，那么漓江版的短篇小说年选就是每年一度的文学盛宴，这也是《小说选刊》全体同仁每年精心烹饪的最好的“短篇全家福”。可以说，漓江版的短篇小说年选就是“选刊中的选刊”，也是“精华中的精华”。

茅盾先生在给《小说选刊》撰写的发刊词中希望“披沙拣金，功归无名英雄；名标金榜，尽是后起之秀”。自创刊39年来，《小说选刊》始终不忘初心，着力发现青年作家，为中国文坛寻找并培养新生力量。《小说选刊》一直关注青年的创作，他们富有锐气与探索精神，又接续着传统经典的文脉，蕴藏着无限的可能性。我们同样关注那些与我们共同成长起来的作者们，他们的写作非常成熟，但他们从未停止生长，始终保持着探寻、游牧。他们展现了写作本身所具有的审美价值。我们同样关注那些陪伴我们成长的读者们，通过新媒体与传统媒介多重渠道增进交流互动。可以说，是作者、编者和读者共同绘制了这幅灿烂的四季星图。

《2018中国年度短篇小说》由《小说选刊》编辑部选编。《小说选刊》编辑部全体同仁殚精竭虑，分头举荐佳作然后集中研究讨论，本着对历史负责的态度，对文学本体的忠诚，对创作新变的思考，最终择定了入选篇目。这些小说汇聚了多个代际作家的作品，艺术风格多元，兼容并蓄，关注历史也关注现实，更关注未来，追求复杂性和时代性，能够呈现出人物的命运感和现实感，在短短的篇幅中拓展出人物的精神疆域，可以代表2018年中国短篇小说的成就和活力，反映2018年中国短篇小说创作的整体面貌，体现中国短篇小说创作队伍的梯队状态。

文学从不专制，不仅自由、开放，充满了弹性，也充满了奥秘。文学理念的多元，语言的丰厚，叙事的多样，美学的变迁，故事的无限可能性等都让读者在体验不同的心灵旅程。作为编者，我们努力呈现接近于完美概括力的优秀作品。不过由于篇幅所限，遗珠之憾也在所难免，希望能够得到广大读者的批评与肯定，我们也会一如既往地做好品质守护。

《小说选刊》编辑部

附　录

金印汉子之歌 ……………………………… 李黎　（《青春》2017.10　　《小说选刊》2017.11）

天下太平 ……………………………… 莫言　（《人民文学》2017.11　　《小说选刊》2017.12）

暗夜 ……………………………… 蒋子龙　（《上海文学》2017.11　　《小说选刊》2017.12）

黑豆，或者反贼薛嵩 ……… 陈再见　（《创作与评论》2017.12　　《小说选刊》2018.1）

山中行 ……………………………………… 马金莲　（《清明》2017.6　　《小说选刊》2018.2）

耳光 ……………………………… 赵宏兴　（《长江文艺》2017.12　　《小说选刊》2018.2）

照夜白 ……………………………………………… 蔡东　（《十月》2018.1　　《小说选刊》2018.3）

道长 ……………………………………… 阎连科　（《作家》2018.3　　《小说选刊》2018.4）

看哪，一艘船 ……………………… 胡迁　（《青年文学》2018.3　　《小说选刊》2018.4）

双鱼钥 ……………………………………… 王啸峰　（《钟山》2018.1　　《小说选刊》2018.4）

会有一条叫王新大的鱼 ……… 须一瓜　（《青年作家》2018.3　　《小说选刊》2018.5）

女儿 ……………………………………… 双雪涛　（《作家》2018.4　　《小说选刊》2018.5）

赵日天终于逮到鸡了 ……………… 陈应松　（《上海文学》2018.5　　《小说选刊》2018.6）

剑笈 ……………………………… 邱华栋　（《青年作家》2018.5　　《小说选刊》2018.6）

囚徒 ……………………………………… 红孩　（《福建文学》2018.3　　《小说选刊》2018.6）

爱云 ……………………………………… 王姝英　（《清明》2018.3　　《小说选刊》2018.7）

十分十分可爱的 ……………………… 于一爽　（《芙蓉》2018.3　　《小说选刊》2018.8）

海怪 ……………………………… 米荆玉　（《青岛文学》2018.8　　《小说选刊》2018.9）

特殊任务 ……………………… 肖克凡　（《当代》[双月刊] 2018.5　　《小说选刊》2018.10）

年选系列封面绘图画家介绍

乔晓光 1957 年生于河北邢台，中央美术学院人文学院教授、非物质文化遗产研究中心原主任、博士生导师。代表著作有《活态文化》《沿着河走》《本土精神》等，主编教育部艺教委高等师范院校教材《中国民间美术》，主持中国民间剪纸申遗及教育传承项目多个。

中宣部全国文化名家暨“四个一批”人才，2006 年获“民间文化守望者”提名奖，2007 年被国家人事部、文化部授予“全国非物质文化遗产保护先进工作者”称号。

长期从事中国非物质文化遗产与民间美术的研究、教学，从事剪纸、油画、现代水墨等多媒材艺术创作，多次参加国内外展览并获奖。近十年与芬兰、挪威、瑞士、美国等国家合作完成不同国家文化遗产主题的现代剪纸艺术创作，所举办的展览产生了比较广泛的艺术影响。同时，在海外积极推介中国民间剪纸，多次赴北欧及美国、日本等地讲学。

吉祥的红光 Lucky Redlight　乔晓光　97cm × 178cm　纸本水墨　2018 年

乔晓光的艺术

乔晓光从原始艺术中的图像出发，建立自己的当代艺术空间。与大多数传统型和学院型的水墨画家不同，乔晓光在艺术媒介的运用方面相当自由。他将中国明清以来的文人水墨画文脉与中国远古艺术的血脉接通，同时又将明清以来日渐狭窄的文人画解放出来，通过与原始艺术和民间艺术的结合，使水墨画获得了更为宽阔的发展空间。在这一过程中，乔晓光突出了现代艺术中表现主义的个性抒情，同时在形式上又与 20 世纪欧洲的现代主义艺术相通，这很像高更、卢梭等原始派艺术家的所作所为——将最现代的与最远古的艺术沟通。

——殷双喜《从原始到现代——乔晓光的艺术密码》